巴山夜雨原创文学作品
出版基金资助

怀 宇/著

重庆出版集团 重庆出版社

LUOMA TUWEI

人类永恒的困境在此，无望而顽强的抗争在此

罗马·突围

图书在版编目(CIP)数据

罗马·突围 / 刘怀宇著. —重庆：重庆出版社,2012.9
(2013.5 重印)
ISBN 978-7-229-05445-8

Ⅰ.①罗… Ⅱ.①刘… Ⅲ.①中篇小说—小说集—中国—当代 ②短篇小说—小说集—中国—当代 Ⅳ.①I247.7

中国版本图书馆 CIP 数据核字(2012)第 171098 号

罗马·突围
LUO MA · TU WEI
怀宇 著

出 版 人:罗小卫
责任编辑:曾海龙 林 郁
责任校对:廖应碧
装帧设计:重庆出版集团艺术设计公司·黄杨

重庆出版集团
重庆出版社 出版
重庆长江二路 205 号 邮政编码:400016 http://www.cqph.com
重庆出版集团艺术设计有限公司制版
重庆川外印务有限公司印刷
重庆出版集团图书发行有限公司发行
E-MAIL:fxchu@cqph.com 邮购电话:023-68809452
全国新华书店经销

开本:787 mm×1 092 mm 1/16 印张:24.75 字数:316 千
2012 年 9 月第 1 版 2013 年 5 月第 1 版第 2 次印刷
ISBN 978-7-229-05445-8
定价:39.50 元

如有印装质量问题,请向本集团图书发行有限公司调换:023-68706683

隔壁的琴声

二零零八年八月六日　上午　北京

隔壁的琴声，先是一个指头一个指头地敲出来，后来有了和弦，逐渐丰满。翻来覆去两首歌，*Stranger in the Night*（《夜晚的陌生人》），*Yesterday*（《昨天》）。和弦配得再热闹，也透着感伤、不经意的玩世不恭。

银泰公寓，2008年北京最时髦的大厦，中国最耀眼的明星也选择在此置业。许家瑾躺在床上，却像躺在一片新发掘的废墟里，落寞，无人问津。

一只黑蜘蛛顺着窗沿向上爬，缓慢，执著，目标是家瑾头顶纹理突兀的天花板。天花板的颜色和质地是小弦半年前同他来看样板房的时候敲定的。"要米白的乡村芝士。"她很坚决。地产经纪茉莉在一边说，人家章子怡和姚明的天花板听说都跟这样板一样，既时尚又古典。"那又怎样？"小弦说。小弦那时刚做完化疗，头发零落，藏在大圆点的彩丝头巾里，眉毛是眉笔描的两道咖啡色细线，但她的眼神，那时还是他喜欢的样子，鲜活灵动，透着不可摧毁的生机。

事情发生已经两个多月，家瑾却始终不明白，小弦怎么就决定出家修行了？他和她，青梅竹马，一起到美国留学，又一起回中国创业，接连卖掉两个公司，在洛杉矶和北京最黄金的地段拥有地产家业，横竖都是一对成功夫妻，还有许多时间去做别人想都不能想的事情。他以为他们正在人生的兴头上，飞翔在无云的晴空，然而小弦却来个大撒把，自由落体，全速俯冲，连降落伞都不打开。

隔壁的琴声从门缝、窗缝探身进来，无辜，如不知情的孩子，眼睁睁地看他。人与人之间的交流并不全靠言语，家瑾想，那琴声是冲他来的，伸手就抓得住。他攀着《昨天》的旋律，从散发着新漆味道的废墟里爬起来。

电动窗帘缓缓升起，央视新大楼突兀在玻璃外，如巨人遗落的两块"7"字形乐高积木，凑巧搭在空中。一架起重机在两块乐高的交接处挺着脖子，像一个肃穆的逗号。奥运即将开幕，北京所有建筑施工按规定都戛然停顿了。

梳洗后，家瑾的第一个念头是去圆明园，到这座城市最著名的废墟里去清理低落紊乱的心境，有点以毒攻毒的意思。然而下到车库，"噼噼"两声遥控解除了银色宝马 X5 的警报器，才想起车牌尾数是单号，今天车开不上街。那就随便走走吧，走到哪儿算哪儿。他现在没有一定要做的事，也没有必须要见的人。许多天来，他不过是在记忆里寻寻觅觅。小弦出家，过渡在哪里，转折在哪里？

五月　洛杉矶——肯塔基

他是在餐桌上发现了小弦的字条，事先没有电话、短信、电子邮件。小弦用最简单的传统媒介向他宣告：她到肯塔基一家禅寺修行去了。字条放在洁净得近乎空无的餐桌上，旁边还有她签好字的离婚协议

书——是为了他的方便，小弦写道。他刚从上海飞回洛杉矶，灰黑的行李箱坍塌在脚边。这么多年了，每次回家，心中依然热切，都是因为想见到她啊！

家瑾第二天一早就飞到肯塔基，租了车，在高速公路上迷转数次，又在打了木桁的山林小道上跋涉数里，黄昏时才找到小弦修行的禅寺。檐角飞翘的檀木殿堂，鲜蓝的琉璃瓦。东方风格的建筑令四周的草木花石也呈现出东方的韵味。但他无心观赏。

他趴在檀木殿的玻璃门上窥看。十几位——和尚还是尼姑？虽然殿中人众都穿一色的褐色布袍，戴一色的褐色布帽，但从他们的肤质容貌还能辨出男女之别——暂且叫他们禅士吧。十几位禅士眼帘低垂，盘腿坐在蒲团上，围成一圈，也许正做晚修。

但家瑾左顾右看不见小弦，心急火燎。

坐在圈首的禅士是位眼窝深陷的西方男人，他似乎没睁眼就知道家瑾在外张望，轻手轻脚走出来，问家瑾有何需要。

“你是谁？”家瑾很不客气，好像眼前宽袍大袖的男人是江湖郎中，把小弦骗来藏在什么地方。

“我是元舍利博士，禅寺的现任主持。”男人和颜悦色。

家瑾记起小弦前一阵在家猛看禅书的时候，好像提过“元舍利”这么个不中不西的名字，一位由西方心理学博士转型的韩国或者日本流派的禅师。“禅寺？真正的禅寺有男女同修的吗？”他质问。

“这是你刚才看见的吗？”

别拿些含糊不清的禅话打发我，家瑾想，他义正词严问道：“我妻子在哪儿？”

元舍利目光平静祥和，招手让家瑾跟他走。走过檀木殿堂后面的小树林，有一片荷塘，花期将至，田田翠叶间粉白的花苞如星辰闪耀。荷塘正中一间独立的原木小屋，像被此起彼伏的荷叶轻巧托起。“她刚

开始闭关，不能被打扰。”元舍利指着木屋说。

当时无风，夕阳的余晖落在荷塘上也静止了。家瑾看不见连接木屋的桥道，四周也不见引渡的木船竹筏。他若是豁出去，就跳进池塘游过去，像高中的时候，憋一口气往绿色邮箱投去给小弦的第一封情书，选择题的格式，少年的勇猛直率，爱或者不爱。但简朴的木屋孤零零立在那里，有超离尘世的端庄肃穆，再沸腾的血液也不由自主静止下来。他竟无法靠近她。

家瑾在塘边站了很久，直到月色洗白了荷叶，洗白了木屋。“夫妻一场，连分手的理由也没留一个……”他茫然自语。

“你会明白的。”有人说。

他四顾，却不见人影，元舍利也不知何时离开了。

八月六日　中午　北京

家瑾现在想起来，觉得最后那句话是小弦说的，他甚至想象得出她说话时的神情，沉静如木屋荷塘，她依然年轻的身体掩没在褐色长袍下。

家瑾走出银泰大楼，下意识地摇摇头。他宁愿记住小弦化疗后的样子：彩丝头巾，手绘蛾眉，生机勃勃的眼睛——连癌症都没能扼杀她的生命力，没能把她和他分开！不可否认，他们的生活是因为癌症发生了变化：从北京搬回洛杉矶，小弦从公司的日常操作中退隐，他隔三差五地出差，小弦吃素学禅……但他以为，曾经以为，他和小弦顽强地抵御了癌症的侵犯，从来也没被癌症的阴影笼罩过。他们为看奥运买银泰公寓的计划，就是在小弦化疗的过程中商定的。“中国人等了一百年的华丽派对，怎么能错过呢？”小弦说。她那时多么兴致勃勃，化疗一结束，就催着和他一起飞北京看房签合同。

沿着长安街走过国贸大楼，家瑾侧身给一队身穿天蓝祥云制服的奥运志愿者让路，都是红扑扑的脸，举重若轻的神气，是刚结束培训还是正要奔赴现场？抬头，移动彩虹般的福娃在半空的LED屏幕里淘气顽皮，唯恐不能招人眼目；群星荟萃的《北京欢迎你》频频从路旁的时装精品店飘来。他意识到自己的状态与四周的热闹氛围格格不入。北京八月的潮热，已经把满街喜事临门的氛围熬成了一锅将至沸点的浓汤，腾腾热气、滚滚肉香，只待锅盖揭开的一刹那了。

长安街上只有铺画了五环白旗的奥运专车道一览无余地空敞着，旁边的车道一概水泄不通。家瑾怀疑满街的车辆是否都真正符合单双号限行的规定。刚过去一辆黑色奥迪分明是单号车牌，不过"京A"打头，或许是政府或军警的专车，可以例外地在双号日行驶？茉莉十分熟悉北京车牌的等级标志，还说可以帮他弄一张单双号都能上街的车牌。他并不认为茉莉夸口。茉莉八面玲珑，每天像蜘蛛一样忙碌地编织关系网，代理地产也不过是她的社交渠道之一。

家瑾在"同一个世界，同一个梦想"的巨幅标语下检阅着过往车辆的车牌，心境逐渐活络起来。他忽然侥幸地想，也许小弦在和他玩花样，也许后天奥运开幕，她会突然出现在他眼前。就像年初上海的朋友为他开四十岁生日派对，她说山长水远谁去呢，结果派对开到一半，她却蒙着面纱扮成肚皮舞娘"叮叮当当"地蹦跶到他面前。小弦曾经是富有灵感与激情的女人，喜欢别出心裁地编排他们的生活。直至两个月前，家瑾还从没对他们的婚姻失望过。

午后

走到三里屯附近，已是午后。汗水湿透了家瑾的粉红保罗衫，头发也塌下来，趴在额前喘息。路旁酒吧的门像一个山洞口，幽幽的凉风伸

出邀请的手。家瑾走进去,要了一瓶青岛啤酒。一个白种女子在吧台的另一边吸烟,眼神幽幽的像酒吧门洞的风。

小弦反对他吃肉的理由是正确的,家瑾想,在时代精英、青年才俊等等冠冕堂皇的外表下,他也就是个六根不净的男人。不过这男儿本色跟吃肉也大概没多大关联,像此刻,他腹中空空如也,眼睛却丝毫不顾口腹的感受,自得其乐地去追逐那白种女子柔软凸凹的侧身曲线。

"后天奥运开幕式,你有兴趣跟我去吗?"家瑾问她。

她转身,撩开淡金色的长发,正对家瑾。女子五官精巧,皮肤透明,轮廓里有许多柔和的弧线,阳光从酒吧半闭的竹帘间斜射过来,落在她光滑的额上,令家瑾想到刨光过蜡的俄罗斯套娃中最精致的那只。

"真的吗?哇,酷!"女子掐掉手中香烟走过来。她的英语口音混浊,与她纯净的脸庞一点不搭调。家瑾有点倒胃口,但一时又不知如何收回自己心血来潮的邀请。

"你真有票?"她的脸离家瑾很近,香烟和香水的味道涌上来,家瑾有点透不过气。悬在吧台上方的液晶屏幕里,展示新款内衣的半裸模特儿踩着迫切的节奏步步逼近。

开幕式的票半年前已经预订好,另一张自然是用小弦的护照买的。据说因为安全需要,所有观众不仅凭票进场,还要看身份证,要与买票时登记的证件相符。家瑾于是有了非常合理的托词:"票是有的,但可惜登记在我太太名下,离开幕式还有两天,恐怕来不及转让了。"

"你太太?"女子精心修整的眉毛荡漾了一下。家瑾想她要问,那你为什么不跟你太太去?她却很知趣地把话锋一转,"她是中国人吗?"

家瑾似是而非地微笑。

"我也可以有个中文名字啊,她叫什么?"她又说。

"她叫什么你也弄不到一本中国护照吧?"他明摆着在耍人,自己都觉得过分。

女子却毫不气馁。“唔，那可不一定！”她扬起下巴，眼中狡黠如飞鸟掠过，“她叫什么名字？”女子从她那枕头般饱满的LV手袋里搜出一个空掉的中华香烟盒，扯下一块红纸片，又问吧台侍应要了圆珠笔，一起递给家瑾。

家瑾鬼使神差地把“罗小弦”三个字写上去的时候，脊梁忽然冷飕飕的，脚底像被抽空了，整个身体靠几根脚趾支撑着。他感觉小弦就在身后，用她那双会迸发火花的眼睛盯着他。

就在家瑾回头确认的那一刻，残缺不全的红纸片被女子刷过亮油的尖指甲拈走了。“我叫奥尔加，明天午后再来这儿找我。”她摇摇手中纸片，走了。

八月七日　下午

家瑾当然不打算再去三里屯那间酒吧找奥尔加。并不是因为在酒吧里感觉被小弦盯了后脑勺。奥尔加这样的女子，他这几年遭遇过很多，KTV、夜总会、洗浴中心，大多是生意上免不了的应酬，偶尔捎带减压性质的消遣，但从来都是逢场作戏，即兴发挥过后便相忘于江湖，酒醉后的梦幻，绝不等同于真实人生。

结婚的时候，小弦要他许诺的不是天长地久，而是内心的真实。倘若感情还在，拈花惹草的事就别曝光伤人，小弦说，感情不在了，也决不为一纸婚书勉强厮守。

二十多年了，他内心的真实，自始至终都只有小弦一个。那么小弦内心的真实呢？假如感情不在了——什么时候不在了？小弦出家不做任何解释，肯定是有怨气的，他觉察得到，在她留下的空白里，有一尾无形的小鱼游来游去，噘嘴吐着气泡。小弦很少跟他吵，她更善于给他留白，房门一关，窗帘一拉，谁的过失自己领悟吧，润物细无声，他最终会

痛心疾首。但她对他再不满，休掉他也罢了，又何必休掉整个世界呢？家瑾不懂。

这天的出游依旧漫无目的，而且不知怎么，总在胡同里转悠。斑驳的灰墙红门，蒙尘的石鼓影壁，就像他的思路，都是历史的闪回，走不出旧事的长廊。胡同外争新比高的摩天大楼，让眼前的巷子显得狭促，充满随时可能消逝的危机感。哪一边更是这座城市的真实？

家瑾拖着怅然的步子走回银泰，却在大堂的一缸嫩竹前看见了奥尔加。他一愣，眼睛比前两天撞见躬身走出电梯的姚明时瞪得更大。

“你怎么知道我住这儿？”他们异口同声。

“不知道啊，但我住这儿！”异口同声，前后相差十分之一秒，像彼此的回声。而且一说起来，还都住八楼，一墙之隔。

“去你那儿还是我那儿？”奥尔加直截了当。她穿一条粉绿的超短裙，金发蓬松地绾在头顶，看上去像一颗甜汁欲滴的糖果。

家瑾环顾左右，两个穿灰色制服的侍应生礼貌地微笑，他们都很面熟。银泰开张不到一个月，总共还没几家业主搬进来，加上做物业管理的凯悦集团强调个性化客服，家瑾觉得这里的工作人员可能谁都清楚他和奥尔加的来龙去脉。

人工清泉在脚边汩汩流响，他的犹豫显而易见。奥尔加大方一笑，把家瑾拉进电梯。“去我那儿喝下午茶吧！”她说。

奥尔加的公寓格局与他那套正好成镜像对称，他的厨房在右、饭厅在左，她的饭厅在右、厨房在左。厨房是开放式，与饭厅只隔一道齐腰高的橱柜。客厅与饭厅连为一体，摆设同他那边也一模一样：深咖啡色的极简派沙发组合围绕可以拆拼的正方橡木茶桌，都是开发商原本的配置，连沙发上的丝绒腰枕也如出一辙地散发苔藓的幽凉。看来她也还没来得及为新居添置太多个人的点缀，因此放在茶桌正中的那篮菠萝就尤其显眼突出。

“天然空气清新剂，可以吸收新房子残留的建筑材料气味。”奥尔加说。

的确，空气里飘扬着水果无邪的芬芳，不像他那边到处夹杂令人讨厌的油漆味道。家瑾感觉自己的鼻翼放松了，呼吸自然顺畅。

奥尔加给家瑾冲一杯红茶，配两片柠檬，给自己倒一杯黑咖啡，又从冰箱里端出两小碟芝士蛋糕，说是她自己做的，他一定要赏光尝尝。

家瑾有点被触动，也许是因为很久都没吃过女人亲手调制的食品了。

奥尔加在家瑾对面跷起修长的腿，纤长的手指撮着小银勺，粘一点蛋糕送到舌尖，细细地抿，像难得被母亲批准吃甜食的小女生，要尽可能地延长享用“禁果”的时间。

家瑾从自己的碟子里切下半块蛋糕要分给她，她紧张地摇头，说不行不行，她今天本来是不该吃蛋糕的，在舍命陪君子了。

家瑾哈哈大笑，而且笑得很由衷。他尝了一口芝士蛋糕，甜淡适宜，丰盈而不乏细腻，绵密而不失层次感，蛋糕在嘴里化掉了，唇齿间留下若有若无的酒香。奥尔加说那是伏特加的味道，她的家传秘方。他没想到会在奥尔加的蛋糕里品出几分灵气，她在他眼里生动起来，有了立体感，俄罗斯套娃活了。

奥尔加话不多，也许碍于她不太流畅的英语。他们的对话有一搭没一搭，如同窗外的斜阳，被林立的高楼分割阻挡，因而散漫零落。

奥尔加果真是俄国人，来自海参崴（俄国人称符拉迪沃斯托克）。“那是世界上最美的城市。”她说，“苍绿的青山，山峦下蔚蓝的海港，来自远方的大船，还有广场上成群的野鸽子……”奥尔加混浊的英语口音描述起家乡的自然风光来，倒十分适宜。

“那你来北京做什么？这里又看不到野鸽子。”家瑾笑。

“跟我叔叔一起做生意。”

“哦,什么生意?”

“服装批发,中国的时装又漂亮又便宜。”

家瑾当然不信她的话,跑单帮能住到银泰来?奥尔加的叔叔肯定还有别的来历。若是在以往,家瑾会依着商人的习性刨根问底,但此刻他并没有工作的兴趣。

奥尔加把一本中国护照推到家瑾面前。家瑾揭开深红的封面,小弦的名字,奥尔加的照片,证件号码好像也跟小弦的一样。他一时不知该说什么。单凭她在 24 小时内就搞到一份逼真的中国护照,可以想象他们的背景非同一般。他也许该找个机会同奥尔加的叔叔沟通沟通,看有什么合作的可能,俄罗斯近年的经济增长率快赶上中国了,他一直有去那边探测的念头。等他和小弦的事告一段落吧……

他却不知道他和小弦的事怎么才能告一段落。像此时此刻,菠萝芬芳、蛋糕爽滑、茶汽氤氲,女主人性感周到,这一切都使人安适沉沦,他也真想歇一下,但脑筋又自顾自地转到小弦那里去了——小弦当初坚持保留中国护照真是聪明,以留学生的身份回国开公司有优惠,买房子也不受限制,要不买银泰哪有这么顺利……咱家现在有你一个美国公民就够了,小弦说,以后生了孩子也都是美国人……“以后”却已经被小弦不着痕迹地截断了,他不能想象与其他女人生养后代。

“怎么,我不像你太太?”奥尔加翘起下巴,没注意到他心不在焉,“我的血管里,说不定就有中国人的血,符拉迪沃斯托克有不少华人。”

当然,那里曾经是我们清朝的地盘,家瑾想,再看奥尔加,忽然没了兴致。他把护照递回去说:“明天开幕式安检很严,开不得玩笑,你不怕人家把我们当恐怖分子抓起来?”

“听说开幕式的票都炒到十万人民币一张了,你把票白白废掉,多可惜。”

家瑾起身说他该告辞了,向门口走去,却瞥见一架黑色的钢琴从小

卧室半掩的门后探出头来，无辜，如不知情的孩子。他再看奥尔加那些纤长白皙的手指，还不甘心地抚摸着那份伪造的护照。“我每天早上听到的琴声，是你在弹？”他问。

“是啊，对不起，吵到你了。”奥尔加诧异家瑾重新温和起来的口吻，但她却不知道，这些天的每个早上，一直是她，借着琴声的手，把他从隔壁那片落寞的废墟中拉了起来。

就算是答谢她的琴声吧，家瑾想。“也许……”他刚开口，小弦将突然出现的设想却像一根套马绳，把他余下的话猛地拉了回去。他立在门框中央，像被人偷拍的一张呆板的照片。

倒是奥尔加会圆场，抱过来两个菠萝，让家瑾拿回去改善呼吸环境。

特权中的特权

二零零八年八月七日　肯塔基

闭关结束一个多月了，小弦还保持着晚餐只吃水果的习惯。身体的轻盈与心灵的清明是成正比的，她对周遭一切的感知如此清晰敏锐。远山林间的鸟鸣、荷塘深处的鱼跃、夜露降临竹叶、花瓣飘落草丛，即使坐在禅寺的餐厅里，也仿佛历历在目、声声在耳，多层次、多方面地呈现，却并不含混，传递过来的信息都井然容纳心底。

她已经不是两个多月前的小弦。从前累积的一切，忧喜悲乐、源于他人或自身的诸种负担，由里至外层层蜕变，生命的结，缓缓梳理展开。时光像晚风送来的山野气息，安然停泊在内心深处的一角。意识在若有若无之间，飘若游丝，薄如灯纸，她此刻感动着鸟虫的感动，欢欣着草木的欢欣。

盘中的白银桃和黑樱桃都是禅寺后院的时令鲜果，从餐厅窗口望出去，就能看到口中食物的本源——她上午亲手浇灌过的果树藤蔓，枝繁叶茂，悄然释放愉悦的芬芳。回到最初，回到根本，她真喜欢这份纯粹与静谧啊！

但迷惑有时突然袭来，过去与未来回旋交织，凝结成太阳落山、黑暗临近时分的寒意，渗透单薄的布袍，从脊背开始蔓延，让她猛一激灵。

“怎么区分幻象与真实呢？”晚修开始之前，她盘腿坐在蒲团上，向元舍利提问。

“你手里有什么？”元舍利问。

她发现自己落在腿上的手微微圈握，无意识的姿态，前世今生的积习。“没有什么。”她说，展开十指。她还怕失去什么？得失如手掌开合，真与幻也不过如此？

元舍利微笑。

“真实无相。”有人说。

“如何才能让清净持久？”又有人问。禅堂里一片低语，看来是个共同的问题。

“也许打破清净，才能有所解脱。”

八月八日　下午　北京

为了等小弦，家瑾没出去闲逛，一直待在公寓里，中饭从对面

SOHO的快餐店叫了一个比萨。吃剩的一块拿到厨房，准备扔进水池打碎冲掉。揭开粉碎器的胶盖，一股腐臭冲鼻而来。他落荒而逃，幸而有奥尔加送的两个菠萝抵挡，才喘过气来。

打电话给物业办公室，值班的张小姐客气地抱歉，说今天奥运开幕，工程部的师傅们都提前回家等着看电视了。“您公寓里还有其他问题吗？我安排工程师明天去一起修理。”张小姐的嗓音略带磁性，让人一听便踏实安稳那种。

挂了电话，家瑾开始巡视公寓。本来他这次从洛杉矶来北京的主要目的就是验收这套价格不菲的公寓。太太去深山坐禅，做丈夫的就能因此超凡脱俗吗？奥运不看也罢了，但银泰的公寓八月初完工要接手，怎么说也是一笔投资啊。

趁早把公寓的瑕疵都挑出来，小弦到了他也好有个交代。小弦会像他设想那样突然出现吗？家瑾看看手表，下午三点多了，小弦上午在香港转机的话（他们一贯是飞这条线路），现在也差不多到北京了。

家瑾一边检查公寓，一边竖起耳朵收听门外走廊的动静。如果能在小弦猝不及防的时候开门迎她，给她一个反惊喜，也蛮好玩。

他还真给公寓挑出些毛病来：小卧室的电动窗帘卷到一半就停了；主卧浴室的地板有块砖颜色与众不同；还有上网，调来调去邮箱里的中文邮件都是乱码——包括小弦的一份邮件。

怪了，小弦出家这两个多月，从不与他联系，他打过几次电话到肯塔基，她也不接。莫非有什么意外？但整份邮件除了JJ和XX的昵称，其余一概是不可辨认的符号，像一组风残雨蚀的史前遗迹。真是山中一日世上千年吗？家瑾干着急。

再看邮件发送的时间，也就是一小时前。这不是小弦的风格，她若打算“突然袭击”他，绝不会提前走漏风声。家瑾有些泄气，想他一厢情愿地等小弦，是不是太高中生了？他往肯塔基那间所谓的禅寺打电话，

“丁零零”没人接，铃声反弹回来，在他记忆里撞出“夜半钟声”、“寒山寺”一类唐诗的碎片。

傍晚

他最终放弃了对小弦的期待是从门外传来的吵闹开始的。

粗壮的男声质问、连带手掌撞击墙壁的闷响，间中有奥尔加细弱的应答，立刻像根漂在水上的草被大浪劈头盖脸地淹没。

男儿本色除了六根不净自然还包括英雄救美。家瑾迅速拉开房门。

走廊里的灯光被琉璃灯罩滤过，显得诡秘，光力所及的边缘，两个俄罗斯男人一左一右把奥尔加堵在门口，都是中等个头，但很壮实，T恤衫的袖口紧紧绷在胳膊上，很有点拳击手的架势。

“没什么事吧？”家瑾问。

奥尔加趁机推开右边的男人，往家瑾这边靠了两步。虽然她离他仍有一段距离，但从大局上看，他们成了一伙，她是前锋，他是后卫。

“他们是来找我叔叔的。”奥尔加用英语回答，又用俄语对两个男人说了一串句子，口气强硬了些。

家瑾想他这后卫当得很见实效。他再估摸了一下情势，他比两个男人都高，虽然肌肉不如他们发达，但他大学时代苦练过散打功夫，假如真动手，应该不至于吃亏的。当然这是最坏的打算，他们可是在银泰，虽然这层楼现在就住着他和奥尔加，但楼上楼下都有服务和保安人员。家瑾握紧了裤袋里的手机。

两个俄罗斯男人同时把视线转向家瑾，其中留络腮胡的向前迈开一步，又被同伴伸手拉住了，那人臂上的蟒蛇刺青在光影里闪了一下。家瑾沉着脸、沉住气，用冷冷的目光抵御他们的审视。

奥尔加摊开两手，又说了一句俄语，有点声嘶力竭。家瑾猜她说的是“你们还愣着干什么？”或者“你们还不快滚？”

刺青逼近奥尔加飞快地说了几句俄语，嗓门压得很低，但威逼的语气显而易懂。刺青说完打手势让络腮胡跟他走，络腮胡的眼珠慢慢扫过家瑾，突然猛推了奥尔加一把。

奥尔加倒退踉跄，家瑾上前接扶，却冷不防踢到地板上什么东西，结果俩人都跌倒在地，奥尔加尖叫一声。两个俄罗斯男人转眼消失了。

绊了家瑾一跤的是哪位工程师遗忘在楼道里的工具箱，铁皮盒子，有锋利的棱角。奥尔加穿一件黑蕾丝背心，右边肩膀被铁皮擦伤了，渗出几线血丝，但还好并没有很深的口子。

家瑾旅行袋里常备着袖珍急救包，酒精纱布都有。他刚把奥尔加搀进自己家门，两个穿蓝灰制服的保安出现在楼道里。“我们听到响声，发生什么事了？”保安个头都不大，南方口音。

家瑾这才回过神来，在脑子里过一遍刚才的情形，并不太清楚发生了什么，那两个俄罗斯男人虽不友善，却不像打家劫舍的，而且似乎都认识奥尔加，应该属于他们俄罗斯人民内部矛盾。这么一想，他觉得没什么可报的，踢一脚地上的工具箱说：“楼道光线暗，这种东西挺危险的，怎么没人收捡呢？”

保安道歉，抱起工具箱走了。

奥尔加俯卧在长沙发上，家瑾拿出急救包，用蘸了酒精的药棉替她消毒伤口。奥尔加呻吟了两声，他连忙俯身吹伤口，还像哄小孩一样说：“不疼不疼啊，马上就好。”

他贴最后一张创可贴的时候，奥尔加侧身坐起，头转向他，脸上都是泪水，睫毛膏化了，水墨一样染在脸颊上。他的手还扶着她的肩胛，他感觉她整个人从那块骨头开始一点点化掉了，滴滴答答烫他的手心。

奥尔加的脸越来越近，她的呼吸里有遥远的海洋的气息，直逼眉心

的清凉带几丝腥咸，她的唇却是温温淡淡的甘甜，家瑾嘬上就没法放开，只想深入，他还要多一点、浓一点、热一点。

欲望的野马挣脱缰绳狂奔起来，向北，穿越浓密的原始森林。奥尔加柔软起伏的身体、潮湿光亮的皮肤，令家瑾想到森林里年轻的母豹，陌生的激动电击过全身。他进入她的时候，好像到达了一处他从未涉足过的地方。

北京是一座充满特权的城市，银泰更是一栋充满特权的大楼，楼下正在开张的 Zegna 和 Cartier 精品店是特权的牌照。自己白手起家挣来的，他为什么就不能心安理得地享受一下特权中的特权呢？家瑾在意识里挥挥手，驱赶小弦留下的那条隐形小鱼。

当奥运开幕式的烟花在鸟巢上空腾飞怒放时，他心里也有什么释放了，好像猛地浮出了水面，发现，仅仅是大口地呼吸，就可以如此令人满足。

家瑾打开五十英寸的液晶电视，二千零八位鼓手正击缶高歌："有朋自远方来，不亦乐乎！"已经来不及去鸟巢了。

奥尔加斜靠在沙发上，咬着嘴唇不说话，金发像月光在半裸的身体上流淌。家瑾走过去，抬起她的下巴安慰道："奥运刚开始，明天带你去看比赛。"

奥尔加雪白的手臂绕上他的脖子，又开始吻他。"你真好！"她在他耳边喃喃。

八月九日　凌晨

家瑾做了一个梦。小弦站在床前，对他身边熟睡的奥尔加指指点点，她说着什么，很着急的样子，眉毛拧在一起。他却听不到声音，像看默片。他捧着小弦的手说："你恨我吗？我以为咱俩之间早已达成了默

契，你不问，我也不说。像我这样积极入世的男人，一辈子守一个女人不容易，至少在生理上不容易。”他终于向小弦“曝光”，在梦里。

那个梦境却很真实，像确实发生过的事。家瑾后来每次想起来，都能记起其中的细节：小弦焦虑的眼神，她的手从他手中抽走后的空洞，还有她带来的气息，山涧小溪的清幽……小弦听见他对她坦白的话了吗？他后来时常猜想。

黎明

枕边的中国男人还在熟睡，一只胳膊搭在她胸前。奥尔加小心抬开那只显然不多见阳光的白胳膊，看男人挪挪身体，依旧沉溺梦乡。奥尔加下床，抓起搭在沙发上的衣物走出卧室，轻手轻脚掩上房门。

客厅窗外，天色灰蓝，水红的霞晕正点点浸染三环上空。饭厅餐桌上，摆着一台沉睡的联想笔记本电脑。

奥尔加走近餐桌，回头看看紧闭的卧室房门，打开电脑，敲两下键盘，逐渐亮起来的屏幕映在奥尔加莹蓝的眸子里，排排字码如细密的针眼，她又点了两下键盘，关上电脑。

奥尔加到厨房拉开冰箱，空空荡荡，只有两听可乐和一瓶啤酒。她摇头笑笑，出门回到隔壁自己的公寓。

手机响了。奥尔加在沙发上找到 LV 手袋，从手袋里摸出 iPhone。

是多米奇。“货都办齐了？”他问。

“齐了。不过……”奥尔加拿一枚邮票大小的奥运徽章在指尖翻来覆去，“安德鲁有些自己的想法。”

“什么想法？”

“他觉得，唔，你问他好了，也没什么大不了的。”

“嗯，你继续按计划办事。我跟安德鲁谈谈。”

挂了电话，奥尔加走进厨房，从冰箱里拿出鸡蛋、土豆和黄油，用塑料袋包上，一并放进 LV 手袋。她抱起手袋往外走，临出门，又想起什么，回到主卧的书桌前，打开手提电脑调试一番，然后拿起桌上空掉的香烟盒，扯下一块纸片，往上抄写一行字。拉开抽屉，正好有个空白粉红信封。奥尔加将纸片装进信封，舌尖舔舔封口的粘胶，再用手指按紧。

早晨

家瑾醒来的时候，隔壁没有钢琴声，厨房那边却“哧啦啦”地爆响。他拉开卧室的门，煎鸡蛋的香味立刻充盈了鼻孔。奥尔加正低头做早餐，只穿了一件宽大的 T 恤，超短裙似的盖住大腿根，脚指甲涂得跟 T 恤上印的福娃一般鲜红。家瑾再往上看，想到那两条曲线完美的腿昨晚蛇一样盘在他腰上，呼吸连同神志都大幅度摇晃了一下。

“前两天还灰蒙蒙的。”他定了神走过去指着窗口说，“看来政府的苦心没白费，人工降雨，交通管控，北京的天终于干净了。”

奥尔加抬头，笑容如窗外碧蓝如洗的天空。

“你叔叔呢？”他忽然想起来。

“回符拉迪沃斯托克去了，北京夏天太热，他不习惯。”

“所以人家麻烦都找到你头上了？”

“哦，你是说昨天那两个人吗？他们是替我叔叔干活儿的。”奥尔加漫不经心的口气，令家瑾怀疑他昨天傍晚看到的事是否真的发生过，还有她的眼泪，染花了她的脸，仅仅是因为他对她好吗？

“怎么，你叔叔欠人工资了？”他想再问出点儿什么，打工的竟敢冒犯老板的侄女，谁信呢？

奥尔加不做声，从他的橱柜里搜罗出两个白瓷盘，“叮叮当当”往盘

子里铲鸡蛋。

家瑾讨了个无趣，坐到餐桌边，习惯性地打开笔记本电脑。

奥尔加端着盘子凑过来："啊哦，乱码！"

家瑾才注意到他的邮箱还敞开着，小弦那份邮件像一张坦白却眉目不清的脸。他怎么竟把这事忘了，不知小弦"下凡"来要告诉他什么？昨天夜里那个梦……

奥尔加却不容他多想，把电脑拉到自己面前说："我帮你调调，俄国来的邮件也常这样。"

奥尔加熟练地敲开系统软件，查查这个参数换换那个设置，邮箱里好几份中文邮件确实被调了过来，但小弦那份却仍旧是乱码。奥尔加说，传输过程中乱了，跟本地系统没什么关系，单弄你这电脑没用。有个网站，你把邮件传过去，他们可以通过追溯邮件原来的传递过程把乱码修正过来。不过网址她记不清了，要到她电脑上去查。

奥尔加一气说完，家瑾侧目："你怎么懂这么多技术细节？"

"我大学念的是电脑工程。"奥尔加耸耸肩，笑得十分从容，这句话制造的错位效果，她一定见多了。但这次家瑾倒觉得她说的是真话。

"哦，你喜欢吗？"他饶有兴趣地看她。他向来欣赏才貌双全的女子，像吃一道地方名菜，色香味之外，还有典故传说引人入胜。

"当然，我是班上最好的学生……"奥尔加仰起头，手指蜻蜓般点落键盘上。家瑾可以想象她换了剪裁合体的西装坐在办公室里的样子，鼻梁上架一副时髦的珐琅眼镜。她顶多也就二十五岁吧，生活还潜藏着那么多可能性。

"你知道吗，我从前在美国也做过工程师。"家瑾叉起黄油炒蛋往嘴里放，蛋香油香激发了他谈话的兴致。

"也是电脑工程吗？"

"不，电机工程，我太太做电脑工程。"家瑾再尝土豆片，奥尔加用黄

油煎得十分脆爽。

“是吗？她在美国？”奥尔加表情坦然，像跟家瑾谈一位熟识的女友。

“也是从前的事了，她做得很不错。”奥尔加的无禁忌鼓励着家瑾，他也试着像谈论熟识女友一样谈小弦。他说小弦在美国比他发展得好，辞职回国前已经是部门主管，要是再潜心熬上两年，完全有可能晋升副总裁。

如此谈小弦是一种释怀，而这种释怀，也许从他把小弦的名字写给奥尔加那一刻就无声地开始了，或者更早？家瑾想。摆个局外人的姿态，也许他就能真的跳出多日不破的困局了？

“她真幸运！”奥尔加说，“在俄罗斯，工程师本来就不值钱，女工程师工资更低，更不会有女人当副总裁。经济发展的快车上坐的都是大老爷儿们，女人要搭上去，单靠知识技能是不够的。”她起身走进厨房，从搁在橱柜上的手袋里摸出一支中华香烟，拈在炉头打火点上，深吸一口，吐出淡薄的烟雾。

“啊，经济快车，在哪儿搭都是要付出代价的。”家瑾的感叹发自肺腑。当初小弦决定放弃美国大公司的安稳职位同他一道回国赶经济快车——当然还掺杂些理想主义、民族情结，在自己出生长大的国土上干一番事业——快车是赶上了，小弦却伤了元气，大病以至抽身脱离凡尘。

“当然！”奥尔加看他一眼，眼神如烟头忽明忽暗，“其实，跟我叔叔做生意，也挺有意思。”奥尔加靠在厨房边界的橱柜旁，右手夹香烟，左手托着右胳膊，头仰着，金发垂落腰际，从家瑾的角度看上去，是一种向后倾倒的姿态，有芭蕾舞的感伤，又有反叛青年的无所谓、满不在乎。

家瑾盯着她白皙纤长的手指，看她吐出淡蓝的烟雾，袅绕那些手指弹出玩世不恭的琴声、调制带伏特加酒香的蛋糕，同样的手指轻巧敲击

电脑键盘、为搭上经济快车裁定种种选择与放弃。

思绪的碎片在小弦与奥尔加间替换交错，又叠加在一起，事情忽然明了许多。人生的困境，当你怎么也跳不出去的时候，却因为眼前看似毫不相干的人和事化解了，得与失的权衡其实毫无必要，因为唯一的真实只在当下。

家瑾用遥控器打开电视机。正在重播昨晚开幕式的精彩片段，展开的桃红画卷上，立体的活字印模此起彼伏，在花海里幻化“和”字的不同形体。

“多么华丽的派对啊！”奥尔加难以置信地摇头，“我们怎么白白错过了？”

中国人等了一百年的华丽派对，小弦也说过，半年前的事，却恍如隔世。

奥尔加的下巴搭到家瑾肩头，问他还要不要那个可以修正乱码的网址。她的头发蹭得他耳根痒酥酥，他发现自己并不急于知道小弦邮件的内容，懒懒地说：“你方便的时候给我吧！”

“跟你做个交易。”奥尔加富有弹性的胸脯抵着他的后背，“你今天兑现许诺，带我去看比赛，我回来就给你网址。”

上午

2008 年北京奥运会的第一场篮球赛，白俄罗斯女队对澳大利亚女队。上午新鲜的阳光里，奥林匹克篮球馆如披金戴甲的武士严阵以待。

家瑾拉着奥尔加的手跑进篮球馆的时候，在玻璃门的反影中看见自己年轻了十五岁的样子：宽松的 T 恤和咔叽工装裤，高帮的耐克球鞋，绝对是美国街头抱着篮球随时可以挑战对手的酷哥，还有他精心保养的一头黑发，空中腾起投篮的时候，一定不比成龙卖霸王洗发精的广

告效果差。

这套行头是奥尔加从她家“库存”的批发样品中找出来的,跟她身上穿的配套,不过他胸前的福娃是天蓝色,奥尔加说叫贝贝,而她身上红色的福娃叫欢欢。这一切都幼稚可笑,像现在高中生的约会游戏,但给家瑾一种重享简单事物的愉悦。

“但愿所有交易都像你这单一样令人愉快。”他对奥尔加说。当然他说这话时,对这单“交易”的真实性质和成本还一无所知。

因为来的路上塞车,停车又颇费了些周折,他们坐下来的时候,比赛已经进行到第二节,澳大利亚队领先十二分。白俄罗斯队在进攻与防卫上都显然比澳大利亚队低一个档次,球员们却咬紧牙关奋起直追,没有丝毫放弃的意思。家瑾与奥尔加正好坐在白俄罗斯队的篮板这边,座位很靠前,可以看到球员们挥洒的汗珠,球鞋摩擦胶木地板的声音尖锐刺耳。

女球员的爆发力到底不如男球员,家瑾冷静旁观。在他看来,女子篮球是地上的比赛,打得再专业也不如男子篮球的空中角逐激动人心,更何况眼前的两个球队都与他毫不相干。

奥尔加很投入,为白俄罗斯助威,每进一个球,她就跳起来用俄语大喊“白俄罗斯”,与右边观众席上穿得大红大绿、扬着同色国旗的白俄罗斯球迷们前呼后应。奥尔加的翘屁股紧紧包在牛仔短裤里,一定让后排的观众大饱眼福,否则他们为何对她的“张牙舞爪”不仅毫无异议,还又吹口哨又鼓掌?家瑾略为尴尬,回头查看,在大片跟他同样袖手看热闹的中国观众中,发现了几面摇晃的红蓝白三色俄罗斯迷你国旗。奥尔加也回头看,对那几面小国旗兴奋地挥手。

“苏联分裂的时候,你还不到十岁吧?”家瑾问奥尔加。

“那又怎样?总得挑一边加油吧!”奥尔加并不在意他的“挑拨离间”,继续兴致勃勃为她十岁以前的同胞姐妹们呐喊助阵。

中场休息的时候，奥尔加说口渴，家瑾要去买饮料，奥尔加坚持她自己去，让家瑾留在座位上。

圆滚滚的福娃们蹦进球场里，你推我搡、东倒西歪，拙态引起阵阵哄笑。随后又有中外混合的美女拉拉队上场劲舞，长腿踢过头顶，金发与黑发回旋飞扬。

家瑾心底的落寞却突然打道回府，而且带来巨大的空洞，四周的热情与激昂被突如其来的空洞隔离成另一个世界。他坐在自己这边的真空里，无形的小鱼游来游去。他不得不承认内心的真实与时间地点毫不相干，奥尔加给他的愉悦与释怀不过是瞬间的假象。

奥尔加端着两杯冰镇可乐回来，又拿出两枚邮票大小的人形“京”字奥运徽章，一枚别在家瑾胸前，一枚别在她自己的T恤衫上，小指头尖翘着。别完徽章，她又搭一只手在他肩上，不时摸摸他的头发拉拉他的耳朵。亲昵的小动作，似乎要把家瑾从空洞里拉出来。他却很不情愿，执拗地要守在那空洞里。在他独坐的真空，他只想念一个人。小弦是无法替代的，他和她是绿叶红花。花主宰叶的喜怒哀乐、过去与未来。花之不存，叶将焉附？

开车回银泰的路上，无形的小鱼终于化成内疚的水草漫上来，堵在家瑾胸口。他面对过许多诱惑，但从来都可以坐怀不乱，确切地说，他都可以动欲而不动情。所以，即使有行为上的偏差，家瑾却没觉得自己违背过对小弦的承诺。但这一次和奥尔加不同，他竟然被她的琴声、蛋糕还有工程学位和经济快车打动了，而且违背了他为自己制定的所有行为原则：不接吻，不过夜，更不用说带进自家的公寓里——他和小弦一起买的公寓。这一次他是在思想和行动上都彻头彻尾地出轨了。

家瑾想起昨晚的梦，他对小弦“曝光”了那些话，小弦一味地摆手摇头，她是不肯接受他、原谅他吗？他却是不相信托梦这一说的，大概这是心里愧疚的折射罢了。梦中的小弦是出家前的样子，化疗后新长的

头发柔软纤细，烫了小卷贴在头皮上，身上的月白迷你裙在前胸打了许多松松的褶皱，是二十世纪三四十年代的爵士风。

奥尔加显然觉察到了家瑾的沉默，一路上很知趣地也不说话。回到银泰，他们草草说了声“再见”就分别开门进了各自的公寓。

偶然中的必然

二零零八年八月九日　下午　北京

与奥尔加草草道别促成了两个后果，首先，奥尔加与他的“交易”，她没有兑现。家瑾落寞而内疚地在沙发上躺了半天，才醒悟过来。他去敲奥尔加的门，要那个可以修正乱码的网址，却没人应答。

他打开电视看奥运实况转播，又是女篮，中国对西班牙。因为有中国队，提着兴致看，却才意识到他还穿着上午和奥尔加手牵手跑进篮球馆的情侣T恤，上面还别着奥尔加买的奥运徽章，白底金边，红色“京”字像个跃跃欲试的投篮手，或者跳高运动员。

他跑进主卧衣橱，脱下福娃T恤揉成一团扔到角落，从衣架上取一件深蓝保罗衫换上。整个过程他提心吊胆，好像小弦就在隔壁，随时会推门进来。虽然他清楚地知道小弦的眼睛即使还注视着他，那也是在隔着千山万水的红尘之外、沉寂如夜晚的荷塘木屋了。他如此紧张兮兮的，不过是一种习惯，像他每次去卫生间要随手抓一本杂志，每天

入睡前必须看一段体育新闻。

习惯若不是与生俱来，一定可以追溯起源。家瑾重重地坐回客厅沙发上，回想他什么时候开始，在背后多生了一双眼睛、耳朵，预测小弦的出现。

好像是他们回国后吧，茉莉的小助理，刚毕业的工商管理硕士，小圆脸上一对珍珠米似的酒窝。那天茉莉不在，小助理便从办公桌后走出来陪他一起坐在沙发上。家瑾看见她短裙下的尼龙裤袜挂了一条丝，指给她看，她抬腿放到他腿上，说你帮我扯断它。家瑾一边诧异她稚气未脱的笑颜里透出的风尘味，手却不禁顺着她的小腿抚上去，食指和中指在她膝盖两侧发现了另外一对娇滴滴的酒窝，一时竟不能自拔。

小弦意外地推门进来，看见他们，立刻又退了出去。他看见小弦眼中有什么像玻璃一样碎了，追出去的时候脚下“嚓嚓”响，像踩着那些碎渣。他说什么也没发生。小弦“嗯”了一声。他又说小女生想挖茉莉墙脚，勾引老板客户另起炉灶。小弦说，那跟我无关。他努力想看清小弦的脸，她却像影子，一晃就消失在拐弯抹角的楼道里，留给他一片混沌的空白。他不用镜子也能看见自己的猥琐样，肩膀垮着，头歪向一边。他当时想他在小弦心目中的形象就这么毁于一旦了。

不是防着小弦，只是不想自己的形象在小弦心中继续毁下去。他们从前在国外，虽然也住在大城市，但相对于北京、上海的热闹繁华，那仿佛是田园诗般的清悠单纯。结婚时的承诺是一幅挂在墙上的风景画，令人产生美好的遐想。回国创业，熟人朋友中婚外恋和离婚消息频频传来，家瑾将之归咎于人口密度的反冲——海归人士面对的绝对人口密度毫无疑问陡然翻了数倍。相对的人口密度，即人群中养眼女性的密度，在北京、上海也比纽约、洛杉矶大许多。当然这是就家瑾和他那帮酒肉朋友的品位而言。而他和小弦结婚时的约定，在这些绝对和相对的人口密度增长面前，突然具有了现实意义。

回想起来他一直有意无意地在试探那个承诺的极限，像是用一系列的小动作旁敲侧击：十五年前的话现在还算数吗？结婚时他觉得有了小弦这样的妻子再去拈花惹草的男人不是荷尔蒙过剩便是不识好歹、贪色无厌，没想到他却渐渐成了自己鄙夷的角色。

他换了个频道。男子气手枪决赛，凝神屏气，射击！“砰……砰砰！”电视里的枪响怎么如此迫在眉睫？再听，家瑾才意识到有人敲门。

他以为是奥尔加，好说好散嘛。开门，却是昨天傍晚的两个俄罗斯男人。他们问他奥尔加哪儿去了，英语含糊不清，像嘴里嚼着半块土豆。

“我怎么知道？”家瑾回答，心想我还找她要东西呢！

“那她留给你的东西呢？”刺青一扬手，臂上那条盘旋的蟒蛇似乎“嗖”地向家瑾吐出火舌。

“什么东西？”家瑾恼火刺青怎么知道他的心思，又立刻意识到刺青说的东西和他想的该不是同一回事。

“别装蒜了。”络腮胡一把推开家瑾，要闯进门搜索的架势。络腮胡剃了光头，看上去像头发移植到下巴上，既怪诞又横蛮。

“你们敢再向前一步，我就报警了。”家瑾扬起手机。

“许先生。”物业管理的张小姐叫他，令人舒服贴心的嗓音。她身后还跟着一个穿深蓝工作服的高大小伙。“您不是说厨房水池有异味吗？我带工程师来看看。”张小姐又打量两个俄罗斯男人，问：“不知道您有客人，现在方便吗？”

“哦，他们找隔壁的小姐，你今天看见她了吗？”家瑾的音量不自然地放大。

“没有，我今天没看见伊凡诺娃小姐。”张小姐改用英语。

两个男人嘀咕几句俄语，转身走了。

工程师很快调整好电动窗帘，又蹲在水池下敲敲打打，还拧开粉碎

器检查，没发现故障。最后他在水池漏水口堵了一个黑胶盖，对家瑾说不用的时候别打开，新修的大楼下水道难免反味，过一段时间就好了。

家瑾却完全没在意工程师的叮嘱，甚至没注意到张小姐和工程师何时离开了。那两个俄罗斯男人为什么一直纠缠奥尔加？这与他又有什么关系？他的思路在这条线上逡巡，一团迷雾向他飘来，他闻到其中令人不安的气味。

然而与奥尔加草草道别造成的第二个后果，却要到第二天晚上才逐一显现出来。

八月九日　肯塔基

银色宝马 X5 行进在长安街上，穿透暮色中翻滚的尘埃，平稳如小弦均匀细微的呼吸。

打坐的时候，与家瑾有关的景象仍然会闪现在小弦的意识中，但她已不像开始的时候，不由自主卷入其中，以至牵动情绪身心，打断已经深入的冥想。她渐渐学会了旁观，潜行在意识的边缘。行到水穷处，坐看云起时，该来的来，该去的去，执意要放下，岂不又生出另一番执著？

她仿佛坐在家瑾身边，像他们从前一道去谈生意，或者，忙碌终日后一起出去吃宵夜。她由他把握方向盘，随意开到什么地方。在北京创业那些日子里，有太多令她心神不宁的人和事，但和他在一起的时候，她总是放心，感觉安全。

家瑾此刻却为何躁动不安？被纷繁的思绪覆盖压迫，沉重投影在脸上，却毫不自知。她能感觉到，不安如石缝间的一股细流，隐隐约约暗自滴答。

她静静观看，后视镜中一辆黑色轿车，宽大厚重，彰显着美国车的霸道。家瑾加速，黑车也加速；家瑾右转，黑车也右转；家瑾抄胡同小

道，黑车消失片刻，却在家瑾回到主道的瞬间再现。黑车如一道黑烟尾随，诡秘中透着凶险。

她不禁伸手，要去推家瑾，提醒他。冥想中断。

看清与修习并不等量。看清的是目标，要达到目标以至超越目标，却需要漫长的修习，她不过刚刚起步。小弦双手垂落、舒展，再次叠放腹前，她紧一紧盘结的双腿，让启动的念头平息飘散。X5 的车轮无声碾过呼吸、意念。

八月十日　傍晚　北京

晚饭的时候，家瑾驱车去东方广场，因为在电视里看到一盘羊肉饺子，腾腾热气似乎从屏幕中冉冉飘香到他的客厅。他说不准自己眼馋的是饺子还是围着饺子谈笑风生的那伙朋友。

他这次来北京，除了茉莉，还没同任何熟人联系。很多朋友都知道他和小弦为看奥运买银泰，现在他一个人出现，肯定少不了询问。但老婆出家这种事，向谁说得清楚？最后他选定去东方广场楼下的大排档吃饭，有许多人陪着，又不必向谁掏心掏肺。

宝马 X5 的前方车台上斜靠着一块过塑的单双日通行牌照，是茉莉下午送来的。

茉莉做他的地产经纪已经七年多，他海归后第一家公司的办公楼就是她帮忙找的。茉莉分寸一直把握得好，每次见她既有公事公办的干脆利落，又有故知旧交的稳妥踏实。而且在家瑾交往的商界女性中，茉莉是唯一不招小弦贬损的。并不是因为茉莉不漂亮，而是她精明、目光长远，懂得像家瑾这样的客户长期利用价值更高，而培养长期客户的关键之一是要把客户的女眷也打理得服服帖帖。比如那次“助理事件”发生后第二天，小助理那对甜蜜的酒窝就从茉莉办公室彻底消失了。

除了汽车牌照，茉莉还抱来一个半人高的绒毛福娃，金黄色，说是送小弦的。公寓里明显只有家瑾一人闲居的迹象，茉莉见了，却也不问什么，这就是茉莉的好处。

茉莉的交易价钱是家瑾那两张足球决赛门票。他听一个出租司机说过，足球决赛票在网上炒到三万块一张，但他无所谓，他那些奥运门票，到时说不定都像开幕式门票一样报废了，趁早让茉莉拿去做人情，而他至少在想去大食代吃羊肉水饺的时候不必担心街上是否叫得到出租车。

地下停车场车位逼仄，X5委屈地挤进一个空位。家瑾下车的时候，怕碰到隔壁一辆奔驰的车门，小心翼翼把门推开一半，然后侧着身子才勉强挪出两辆车之间的夹缝。

“吱——”一辆方头阔脑、霸道如坦克的黑色克莱斯勒刹车，差点撞到家瑾。家瑾正想发作，张开的嘴又合上了。从克莱斯勒开门下来的，又是那两个俄罗斯男人。

“果然是你，把那个给我！”刺青声音压得很低，伸手要抓家瑾右手握着的车钥匙。

“为什么？”家瑾从前散打训练的反应力还在，一抬手挡住了刺青，却没来得及回避络腮胡从左边砸来的拳头。

是他拳脚不如他记得的那样好使，还是俄罗斯男人的拳脚远比他想象的快、重？家瑾脑袋“哄”一声，眼前似有黑鸦飞过，身子向后歪去，撞到后面的奔驰上，尾骨碰得生疼。疼痛如一根救生索把他吊在昏沉与清醒的边缘。

“敢泡我们老板的女人！”络腮胡的声音像洞穴里的回声。络腮胡顺势掐到他脖子上的手却是一把再真实不过的铁钳，骨节突兀、汗毛森严。家瑾不能动、不能说，却还能想：奥尔加是他们老板的女人？他们的老板不是奥尔加的叔叔吗？谁在说谎，奥尔加还是络腮胡？

络腮胡的铁钳越夹越紧，家瑾有些透不过气，危机中却更清醒，记

起从前学过一招被人掐脖子时的脱身之术，双手无奈都被络腮胡摁得死死的——车钥匙当然早被刺青拿去了——腹肌，对，借腹肌还有大腿的爆发力。家瑾暗中使劲，企图扭动身体，劲却怎么也使不到点子上。近年来频繁的应酬到底让他的身体付出代价了，家瑾绝望地想，感觉筋疲力尽，像一只肚皮朝天的螃蟹横七竖八地被络腮胡钳制在不知是谁家的奔驰尾盖上。

刺青从X5的后箱拎出一个枕头一样胀鼓鼓的LV手袋，在家瑾眼前晃两下说："我们现在只要这个，还不要你的命。你趁早离她远点儿！"

家瑾当然明白"她"是指LV手袋的主人奥尔加。昨天上午看篮球的时候，奥尔加怕安检太严，抱着大手袋进不去，就把手袋留在他车里了。球赛后他思绪万千，与奥尔加道别时竟然没注意她是否拿走了那个手袋。

络腮胡放开家瑾，对他狠狠地伸出一根壮硕的中指。家瑾捂着脖子大口喘息，心里虽然窝囊，一时却说不出话来。

然而事情突然发生了转机。络腮胡尾随刺青走向克莱斯勒，正要拉开车门，两辆黑色奥迪一前一后闪现、刹车，挡住了克莱斯勒的去路。四个精干的中国男人从奥迪车上跳下来，虽然都身穿不同颜色的便装夹克，但从他们下车、潜行以及举枪瞄准的身手看来，都是训练有素的专业人士。

家瑾从刺青与络腮胡交换的几句短促的俄语中听出了他们负隅顽抗的企图，但便装夹克们瞬间布下的手枪射程，覆盖面与精确度都完全排除了俄国人实施任何抵御或逃跑策略的可能。晃眼之间，刺青和络腮胡缓缓举起了双手，奥尔加的手袋"啪"一声落在水泥地上。

几个停车场保安跑过来，那四人中穿深蓝夹克的摆手让他们靠边，又扬出证件说："公安！"声音洪亮如钟。

这一切发生得那样迅捷，家瑾目不暇接。事后回想起来，才意识到大概他的X5被俄罗斯男人的克莱斯勒跟踪，而公安的奥迪跟踪克莱斯勒，可能早在X5被克莱斯勒堵截之前就潜入了停车场，暗中观测事态。“螳螂捕蝉，黄雀在后。”

但让家瑾不解的是，当另外三位公安向刺青和络腮胡围拢的时候，蓝夹克却举着手枪向他走来。“把手举起来！”蓝夹克用英文喝道。

“可我是中国人！”家瑾用中文喊，迷惑地摇头，双手却不得不举起来。枪口对着他的鼻尖，他对枪口的威胁终于有了切身体会：一个小小的圆孔，因为中心的空，本身就无限地未知，又因为连着枪膛、扳机，连着持枪者的食指，食指听从持枪者大脑的指挥。他不能透视蓝夹克的大脑，而蓝夹克的脸——一张不是因为年龄而是因为经验而老成的脸——他从蓝夹克脸上找不出任何推理的依据。小小的圆孔因黑不见底、深不可测，生出一股倒吸的阴风，家瑾体内的细胞都像被人拎着脖子提到了皮肤表层。

“喊什么？中国人也有好坏之分！”枪口又抵到家瑾胸膛，凝聚在皮肤表层的细胞集体一震，簌簌散落。蓝夹克上下拍打家瑾的身体，确定他没有武器后，把他的双手反铐起来。

冷硬的镣铐嵌进手腕那一瞬，家瑾在美国累积的公民意识猛然复苏。“你们凭什么抓我？”他愤然责问。

蓝夹克不回答，把家瑾推进奥迪后座。家瑾挣扎，用英语说：“你们凭什么抓一个美国公民？”

蓝夹克鼻子“哼”一声，用中文回答：“刚才不还说自己是中国人吗？”随即“砰”地关上车门。

家瑾打了个激灵，全身细胞似乎已经抖散得所剩无几，实体空了，灵魂的依附何在？十分不真实的感觉。

家瑾噤声，记起一个传说——曾经同在美国留学的一位校友，去巴

西经商，不知何故惹了麻烦，被抓起来，校友的妻子在美国为他奔走，找国会议员出面搭救，最终也无济于事。十几年前的传说了，但此刻使家瑾悲哀的并不是他可能陷入的不测之地，而是，倘若真被牵扯进什么麻烦，他却已经没有在美国替他奔走的妻子了。

夜深

奥迪在北京的夜色里行驶了大约半个小时就停下了。家瑾被套了黑眼罩，眼前只有星星点点的光亮跳来晃去，完全不清楚方向，但凭着街市的嘈杂和密集的车流声，家瑾感觉他们还在市区内。

眼罩取下来的时候，他已经被带进一间审讯室，几位便装夹克都不见了人影。带他进来的警察穿正规警服，娃娃脸，像刚从警校毕业的学生。警察解开镣铐，把他安置在墙角的长条木凳上，随即离开，不给家瑾任何提问的机会。警察“咔嚓”锁上房门，门外的市声陡然被截断了。

审讯室四四方方，没有窗口，中间有一张长方木桌，木桌后有一张木椅子，应该是警官的座位。长条木凳为什么摆在墙角而不是警官座位的对面？大概板凳也是轻易不让坐的，要看被审讯的人表现如何？四面墙壁都刷了乳胶漆，被日光灯照得煞白，没有“坦白从宽，抗拒从严”一类的标语。沉寂空白的房间，让人抓不到任何推理的依据。家瑾想，这跟枪口的威胁应该是一致的。他吸吸鼻子，企图从嗅觉中捕捉点什么，但吸进的气息空洞平常，不露一丝线索。

当晚北京的气温至少28摄氏度吧，家瑾坐在板凳上，却感觉冷，身上穿的鹅黄保罗衫显得十分单薄，交叉双臂不停地搓胳膊，却越搓越冷。再次环顾四周，也没看见空调的风口，封得死死的房间，连声音都透不进来，他怎么冷得牙齿都哆嗦起来？连自己的体温都控制不住了，他还能控制别的什么呢？家瑾突然就泄了气，一把捧住脑袋，胳膊沉沉

杵到膝盖上。

日光灯硬生生地照着，他感觉得到自己拖在身后的影子，黑魆魆的一团往下坠，使尾骨吃力胀痛，这些天落寞的心境终于投影到现实中来了，具化成尾骨周围的紫淤。他长叹一声，屋里居然响起嗡嗡的回声，像一群隐形的听众在随声附和。

怎么会这样呢？他想。又一阵回声，这次是从记忆里传来的。

小弦开始化疗，他还在上海，公司的并购到达最后冲刺，千钧一发，但那边医生说不能等了。他终于赶回洛杉矶那天，寂静的午后，请来照顾小弦的阿姨在客厅的躺椅上酣然午睡，轻轻上楼推开卧室的门，见小弦斜靠在床上，脸向着窗外的树荫，脖子看上去令人担忧地纤长。他唤她，她转过头来，眼圈暗红，两腮染了窗外的绿色，但在窗帘遮挡过的光线里，是死气沉沉的灰绿，眼睛与发线之间的那块皮肤尤其苍白，除了颜色，还缺少点儿什么。他停顿一刻，才意识到小弦的柳眉荡然无存。怎么会这样？他在心里喊一声，不过一星期的光景！他跑过去捧起她的手，那双手干燥欲裂，如冬天的树干。“怎么会这样！”他忍不住喊出声来。小弦抽手，躲过他惊颤的注目，拿起床边的润肤油，往手心倒，说不知道你这时回来，吓着你了吧？那以后，小弦再不让他看她化妆前的脸、握她润滑前的手。小弦被癌症侵扰的样子，他记忆里仅此一次。

原来，他从那一刻起就成了局外人。小弦把他关在一扇无形的门外。他再怎样陪她上医院、散步、看电影、听音乐、在烛光里给她念蓝斯·阿姆斯特朗[①]的传记，也不过就像个蹩脚的宣传员，在战壕边闹哄哄地擂鼓、自以为是地呐喊助威，而小弦当时身陷的战壕的冷暖深浅如何、是否炮火硝烟，她面对着什么样的威胁，他只是观众，没有切身体会。或

---

① 蓝斯·阿姆斯特朗(Lance Armstrong，1971 年 9 月 18 日—　)是一名美国公路自行车赛职业车手，因从睾丸癌康复后连续 7 次(1999 年—2005 年)获得环法自行车赛冠军而闻名。

者小弦当时也像他现在这样,坐在冰冷枯寂的四壁之中,家瑾忽然想,小弦曾经面对的四壁,也是这样深不可测地空白着,还是写满了他也许永远也看不懂的字?

“奥运有什么好看,一群肌肉发达的人比试肉体功能,都是虚的,终究要腐烂。”小弦有时候会从那扇无形的门后莫名其妙地抛出话来。他回想起来,那其实是她出家前向他透露的口风,只怪他当时没琢磨清楚,以为是她一时的泄气话,或者她拿到他什么把柄,赌气而已——当然第二点家瑾想是他自己心虚杜撰的理由。小弦几乎从不与他斤斤计较,像那次茉莉助理的事,她后来只字不提。

小弦什么时候说了那句话?是他从哪座城市飞回洛杉矶的夜晚?他怎么也想不起来了。频繁的越洋旅行,通常来不及倒时差,他的生物钟年久失修,时间在某个层面上已经失去了意义。

家瑾想起小弦前天发来的邮件,心里猛跳两下:他许多天来苦思不得其解的谜底或许正安静地躺在那一堆散了形的电子数据里。他习惯性地抬手看表,又才想起除了身上的衣裤,其他随身物品,包括钱包、手机、手表和银泰的房卡都被警察搜走了。他无从知道在这空寂的房间里到底坐了多久,还要再坐多久。

八月十一日　早晨

门锁响,蓝夹克进来,携进门外清凉的晨曦、梧桐树叶的窸窣和远处断断续续的车流声。

“你和这个女包的主人是什么关系?”蓝夹克把奥尔加的 LV 手袋抛到桌上,还没入座就向家瑾发问。

“邻居。”第一个让他在感情上出轨、差点侵犯他内心真实的女人——家瑾在心里补充。他按娃娃脸警察的指示站在审讯桌前。

“邻居的包怎么在你车上?”蓝夹克显然也一夜没睡,国字脸上泛着超时工作的红潮,大概先前刚审完刺青和络腮胡。

“阴差阳错,偶然中的必然。”如家瑾所料,警方果然拿奥尔加的手袋做文章。他前天与奥尔加道别时若是仔细一点,手袋不会留在他车上,即使刺青和络腮胡跟踪他,警察也没理由拘留他吧?他那么迫不及待与奥尔加道别,根本原因是心里纠缠不休的内疚,为什么内疚——他昨晚追溯因果的链条,绕一大圈最终又回到小弦为什么出家这个问题上。在与世隔绝的空寂里,他对小弦曾经陷入的绝境才有了些许设身处地的了解。那么他与奥尔加之间发生的一切,她的手袋留在他车上,以致他被拘留,都是为了昨晚那一瞬的领悟吧?

“什么?”蓝夹克皱眉头,“别以为美国公民就能随便敷衍中国警察!”

蓝夹克两步跨到家瑾面前:“你涉嫌的可是国际大案,许家瑾先生!”

家瑾看着蓝夹克的下颌骨有力地顿挫了一下,心里却忽然坦荡起来,像喝了一杯纯净的温水,也不觉得那么冷了。他与奥尔加的关系在个人层面上或许令人质疑,但在比他个人问题大得多的国际大案的层面上,他绝对是无辜的。“什么大案?”他的声音听上去几乎饶有兴致了,他一直觉得奥尔加不是平凡女子。

沉默,蓝夹克审视家瑾,目光犀利,他显然对家瑾的发问很不以为然,到底是谁在审谁?但他没有发作,挥手让娃娃脸警察把墙角的板凳搬过来,让家瑾坐下,他自己坐到桌上,居高临下。“许先生,我看过你的档案。你在中国美国都是名牌大学毕业,回国创业也很成功,想必是位有识之士,这个案子涉及国家经济安全和国际社会的安定团结,你无论作为美国人还是中国人,我都希望你和警方通力合作。”蓝夹克这样说,似乎把家瑾从嫌疑犯提拔成警方合作者。家瑾的抵触心理消解了

大半,但被铐手蒙眼关禁闭的屈辱却不是一时可以散去。他坐直了身子,说:“我当然愿意与警方合作,但你们不分青红皂白抓人,我的人权自由如何保障?”

蓝夹克笑:“许先生,世上的事儿哪一件有保障?再说了,我们拘捕你也不是毫无依据的。”他指一下奥尔加的LV手袋,又说:“你要相信中国政府,你看,全世界都被我们的奥运征服了。”

蓝夹克关于世事的问句触到了家瑾的痛处。的确,十几年的夫妻都说散就散了,他又何必一定要坚守美国人的人权理想呢?算起来,他做中国人的时间还是比做美国人的时间长。他冲蓝夹克无奈地一笑。

在接下来的对话中,家瑾就事论事地叙述了他与奥尔加认识交往的经过,感性的细节能省便省了。蓝夹克对家瑾欲盖弥彰的艳情故事并不太感兴趣,只是一再追问奥尔加还给过他其他物件没有。

“福娃T恤、一枚奥运纪念章……唔……还有两个菠萝!”家瑾再也想不出别的什么了。

从蓝夹克的提问和插话中家瑾间接推测到,他不慎卷入的是一起商业机密盗窃走私案。

俄罗斯黑帮内部勾心斗角,争夺载有技术资料的U盘和样板芯片。U盘在奥尔加的手袋里搜到了,但样板芯片连同奥尔加都不知去向。

超越自我的事

二零零八年八月十一日　下午　北京

家瑾没想到，蓝夹克与他谈完出去后，大约过了两三个小时，再进来就宣布他嫌疑解除可以回家了。他的私人物件全部退还，但临出审讯室之前，蓝夹克又要给他套黑眼罩："对不起，许先生，事关国家机密，委屈你一下。"

家瑾"哼"了一声，双手交叉到背后说："铐吧。"

"那倒没必要，相信你不会窥视国家机密。"

"不敢"比较贴切，家瑾想。

市区的嘈杂声再次迎上家瑾耳际，像久远的记忆，一时令他恍惚，但很快又熟悉了。声色犬马的激荡之外还多了点什么，在高空像鸽哨一样划过，牵引人的心尖子，让人立刻生出了依恋。梧桐树的清香在温热的微风里轻绕，家瑾心里刚才为蒙眼罩生起的不快立刻被失而复得的自由气息一扫而空。应该是娃娃脸警察引着他上下台阶的，脚下感觉是踩着青砖地面，大概穿过了一个四合院，在胡同口上了车。

收音机里响起中国国歌。"嘿，咱又拿了一块金牌！"家瑾听见蓝夹克说。

"男子双人跳水，十米跳台。"司机讲解。

"总共九块金牌了吧?"蓝夹克问。

"对,今天拿了三块。"

蓝夹克和司机说起奥运赛事,具体入微。家瑾诧异他们在追捕审讯国际要犯的同时还分秒必争地跟踪奥运赛况。他刚开始缄口不语,但当他们谈到科比的扣篮和姚明的中投时,却也忍不住加入了车内的奥运点评。

蓝夹克让家瑾取下眼罩的时候,奥迪已经下了三环,在长安街上向西行驶。橙红的夕阳隔着车窗照进来,仍然有穿透力,刺得家瑾直眨眼。

奥迪停在东方广场门口,蓝夹克把X5的钥匙(应该是从刺青手里缴获的)交给家瑾,说谢谢你的合作。家瑾嘴角勉强向上提起,想说句风凉话,但随即改变了主意。"Good luck!"他用英文说。

下到地下停车场,家瑾远远地就按了汽车遥控,"比比"两声,像听到自家小狗迎接主人的欢叫。

茉莉出现在"小狗"的欢叫声中。是她新烫的卷发还是她穿的泡泡袖连衣裙?家瑾从没感到茉莉像现在这样女人味十足。他紧紧地拥抱了她,发自内心的感动,茉莉的发间有淡淡的玫瑰香。

"没受太多委屈吧?"茉莉最终推开了家瑾,左右打量他,像查收一件被归还的器物。

家瑾这才奇怪茉莉怎么出现在此时此地,而且似乎还对他过去二十四小时的经历有所了解。

"请我吃饭吧。"茉莉说。家瑾的肚子听到"饭"字立刻喧腾起来,从昨晚到现在,他只喝了几杯水。蓝夹克一度让娃娃脸警察送泡面给他,但在那间与世隔绝的屋子里,他对食物完全没有兴趣。

"我昨晚本来想去大食代吃羊肉饺子。"家瑾摇头,"以后不到不得已我是不会再来东方广场了。"

“那咱们上荔苑吧,吃龙虾焖伊面去。”茉莉上了驾驶座,因为怕家瑾一来受惊二来挨饿以致神志不清开车出事。

原来上午茉莉到银泰找家瑾要奥运赛票——你当我是奥组委啊?家瑾笑——被保安拦在八楼电梯口,还死活不告诉她原因。她下楼出门,才留意到银泰大门前后停的几辆奥迪都是公安车牌!

“我多担心啊!”茉莉说,“我知道八楼目前只住着你和另外一家,拼命拨你电话,过了中午还没人接。我急了,打电话找我一哥们儿,老张,也是一神人,从前在八一队打篮球,两米的大高个儿,退役后干公安,青云直上。”

X5 拐进东单大街,天色渐暗,夹道的商家霓虹亮起来,映在茉莉脂粉匀净的脸上。“你这人还就是走运。”茉莉说。家瑾想她强调的走运跟银泰那套房子有关,人家都是一大早就排队登记什么的,他和小弦决定买的时候,正好剩下一套,茉莉再找个熟人就买到手了。

“你猜怎么着?老张正好管你这案子——‘国际大案啦’。”茉莉粗着嗓子模仿她朋友的声调。

家瑾说:“怎么是‘我这案子’,我可是清白无辜。”

“真无辜?”茉莉瞟他一眼,“你也够能耐的,跟黑帮老大的小三扯上了。”

家瑾语塞,茉莉这是第一次抢白他。不过茉莉就是茉莉,点到即止,她继续说:“我去找你那会儿,警察正搜查你们的公寓呢。”

家瑾被“你们”扎一下,回想起来,他和奥尔加应该算是“狭路相逢”,他居然还想过跟奥尔加的叔叔探寻合作机会。小弦出家对他的打击都到混淆是非的程度了,还是敌人太善于伪装?

“老张欠你什么了,竟向你泄露国际大案的细节?”家瑾把话题从“你们”拉开。

“他欠我的多了。”茉莉眉毛妩媚地一挑,“总之,你今天出来那么顺

利，全靠老张关照啦。你有篮球决赛票吧？我可跟老张许诺在先了。”茉莉在金宝大厦停了车，俩人上三楼荔苑酒家，要了一个卡座。

“茉莉，奥运我是不想看了，所有的赛票都给你，但那也还不清你这份人情吧？”家瑾替茉莉倒酒，提起校友在巴西失踪的传说。

茉莉说：“你在北京，奥运圣火熊熊燃烧，怎么能跟十几年前的巴西相提并论？再说啦，还有我罩着你呢！”茉莉跟家瑾碰杯，眼波盈盈，犹如酒杯中的琼浆。

家瑾刚开始同茉莉打交道那会儿，难免对她的美目流盼产生误解。美女帅哥的眉来眼去，在商战里玩起来别有一番动魄惊心。但相识七年，家瑾却早已熟知，茉莉那样的眼神，不过是讨价还价的先兆，像墨斗鱼释放的烟雾。他心领神会地笑着叫侍者点菜，一边等茉莉报出她的真实价码。

龙虾伊面上桌，色香味猛烈袭来，家瑾筷子飞舞，也顾不得烫嘴。茉莉看他狼吞虎咽，慢悠悠地说：“银泰你是不能住了，我帮你租出去，你先回洛杉矶缓缓吧。明天我去帮你收拾收拾。”

茉莉真是会培养长期客户啊，购买公寓的佣金一次拿完，出租公寓的佣金却是源源不断的，但茉莉赚这点佣金跟保他出拘留所的人情比起来算什么呢？家瑾想，这个漂亮精明又义气的经纪人他是长期用定了。

茉莉搁在桌边的手机振动起来，她扫一眼显示屏，又郑重其事地看一眼家瑾。“喂，嗯……什么时候？”

“有人要见你。”茉莉挂了电话说。

“谁？”

晚上

家瑾随茉莉搭电梯走进停车场，一名与他年纪相仿的男子等在宝

马 X5 前。男子穿条纹保罗衫，个头比 X5 还高一大截，该有两米吧，修剪时髦的短发用发胶塑起，像刺猬的后背。

“老张。”茉莉低声介绍。

男子对家瑾微微点头，做个请上车的手势。茉莉拍拍家瑾的肩膀说明天给你电话，转身离开了。

老张把车前面客座的空间推放到最大限度，仍然是蜷腿弓背屈就的样子。家瑾看着有点无所适从，经老张提醒，才发动了汽车。

“往哪儿开？”

“送你回家。”

车窗外夜色阑珊，街心花园纳凉的人所剩无几，两位穿圆口白汗衫的老人站在街口，扬手交换当晚最末的几句闲话。

“多亏你关照了，什么时候请你吃饭？”家瑾讪讪地说，说完心里又不踏实，这个近乎该套还是不该？

“有机会的。”老张的回答慢了一个节拍，口气很慎重，“许先生，想请你帮个忙。”

“没问题，你说。”只要他能做的，家瑾想，那是义不容辞。

家瑾听老张用邻家大哥一样诚恳随和的语调讲解完要他帮的忙，却懵了。他就知道今天出来表面容易，其实不那么简单，但他确实已经牵扯进去了，又不是老张介绍他认识了奥尔加的。

“打入敌人内部通常要经过多年训练吧？”他吞吞吐吐，“我根本没经验，一紧张就喘大气，而且意志薄弱，人家用刑使美人计，我都经不住考验。”

老张大笑：“许先生看过不少间谍片嘛。”

“我是说真的。”

“当然有一定危险性，但他们目前并不知道我们找过你，所以你有很大的优势，不充分利用太可惜。”

沉寂，如他们刚驶过的一条小路。

"有时候，人有必要做点超越自我的事，也很有意义。"

老张这句话让家瑾想到他虽然六根不净，令自己鄙夷，却仍然是社会精英，里外都还是作栋梁的材料，再说，听起来他似乎也别无选择。"深刻！"他对老张点头。

老张趁热打铁，开始向家瑾交代行动细则、注意事项，好像已当他是推动破案进程的先锋。

真相的刀锋

二零零八年八月十一日　上午　洛杉矶

原定来交接的人没有出现，多米奇在电话那边说："度假去吧，奥尔加，到罗迪欧大道去挑个新款的LV手袋。"

听起来多米奇对她及时将"货物"从北京带到洛杉矶很满意。那个手臂上缠着蟒蛇的安德鲁和他的小六（跟班）瑟基哪是多米奇的对手？还不知好歹逼她一起背着多米奇把"货物"转手给北京的买家。多米奇是老了，但他并不糊涂。

"谢了，甜心！"奥尔加应道。虽然她错误地将多米奇当作甜心已经是九年前的事，但她至今没改过口，多米奇也没让她改过。她不改，开始是顺服的表现，后来是为了他安心；他没让她改，她知道，是赏赐、默

认她在“机构”中的地位。在他的“机构”里，她是唯一能叫帕坎（老大）“甜心”的女人。

“别走远了，像那两个浑球，一不留神就走丢了。”

那两个混球当然指安德鲁和瑟基。先前多米奇提到这事的时候，奥尔加以为他们是被北京的警察抓了，现在听他这样说，她又想是多米奇收拾了他们。他给她的信息经常模棱两可，跟他多年，她清楚这是他挟制手下的伎俩。

“放心吧‘叔叔’，我哪舍得撇下您呢？”

“嗯，还有，告诉过你别在中国开账户，让全家人担风险！”多米奇中气十足，话音震得手机“嗡嗡”响。

奥尔加握着 iPhone 的手僵硬起来，小腹像被灌了冰水，阴森森地痛，她另一只手下意识地捂到肚子上。七年前，多米奇在她十八岁生日那天把她“高价拍卖”后，又恩威兼施给了她一枚两克拉的钻戒，要她每时每刻戴在指间。前些日子，她在潘家园找人用一颗打磨精细得可以乱真的水晶换掉了钻石，卖钻石的钱存在北京银行一家隐秘的支行里。她以为多米奇在中国耳目有限，她可以适时“兑现”一些自己应得的酬劳。

“对不起……”她一时竟找不出恰当的借口。

“我待你还不够好吗？你该是符拉迪沃斯托克数一数二的富婆了啊？”

是的，假如你哪天发慈悲兑现你开的那些空头支票，奥尔加想。但在那一天到来之前，她还是他挂在钩上的一条美人鱼，他用她的姿色猎取了多少超高价值的商业情报！“请你原谅我，多米奇。”她说，被多米奇训斥的时候，“甜心”和“叔叔”都不能叫了。

“我已经让人替你打扫干净了。别再干蠢事！用我给你的信用卡去购物吧！”

抓住把柄，再酌情宽恕或者处罚，这是多米奇管理“机构”的另一个手段。所有的手段伎俩都是要手下明白：你们玩不过我，好好在我掌中效力就是了。

“离好莱坞远点，那是伊凡科夫的地盘。”多米奇最后叮嘱。奥尔加听出他的不甘心。在莫斯科的时候，伊凡科夫就抢过多米奇不少生意；“机构”国际化，多米奇在洛杉矶发展势力，却发现伊凡科夫捷足先登，他再闯进来已经不太容易。

“小姐，你没事吧？”双树酒店大堂吧的调酒师从吧台后扬声问道。

奥尔加才意识到自己蜷缩在沙发一角，左手深深按进肚子，紧绕左肩的右手还死死攥着已经挂线的 iPhone。沙发横贯吧厅，银白色，靠背高耸如一堵墙。从调酒师那边望过来，奥尔加想，她一定像只刚刚中弹身亡的鸭子——黑鸭子，因为裹在她身上的针织短裙如深夜般漆黑。

吧厅临街，透过落地玻璃窗，可以看到夹在高楼间的一方天空，滤过的天蓝色仍然饱含南加州的阳光，透明灿烂。奥尔加心里一动：多米奇远在伦敦，她有必要对他不寒而栗吗？有这里上好的阳光，还有她很快就要见到的那个人，她为什么不可以让多米奇的阴影暂时消失呢？哪怕消失半天也好。

十点刚过，酒吧这边除了她和调酒师没有其他人。调酒师的笑容里带一丝讥讽，不是针对某人某事，而是所有人和事，包括他身后的瓶瓶罐罐、手中擦拭酒杯的餐巾，甚至生活本身。

他倒是很对她的胃口。奥尔加拎起身边药箱形状的 LV 手袋，“啪”一声把 iPhone 扔进去，走到吧台边，抽出一支中华香烟，问调酒师要打火机。

“对不起，小姐，这儿不能吸烟，要喝点儿什么吗？”

“真是绝了。”奥尔加笑，把香烟扔回手袋。

中午

2008年夏天LV的最新款式是水彩印花，粉紫橘黄的经典花押字染在咖啡色的细纹皮革上，橙红的蛇皮手把散发几分怀旧气息。奥尔加端详一会儿手袋，又回头望出店门外，心不在焉的样子。星期一的正午，她是罗迪欧大道LV旗舰店里屈指可数的几位顾客之一，两名销售员围着她团团转。

奥尔加喜欢LV的原因很简单，LV的花押字图案让她想起小时候喜欢的北极熊奶糖的包装纸。那时母亲还在世，父亲还没开始酗酒，在海参崴一家造船厂做电脑工程师。

每年夏天，父亲会带一家人去海参崴南边的海滨小镇度假。小镇火车站有一家杂货店，每次他们一下火车，母亲就一手牵着奥尔加一手牵着伊莲娜，到杂货店让店员称一磅北极熊奶糖，散装的，店员称完倒进纸袋递给母亲。母亲一边往店外走，一边从纸袋里拿出两颗糖，一颗给伊莲娜，另一颗剥开放进奥尔加嘴里。母亲的手指染上奶糖的气味，甜醇温润，带一丝咖啡的焦香。

伊莲娜穿着和母亲连衣裙同色的桃红太阳裙在前面跑，奥尔加追随在后，想叫“等等我”，但奶糖四四方方一大块，塞满了奥尔加的小嘴，她只能发出“唔唔”的声音，纯粹的快乐的声音。

八岁以前的记忆，点点滴滴沉没水底，奥尔加要费很多力气去捞，沉甸甸湿漉漉地捞起来，却又无处存放。她依稀记得咖啡色的糖纸上印着菱形和圆点图案，像夜空飘落的雪花，雪花中有没有北极熊她却怎么也想不起来了。

多米奇第一次送她LV手袋的时候，她是他刚从海参崴到莫斯科的火车上收容的十六岁少女，单纯无知，急于找一份养家糊口的工作。他成为她的第一个男人，他没强迫她，她自觉自愿。这个和她父亲年纪

相当的男人,那时在奥尔加眼里是乱世枭雄,强悍精干有魄力,钱与势被他像手中的酒杯一样挥洒自如,不像她父亲,失业没多久就被酒精烧昏了头。

莫斯科凯宾斯基酒店套房里,多米奇伏在她身上喘息,多肉的鼻头油光闪闪,淡黄的胸毛水淋淋粘着她刚发育成熟的乳房。奥尔加在陌生慵倦的灯光里看着他眉心两道竖立的折皱,以为她的毫无经验让他扫兴了,整夜不知所措。窗外,莫斯科河静静流淌;窗内,沉沉睡去的多米奇鼾声如雷。

第二天奥尔加接过多米奇的礼物时,才看清他眉心的两道折皱实际是两条浅褐色的疤痕,天长日久印在额头,使他看上去像永远在皱眉,谁也讨不到他的欢心。

奥尔加把多米奇给她的LV手袋抱在怀里,受宠若惊,满当当的感觉几乎使她发出小时候追在伊莲娜身后"唔唔"的声音。

"只要你听话,我不会亏待你。"多米奇在她屁股上捏一把。

奥尔加当时再天真,也立刻意识到,即使多米奇真在乎她,他开给她的豪华套房绝不等同于家。她热烈地吻着多米奇,同时默默把伊莲娜和父亲连同北极熊奶糖深藏进记忆中的海滨小镇。

"小姐,还有这一款。"销售员拿来一个桃红晚装手袋,磨砂光皮上银色扣锁前卫夺目。

奥尔加想象伊莲娜挽着这款手袋和她英俊的美国丈夫手牵手出席晚宴,觉得很合适,况且桃红是伊莲娜曾经最喜爱的颜色。她再回头看店门,玻璃门外,行人寥寥,高耸的棕榈微微摇曳。

奥尔加让销售员把两款手袋包起来,用信用卡付了水彩袋,现金付晚装袋,又问销售员可否用用洗手间。销售员殷勤地把奥尔加带到柜台后,为她推开职员专用的侧门,问还能帮她做什么。

"帮我叫一辆出租车到你们店后门如何?"奥尔加嫣然。

午后

出租车司机照奥尔加的意思在比弗利山庄兜了两圈。确认无人跟踪后,奥尔加才终于对司机说出了伊莲娜的地址。

算起来,姐妹俩九年没见面了。伊莲娜是不是比从前更美了?她还喜欢戴那种长长的水晶耳环吗?在阳光下像露珠一样灵动可人。姐姐还能认出她来吗?她可是比离家的时候高了许多。她还会叫她小奥雅吗?姐夫是什么样子?她连他的姓名都还不知道,他也会像伊莲娜一样宠她吗……奥尔加又一次想到这些,久违的归家的渴望一点点拧紧了心弦。

出租车在比弗利山庄以西威尔绪大街一栋高层公寓楼前停下。米白的大理石廊柱、淡绿玻璃楼面、修剪齐整的花草灌木、衣冠楚楚的门卫——气派而私密的现代宫殿,很符合奥尔加为伊莲娜设想的居所。

奥尔加下车,环顾左右,看出租车在她身后的花园车道启动,重新汇入大街熙攘的车流。

迈步跨进伊莲娜的生活之前,她需要百分之百确信自己不会给伊莲娜带来任何麻烦。来之前她就知道伊莲娜的住址和多米奇指定她下榻的双树酒店在同一条大街上,先前去罗迪欧大道绕一圈,主要是为确保甩掉多米奇潜在的任何耳目。她不能让多米奇知道伊莲娜的存在。如果九年前的隐瞒只是一种直觉上的自卫,那么在她亲眼目睹多米奇怎样对待那些让他不愉快的人及其亲属后,奥尔加更决心隐瞒到底了。当然她并不打算得罪多米奇,小心翼翼只是以防万一,在“机构”里摸爬滚打近十年,她知道难保哪天就会有个万不得已的时候。

“小姐,需要帮忙吗?”门卫的殷勤恰到好处。

“我来看望2800号的朋友。”

门卫体贴的微笑停顿一下,仿佛她说了什么异乎寻常的话。“对不起,萨荷因家从来不见客,除非是萨荷因先生亲自带来的朋友。”

萨荷因先生?是姐夫吗?奥尔加担心她默记的地址已经过时,但要确认伊莲娜是否还住这儿,唯一的办法是到楼上去亲眼查证。

“我就是萨荷因先生的朋友啊,千里迢迢从俄国来,麻烦你通报一下吧。”奥尔加闪个不过分的眼风。

“萨荷因先生的朋友?”门卫犹疑,还是问了奥尔加的姓名,走去柜台后拨电话。

萨荷因像是中东那边的姓,倘若真是姐夫,伊莲娜说不定撞上了阿拉伯富豪,石油大亨什么的。伊莲娜有天使的容貌、圣母的心地,再完美的婚姻奥尔加也觉得不过分,说不定姐姐的好运,还能给她的生活带来转机。

奥尔加最近有一种预感,她快要“退休”了。也许多米奇物色到比她更能耐的“美人鱼”,也许“机构”的“生意”要调整,也许——门卫点头伸手请她进电梯——她并不清楚“退休”将以何种形式发生,只是一种感觉,像眼前电梯的楼层指示灯,不停地跳动,1、2、3……时刻提醒她即将来临的终点。

电梯“叮咚”到达顶层,白帽黑裙的墨西哥女佣迎上来。“奥尔加小姐?请稍候。”

顶层北面只有一套公寓,奥尔加从电梯直接踏进了宽广的客厅。清爽的百合花香飘过波斯地毯、意大利白皮沙发、水晶吊灯、大理石雕塑,轻轻绕上奥尔加的鼻尖;大幅的落地玻璃窗外,蓝天白云、海鸥滑翔,可以望到一座教堂的镀金塔楼、丛丛蓬松的棕榈树颠、远方黛色的山峦以及大街对面楼顶的网球场、游泳池。

“奥雅,是你吗?”

“伊莲?”奥尔加回头。姐姐从一道红木屏风后走出来,窈窕的身

影，桃红色长袖连衣裙，假如拿掉她头上缠绕的白纱巾，让浅棕色长发飘落肩胛，俨然就是奥尔加记忆中母亲的样子。

“真的是你吗，小奥雅？”伊莲娜拉起她的手，蓝眼珠像窗外天空一样透明。

凝视间，奥尔加觉得她几乎可以触摸到姐姐柔软的灵魂。

“楼下说是萨荷因先生的朋友，却报了你的名字，我……”伊莲娜拨弄头巾，显得迷乱。重逢恍然如梦。

奥尔加发现自己比姐姐高出半个头。她张开双臂拥上去，吻伊莲娜的额头、脸颊。没有言语可以填补她这许多年在心底挖掘的黑洞。

伊莲娜为什么瑟缩、很快推开她？是否她抱得太紧，弄疼姐姐了？

“要是帕帕还在，他不知会多高兴。”泪珠滚落伊莲娜脸颊。

“就算他还在，也早被酒精烧糊涂了，哪还会记得我？”奥尔加伸手去摘姐姐的头巾。

“别那样说帕帕。”伊莲娜推开奥尔加的手，“你失踪，他很难过。”

“哈，他难过又能怎样，喝多一瓶伏特加？拍桌子踢板凳，对你拳打脚踢？”

“别那样说……”眼泪滴答到伊莲娜的胸襟。

奥尔加冷不防摘下姐姐的头巾，跟她儿时夺走伊莲娜手中玩偶一样顽皮。伊莲娜耳根的淤晕突然显现，如她胸前染开的泪迹一般紫红。

“你怎么啦？”奥尔加惊呼。

“没事，昨天不小心摔了一跤。”

摔一跤？奥尔加环视宽敞明亮清香四溢的大厅，不理解伊莲娜何以会在这天堂般的地方跌倒。

“没事，没事的。”伊莲娜自言自语，朝电梯那边张望，然后拉着奥尔加走进红木屏风后的起居室。

暗蓝的丝绒帘布把天光挡在窗外，墙上的壁毯描绘阿拉伯勇士的

传奇，流苏掩映的落地灯把悬浮的光环投影在勇士钦慕的舞娘身上。

“那么，萨荷因太太，我能否看看你迷人的舞姿？”奥尔加坐到古董沙发里，双手托起下巴，做出期待的样子。

伊莲娜没接茬，抚开奥尔加额前的散发：“快告诉我，这些年你都去哪儿了？”

下午

真相是锋利的刀，谎言是带毒的蜜。在刀刃下头破血流，还是在蜜糖中慢性中毒？离家出走九年，奥尔加已经习惯了慢性中毒，真相曾令她无家可归，再次碰触真相的刀锋，需要太多的勇气。

谎言在从海参崴到莫斯科的列车上开始，她告诉多米奇，父母双亡，她千里迢迢去莫斯科投奔久无音讯的舅舅。“在莫斯科有事找我。”下车的时候，多米奇递给她一张名片。舅舅的住址在莫斯科近郊，奥尔加徒步半日找去，只看到一栋废弃的职工宿舍，残垣断壁、支离破碎，是乌鸦和野猫的栖息地。奥尔加当晚的选择是露宿深秋寒冷的街头，或者投奔她手中那张名片上的 CEO。

奥尔加的谎言始于无心，却从此一发不可收拾。她以谎言谋生、自卫、讨好、取巧，甚至以谎言愉悦自己，勾画理想中的现实，塑造原本应该是她的那个人——倘若母亲健在，父亲不失业不酗酒，她一定会像她对银泰那个叫 JJ 的中国男人讲述的样子，是电脑工程学院最优秀的毕业生，她不是有父亲的遗传基因吗？

但此时面对亲爱的伊莲娜，母亲一样爱怜她的姐姐，奥尔加既不能举刀，也不能下毒。她需要像小说家一样，行走在真实与谎言的边缘，让真实开遍绚烂的花朵，谎言生出透明的翅膀，让谎言的蝴蝶翻飞在真实的繁花丛中。

“我在妈妈的旧物中翻到了舅舅从前给她的信。”她说。

“我们也猜你可能去找舅舅了，帕帕还去了一趟莫斯科，好不容易找到了舅舅的新住址，可舅舅说你没去过他那儿。”

“啊，舅舅搬家了，难怪我找不到他。不过我在莫斯科找到了一份工作。”寻找舅舅的努力的确是因为她偶遇了多米奇“叔叔”半途而废。

“什么样的工作？”

“高科技。”奥尔加拉拉贴身短裙套装。

“我就知道你会出息的。”伊莲娜舒一口气，“但这么多年，你怎么不打个电话回家？帕帕伤心透了，去世前一直念叨你的名字。”

“帕帕？”想到父亲，奥尔加的花丛失去色彩，蝴蝶停止飞舞，“我受不了他对你那样大喊大叫，他竟然还对你动拳头，他失业后，全靠你养着我们一家三口。他还是个男人吗？”

“他打我骂我是应该的，奥雅，我没告诉过你……我那时……”

“嘘！”奥尔加的食指轻轻按到伊莲娜唇上，“过去的事就别再提了。”——你为我和帕帕所做的牺牲，我其实都知道。记得我放学后去商场找你的那些日子吗？在商场外碰到搂抱你的陌生男人，你都说是新交的男朋友。那个大雪的黄昏，我却远远看见，一个“新交的男朋友”往你胸前塞卢布，你躲闪一下，他破口大骂：“你以为你是什么东西！”一把钞票劈头盖脸扔到你脸上。我终于明白你何以能够用售货员的微薄薪金支撑一家三口的开销，无意间我窥视到你的“额外收入”来源。真相如漫天飞雪令人眩晕、不能呼吸，你脸上的屈辱如那天冰冻的气温让我刻骨铭心……

“嘘！”奥尔加搂住姐姐的肩膀，“无论你做了什么，你都是天使……”

“天使？”伊莲娜肩膀微微抖动，“天使怎么会让你这么多年回不了家？”

“不是你的错，伊莲，是我那时太不懂事，以为逃避就能解决问题……”

“嘘！”这回是伊莲娜的食指按到奥尔加唇上。

在自己家里，伊莲娜眼中为什么跳出两只惊惶的兔子？还是她太兴奋，没注意到自己抬高的声调。“对不起，我是不是吵到姐夫了？”奥尔加四顾。墙上挂着羊毛壁毯，桌柜上摆着纯银酒具、琉璃彩饰，却看不到一张照片。“我还不知道姐夫的名字呢，什么时候可以见到他？”

“唔……阿米尔……不在……出差了。”

“那他什么时候回来？我有礼物要送他。”

“你是怎么找到我这儿的？”

伊莲娜怎么不接着谈姐夫？当然，她们久别重逢，要说的话题实在太多。“上个月我去符拉迪沃斯托克交接一单生意，碰到了娜塔莎阿姨，你记得她吧？妈妈从前的好朋友。她告诉我，你两年前做了网络新娘嫁到洛杉矶。”

“愿上帝祝福娜塔莎阿姨！父亲去世后，她帮着操办葬礼，我走的时候，她又提醒我来美国要把地址寄给她。‘万一奥尔加来找你呢？’她说。别的人都当你已经死了。”

从前那些邻居朋友认识的奥尔加的确已经死了，但那无关紧要，重要的是她找到了伊莲娜。奥尔加想象她在洛杉矶拥有自己的公寓，最好就在对面那栋顶层有网球场和游泳池的楼里，每晚临睡前可以看到姐姐家的灯光；每个周末的上午，她来跟伊莲娜一起做新鲜的布林尼(俄罗斯薄饼)。伊莲娜煎的布林尼边上脆芯里软，卷上鱼子酱或者黑莓果酱，是这些年她一直挂念的美食……“退休”的预感又一次涌现，真实得像水晶咖啡桌上摆放的苹果，一伸手就抓得住。

“看看我带来的礼物。这两年我一直在中国，还参加了北京奥运开幕式！”奥尔加把一套袖珍福娃摆到咖啡桌上，又拿出刚买的 LV 晚装

袋挂到伊莲娜手腕上。“太合适了！哦，这是给姐夫的。”一套奥运纪念章、一盒极品观音王。

“还有这个。”奥尔加抖开一条粉红真丝吊带睡裙，胸前是精细的镂空刺绣，“我要看你穿上这条睡裙有多性感！”

脚步声，厚重、紧凑、无所顾忌。

傍晚

“对不起，萨荷因太太，这是谁？”“对不起”并无歉意，更像一声吆喝。

一个黑衫黑裤的大汉推开起居室的门，壮硕的红脖子，握着门把的手指节暴突。奥尔加不喜欢他打量她的眼光，匪气，不加收敛。

伊莲娜脸上再次显出的迷乱让奥尔加意识到什么，她回想姐姐刚看到她那一刻的神情，或许不是重逢的恍惚，更像是久居黑暗的眼睛被突如其来的亮光混淆了方向。谁能把伊莲娜封锁在黑暗中？

“我是萨荷因先生的朋友。”奥尔加慢条斯理叠折那条真丝睡裙，平平整整放进包装盒，又把盒子端端正正搁到咖啡桌上，这才抬头正对黑衫大汉。她嘴角下意识地勾起一丝冷冷的笑意——打手类的人物她见多了，无论专业的还是凑数的，她都有办法对付。

“不可能，萨荷因先生的朋友我都认识。”大汉匪气不减。

“是吗？我怎么不记得见过你？”奥尔加又侧身对伊莲娜说，“没想到阿米尔管家无方，雇佣的下人如此无理！”

“你说什么？”大汉上前两步，对奥尔加眯起眼睛。

“马克，是我妹妹。”伊莲娜柔弱的语气带出两行眼泪，“我们九年没见了，请你让我和她多待一会儿吧。”

马克摇头：“不管她是谁，她不该来这儿。”

“求求你，马克，你知道我从不撒谎。”

伊莲娜脱口而出的哀求让奥尔加忍无可忍，姐姐怎么让下人欺负成这样？她“噌”地站起来，指着门外说：“你给我滚出去！”

马克抱起双臂，嗤笑：“你什么也不知道，是不是？你姐姐不可以单独会客，让她好好跟你说说萨荷因先生的规矩吧！”

“她就待几分钟。”伊莲娜再次请求。

“没问题，萨荷因先生回家之前，她哪儿也别去了。”马克一耸肩，带上门走了。

“伊莲，那家伙都胡说些什么？”

“他没胡说，你是不该来这里。”伊莲娜蜷在沙发里，眼神茫然空虚。奥尔加感觉姐姐的灵魂正无声化成眼泪，点点流失。

烟，奥尔加在手袋里摸索，她需要烟……

“啪”，七年前那个缩在墙角的奥尔加，被一把打火机点亮了，背景黑魆魆一团，她的脸突显出来，挣扎与惊惧过后的麻木，灵魂终于痛苦不堪放弃了身体，悬浮在半空见证身体的撕裂、流血、抽搐、消损……“多米奇让我们给你来点粗的，哈哈！”“宝贝，受不了就大声喊，再大声点……”那个高价“夺标”的富豪和两个随从在她的声嘶力竭里兴奋不已。

“你要搞清楚自己的位置。”多米奇说。富豪和随从尽兴而去，他推门进来，在沙发里跷起二郎腿：“我想睡哪个女人都可以，你却不可以赌气，跑去酒吧和别的男人喝酒。规矩是我定的，不是你。”多米奇心平气和，每个字却都让她战栗不已。他最后掰开她的手指，把那枚钻戒套上去。“这是你应得的生日礼物。”他说。

小腹隐痛，向两腿辐射，脚底飘摇。奥尔加扶着沙发接连吸进两口烟，“噗”一声吐出去，再吸两口……创痛与不堪随烟雾旋转模糊，那张被记忆点亮的脸渐渐淡漠、平面化，像褪色的老相片，趋于消隐。

她坐到伊莲娜身边。烟雾飘散以后，姐姐的处境已经明了。耳根的紫淤、眼中的惊惶迷乱、对阿米尔的讳莫如深、保镖的横蛮犯上，就她的经验来看，都是被虐待的迹象。萨荷因太太不过是这套奢华寓所里的无助囚徒。

“伊莲，让我看看。”奥尔加低声唤道，近乎耳语，是小时候她跌倒受伤，姐姐安抚她的口吻。她轻轻解开伊莲娜颈后连衣裙的丝结，耳根的淤晕向下扩展，肩胛后背的新伤旧创重叠交错，在流苏滤过的灯光里捧面饮泣。壁毯上，人们在遥远的世纪继续畅饮欢舞。奥尔加倒吸的气息里，伊莲娜哽咽不断，潜伏的暴力、不动声色的侵犯步步逼近。

穿石之水

二零零八年八月十二日　上午　北京

茉莉如约来帮家瑾收拾公寓，替他打理好旅行箱，又把其他余下的私人物件装进两个纸箱，说改天遣人搬去她办公室存放。临走，茉莉递给家瑾一只鞋盒子。“看看里面零碎的东西还有用没用。”她说。

楼下一位眼熟的侍应生正好敲门进来，递给家瑾一个黄底红字快递信封。没有发件地址，看邮戳是三天前从北京市内发出的。

家瑾不避嫌，当着茉莉面拆开，里面是个雅致的粉红信封，让人联想曾经叠放信封的纤纤玉手，但却不见一丝墨迹。再拆，一张参差不齐

的红纸片掉出来,正面是烫金天安门华表和繁体“中華”二字,显然是从中华香烟盒上撕下来的,背面有黑色圆珠笔写的一个网址。

茉莉问又是哪个情人在跟你玩酷?见家瑾作迷茫状,一笑,掩门而去。

奥尔加到底兑现了她和他的“交易”?家瑾掂量红纸片,又察看一遍快递信封,猜想是奥尔加失踪前后投寄的,她是否还在北京呢?他抓起老张给他的手机,但立刻记起老张交代,轻易别用这手机,不可因小失大。这纸片是小是大呢?

家瑾决定先上那个网站看看。不就是一张网页吗,里面还会再跳个刺青、光头之类的出来行凶不成?

那张网页比谷歌搜索首页还简约,一行黑白英文提示,一个长方形文字框占据半幅页面,空洞洞的窗口,有看不见的眼睛冷冷打量出来。家瑾联想到枪口的深不见底和拘留室四壁的空无一物,感觉阴森。奥尔加说到底是情报间谍,谁知道她又给他下了什么套儿?那个LV手袋他现在想起来,就觉得是她有意留在他车上的,也许为了躲开刺青和络腮胡的追索,却把他扯进一笔糊涂账里。

家瑾捏着红纸片发懵,但要解码小弦邮件的强烈欲望最终克服了他的犹豫。他把小弦的邮件内容连同收发信息一并拷贝进敞开的文字框里,点击进入键,等待,仿佛听得见数码空间里的车水马龙。

网页刷新,邮件的前半段修成了可读的汉字,后半段却仍然是散了形的史前遗迹:

“JJ,发这个邮件给你,也许你会误解,所以我先写清楚,我出家修行,是为了彻底地原谅你。”

她要原谅什么?家瑾一怔,小弦未卜先知了他对她彻头彻尾的背叛吗?

“我做化疗那会儿,反应大,呕吐得天翻地覆、头发眉毛一抓掉一把

的时候，我整天惦记的，却是你手机上那些来历不明的短信，衣袋里杂乱无章的收据——洗浴院、KTV、夜总会，你无意中哼出来的陌生曲调，你神态手势的细微改变。我无法停止想象你和其他女人纠缠的情景。嫉妒在我四周筑起一间囚室，囚室的墙壁一点点逼胁过来，随时要坍塌、崩溃。”

嫉妒？家瑾眨眼，不相信他看清了那两个字。他设想小弦私自查看他的手机、翻搜他的衣袋、冷眼旁观他的一举一动。这是那个从容自信、超凡脱俗的小弦吗？他在那间秘密的审讯室里面壁时，怎么也想不到，小弦面对的“四壁”上原来写着这两个字。

“女人的嫉妒，我那时看来，归咎于男人在性事上把女人混为一谈，陌生女子的身体与妻子的大同小异，而女人的独立人格被男人一把欲火烧尽。嫉妒是女人保存自我的本能。所以我病入膏肓了，还由着本能驱使，到你的生日晚会跳肚皮舞，探查你身边明里暗里的诱惑；跟你去看银泰，监控你和茉莉的距离。嫉妒忽略了我的学识修养，使我在内心孤注一掷，发疯似的想在无常里攥住点什么。”

生日晚会和银泰？他还以为那是小弦不可挫毁的生机呢。嫉妒也是一种生存动力吧？而他背后多生出来的眼睛耳朵原来都有缘由。家瑾惊讶之余，对自己失望透顶，以致沮丧。夫妻间背叛就是背叛，哪有什么思想与行动、精神与肉体之分，他一厢情愿坚守结婚时的许诺，到底都是为了自己方便，却忘了脱俗的女人也是女人。猜忌是出于对失去的担忧、伤害的防范，虽然小弦断然不提“忧伤”二字，他却在“嫉妒”的气势汹汹里看到她受伤的眼神。

“我以为紧紧攥住的是爱情、内心的真实，但为什么到了生命垂危的时刻，我却还不能因为爱而原谅你？假如那年我父亲没换工作，我不会转到你就读的中学，假如我不喜欢数理，也不会在那次数学竞赛上认识你。所有的安排，与你相遇、相爱、结婚、出国、回国，甚至癌症，都是

为了今世悟透一点道理,解决一些问题。我在荷塘小屋闭关的时候,看清楚了,原谅便是我这辈子必须修习的重要课题。”

人在绝境中,大概都有自发的宗教倾向,至少多了些哲学思辨,因为忽然要直面生命的本质,无限接近真相。小弦是悟透了,家瑾想,但他能原谅自己吗?假如真有前世、轮回,他和小弦的缘分,又是修了多少世才得来?他们曾享尽天时地利人和,似乎整个宇宙都撮合他们。大学的时候,一位不知情的师姐好心给他介绍女朋友,生拉硬扯去见面,姗姗来迟的竟是小弦。他和小弦互相指着笑问:“谁对谁不忠?”如梦初醒的师姐笑答:“你们俩大概谁也逃不出谁的掌心。”

他想念小弦的掌心,丝滑如花瓣,微微潮湿,淡淡芬芳。他却让她像花瓣一样从自己掌心飘走了……

“之所以先跟你说起嫉妒和原谅,是因为我要告诉你的事,不管你怎么认为,完全与嫉妒无关。银泰隔壁的芳邻&#%@※……××”

乱码阻截了邮件余下的信息。公寓里有水果变质释放的酸味。奥尔加送的菠萝被搜查公寓的警察钻了心,又在门窗紧闭的室内捂了两个晚上,开始糜烂。

家瑾把菠萝装进垃圾袋,拎到走廊尽头的垃圾室里。

小弦从没进过这套全新的公寓,怎么知道隔壁有芳邻呢?家瑾琢磨邮件最后那个不完整的句子。小弦修炼入了什么境界,竟能洞悉千山万水外的尘事吗?还有那晚她在梦中对奥尔加指指点点,是因为她知道这封邮件他当时没看到,专程跑进梦里来警告他吗?真有那么玄?

八月十二日　凌晨　洛杉矶

iPhone接连响了两遍,奥尔加没接。她知道是多米奇,只有他知道这个美国号码。

但这一回她不能再撇下伊莲娜一走了之。她是姐姐唯一的亲人，倘若姐姐还有一线希望的话，那就是全靠她来做点什么了。而近来“退休”的预感，奥尔加已经悟到，其实这是她潜藏多年的意愿。滴水穿石，伊莲娜的境遇，令她痛彻心扉的真相，正是最后那一滴穿石之水，躲不过、逃不掉。等多米奇发善心、改朝换代，“螯虾也会上山吹口哨了”[①]。命运的转变原来一直就在自己的闪念之间。

“奥尔加，我再去求求马克，让他放你走。”伊莲娜抱着手臂在屋里踱来踱去。墨西哥女佣伺候她们吃过晚餐后，她就开始踱步，像一把失控的钟摆：“阿米尔说是去迪拜三天，但他行踪不定，随时可能走进门来。”

奥尔加一条腿搭在沙发扶手上，左手端着右胳膊仰头吸烟，长发坠到沙发靠背后面。她感觉到后脑勺一团黑沉沉的力量往下拽，而她却似乎要借着眼前飘浮的烟雾升上去，上轻下重、欲倒未倒的微妙平衡，看上去那么不可能，但每次只要她心一横，总能绝处逢生。

奥尔加站起来，摇头对伊莲娜说她既不怕马克也不担心阿米尔。她心里已经起草了初步计划。

她打开 iPhone，食指撩过屏幕上一条条邮件主题。食指停下来，点开一条吸引她注意力的邮件：那个叫 JJ 的中国男人将在十几个小时后到达洛杉矶。

他果然如期用了她给的网址，奥尔加为自己预先做的这个小小安排莞尔。他在银泰不是跟她大谈俄罗斯经济快车吗？她请他一起上车，该不太困难吧？她在北京就有意开发他的“信息资源”，本想拿到有价值的“货物”，再去跟多米奇讨价还价，好在她还没对多米奇提过 JJ。

小腹隐隐地痛，再次提醒奥尔加，背叛多米奇，倘若不成功，那是比

① 俄语谚语，指永远不可能。

死本身还要险恶的境地——死不过白刀子进红刀子出，而死在多米奇手里却将是千刀万剐、万劫不复的地狱。但为了伊莲娜，也为了她自己，她不得不豁出去了，擅自启用 JJ 这个“资源”将是她走的第一步险棋。奥尔加关掉 iPhone，投篮一样把它抛进墙角的垃圾桶里。

“伊莲，跟我走。”这句话她当晚已经跟伊莲娜说过三次了，请求加命令。奥尔加“唰”一声拉开丝绒窗帘，威尔绪大街上的车辆已经稀疏，清朗的月光当头洒下来。午夜已过，事不宜迟。

伊莲娜停下脚步，两只手神经质地互相搓着，望过来的神情似乎奥尔加站在遥不可及的彼岸。

“为什么不呢？心甘情愿做阿米尔的性奴隶？”奥尔加焦急起来。

伊莲娜叹气，慢慢拉起连衣裙袖子。煞白的肘上遍布青斑红孔，如一幅怪异的文身。“他逼我用海洛因，我……哪儿也去不了，只能拖累你。”

毒品加看守，由心到身的禁锢，简直就是多米奇逼良为娼的手段的翻版。伊莲娜的坐立不安、神情恍惚原来还有这一层缘故。奥尔加积满痛楚忧患的胸腔里，有什么紧缩成比铁还硬的一团，来回翻滚，撞得她心痛不已。她必须带姐姐离开这里，不惜一切代价。

她在脑子里反复审视先前的设想，伊莲娜肘上的斑孔虽然给她的计划添加了障碍，但她反正要往好莱坞那边去，寻找伊凡科夫的具体所在，而弄毒品倒正好做个借口。

“伊莲，我可以帮助你。”她掐掉燃到指尖的烟头，肯定地说。

“对不起，奥雅，我恐怕撑不下去了。”伊莲娜呵欠连连。

奥尔加拉住姐姐，给她和自己各倒一杯酒。“伊莲，再待一会儿。我要带你去阿米尔永远也找不到的地方，隐姓埋名。没有人能够再伤害你——”和我，那个地方多米奇也同样不能到达。应该有这样一个地方的，偌大的世界，就真的容不下她和姐姐真实地过几天干净日子吗？

伊莲娜眼中有亮光稍纵即逝。“可你的工作怎么办？我们怎么生活？”

“相信我，伊莲。”奥尔加看出姐姐愿意相信她，她只要再具体一点，“我这次来洛杉矶有一笔大生意，做完就可以退休了。”

“退休？”

“对，很大一笔钱，不用再工作了。”再具体点，奥尔加从手袋里拿出一枚奥运徽章，白底红字，邮票大小，跟她那天别在JJ T恤衫上的貌似一样，但多一层底盖。奥尔加用指甲尖拨开底盖，从夹层里抽出一块拇指头大的芯片。“伊莲，这块芯片包含的技术足以成就一家新的英特尔公司。”这是芯片原主——那个在北京开设研发中心的美国人的原话。她陪了他三个晚上，对着他的红鼻头一共吞下两瓶伏特加才把芯片弄到手。她的酒量在俄罗斯以外从没遇过对手，那个美国人算是忒能喝的了。

“奥雅，妈妈没说错，你是我们俩姐妹中最聪明的那个。”

“你是说，你自己是最漂亮的那个？”

重逢十几个小时，她们第一次都笑出声来。奥尔加的头靠到伊莲娜肩上，伊莲娜伸出双手，终于主动拥抱了她。

“奥雅，你说吧，要我怎么做，我听你的。”

“你要坚强，戒毒不容易。唔，好莱坞的俄罗斯餐馆，哪一家最好吃？”

“我，他禁止我去俄罗斯餐馆。有一回他开车路过好莱坞，让我进过一家俄罗斯超市，我买了两袋北极熊奶糖。”

“北极熊奶糖？跟我们小时候吃的一样吗？”奥尔加仿佛又闻到母亲指间的奶香。

“是啊，你想吃，明天叫马克去买。”伊莲娜似乎一时忘记她和奥尔加都正处于马克的看管中。

“为什么让马克去买?”

“哦,马克熟悉好莱坞的俄罗斯商家,我用的海洛因都是他从那边弄来的。”

晚上八点

家瑾在洛杉矶国际机场下飞机,过海关的时候又是那位大腹便便的黑人移民官。“欢迎回家!”移民官很快扫描了家瑾的护照。看来他今天心情好,不像上次,眼珠子来回在家瑾的护照和脸上转,绷脸问他为何一个月出入境七次,怀疑他走私贩毒似的。

“你是去中国看奥运吗?”移民官指一下家瑾的西服翻领,对他露出洁白的牙。

“唔,是啊!”家瑾低头看翻领上的奥运徽章,白底金边,红色“京”字。离开银泰前,他从茉莉那个收集杂物的鞋盒里拣出来,别在西服外套上,并没有特别的用意,只想这也算是他唯一的奥运纪念了。

“我在电视上看了开幕式,非常特别,我对中国的印象完全改变了。”移民官把护照递还给他。

家瑾拖起箱子往外走,一路还为移民官的好心情受宠若惊。

小弦站在接机厅门口向他招手,俏皮的短发,爵士风的藕色纱裙。家瑾有些不相信自己的眼睛,但小弦的气息顺风飘过来,山林般清新,她看上去真年轻,皮肤红润透明,像大学刚毕业那会儿。

悬疑落地,两个多月来,他第一次感觉眼前豁然开朗。他拉起她的手。

“你不出家了?”开场白却太不理想,兴师问罪、先发制人似的,但他需要确认。

“元舍利博士说,我今生的缘分在俗世,不在禅寺。”小弦的手在他

掌中轻轻转一下，他想她要把手抽回去吗？他该放手还是握紧呢？

“再说，我也放心不下你呀！”小弦又说，眼中有久违的顽皮加温柔。

时光好像倒流了二十年，家瑾紧紧握住那只柔滑如绸的手。“是放不下我吧？”他说。他翻过小弦的禅书，了解“放下”二字的特殊意义。

小弦不语，领他往停车场走。

“你怎么知道我今天回洛杉矶？”

“我知道的事多了。”

“才坐几天禅就有了神通？”家瑾的揶揄有些心虚，因为他一直没琢磨清楚，那天梦里小弦着急的样子，是否真的托梦来警告他与奥尔加不要有所沾染。

“修禅不在时间长短。”小弦说，见他愕然，又笑，“我给茉莉打过电话。”

“啊，现代科技的神通。”家瑾一拍脑门。

小弦的笑声溅起许多散珠碎玉，都是往昔的快乐与爱意。

失而复得的机会，家瑾想该认真和小弦谈谈。他们结婚时的承诺、他和她各自躲在后面的内心真实，要增补，彼此开诚布公，别再像两个捉迷藏的孩子，谁也不愿先喊“嗨，我在这儿！”大家都是凡人，都有极限，他不要她再受任何委屈。

“你真的原谅我了？”他为小弦拉开车门。

“嗯。”小弦把车钥匙交给他。

“包括——”银泰隔壁的芳邻？他想说，又想是否该先问小弦，她怎么能隔着万水千山洞悉芳邻的存在。

“老把别人的过失扛在自己肩上，那不是很累吗？”小弦的话音却如水一般温温漾漾，化解了疑问的必要。

汽车启动，刚驶出停车场，手机彩铃响，《甜蜜蜜》，是家瑾的中国手机。刚落地就有电话追过来，他想除了茉莉该没别人了。他一手握着

方向盘，一手从西服内袋摸出银色三星给小弦，示意她接通车里的蓝牙扬声器。

“哈啰，JJ，想我了吗？”奥尔加浓重的口音顿时让车内空气滞涩。

家瑾脑子电击过一般空白，继而头皮发麻，像被无数细小的针尖戳击着。老张交代过，他接受的重任不能告诉亲友，为了保密也为了保护他的家人，而且他们预测的步骤是他到洛杉矶后先给奥尔加打电话。

此刻奥尔加狐媚的声音飘荡在他和小弦之间，家瑾乱了阵脚。他看看小弦，小弦望着窗外，一张脸被机场出口粉紫翠蓝的霓虹灯柱映得扑朔迷离。

“奥尔加？你在哪儿？”小弦知道奥尔加就是银泰的芳邻吗？他说完才想起。先不管那么多，国事大于家事，硬着头皮上吧。

“洛杉矶。你也在洛杉矶吗？”

“你怎么知道？”而且还把钟点掐得这么准？他想起那个枪口般空洞阴森的网页，他的航班信息由航空公司直接发到他的电子邮箱，要是邮箱给她盗去，他回头还得兴师动众地更换邮件地址。

“随便猜猜。你要是在洛杉矶，我有单生意想请你参谋。”

“什么样的生意？”戳击家瑾头皮的针尖换成一把铁爪往上抓提，提得他耳朵都竖起来。这是否老张预测的关键时刻，马上就开始？

“高科技。你能到机场这边的希尔顿来一趟吗？”

“什么时候？”

“一小时后。”

从机场到比弗利山庄家中，小弦没说几句话。家瑾含糊地告诉她，待会儿他要去谈一桩重要的生意。他想自己可疑之处表露无遗，小弦却很平静，说去做你该做的事吧。他出门上车，小弦含笑挥挥手，没有担忧，更没有猜疑，至少他没看出来。

家瑾调转车头，和老张通过电话。按指示，在见奥尔加之前，他要

先同美国联邦调查局的人会合。这是中美合作的国际大案。“在美国得按人家的程序办事。”老张说，“他们会确保你的安全。”一路上，家瑾回想起小弦的平静，还有些失落，小弦真修炼到心如止水，那他们以后的生活会不会如死水一潭？

晚上八点半

“奥雅，你真有能耐，把马克给灌醉了。”事情已经过去大半天，伊莲娜还不断提起，仿佛刚卸掉枷锁的人还不习惯身体的轻盈，“你跟他说什么？时差？”

“对，倒时差，睡不着。”黎明前，夜色开始淡薄，奥尔加穿着薄丝背心、弹力短裤，拎一瓶白兰地游走进客厅。“他在电视前打瞌睡，我不做什么大概也能带你离开。”她跟马克斗酒，最后让他指节暴突的爪子把捏她秀美的手，是因为要从他那儿挖掘一点信息——怎样找到好莱坞的俄罗斯毒贩。“马克好色好酒，搞定他不难。”跟她对付过的许多“客户”相比，马克实在是小菜一碟。

奥尔加跟靠在床头昏昏欲睡的伊莲娜絮叨，心里却清楚，逃离阿米尔的公寓不过是最容易的一步，接下来的事情她很多还毫无把握。比如，如何帮姐姐度过毒瘾。她给她服过安眠药，注射了半剂海洛因，不知这是否正确的戒毒程序，减量总没错，再说她下午从马克熟识的俄罗斯毒贩那里只买了两天的用量，她带的现金已所剩无几。今晚迅速行动，一旦成功，明天就带伊莲娜远走高飞，尽快找个专业戒毒师。

新买的手机震动起来。“我们帕坎要见你。”是好莱坞那个红头发的俄罗斯毒贩。

下午奥尔加跟他做完交易，又拿一卷美金夹一张字条，说钞票归你，字条传给你们帕坎。“我就是帕坎。”红头发说。奥尔加冲他喷口

烟，拍拍他雀斑点点的脸蛋说：“先好好做个雪斯底沃尔基（小六），嗯？”

字条上只有一个代码，“东北虎”，红头发这个级别的“机构成员”根本看不明白，但红头发的帕坎、帕坎的帕坎都知道，“东北虎”是目前最热的“宝贝”，各大“机构”争相夺取，与之有关的任何信息都会立刻吸引最高级别帕坎的注意力。

“时间地点？”

“鲍勃的俄罗斯菜肴，今晚十一点……”

廉价汽车旅馆的玻璃窗被接连呼啸而过的两架波音747震得“嗡嗡”乱颤，地板也摇晃了一阵，奥尔加差点没听清红头发最后那句话。

她望向床头，伊莲娜睡态安详。倦意像一张长绒毛毯从头到脚披盖下来，昨天上午到现在，三十多个小时，她还没机会合过眼。奥尔加打一个长长的呵欠，拿起已经冷却的咖啡壶，倒出最后一杯咖啡，又从手袋里摸出一瓶袖珍威士忌，开盖掺进杯里，仰头一饮而尽。

没有时间休息。一会儿怎样掌控那个中国男人，她需要精打细算。从他的同情心下手，还是利用他的野心、对美色的贪恋？她和他度过的那个晚上，云淡风轻，夜空一派璀璨，如同宝石镶嵌的梦境，与她以往那些乌烟瘴气的“约会”大不一样。

凭直觉，她知道他是个正人君子，而且真有点喜欢她，所以她那天把装有“货物”的手袋留在他车里，说不上万无一失，但应该相当安全。即使安德鲁和瑟基在北京把她手上的U盘夺走，她也很有把握，JJ会把她“存放”在他车里的那份拷贝送还给她，当然，她现在不用再担心那两个不知天高地厚的家伙了。

无论如何，今晚十一点之前，她必须设法让JJ评估出那块芯片的用途与价值。她在多米奇的“机构”里身份再特殊，也不过是个高级小六。她替他取“货”，他却从不告诉她“货物”的性质细节。这样她每次

都像是拿着一个上了锁的黑匣子,明知里面装着宝贝,却不知道是钻石还是黄金,因此也就很难背着多米奇去跟别人做生意。

跟多米奇混这些年,她电脑用得很熟,软件也可以玩几手,所以多米奇授权她为“机构”经营一些“网络服务”,包括她给 JJ 那个明里修正乱码暗里窃取信息的网站。但她却看不懂设计图,对集成电路更是一窍不通,也就是说,她没本事独自打开手中的“黑匣子”。而 JJ 却是这方面的专家,不仅有高等学历,而且从那个网站传过来的邮件中,她看出他的生意正好是半导体芯片的研发生产。

当然,她已经把所有与 JJ 有关的信息从那个网站的服务器里消除了,JJ 现在是她的独家“资源”。从今天凌晨她扔掉了与多米奇联系的专用电话那一刻起,她就不再为他“工作”了。一旦 JJ 帮她打开了“黑匣子”,她爱把“宝贝”卖给谁就卖给谁,比如多米奇的死对头,伊凡科夫。

坎

二零零八年八月十二日　晚上九点　洛杉矶

希尔顿饭店,常规的豪华,虚构的舒适,过往商旅的疲惫和商业会议的乏味弥漫每个角落。家瑾坐在大堂颜色含混的沙发上,有些手足无措。虽然联邦调查局的监听技师一再强调装在他身上的微型监听器

非常先进，很难被探测到，他还是觉得那颗“豆粒”是他即将面临的危险的具象。间谍电影一旦真实起来，娱乐和刺激都变成无形的压力。他深呼吸，提醒自己镇静，要像 007 那样，情报和美色兼收——也就是给自己提个兴致，奥尔加的美色他当然不能再收，他不想再失去小弦。

“嗨，JJ，让你久等了。”奥尔加的声音从身后传来，她的手轻抚过他的脸颊，又在他头发里揉两下，指间有香烟混合香水的味道。家瑾体内那根绷紧的神经仿佛被突然抽掉，全身不由自主松弛下来，由头到尾，希尔顿饭店的舒适忽然触手可及。

“你戴着我给你的奥运纪念章呢！”奥尔加绕到他面前欢呼。她穿一件低胸紧身 T 恤，深陷的乳沟在他眼前晃来晃去。

“你那天怎么不辞而别？”家瑾问。

“啊，对不起，我叔叔临时让我赶到洛杉矶来。”

“你那个 LV 手袋落我车里了。”家瑾顿一下，因为见奥尔加手里挽的也是个 LV，药箱形状，“口红之类无关紧要的东西我留在银泰了，但我想这两样对你应该很重要，所以随身带着，想等你需要的时候寄给你，今天正好亲手给你。”他拿出奥尔加的钱包和那个载有技术资料的 U 盘。

“太感谢了。”奥尔加把钱包和 U 盘随意放进手袋。

但愿老张策划的这招“还珠计”真能帮他进一步取得奥尔加的信任，家瑾想。“什么生意这么着急要我参谋？”

“跟我来。”

家瑾跟奥尔加乘电梯到七楼，穿过一道迂回的走廊，停在 717 号客房门口。家瑾犹疑瞬间，还是走进房里。联邦调查局的监听人员应该知道他的去向，他们说过，那颗“豆粒”会传送他的行踪。到了这一步，他必须相信“组织”。

房间里没有其他人，标准的大号双人床、沙发、桌椅。他正要开口

询问,奥尔加的手臂套上他的脖子。“我真想你,JJ。”她耳语,柔软的嘴唇印上来。

家瑾乐于投降的身体漾起一圈水花,却立刻被警惕防患的神志和那颗贴身“豆粒”喝住了。他解开奥尔加的手臂:“我刚回洛杉矶,还有很多事……”

奥尔加偏头瞅着他,嘴角一丝含糊的笑意。家瑾又想,他断然拒绝美色,是否做得太露痕迹?他让自己的笑意也暧昧起来,手指顺着奥尔加的脖根滑向乳沟。“但我并不介意财色兼顾的工作会议。”他说。

奥尔加拨开家瑾的手指:“我们先‘顾财’,然后集中精力‘顾色’,如何?”

奥尔加打开写字台上的笔记本电脑,从手袋里拿出U盘插进去,又让家瑾先坐到窗前看夜景。

夜空中一架飞机忽闪着红色降落灯,另一架仰头长啸冲破洛杉矶万家灯火的重围。家瑾在飞机的起落间听见奥尔加“噼里啪啦”敲击键盘,敲敲停停,估计她输入了好几组密码,一环扣一环,难怪老张说警方到目前还在努力解码。

奥尔加终于叫他过去的时候,家瑾问:“你不是跟你叔叔做服装生意吗?怎么也对高科技感兴趣了?”

“投资多元化啊!这是一家找我们投资的公司,你是行家,帮我看看他们的技术到底有没有价值。”

家瑾打开解码后的U盘,一系列的设计图表呈现出来,构思之精密、观念之新颖、表达之清晰详尽,一开始就让他赏心悦目,感觉跨进一座隐秘的皇家庭院,珍宝奇观俯拾皆是。芯片设计以至所有工程设计的最高境界,是用最简洁的方法解决了最繁琐的问题,而这里的设计,抓住了数个繁琐问题共通的关键,纲举目张,手指一点,一系列旧问题自行化解不说,还为新的尖端难题提供了答案。多年的经验告诉他,这

是一项革命性的创造，花费了数位出色的工程师数年的精力以及研发公司大量的资金物力。

“怎么样？”奥尔加问。

“价值连城。”

“为什么？”

“这里的技术不仅将开创半导体产业的新纪元，还将更新许多其他方面的应用，比如国防、太阳能等等。”

“嗯，跟那家公司说的差不多，你倒是很在行。”奥尔加点点头，仿佛家瑾考试过了关。“那么，你有没有兴趣帮我说服另一位投资人？”她接着又问。

奥尔加是指她“叔叔”吗？家瑾想。老张交代，没看见样板芯片前要继续深入，首要目标是搞清楚样板芯片的下落，当然能追查到奥尔加的老板就更理想。

“我想应该没问题。”他于是合上电脑，顺水推舟，“但我为什么要帮你呢？”

“啊哈，开始讨价还价了？我不会亏待你的。”奥尔加在他脸上嘬一下。

“让我参股？”

“让你参股。一会儿你只管介绍技术，其余的我来谈。”

“一会儿？你是说今晚就去？”事情进展的迅速超过了家瑾的预料，他担心“组织”是否能及时做好跟进准备。

“现在就去，这样我们‘顾’完‘财’还可以再回到这儿来。”奥尔加笑着拍一下他的屁股。

晚上十一点

把家瑾和奥尔加挡在餐馆门口的女带位有刚毅的额头和下颔，如

果没有眼影和唇膏的调和，俨然是一张男人的脸，嘴角密集的汗毛在暗黄的灯光里可以权作胡须。“餐馆打烊了。”她说。

“我们不是来吃饭的，找人。”奥尔加点燃一支大中华。

鲍勃的俄罗斯菜肴在一条小街拐角处，离好莱坞的星光大道不远，时而还听得见末班旅游者的喧哗。

“找谁？”女带位瞄奥尔加一眼。

“伊凡科夫。”奥尔加无视女带位的再次阻拦，跨进门槛，家瑾尾随而入。

餐馆外面不起眼，灰蓝的招牌，不甚明亮的玻璃门，里面却金碧辉煌，雕花木桌，舒适的皮椅，墙上挂满厚重的油画，黄铜吊灯妖娆婆娑。两个壮实的俄罗斯男人坐在近门口的卡座里喝啤酒，餐厅右角，一家人围坐在椭圆长桌边，两对年轻夫妇，一位银发老人，还有个蹒跚学步的小女孩在大人的坐椅间玩耍，粉红色胖嘟嘟的脸。他们看上去刚吃完晚饭，正喝咖啡、品甜品。

“伊凡科夫不见任何人。”一个巨形俄罗斯男人从厨房那边踏步过来，大骨架和腕上粗硕的金链似乎同时“当啷”作响。

奥尔加仰头跟他交换了几句俄语，巨人摊开铁扇般的手掌示意奥尔加拿东西给他。家瑾听懂了奥尔加斩钉截铁的“不”和她重复了好几遍“伊凡科夫”的名字。伊凡科夫就是奥尔加的“叔叔”吗？她见自己的情夫加老板还这么费劲？他正想事情有些蹊跷，巨人的注意力又转向了他。

“这是谁？你的中国佬男朋友？”巨人用英语问，“啪”打一声响指，卡座里的两个男人立即过来拍打家瑾和奥尔加的身体，检查他们是否带着“家伙”。

奥尔加冲巨人狠狠嚷着俄语，家瑾抬手要推开在他身上拍打的手掌，却被巨人一把抓住，手背被他指间两枚坚硬的金戒指硌得说不出

话来。

俄罗斯打手从家瑾身上搜出三个手机，一黑一银加一部 iPhone 摆到桌上。“中国佬，哈哈，一个手机做生意，一个打给老婆，另外一个留给女朋友……”他们指着手机笑，似乎这样的发现不是第一次。家瑾担心的是那个黑手机，要是被没收他便失去和老张直接联系的工具。

另一个打手又端起奥尔加的手袋“乒乒乓乓”往桌上倒……

“够了！”背对他们坐着的银发老人忽然开口，而且说英语，像是有意让家瑾听懂。巨人松手放开家瑾。

“奥尔加，尤瑞是个粗人，别跟他一般见识。”银发老人转身，皮肤光润、体型匀称，看上去并不老。

“你知道我的名字？”奥尔加说。

“当然，正如你知道我的名字。”老人慢条斯理，眼神与话音同样深具城府，“来，到我这边来坐。”

坐在伊凡科夫近旁的两对年轻夫妇默默起身，抱起咿呀学语的小女孩隐退了。

晚上十一点半

“你终于来投奔我了吗，巴布什卡（娃娃）？”伊凡科夫拍拍奥尔加叠放在膝盖上的手。

奥尔加知道，“终于”指的是两年前他差人游说她“跳槽”离开多米奇来为他效力的事。

“我是来请你看‘东北虎’的，萨夏。”她改说俄语。伊凡科夫是姓，名字叫亚历山大，行内鲜为人知，即使知道了，也没几个人敢叫，至于萨夏这个昵称，大概除了伊凡科夫的母亲和情妇，还没别人叫过。

不知是“东北虎”还是“萨夏”的效应，伊凡科夫抬手朝背后立起一

根食指。尤瑞和门口喝啤酒的打手都迅速消失了。

“嗯,‘东北虎’……巴布什卡,你是嫌我开的价钱不够高?”伊凡科夫顾左右而言他。

“萨夏,你知道多米奇的脾气。”

“巴布什卡,你是要我花大钱了。”

“我是要你赚大钱。”奥尔加巧笑,把烟灰弹进桌上的咖啡杯里。

“我说的是你,巴布什卡,不是‘东北虎’。”伊凡科夫的脸凑近,奥尔加看清他下巴正中一颗粉红肉痣,男士香水清冷的味道和多米奇用的很相似。

“我怎样?”她心里一紧。

“谁都知道你是多米奇的摇钱树,他要知道你从我这里溜号了,我还不赔大了?”

“亲爱的萨夏!”奥尔加慢慢吐个烟圈,轻轻握住伊凡科夫苍白的手,“我怎么能坑你呢? 我离开多米奇已经有一阵儿了。哦,这是我的中国合伙人。”

奥尔加从伊凡科夫的角度打量JJ:外形不算结实却也还保持适中,加上得体的衬衫西服,看上去绝对不是小六;头发稍显凌乱,略带睡意的眼看着你又似乎看着别处,漫不经心的样子略为新派,倒也有点东方帕坎不可琢磨的意思。

“Did he catch you the Siberian tiger, or is he the tiger to be caught? Ha ha…… (是他帮你捕到‘东北虎’,或者他就是待捕的老虎? 哈哈……)”伊凡科夫换了英文。

“东北虎?”JJ仿佛从梦中醒来。

有她隔在中间,伊凡科夫大概没看见JJ迷惑的表情。“JJ,你不介意,讲讲这个项目?”奥尔加说中文。

JJ眉头皱起,眼中神情复杂,像西伯利亚的流放者听到久违的乡

音，惊讶、伤感、似曾相识、难以置信。奥尔加知道是因为她第一次跟他说中文的缘故，但看上去他是因为“东北虎”而兴奋起来，而且不大情愿与伊凡科夫分享——正是她想要的效果。

“这套技术不仅将开创半导体产业的新纪元……”JJ 开始介绍，涉及本行显然驾轻就熟，像在为他自己的公司融资。

伊凡科夫却不耐烦了：“OK，我们先看看‘东北虎’是什么样子。”

但愿他真像行内传说的那样当机立断，奥尔加想。她递给伊凡科夫的 U 盘里，只有先前让 JJ 挑出来的一组设计图表，没有实质性的技术细节，如同“东北虎”的照片加几根虎须，证明她确有其“虎”。

伊凡科夫接过 U 盘，在掌心掂掂，似笑非笑的眼神掠过她和 JJ。“你们随意，吃点蛋糕。”他扬手说，起身向厨房走去。

随意当然是相对的，那两个强壮的打手又坐进门口的卡座，对奥尔加和 JJ 举一下手里的啤酒瓶。不管怎么说，她让伊凡科夫“上钩”了，奥尔加盘算，接下来的关键是要他把付款打到她指定的瑞士银行账户里，一手交钱一手交货。

“我不知道你还会说中文。”JJ 拿一把明晃晃的餐刀戳他面前一块巧克力蛋糕。

“只会一点儿……”

JJ 的手机立刻抢了奥尔加的话头——中国女人温婉的歌喉。他一阵忙乱，摸遍上下衣袋，最后才从裤袋里掏出银色手机。门口两个打手的目光如四条猎犬追扑过来。

八月十三日　凌晨十二点

水壶在炉头嘶鸣。小弦关掉煤气，将开水冲进木案上的玻璃茶壶。茶叶翻卷舒展，收在叶丛中的湖光山色点点显露，茶氤冉冉拂面，清香

涤荡心肺。

元舍利建议她回家是对的。她对家的眷念和依赖，像这茶香，收敛得再紧，开水一冲，便又释放出来，袅绕不散。今生事要今生了，就算人居山林深处，心究竟也避不开。

她在禅寺打坐时看到的景象，是幻是真，在山里如手掌开合，回到喧嚣的尘世，更是说不清，但家瑾将陷入的险境，要视若无睹，她却做不到，虽然她现在还不太清楚自己回来到底能为家瑾做些什么。她让身心处于深层聆听的状态，并不急于行动。她不想像上一次，写完那个邮件，发出去，又不安，真幻之间，平衡微妙，她担心自己举手之间把幻境推向了真实。

“每人修进的过程不同，可以把姻缘看作一条路线。”离开禅寺的时候，元舍利对她说，“沿着这条路线修习，每时每刻，也许进步更快，更能有所突破。”是啊，要修习原谅这门功课，为人妻可不是比禅寺更切实的课堂？

“结庐在人境，而无车马喧。”起居室里挂着擅长书法的同修送的字。小弦端着茶杯坐到这幅字下，喝完茶，便要开始子夜的静坐。

厨房后门上的一块玻璃破裂了，碎渣落在门口的小地毯上，无声无息。不是明目张胆的劫匪，砸碎玻璃的拳头和拧开门把的手都戴着手套，急促的脚步有意放轻放缓了——只有小弦敏锐的知觉和邻居家的德国猎犬留意到这一切。德国猎犬试探性地吠了两声，仿佛等待小弦确认。

比弗利山庄堪称洛杉矶治安最佳的市区，鲜有打家劫舍的事件发生，看家犬的功夫百无一用，自然有些荒废了。但小弦却从那两声缺乏底气的犬吠里听出了她即将为家瑾去做——更确切地说，她即将为家瑾去承担的事。

两个光头大汉旋即闪进起居室，枪口对准小弦。

"你丈夫在哪儿?"穿黑背心的男人问,音质暗哑、脸色阴沉,这是长期被烟草与险恶熏染的结果。他左肩刺有一颗光芒四射的蓝星。

"我不知道。"

"见过一个俄罗斯女人吗,金发?"黑背心又问,同时打手势让穿红衬衫的男人继续搜索其余房间。

"没有。"小弦与他对视的目光悠然平和,好像他们正谈论家长里短,茶香在空中袅袅飘绕。

黑背心的脸放松了些,声调也有所缓和。"你在喝什么?"他用枪口指一下小弦手中的玻璃杯。

"龙井茶,来自中国一个美丽的湖泊。"

"唔!"黑背心眉头仍然皱着,思绪重重,小弦觉得他手里的金属使他整个人像铁锚一样沉重。

"你有必要举着那家伙吗?"她说。

黑背心看看手枪看看小弦,把枪别进后腰:"你丈夫跟你提过'奥尔加'吗?"

"从来没有。"家瑾的确是从没跟她提过,他也没说起她发的那个邮件,也许他根本没收到。几小时前,她和家瑾在车上,她从蓝牙扬声器里第一次听见这个名字的时候,猜想是她"见"过的银泰芳邻。幻象一旦有了名字,便具体起来,有了实际的杀伤力,那一刻她又觉察到那些尚未退尽的伤痛哀怨,牵连到身心相连的深处、沉积过癌细胞的地方。一种类似肌肉记忆的惯性作用,瞬间闪过,与所谓的自我相关。

红衬衫搜完房间回来,比手画脚跟黑背心嘀咕一阵俄语。

"对不起,你得跟我们走。"黑背心最后说,对小弦点一下头,仿佛他们有约在先。

"好像也没有别的选择。"小弦说。夫妻同住一个屋檐下,却毕竟要度过各自的一生,各有各的坎要过。有时候,他的坎差一步没跨过去,

转而成为她的坎；她若是跨过去了，等于是他成全了她，也等于是她拉了他一把。反之亦然。

红衬衫用一块黑布蒙住了小弦的眼睛，枪口抵着她的后背。他们从后院出门上了车，黑背心脚踏油门的刹那，邻居家的德国猎犬狂吠起来。

真实中的真实

二零零八年八月十三日　凌晨一点　洛杉矶

手机爆响前一秒，家瑾正感觉深陷狼窝，好在时差让他有点飘忽，危机感到目前为止不过浮出几团疑云在他脑里绕来弯去：奥尔加显然是第一次跟伊凡科夫打交道，同是黑道中人，看上去资历不浅的伊凡科夫和奥尔加的"叔叔"是什么关系？奥尔加真要他来帮忙"推销"技术，还是拿他做摆设壮胆？她为什么要他来壮胆？联邦调查局说他们会在恰当的时刻介入，他在这里坚持一个多小时了，什么时候才是"恰当的时刻"？

所以手机一响，他马上反应是老张来指示了，摸遍衣兜，才听见是邓丽君。先前被搜身后，三个手机拿回来，置放的地方却都乱了套。

他打开中国手机，不等他开口，那边俄罗斯口音的晦暗男声已经传来："许先生，你借走了我们老板的财产，我们只好请你太太来做抵押。"

"你是谁？什么意思？"危机感终于如一把尖刀抵在家瑾喉咙，他的声音里陡然添了几分尖锐与紧迫，像螺丝拧到最后的两圈。是否他身份暴露，奥尔加要拿他一个把柄？

"家瑾，身外之物，看开些……"小弦的声音，林间山泉。但远水救不了近火，急火攻心，家瑾口干舌燥，话都卡在喉头。

"我们知道奥尔加在你那儿。"晦暗男声说，"拿奥尔加来换你太太。长滩港，G号码头，凌晨两点半。假如你报警，就别想再见到你太太！"电话"咔嚓"挂断。

家瑾直接感到尖刀刺破喉咙失血过量之后的虚脱。他就要喊出与联邦调查局约定的那句行动暗语，尚存的一丝理智拉住了他。奥尔加，电话里的男人为什么说拿奥尔加换小弦？家瑾转向奥尔加的双眼火光熊熊，奥尔加的脸被映得几乎跟桌上的餐后酒一样红。"你到底在玩什么把戏？"中文原来可以说得如此咬牙切齿。

"我……不懂。"

他用英文重复问一遍，音量加码，同样咬牙切齿。

门口两个打手起身往这边走来。

"没事没事。"奥尔加扬手，又大声说一句俄语。打手们愣一下，哄然大笑，倒转回去。

"你胡说什么！"家瑾低声咆哮，"我太太被绑了。"

"谁？"奥尔加显然也吃惊，又喃喃自语，"我'叔叔'？怎么可能？你的信息都删除了……"

"为什么？奥尔加，我没亏待过你，我太太与你素不相识。"家瑾想象小弦被一群凶狠的俄罗斯莽汉五花大绑，刀架到她脖子上，绳索深深勒进她细嫩的皮肉。他空握着拳头，不能呼吸，指甲在掌心掐出了血痕。他怎么使自己和小弦陷入这个地步？像眼前的饭桌一派狼藉，电影里才有的险恶危难，与他们原本春风得意的生活毫不相干，他在时间

空间哪一点乱了哪一步?

“JJ,不是我……我只是,要你帮我。”奥尔加的脸怎么突然疲倦到了极点,溃不成军的样子,结巴的中文让他更加心烦意乱。

“奥尔加,你也该说句实话了。”他听见自己说,口气像在念一句有魔力的咒语。眼前的女人以行骗盗窃为生,难道这句话会立竿见影让她坦诚起来?假如奥尔加说实话,眼前的危机便会化解为零吗?他多希望一眨眼发现自己其实是和小弦在家里,正听着音乐说些闲话。

然而他惊讶地看见,奥尔加玩世不恭的假面四分五裂了,碎片像放慢镜头一般飞散,藏在假面后的是个惊惶无助的女孩,蓝灰色的大眼睛里,哀伤与沮丧正汇成泪珠往外淌。

“我姐姐,不快乐,他老公不好,我要帮她,一起走……”奥尔加开始用不流利的中文讲述她和伊莲娜的处境,说她和“叔叔”断绝联系已超过二十四小时,“叔叔”的爪牙追寻过来是迟早的事,而她冒死拿代码“东北虎”的技术来跟“叔叔”的对手做交易,都是为了解救伊莲娜。她又拿手机里伊莲娜憔悴的照片给他看。

家瑾的恻隐之心动了一下:欺骗、算计甚至犯罪,一旦有了催人泪下的缘由,再加上美丽的包装,原谅和接受似乎都有了可能。但事情的发展完全偏离了他能够想象的轨道,他实在无力独自应付如此复杂的局面,也只好让监听器那头的“组织”全盘处理了。

“你该报警。”他打断她,“我不是007,帮不了你。”

“我不能,我‘叔叔’厉害,我会不死……”奥尔加比画着,家瑾明白她“叔叔”会让她生不如死。

“奥尔加,我得去救我太太!”

“帮我,做这个交易,我帮你,太太回家。”

这时尤瑞大刀阔斧踏步出来,桌上盘盏“哐啷”震颤。“帕坎说‘东北虎’很有意思,他要货真价实,回头会跟你联系。”

“伊凡科夫在哪儿……”奥尔加还要说什么，被家瑾拉住。

“生意做完了，我们走吧！”家瑾说完，才意识到他无意间说出了跟“组织”约定的暗语。

转眼之间，一队全副武装的联邦调查局特工冲进了餐馆。

凌晨两点

黑背心取下蒙在小弦眼前的黑布，让她下车透透气。“一会儿就可以和你丈夫团聚了。”他说。

从念书时算起，小弦在洛杉矶住了十几年，却还是第一次走进美国最大的海港——长滩港。被蒙了两小时的眼睛有些模糊，只感觉高耸的集装箱山一样倾斜过来，海风顺着集装箱之间的空隙直愣愣灌过来，即使在夏天也透着加利福尼亚洋流的寒意。小弦抱紧双臂，仰头见皓月当空，快十五了，月盘已近丰满。

前方百米外横泊着一艘万吨货轮，近旁一列起重机默然矗立，参差的影子里还残余些许白天的嘈杂繁忙。就着月光，小弦依稀辨出巨轮侧面“中国海运”的字样，再看身边层层罗列的集装箱，红蓝白绿，大多印有中文标记。

一辆黑色越野车从她身后的荒地驶来，急刹车，车窗上贴了前苏联的斧头镰刀标志。车上跳下来五个男人，领头的中年人有东欧男人坚硬高亢的轮廓和苍白的脸，个头没有黑背心高大，气势之盛却显然是他的上司，下车就开始训斥下属。

看来黑背心对小弦的宽待让中年人很不满，他怒气冲冲一扬手，红衬衫赶紧拿来一条塑料手铐反铐上小弦双手，又蒙上她的眼睛，把她推回车里。海风、月光、钢铁的腥气以及放低音量的俄语一概被车门“砰”地卡断了。

小弦眼前的黑布再次被摘掉的时候，她看见家瑾和奥尔加——那个似曾相识的俄罗斯女子站在万吨巨轮的阴影里，距离和码头四周庞大的参照物使他们看上去像两点微不足道的影子，一眨眼就会融化在夜色里。

"奥尔加带芯片和U盘过来，一样都不能少。"中年人用手机向家瑾发号施令，声音如同一把锐利的铁钩，足以刮破听者的耳膜。

身边只有黑背心和中年人。红衬衫和中年人带来的其他四人不知分散埋伏到什么地方去了。家瑾一个文弱书生怎么对付这一队强悍人马？小弦终于担心，她和家瑾的今生将就此定格，咫尺天涯。

"向前走，不许停。"中年人猛推她一把。

小弦踉跄两步，一吸气稳住了身体。风什么时候停了，夜清凉静谧，铁箱隔离出来的空寂里，除了她的脚步，所有生的迹象似乎都悄然隐没了，一瞬间她体会到比三个月前闭关时更彻底的隔绝。死亡就是人世间终极的丧失，她忽然想，不怕死，却害怕失去他、失去自我？

小弦眼前亮起来，四周暗影里沉默的人和物纷纷呈现色彩光晕，圈套中的圈套、埋伏外的埋伏一目了然，如同灯下缓缓转动的万花筒。这是否元舍利博士所指的一种"突破"？

奥尔加正向她走来，又似乎正向她自己的本源走去。小弦看得见她身体周围茸毛一样细密柔软的橙色辉芒，上下左右随袅娜的步子飘摇。他们越走越近，她几乎能感到她的气息了，细微稚嫩，像出自还需要呵护的孩童。

奥尔加停下来，月下深蓝的海映在她眼里，盈盈有光。她对小弦说了句什么，小弦没听清却懂了她的意思：对不起，这样连累你。

一句严厉的俄语划破夜的静谧，小弦面对的那张精致的脸被骤然而起的骚动惊扰，黑背心的哑嗓子被中年人的铁钩音质压下去，随即有坚硬锐利的金属穿透身后的空气呼啸而来，尾部射出银蓝的光针。

凌晨一点半

联邦调查局介入后，奥尔加被隔离起来，家瑾按调遣开车前往长滩。老张打来电话，说他正在飞往洛杉矶的专机上。“你太太不会有事的。”老张再三安慰。家瑾问联邦调查局怎么不早保护小弦？老张问家瑾为什么不早汇报奥尔加给的那个网址？还是小弦被绑票后，他从茉莉那儿追问出来的。奥尔加以为她删掉了家瑾的信息，却不知道多米奇还有一份拷贝。

距离长滩港还有半小时的路程，联邦调查局让奥尔加上了家瑾的车。

“他们答应庇护你和你姐姐吗？”家瑾问。奥尔加不回答。

“他们会送你进监狱吗？”他又问，她仍不做声。她是否知道了他和警方的关联？她一定是在默默诅咒他，家瑾想。

G号码头在长滩港南部海湾深处，家瑾下了高速公路，过了安检站，临进码头前，接到俄罗斯人的电话，刺耳的男高音，要他前行左拐，一直把车开到中国海运的货轮前。

临下车时，奥尔加的手轻轻搭到家瑾还握着方向盘的手上：“JJ，你是个好人。”

正前方两列集装箱垒砌的高墙隔出一条笔直的水泥通道，通道尽头是一片延伸进海面的荒地，家瑾四顾不见人影，仿佛世界末日只剩下他和奥尔加。

手机里号令传来，家瑾看着奥尔加迈步向前，纤细、弱不禁风，步态有些摇晃。他想他是否正把她推进那个生不如死的境地，也许还来得及为她做点什么。他压低声音喊她的名字，她回头，巨轮的影子倾轧下来，家瑾似乎看见她又套上了满不在乎的假面，耳边有她一个指头一个

指头敲出来的曲调。“必须如此了。”他听见她说。

然后他看见小弦，爵士风的衣裙被月色洗得透明，她身后有枪支放射的点点寒光。他不知怎么想到遇见奥尔加那天，北京三里屯酒吧屏幕上的内衣秀。小弦走在秀台上，虽然毫不逊色，却完全是不得已，她嫁给他，理所当然就该省去这一段，不必再上台和其他女子一比高下了。一时仿佛是他在她身后端着枪，逼她一步步往前走。小弦赤身裸体的辱和痛，他忽然感同身受。

两个女人停在码头中间，奥尔加对小弦说了句什么。

俄罗斯人在对面气势汹汹地叫喊，两声被消音器抑制的沉闷枪响。接着脆亮的枪声四面突起，埋伏的联邦调查局特工们似乎从天而降，又似乎从集装箱里倾巢而出。

晃动的人影和硝烟里，家瑾看见奥尔加猛然推了小弦一把，小弦的身体向右边歪去，奥尔加也旋即倒地。

家瑾向前跑，被一个联邦调查局特工拽住。“我们会带她出来。”他说。混乱之中，她是哪一个她？子弹“嗖嗖”飞过，特工把家瑾按倒在地，身边“噼啪”乱溅的不知是弹片还是石子。家瑾耳朵紧贴在手腕上，时间沿着劳力士表的指针嘀嗒流淌，漫长的分分秒秒，他不知身在何处。

战火消停后，救护车闪着红灯开进码头，又鸣着警笛疾驰而去，急救员抬着担架来来去去。“俄罗斯人两死两伤……”有人说。

“我太太在哪儿？那俄罗斯女孩怎样呢？”家瑾见人便问，没人知道。

家瑾终于被带到小弦身边的时候，一名急救员正替她包扎膝盖。“皮肉擦伤而已，没被子弹碰着。”急救员说。

家瑾伸手去抹小弦脸上的烟尘，小弦拉住他的手，冰凉潮湿的脸贴到他手背上。“她替我挡住了子弹。”小弦说。

被小弦拉着的手似乎与家瑾的身体主干失去了关联，独自悬在空中，从指尖开始，一点点被小弦的眼泪侵蚀、融化。生死，真实中的真实，像一块陨石狠狠砸下来，他努力要明白些什么，但石头依旧是石头。

他却完全没留意到，一股从未感受过的伤情，以黏液的形态涌进喉头、鼻管，由酸变苦、由苦变咸、由淡至浓，以致他突然喘不过气来，猛烈地咳嗽。

尾声

二零零八年九月十三日　傍晚　北京

中秋节前一天，空气里还游荡着夏日的余温，街头张灯结彩，大小餐馆座无虚席。奥运会结束了，残奥会正如火如荼，人们继续坐在电视前为赛手加油叫好。中秋过后，“十一”黄金周又将接踵而至——举国欢庆的氛围要尽可能地延伸下去，天气、日期都那么顺合人意。

荔苑酒家的一间包房里，气氛却与外面不太一样。

家瑾终于请到老张吃饭，小弦一起来作陪。家瑾低头拨弄 iPhone，把一个叫做电筒的应用软件打开又关上，手机屏幕忽而白忽而黑、闪来晃去。

小弦坐在旁边，眼神放得很远，仿佛飘到了九霄外，但她偶尔投向包房门口的瞥望却泄露了她在尘世间的种种牵挂。

家瑾估计老张快到了，抬头与小弦对视，算是最后的确认，小弦心照不宣，点点头——今天要跟老张讨论的话题，这一个月里他们已经再三掂量并作了决定。

老张带着节日的洋洋喜气推门进来、坐定、喝茶、寒暄。

家瑾支支吾吾："样板芯片，还有设计资料……都物归原主了吧？"

"看你们俩，怎么都丧着个脸，跟料理后事似的。"老张反客为主，为家瑾小弦斟满酒杯，"来，咱们好好干一杯。"

老张这么乐呵呵的，是在开解他们吗？家瑾犹疑地端起酒杯。"奥尔加……"他刚开口。

小弦插话："老张，我们商量好了，奥尔加的姐姐，伊莲娜，如果警方同意，让她跟我们住，她失去了唯一的亲人，又……"小弦说不下去，家瑾搂住她的肩膀。

老张愣一愣，很快明白过来，笑着呷了一口酒："你们的好意，我想，他们姐妹俩会很感激的。"

"姐妹俩？"家瑾和小弦都以为自己听错了，"奥尔加还活着？"

老张不语，从西装内袋掏出一张照片递给家瑾。

奥尔加和伊莲娜手牵手从照片里对家瑾和小弦微笑，背景是海滩、椰树和阳光。右下角的日期显示照片是两天前拍的。伊莲娜看上去已经戒掉毒瘾，还原了丰润水灵的模样。两姐妹有相似的蓝眼睛，眼神却不一样，一个精明，一个纯良。

家瑾呆想片刻，忽然有了揶揄的兴致，跟老张投诉："美国人安排的人质交换也太不专业了，半途就开枪，不怕射中了好人？"说完心疼地抚一下小弦的头发。

老张说中途停步大概是奥尔加自己添加的枝节："她宁愿被乱枪打死也不想再落到她'叔叔'手里吧？"

"不管怎样，她确实替我挡了一枪。"小弦站起来替老张倒酒。

“奥尔加到底跟你说了什么?”家瑾又问小弦,“有老张在场,这属于技术细节,你就以临床态度谈谈嘛。”

“她跟我说的话你何必要知道?”

老张在一边看着他们笑。他继而告诉他们,奥尔加约家瑾去见“投资人”的时候,伊莲娜躺在洛杉矶机场附近一家不起眼的汽车旅馆里,夹藏了样板芯片的奥运徽章别在伊莲娜的连衣裙上。奥尔加答应提供信息、交还芯片的条件,是要警方安置他们姐妹到一个远离“坏人”的地方。

“我不是坏人吧,可以知道现在他们在哪儿吗?”家瑾问。

老张摇头。

“‘坏人’都抓到了吗?”小弦拉开家瑾又问。

老张说联邦调查局那天在长滩港当场抓到了多米奇的头号首领——那个在手机上对家瑾发号施令的中年男高音;国际刑警最近又在伦敦捕获了多米奇。除了奥尔加提供的线索,多米奇的长期对手伊凡科夫也帮了忙。

“你们有功劳啊!”老张拍拍家瑾的肩膀,对夫妻俩举杯。

干完杯,小弦忽然想起似的,向家瑾摊开手掌:“那张照片还是我替你保管吧!”

家瑾乖乖把照片递过去的时候,发现照片背后有一行英文:I'll always remember that splendid party(我会永远记得那个华丽的派对).

带你去看粉牡丹

Pink Peony

飞蛾与蝴蝶

我要冰来写这个故事,冰是文学博士,为中文报写专栏,又深知内情,可冰要我自己写,说她念文学理论太多,放不开,写出来无非又一篇老套的都市言情小说,和香蕉共和国那些衣着时尚的罗曼司广告差不多。

冰指向街对面的香蕉共和国,一栋白墙红瓦的两层洋楼,镂空花的黑漆铁门边上,两张巨幅时装彩照垂在落地玻璃橱窗后面:春末,推出的色彩是芥末绿与沙滩白,男人同女人各自坐在水边若有所思。冰纤长苍白的指间,一枚硕大的水钻折射出微微发颤的虹。

“你这样的女人,在无人相信爱情的年代,像……”冰盯着我看了足足三秒钟,眼白泛蓝光。“琥珀。”她最后说,“史前的飞蛾,扑火,落空,恰巧被一滴坠落的松脂凝固在焚身前的刹那。”

“你写自己的故事。”冰咽一口蓝莓芝士蛋糕,说,“就像松脂慢慢融化,飞蛾拎起湿漉漉的翅膀爬出来,在城市颓废的气息里挣扎起飞,史前的还不懂得厌世的飞蛾。”冰强调:“多么与众不同的姿态,越颓废的时代越需要猎奇。”

我却宁愿想象自己是一只蝴蝶,落在你的画布上,被缤纷的油彩黏

住，急切的翅膀，在你全神贯注的目光里停止扑拍，静下来，层层绽放。在你的目光里，故事直接进入高潮。

你说："我带你去看粉牡丹吧！"

你第一次对我说这句话的时候，我刚换上那件秀美的连衣裙，在比弗利街上那家香蕉共和国的分店里照落地镜子。极其纯粹的粉红色，不太真实，像古代传奇，纺丝质地冰凉坠手，散发幽幽的光，让人心里安静。

我来回侧身，端详两片刚好盖住肩头的假袖子，袖子中间被剪开，隐约露出圆润的肩。我想象起风的时候，搭在肩头的丝绸飞舞起来，牵动衣身上大朵的、用稍暗的同色丝线勾画的牡丹。牡丹开放到了极致，仿佛闻得到浓郁的香。

你在我身后说："真是个征兆。"

"什么征兆？"我有点窘，意识到你也许一直在观察我。

你笑而不语，没问我的鞋码，就抬起手里的通话器，让库房送六码的高跟短靴来让我试穿。我对那款短靴心仪了很久，那天它正好减价了。

"短靴配连衣裙？前卫与典雅集于一身？"我回头看你。

你只是淡淡地笑着。你的笑使你看上去有点熟悉，稀薄得几乎不存在的记忆，清晨醒来陡然要抓住的梦的流沙。

我妥协了，拉上短靴拉链，站起来，有些摇晃，不由自主抓住你伸过来的胳膊。绒衣下肌肉的棱角在呼吸中起伏，我好像突然触摸到生命的核心，惊心动魄的真实。我连忙松手，失去平衡，幸好你的胳膊坚定不移地横在前面，防止了一次尴尬的扑倒。

再看你，柔和的脸，蓬松的栗色头发，椰棕色绒线夹克，手插在米白咔叽裤袋里，像店门口招贴画上走下来的注重时尚的丈夫，在安心等候妻子挑选时装。我在心里对这个顽皮而亲密的比喻莞尔。看你的眼

睛,才注意到你相当高,要仰视。

你问:“看过皮萨罗的粉牡丹吗?”

法国印象派是我最喜欢的西方画派,皮萨罗擅长迷蒙淡泊的郊外风景,但我不记得看过他画的花卉。香蕉共和国的店员,帅气也许理所当然,但这样有品位,还知道皮萨罗,我又回头看你。

你斯斯文文对我笑,我也对你笑。四周春天的色彩嫩得出水,惹人心里暖暖酥酥。一位女客过来,拿着一件鹅黄羊绒衫,请你帮她找合适的尺码,你却一直看我。女客激愤地扬手,羊绒衫落进迷乱的春色里,溅起粉淡的涟漪,一圈套一圈。

我忽然在你眼里层层叠叠开放起来,不由自主地失重、飘浮,非常不自在。我不习惯失控,心却欢喜地向某个稠密的深处沉溺,不能自拔。

冰小姐

“我怎样才能进入你的内心?”我问冰。

冰笑:“没有人可以进入我的内心。”

“那我只好臆造,我要把你写进故事里。”

芝士蛋糕工厂年轻英俊的侍者端来第二碟蓝莓芝士蛋糕,冰最爱吃的甜点。冰仰着头,阳光斜过太阳伞落在脸上,冰眯起眼睛,目光在侍者脸上流连,乌黑的长发垂在藤椅背后。冰忽然压低下巴,眼睛由下

往上看："真有必要？"

冰是我幼儿时代的密友，分别二十年后，我们在异国他乡不期而遇，如同失散多年的姐妹。不过冰来洛杉矶念博士的时候，我已经在大公司里工作三年多，年薪超过六位数。论在美国的阅历、成就，冰比我晚了许多拍，但现在感觉上她却后来居上了。当然我不会当面对她承认。

冰像看透了我的心思，心领神会地说："这样吧，你跟我回家，我给你看点东西。"

冰的家在比弗利山庄，日落大街以北，前院一片宽阔的玫瑰园，蓬勃的灌木高齐人肩，玫瑰狂欢怒放，包括少见的紫玫瑰和蓝玫瑰。

冰在 Prada 鸵皮手袋里掏钥匙的时候，她家的墨西哥女佣正好遛完狗，从玫瑰园侧面的斜径走过来，左右转动敦实的身子，躲闪玫瑰带刺的枝丫。冰说："来，玛丽娅，跟盈打声招呼。"

"是的，冰小姐。"玛丽娅说，她手里牵的德国猎犬瞪着玻璃球似的棕色眼珠，冷静地审视我。我挪步，站到冰身后。就是这条半人高的看家犬吧，几年前你替休假的杰克看房子，邀我来比弗利山庄同享有八间卧室的"城堡"，我没来，因为天生怕狗。那时冰还不认识杰克。

"她为什么叫你冰小姐，不叫费弗尔夫人？"我问冰。杰克·费弗尔的"城堡"，超真实的时空。冰、杰克、你，以及过去的我，潜伏在门厅墙上毕加索的真迹里，被抽象肢解的影子，游离于逻辑之外，遥远、含糊——距离使我安稳妥当，有嘲讽的能力。

"她第一次见我就这样叫。"冰说，"怎么，我已经不像小姐了？"冰娇嗔，神情像她多年前第一次遇到我。在香蕉共和国的试衣间，她试穿一件新上市的水绿风衣，又把配套的丝巾对折成三角，圈起头发与半张脸，扭头问我："像不像肯尼迪夫人？"冰善于一种索求加摄取的凝视，无论男女，在她的凝视中都有点手足无措。尴尬中，我猛然认出了被幼

儿园阿姨一再称赞过的欧阳冰的“传神的眼睛”。

小时候，冰和我有过一段形影不离的时光。我年龄稍长，主意多、反应快，冰大多数时间像影子和回声绕在我左右，但冰能够即兴地把想象与感受用眼神姿态放大传播，那曾是我望尘莫及的天赋。所以幼儿园里，她在台上领舞，我在旁边击掌拍手，但一下台，我指东道西，冰言听计从。我在台上那点嫉妒，让冰手拉手一蹦跶，立刻烟消云散了。

幼儿园的底细如今足以让我有恃无恐，我说：“这种眼神还是留给杰克吧！”

冰不肯罢休，幽幽地说：“其实我真正爱的是你。”

“你爱的是你自己。”

“自恋有什么不好吗？”

杰克的“冰小姐”把我带进楼上一间卧室。房间的陈设是中国风，雕花檀木床、空心圆木凳、衣橱门上有贝母庭园仕女拼图，靠窗还有铺了锦缎垫的日眠榻。“果真是小姐的春闺。”

冰没说话，拉开衣橱的门，拖出沉甸甸的红木箱，掀开盖子，淡淡的樟木味道飘浮起来，浮香缭绕一摞日记本，布面、缎面、再生纸面，每一本都别致，每一本都心事重重。“我从小学开始写的日记。”冰说。

冰半跪在箱子旁边翻拣日记本。入秋的下午，五点多，窗外天色迅速暗下去，水流一样的速度与质地。我站在箱子另一边，冰的脸与装满心事的红木箱模糊成一片。如果此时你在身边，会不会在画布上，把她的身体抽象成一方暗红，而她的脸，你会用什么颜色？会不会保留那些精致的曲线？怎么描绘一个女子二十多年的记忆与心思？

冰忽然抬头说：“这不是我的春闺，是杰克的太虚幻境。”冰的笑颜自得而诡秘。

我的目光落到檀木床上，质地细密的丝光被褥柔软平整，饱满的靠枕层层叠叠罗列其上，看不见一丝凌乱，都像训练有素的女佣，守口

如瓶。

“怎么,销魂的时光只属于陈盈和安东?”冰小姐挑衅道。

画家与粉牡丹

第一次去你的画室兼公寓,我差点迷路。周末,洛杉矶下城偏僻的街道,仿佛完全被弃置,荒芜、落寞,像斑驳蒙尘的红砖墙上反叛少年随意喷抹的线圈。装运货物的大木箱从退色的涂鸦后探出墙头,货物清空了,只留下漂洋过海的沧桑。三两个无家可归的人,如凌乱废弃的包裹,散落在街角巷尾,面目不清。

下城的街区,一直是我努力回避的真实,我们来到这个富足、机会均等的国家,不就是为了远离那些令人丢却尊严、丧失希望的真实吗?

你选择置身于这样的真实中,仿佛人世的无奈,也能像丰沃的土壤开出瑰丽的繁花。你去流浪汉收容所教他们辨别色彩,向他们呈现灰色阴影之外的热烈与辉煌,他们说你是“来自俄国的爱”。

我停车在楼下,阳光灌满空旷的街道,胸前的粉牡丹暗自闪烁,像你那天隐约向我呈现的另一种真实,兼有探险与许诺的诱惑——你固然善于呈现。

“那个吉卜赛女人。”你说,“住在莫斯科城郊,比这里更荒凉,积雪堆到窗口,可以令人窒息。”她用纸牌为你占卜,看见你命中的东方女子,她说:“你们会在阳光灿烂的地方相遇。”她房间里炉火暗淡,焚香

渺渺，有精灵游弋。

你离开了莫斯科的冰雪天地，走进南加州的阳光。你说你非常幸运，虽然访问画家的薪金微乎其微，你每周还要做两天香蕉共和国的店员才能支付房租，“但一切都是为了向你走来，注定了的事”。

我们牵手上楼。阳光从天窗流淌进来，落在我们越来越近的对视中，柔软温暖的光点在我们身体间流连、缱绻，随后凝集在我们唇齿之间。“我第一次亲吻阳光。”你说。

我才留意到，我们站在画室中央，没有画布、画具，甚至没有溅洒的颜料，有意地腾空了，为了沐浴阳光？

你说是你获取灵感的空间，你每天在此打坐：“无中生有，不是有这样一句中国话吗？”

“为什么是我？洛杉矶东方女子无数。”你的空间迷离、奇异，同时温润、半透明，我安然进入，为了更清楚、真切的体验，为了追索一个问题的答案。

“因为在许多流行的春色里，你独独挑中我在心里为你选的这件粉牡丹。”你的手指徘徊在我颈后两颗珍珠纽扣间。

风过，毛茸茸的。粉牡丹颤动，露珠翻滚，每一片花瓣深呼吸、放大，然后散落，在你的掌心，潮湿、散发淡淡油彩味道的掌心。

“因为单单这片肌肤，使我忘记其他所有的诱惑。”背脊上，牡丹花瓣聚集、转动旋涡，一点一点，向下，跳跃、漂流。感官的诱惑、灵魂的诱惑、腿与臀之间的曲线、精致忧郁的脚踝、纤巧妩媚的手指、粉淡优柔的乳晕，饱满欲滴的唇……画里画外，灵魂与感官的喧嚣完全安静下来，为一个人。

我想起来，那天在香蕉共和国，坐在织锦长凳上弓腰试鞋的时候，紧身的细绒毛衣爬上后背，露出一小段腰身，你站在我身后说：“瓷一样细腻。”

“不怕我把你当作偷吃女客豆腐的店员?”我把你掀翻,抬头看见你的《轮回》,遮盖了半边墙壁。

沿着圆周,厚重的油彩堆砌了八个斑斓的圆锥,像葱头,又像 Hershey's Kiss 巧克力。八个圆锥环绕中央形状相同的小圆锥,缓慢地旋转。

圆锥忽然飞旋,流星一样射过来,我俯身躲闪,闪进你向上凝望的眼眸,在那里,我圆圆的脸,圆圆的额头,眼睛也是圆的。

你说:“东方的哲学,宇宙是圆的,来来回回地转圈。”

你相信前世。“难怪你似曾相识。”我看见苍天无垠、草原起伏如海。“前世你是我的蒙古战骑。”我说。你大笑,笑声荡漾纯粹的快乐、久违的明朗。

“我前世是皮萨罗,你是我画的粉牡丹。”

我在你眼中看到她:末世的丰饶富丽,不顾一切的美,令人不知所措,令人在弥漫的粉淡的气息里,于喜悦中陡然有些悲天悯人。

我怔住了:“一朵花怎么会爱上描绘她的人?”

“因为在画家的描绘中,花美到极致。我带你去看皮萨罗的原画,在牛津大学的艾希莫林美术馆。”

你眼中的极致使我沉默良久。

坚硬的核桃

冰递给我一叠复印的日记。日记的页面比复印纸小,复印的手写字被漆黑的空白包围,像一群躁动的魅影,被纸边的黑框封锁。

“都是与你有关的。”冰的银色奔驰敞篷车仰头靠在姨母家门口倾斜的车道上,引擎轻轻哼鸣。冰没下车,因为是星期三早上,她马上要去比弗利山庄市府的危机服务中心做义工,给受到严重心理伤害的妇女儿童提供免费心理咨询。为了这份义工,冰还参加过三个月的专业培训——冰有小小的政治野心,比如做比弗利山庄的第一位华裔女市长,做义工是她从政的第一步。

我的手指触及复印纸的瞬间,冰按住它说:“当小说看吧,别当真。”她的目光轻轻扫过我的脸。

“我不是正在写小说吗?”我不得不提防亲友们小心翼翼探询的眼神,袒护自己的内心,无论是宽广如湖、深幽似潭,还是潮起潮落,都是隐私,即使善意的窥探,也是一种侵犯。“没必要把我当危机中心受打击的妇女。”我希望自己的眼神轻描淡写。

冰放下手闸,倒车,一脚踩上油门。“随意引用,不收版税,但我保留修正权……”冰的话连同奔驰随即被好莱坞山上拐弯抹角的车道隐匿。

山下的城市掩隐在湿漉漉的海云中,但我可以清晰地想象街道上

滞塞的车流，坐在方向盘后的人急不可待地奔赴常规的一天，在重复中不断修正、添加生活的定义。

我曾经也坐在山下的方向盘后，驾轻就熟的姿态、既定的路线和精确的时间表，不停地赶路，追赶未来的日子，一切仿佛十拿九稳。但思念使我飘浮起来（这有点奇怪，我以为思念是沉重的），游离于常规之外，像海云，升不高，也坠不下去。我不急于坠落，但不知道接下去该做什么，才能够上升。我断断续续地写着这篇小说，也许写完的时候，答案会自动出现。

姨母下山给姨父鲍比送早餐去了。鲍比习惯每天早上七点拉开修车行的大门，工作十几个小时，每周只休息一天。姨母和鲍比的生活，像他们这栋住了几十年的房子，陈旧、平凡，却牢靠稳固，充满新鲜食物的气味。姨母不赞成吃隔夜饭，顿顿现做现吃。

我走进姨母的后院，提起花洒依次浇灌柿子树、梨树、百香果、玉兰，还有十几株叫不出名目的花草，后院的花木都具有东方形态与色彩，飘溢姨母移植了几十年的乡愁。花洒的重量坠在手腕上，一条无形的绷带拉开酸涩的肩膀，身体对外力的反应使我的上午真实起来。

我终于在百香果树旁坐下，翻看冰复印给我的日记，两颗青色的果子垂在耳边。

在香蕉共和国碰到盈，其实一点不出奇。婆娑的美人蕉，蜿蜒的红木扶梯，扶梯旁的古董皮沙发，丝光绸影，雪茄香槟……这家充满殖民地情调的时装店，对我是高消费，虽然换季的时候，七折八折，引人入胜的未来忽然触手可及，但对盈那样的白领，香蕉共和国不过是个无限扩大的衣橱，一年四季的行头，从上班穿的西裤衬衫，到泡吧的低胸吊带裙、高跟皮凉鞋，应有尽有，她进进出出，大概跟自家门厅一样。

盈试穿的那件薄棉衬衫，今年春季新翻的花样，领口一堆轻飘飘的

荷叶边，腰上一条柔软的丝带，小家碧玉的细节，穿在盈身上，好像一向公事公办的女经理，突然和你面对面坐下，叙旧、拉家常、秀腿跷起来、手抄在膝盖上。

幼儿园里，盈是孩子头，还记得她带领我们偷摘邻居老太的指甲花，计划周密，调遣自若。二十年后，盈的大将风度有增无减，名牌商学院毕业，又做了高科技公司的产品经理，深受老板赏识。但她看上去像一枚坚硬的核桃，甘美封固在盔甲般的外壳里。太注重才干、在乎独立的女子，往往忽略女人自身的魅力，“头重身轻”。盈外表亮丽，感觉上却少几分风情。

冰给我的日记片断零碎，大都没有日期，但从记述的内容看，这几段大概是四五年前写的，冰那时还念着文学博士。我已经很久没去香蕉共和国了。

春假，晴天丽日，校园里空洞冷清。做完关于福克纳的论文，再读不进一个字母，找盈逛街，虽然按她的规矩，提前一周预约，仍说没空，再三追问，才说是有了男朋友，口气羞羞答答。

习惯了盈的坚硬，一点女儿作态立刻让她成了另一个人。大概再坚硬的核桃，最终也要被敲开。只是没想到，敲开盈的榔头，是个无名的抽象派画家，香蕉共和国撞上的。一见钟情、热恋阁楼上的艺术家，好像更适合我这样不务实的人。我一直以为，盈喜欢的，不是公司总裁，也是医生、律师，讲实效、有门面的男人，似乎才和她对路。

命运总是偏心，盈有貌有才，有热门的职业，现在又有了爱情。

软思维

冰的诧异，姨母曾经更尖锐地指出："刚到美国的新移民，自己都养不活！"姨母字字珠玑，从不把时间浪费在修辞上。

"不对，他经济上完全自立。"我第一次与姨母顶嘴。

我小学的时候开始给姨母写信，每月一封，因为设想长大要来美国留学，早早与隔海相望的姨母联络感情，将来好投靠。后来当然自己靠奖学金来了。第一次见姨母，她端出存满几只鞋盒的信，我打开看，都是流水账，连丢条手绢都写出一页纸。姨母却说："多亏了这些信，我可以自称是看着你长大的。"姨母的独生子在纽约工作，一年难得回趟家，姨母把我当女儿看待，尤其在母亲去世之后。

"和他谈恋爱也罢了，又何必谈婚论嫁？"姨母口气缓和一点，忧虑使她原本多层次的双眼皮显得更深更重。玉兰花香弥漫姨母的后院，太阳缓缓沉落山谷，夕阳的余韵，是一抹粉淡飘忽的红，由铅紫与蓝灰衔接在渐渐蔓延的夜色之上。

"和你结婚，我不需要爱以外的理由。"我对你说过，手指遮捂你还要询问的嘴，"因为我想要的，从来都是铅紫与蓝灰之上那一抹粉淡的红。"后面这一句，也说给姨母听。

不食人间烟火？不，那是你和艺术，你每天寻求的超越。你身后的

墙上，窗外棕榈的投影稀疏摇曳，虚实之间，无数路径延伸向尘世之外。

我是否与你说过一个流浪汉的故事？对面那株开紫花的苦楝树旁，红砖楼的康复中心里，他的高中甜心——妻子一直昏迷不醒。他每天在街心公园的长椅上守望，等她苏醒。爱情对常人，是非常难得的超越，就像那一树紫烟，在灰色的公寓楼群中，蓬然升华。一点闪光，足以照亮一生，哪怕他沉到生活的底层，也看得到一星跳动的火苗。

你捧起我的脸狂乱亲吻，胡茬子坚硬执著。“不顾一切的女人，无论如何，我也不让你沉到生活的底层。”这句话，足以让一个喜欢独立的女人托付终身。

“你看，这是婚姻。”你指着窗边一幅雷诺阿的画——浓绿的湖水，宽大的树荫倒影，透明的小阳伞，绅士淑女还有穿戴整洁的儿童，夏天的聚会，裙影窸窣，私语窃窃，偶然爆发哄笑。我说：“很好，不是吗？”

“但你看。”你的手指停在画框边上，描金的橡木，流动的波纹，画面定格。“只要你喜欢。”你又说，向右移了一步，肩膀挡住了我的视线。

如果可以定格幸福，我并不在意随波逐流，即使没有姨母的祝福。

“您不会嫌安东不是华人吧？他很懂东方文化的。”我有意把话题从你的经济能力转开。第一任姨父病逝后，姨母改嫁修车行老板鲍比，白人，不会说一句中文。

“你不要和我比。”姨母非常敏感。“我当初孤儿寡母是没办法，委曲求全，你……”姨母撩开我额头一缕垂发，“百里挑一的女孩，什么样的丈夫找不到，偏找个没家底儿的。”

说这话时，我帮姨母在后院移植一盆开黄花的植物，而鲍比在起居室看电视，与后院隔一道纱门。鲍比人瘦，骨架大，半躺在黯淡的单人沙发里，两条长腿支在泛黄的木制咖啡桌上。

虽然姨母和我说中文，鲍比听不懂，但我忽然有些尴尬，扭头冲看

我们的鲍比咧嘴笑笑。鲍比起身拉开纱门走出来，他每挪动一步，我仿佛就听到骨节叮当碰撞的声响，像他在车库搜寻零件似的。

“安东真是天才，他送的那幅油画——《软思维》，我太喜欢了，像慢慢融化的彩色冰淇淋，挂在睡房里，正好帮你姨母降血压、放松神经。”鲍比大概听到你的名字了，他还听懂了什么？

后来在婚纱店里，姨母一定要替我付钱买婚纱的时候，我想，一定是你那些柔软漂流、互相浸染的颜色分子，在夜深的时候，点点滴滴潜进了姨母的思维，牵动了她满头银丝般细密的心事。“女人要为自己活，但不兴自己买婚纱。”姨母说。

轮回

两年前，安东画的《轮回》在莫斯科获奖，那时他二十五岁。油画取材于红场南面瓦西里大教堂的九座塔顶。俯视的效果应该是这样，他对我说。他在画布上俯视瓦西里大教堂的时候，发现在象征形式上，东正教与佛教惊人的相似。

西好莱坞，盈和安东的新居，我去贺喜。盈还没下班，安东在客厅里来回走动，我坐在沙发上听他演讲。

伊凡四世，俄罗斯第一位沙皇，十六世纪中期，征服了蒙古人的喀山汗国后，下令修建瓦西里大教堂，成吉思汗的子孙统治了俄罗斯两个世纪，沙皇改变了历史，要为自己的战功立牌坊。八座葱头塔围绕中心

的尖塔，拼成一颗八角星，圣母的象征，也暗示耶稣复活日、上帝的天国。

但把这九个顶连起来，就是一个圆轮。他大幅度地比画，显然对那幅作品很满意。

佛教的八辐法轮，八正道！伊凡四世打败东方文化传播者的同时，东方信仰的象征，却被他的建筑师不自觉地镶嵌在丰碑上，瓦西里大教堂的塔顶，多么不可思议，多么奇妙！

他的目光淡定，白皙的脸却渐渐泛红，对那次发现，他情不自禁，仍然兴奋不已，像孩子一样。

现代抽象艺术完全私人化，观众是否了解画家的初衷，并不重要。他为什么对我解释他的画？

你不是写作吗？作家和画家，都是精神的呈现渠道，他似乎看透我的疑问。孤独的渠道，他又轻轻加一句，眼睛看着我，又像看着神秘远方。

他说英文，强调每一个音节，却因此没有音节被强调。第一次与他独处，才发觉他的声音像一把簇新的笔毫，柔软地刷过来，细腻稠密。这样的声音，枕边灯下，耳鬓厮磨……我的眼睛从他脸上跳开，眼角余光里，他的年轻帅气，忽然亮剑般，咄咄逼人。

公寓并不宽大，《轮回》占了客厅西面半块墙壁，像一道门，通向一个充满潜力的空间。那个空间不属于这个世界，盈偏要糅进真实的生活。稍大的一间卧室光线充足，两副画架立在中间，画具、颜料罐子摆了一地，显然作了安东的画室。小卧室的墙壁刷成淡黄色，一张国王号双人床几乎填满房间，陈设的挑选很用心，和墙壁的颜色配搭协调，阳台上堆满姨母送给盈的菊花，红白紫黄，在秋阳里怒放。

按盈的意思，安东辞了香蕉共和国的工作，她一人养家。西好莱坞的房租，根本是天价，但盈选定的生活，即使精打细算、柴米油盐，她也

调理得妥帖体面、令人艳羡，更何况，有了爱情，再平淡的日子也熠熠生辉。

盈进门的时候，我捧起带来的富贵竹，称赞她会当家，安东真福气，娶了她，从此可以大画特画，毫无后顾之忧。

盈误解了我的意思，或者因为婚礼上的事，还对我耿耿于怀。就算我自讨没趣，但我真心祝福她。如果财大气粗，我也会做同样的事，女人谁不希望守着一个帅哥情郎？

苦涩的菊香，风中飞散的谶语。心情不好。

我还记得冰那天穿一件简单的黑T恤，束在半旧牛仔裤里，特意不张扬，甚至有讨好的意思，我却没领情。

"为什么？"你问，"婚礼上朋友多喝两杯，寻欢作乐，也不算太失礼。"

"可她是我的伴娘。"我避重就轻地回答，不想同你讨论我对冰不满的真正原因，你我之间，是一坛醇厚的蜜，我要它永远明净。

"啊！"你故作大悟状，"那冰结婚的时候，你做伴娘，也调戏她的新郎，跟她扯平。"

"鬼话！"我把你推进画室，正要带门走开，你一把从身后抱住我，低声说，"别担心，该有的总会有。"

姨母的故事

手机爆出一串童稚的嬉笑，唱起“丢手绢，丢手绢……”冰为我下载的彩铃，为了逗我开心，还有点念旧的意思。

我忽然想，你在莫斯科的幼儿园是否也做过类似的游戏？我们没有太多相同的童年生活细节，但每一个对照出来的共同点都令人异常兴奋。“假如我五岁的时候认识你，我一定会与你分享一块巧克力。”你说。我们都喜欢黑巧克力，俄罗斯的纯巧克力，简单的包装，没有多余的糖分，香醇中饱含苦涩，像咀嚼纯粹的思想，原汁原味。

“盈，快，快到车行来……”电话里姨母的慌张使我惊诧，我丢下冰的日记，一头撞掉悬在耳边的百香果。

鲍比躺在车行的水泥地板上，姨母跪在旁边用毛巾抹他额上的汗，刚抹掉，豆大的汗珠立刻又冒出来，不间断的液化的剧痛。

“看，我最宠爱的侄女来救驾了。”鲍比从嘴边挤出的笑意也立刻液化了。

“打 911 了吗?”我问姨母，忽然觉得她那样瘦小，体重大概和地上一把特号扳手不相上下。

“老毛病，腰椎手术都做过两次了，急救室能做什么？今天车行伙计正好休假，只好我们抬他回家了。”

我把鲍比的别克老爷车倒进车库，等他感觉气力稍好一点，我抬肩，姨母抬脚把他安置到汽车后座，他的脸不时被颠簸加重的疼痛扭曲。

“蜜糖，挺住，马上到家就给你止疼药。”姨母难得当着我的面叫鲍比“蜜糖”。

平常五分钟的路程，为了减轻震动，我小心翼翼地开了半小时。

我们把鲍比抬到了客厅地板上。他对我无奈地翻翻眼珠，我说：“您还是早点退休吧。”

“退休后做什么呢？”

“来，吃药。”姨母左手端水，右手扶起鲍比的头，严谨利落得像一位资深护士。随即她打开电视机，把遥控器放进他手里说，“我去厨房做午餐，需要什么叫盈帮你拿。”

止疼药有催眠的副作用，鲍比很快睡着了。我到厨房，姨母剁着包饺子的肉馅，挥手示意我关门，怕“咚咚”的剁馅声吵到鲍比。

“我到唐人街找个中医吧！”越过案板上的嘈杂，我大声对姨母说，“西医手术治不好的病，通常中医能治。”

姨母摇摇头：“鲍比不会同意的。”

“为什么？他不信中医？”

姨母停止切剁，在围裙上抹抹手，叫我跟她到后院去。冰的日记被风吹散了，东一篇、西一篇，白鸟一般伏在草丛中，我连忙俯身一一捡起。姨母对我的忙乱视而不见，静静地等我坐到她身边。

“你从前的姨父在世的时候，在唐人街很是个人物，但与人结了仇。他去世后，仇家得势，把他留给我的餐馆霸去，说是抵他的赌债。我和你表兄被逼到唐人街边上，开一家小面馆。你表兄还不满一岁，我每天背着他，里里外外地忙，勉强度日。”

我听母亲说过，姨母是媒人在故乡替前姨父娶的媳妇。姨母在海

上颠簸了多日，到美国才与只在照片上见过的丈夫团聚。但关于去世的前姨父，我所知寥寥。

“那时候不像现在，种族歧视不犯法，华人在唐人街以外找事做不容易，小面馆地点偏僻，生意本来就冷清，仇家还经常派人来捣乱。我那时过一日算一日，根本不知道会不会有明天。”

“鲍比是混血儿，有一半华人血统，看不出来吧？”姨母看看我，大半天来第一次带着笑意。

“他那时开的修车行离唐人街不远，唐人街里传他是妓女和白人生的，都看不起他，却都去他那里修车，因为价钱便宜。那天他正好在我店里吃午餐，几个仇家的人来无理取闹，他看不下去，为我说话，后来对打起来，他个子虽然高大，却敌不过他们人多势众，被打瘫在地上……腰椎就是那次被打歪的。”

我眼前闪过姨母刚才跪在鲍比身边的情形，鲍比额头上汹涌的是血而不是汗，姨母一把一把地抹，满屋桌椅翻转、碎碗破碟，表兄在姨母背上“哇哇”大哭，姨母的脸——该比现在丰润吧——被凌乱汗湿的黑发遮掩。

“人活着总得为点什么，有人为利，有人为名，我就为个‘义’字，问心无愧。”姨母说着，向厨房走去，脚下碰到我先前撞落的百香果，果子骨碌碌地转悠起来。她没有提“情”。

歌声的空白

冰打电话来问小说写得怎么样了。

我说："越写越觉得没什么意义，情爱故事遍地都是，还不如写唐人街，写姨母和鲍比的传奇。"

"情爱故事遍地都是，但爱情却总是奢侈，对你姨母那一代如此，就算现在，又有几个女人支付得起爱情？"

啊，我是自以为支付得起的一个。

婚礼，你说："既然我们都没有宗教，就去拉斯维加斯吧，酒店从礼服到香槟，到结婚证人都准备齐全，还有人装扮猫王唱《温柔地爱我》，不过是个仪式，简简单单就好。"

"那不是像去麦当劳吃晚餐吗？"我这样说的时候，你的嘴唇轻轻开启，又最终抿住了，眼里是体谅，还有别的什么，也许是歉意。你不愿意我一开头就独自承担婚姻的重量。

请原谅我一时的任性吧，我不过想为生命的转折点画一个明亮的记号，即便是走过场。

我很需要，一个毅然向你走去的背影，被雪白的婚纱拖长，缓慢的步子，犹疑沉淀成裙尾细微的波纹，歌声悠扬四起，手中一握玫瑰花蕾，暗红，似有似无的香。我要在录像师的镜头里留下这样的姿态，并不夸

张，我力所能及。

好莱坞那所有刻花玻璃窗的天主教堂高旷宽广，白袍神父诵经的声音飘逸回荡，像出自尘世之外，不经任何媒介而直接深入人心，两个没有宗教的人，也都不由自主地感动了。你紧握我的手，气息均匀，真实而具体。

一点阳光落在我鼻尖上，夏日的阳光，即使被厚重的玻璃滤过，被吊灯的水晶装饰折射过，也还能感觉到热度，还有融化的力量。灵魂轻盈起来，像阳光一样明亮、蒸腾、飞翔。

姨母坐在前排，一身天蓝西服套裙，微微含笑的脸，郑重其事的祝福。鲍比在我视线的余角，圈起右手食指和拇指做了一个OK，perfect的手势。

那一瞬间真的非常完美，太完美，以致我突然不安起来，有点莫名的感伤。

一位男宾向我走来，银灰丝织衬衫，黑西裤，既有把握又有分寸的步伐。他躬身，抬起我的右手在唇边轻轻一碰，手背上蹦出一星陌生的凉意，像他衬衫袖扣上闪烁的钻石。

“杰克，真高兴你有时间光临。”你和他握手，像感谢一位知己。我猜到，他就是比弗利山庄那家画廊的主人。画廊和香蕉共和国相邻，你曾在午休时间去浏览，他看过你的画，说要为你开画展。

“我很荣幸。你的新娘是我见过最漂亮的新娘。”杰克挺拔健康，目光炯炯，比我想象的年轻，唯有逐渐退至脑后的发线标记着流逝的华年。

“你是我见过最漂亮的伴娘。”杰克微微转向我的左侧，向冰伸出右手。冰捧着伴娘花束，拨弄系花的丝带，没伸手让杰克吻，却给了他一个极其妩媚灿烂的笑。

婚宴开餐之前，戴黑领结的摄影师张罗大家照群体相，餐厅的鱼池

花圃作背景。传统排列之后是煽情的搭配组合:大胆男宾围戏娇羞新娘;风骚女客诱惑腼腆新郎。冰双手套住你的脖子,身体成S形缠绕着你,难度大大超出观众和摄影师的要求。冰的红唇正要往你脸上印过去,姨母在一旁大喝:“你发花……”

“痴”字还没出口,我急忙把姨母拉出围观的人群。“你那么大方,让她吃你老公豆腐?”姨母愤愤然。她一向看冰不顺眼,说冰“不是盏省油的灯”!

“闹着玩的,让冰施展一下表演天才好了。”我开解道。

婚宴快结束了,司仪把我从你身边叫走。一群未婚的女宾,包括两个穿超短裙的小女孩,兴冲冲聚在一处,等着我抛新娘花束。人群中,冰的水红伴娘装十分抢眼,裸肩席地的长裙,使她更显得纤长高挑,顾盼生姿。

我手中的玫瑰花蕾经过半天的热闹,生出了倦意,但香甜的气息仍旧柔软地拂过我的鼻翼,但愿接住这束花的人能够真正分享我的快乐甜蜜。我背对人群,把花束举过头顶,稍微停顿,再用力抛出去,身后女宾的喧哗像一面迎风招展的彩旗。

我扭头,看冰是否接到我有意抛给她的花。

冰在抢接花束的人群外,仰头和杰克接吻,冰的长发垂至腰际。

录像里,我姣好的笑颜刹那间凝固,像录像师故意施展的特技。

一首正在悠扬四起的歌戛然停止,我被歌声的空白架起,天花板的一角缓缓渗进淡黄的水迹。突如其来的孤独,曲终人散的空旷寂寥……

司仪过来拉我去和你一起切婚礼蛋糕,你握着我的手,不懂它为何比餐刀更冰凉。“我去拿披肩给你。”你说。我摇头,拿起餐刀,再让你握我的手,对,像你握住画笔,用你的温暖、你的坚毅、你的信念、紧紧地握住我。

人群嚷着要我与你同时咬我们切下的蛋糕。我们的嘴唇在雪白滑腻的奶油里碰到一起，我闭上眼睛，却看见先前冰和杰克接吻的一幕，我微微皱起眉头。

那一刻，你是否已经洞悉了一切？

“电视里为什么每天上演爱情剧？”冰在电话里继续为我的小说寻找意义，“成千上万的人，隔岸观花，再虚假的剧情，也眼巴巴地愿意相信……”

“旁观向来是安全的选择，你应该深有体会。”我打断了冰。冰没说什么，把电话挂了。

画家的妻子

“今天请假吧，我们去比弗利山庄的 Rodeo Drive 买一件华美的晚装。”你说。当天傍晚你的个人画展将在杰克的画廊揭幕。

“画家的妻子也大有风头可出。”你正在调色板上调兑一种幽深的蓝。“我每开一次画展，你就购一件晚装，你一定要比我的作品更夺目亮眼。”

“粉牡丹不够美吗？”我在衣橱前更衣，从一堆西裤、衬衫和牛仔裤中间把仍然簇新的粉色连衣裙拎出来。过于女性化的服装，在公司忙不暇接的时间表中难得派上用场。

你走过来，满手油彩，用胳膊环着我半裸的身体。“这次画展成功，我们就去牛津，看《粉牡丹》原画……”我并不是有意提醒你的承诺，只是觉得没有底气铺张，Rodeo Drive 的名牌晚装，动辄上千。我宁愿人们更多地瞩目你的画。

我用吻挡住你还想表达的歉意。我们丝绸一样倾泻到衣橱前的地板上，你的手掌在空中开放，蓝幽幽、亮晶晶，达芙妮向天伸出的五指，月桂树枝繁叶茂，叶片簌簌扑落，化作潮湿的泥土，带着雨腥味，黏合、舒张、起伏、消融，透支了未来所有的激情。

后来你俯身擦拭我满身的油彩，用一种透明的不带腐蚀性的液体。你说达芙妮和阿波罗的故事，还有不为人知的后续，如果你来画，月桂树还原成狐媚女郎，夜阑人静处，幽会阿波罗，缠绵缱绻，像弄影的月光。

那天我没去上班。

杰克的画廊在比弗利山庄的比弗利街上，一栋奶油黄的平房，三幅落地玻璃窗，并无昭彰之处，夹在时装店变化多端的橱窗之间，有“大隐隐于市”的味道。

《轮回》突然间透过画廊中央的玻璃窗，先知一般向世人发出了某种预示。绚烂耀眼的宣告，迫使人定睛留神、弄清楚细节，然而画面连同周遭的一切猛然飞旋起来，一眨眼，又不过是一幅沉默的画。初夏的暖风静静吹拂，市声渐渐淡泊消退。

搭着你的手臂，我第一次踏进杰克的画廊，众人瞩目下，你的棉麻西服在我指间“沙沙”泛起波皱。我当然期盼着你成功，“采菊东篱下”的恬淡自然虽好，但终究要向我设想的未来过渡——爱情的轰轰烈烈之后，生活也终将丰满起来，功成名就，房子、孩子接踵而至，两个人的幸福扩展成家庭的幸福。莫斯科不是曾经预演过你的成功吗？我不过是个平常的女人，得寸就要进尺。

我正站在理想的门槛上，期待使我焦虑，手心潮湿。

画廊门口停满簇新闪亮的奔驰、本特利，甚至洛斯洛伊，车里走出来的男女，衣着华贵、神态悠然。“画廊的熟客。”杰克介绍说，“社会名流、投资家、媒体要员、娱乐经纪人……艺术的仰慕者，品位一流，并且懂得为品位付出相应的价钱。”推销艺术是杰克的专长。你英俊的面孔十分淡然，像一位谦逊的父亲，抑制着对儿女天生的偏袒，礼貌地聆听、点头。

我的目光从香车宝马、绅士淑女转向画廊内待价而沽的艺术品。雪白坚硬的背景，聚光灯投下适度的光与影，你的作品错落有致地展现，真的像你说的那样，有了自己的灵魂。灵魂从感官觉察不到的时空望过来，或喜或悲，或安详或躁动，都充满智慧，洞悉世事。点线面、色彩和光影只是假象，我听到它们诚挚的邀请：来，带你去一个无人涉足过的地方。

我与画魂的短暂交流瞬即被鼎沸的人声打断了。人们端着鸡尾酒杯，从一幅画走到另一幅画，仰头、低头、然后转身，步入人群。熟悉的拥抱、寒暄；不熟悉的握手、互递名片。女人们赞叹彼此的晚装和首饰，男人们聊战争、投资、印度和中国的经济热潮。在这一次抛头露面的聚会上，你的画是五彩缤纷的舞台背景，衬托出台上人物的好心境、好修养。

冰在人群里游走，作为杰克的现任女友，不断牵动沿途的视线与私语。冰穿一件流行的埃及公主式晚装，藕色雪纺纱泉水一般从袒露的双肩流泻而下，腰间丝带上粉蓝翠绿的宝石在步履间溢彩流光。

冰如幻象般向我们飘移过来。“祝贺你！”冰松松地握一下你的手，又与我轻轻拥抱，十足的女主人的矜持与优雅。

一阵寂寥冷落，像婚礼上那首戛然停顿的歌，突然升起，由远而近地拂来，划过记忆的湖面。冰在前台，水红纱袖滑下去，洁白的手肘，擎

一把粉红鹅毛扇，上下左右，在歌声里绕来绕去，幼儿园老师精心描过的眉高高扬起，眉心一颗鲜亮的朱砂，瞪大的眼中扑闪出欣欣然的喜气。我同一群女孩半蹲舞台两侧，隐藏个性的白衣蓝裙，手持两片荷叶一高一低地晃悠，脸蛋是两团老师来不及抹匀的胭脂。

站在前台受人瞩目的，其实从来都是冰，而我，只是半蹲在角落的女孩，一再希望像冰那样，化了精致的彩妆，漂亮地舞动鹅毛扇。我还一直自以为是时，冰却早已不是台下追随我的女孩。我的手背下意识地揉揉脸，仿佛还要抹散夸张丑陋的胭脂。

你和一位穿唐装的金发妇人说着话，她上世纪去过北京："人那么纯朴，简直是世外桃源。"你的手臂舒适地拥着我，手指捻弄我肩头那片假袖子，带着马鞭草清香的体温，汇集成可以触摸的椭圆形体，有流动的波痕，我展开五指，轻轻把它拳在掌中。我不是冰，也不可能成为冰，通向前台的路，如果因此错过了，也没什么遗憾，当然，我还要你成功。

冰看看你，低头对我耳语："安东很有才气，又年轻，真的……"

一位电视明星花团锦簇地出现在门口，就像她在那出当红的晚间系列剧里扮演的角色，大声说笑着，"啪啪"地拍人肩膀。冰云一样荡过去招呼，带她进入画廊中央，人们的目光集中到明星身上。

我忽然渴望，有人大喝一声，当场把订金拍到桌上收藏你的画，但这样的场合，这样的人群，谁肯打破礼貌与规范？我有点气急败坏地问身旁那位金发妇人："安东的画怎样？"妇人受惊似的闪烁着眼睛，说："啊，很好！"然后打个哈哈，转身去和一位理查说话。

你牵着我的手向画廊后的花园走去，杰克请来助兴的爵士乐队吹奏着漫不经心的调子。你带我跳起慢舞，脸贴着脸。初夏的夜缓缓降临，空气香甜如梦。

假如，假如你不成功……我闭上眼睛，像驱赶蚊虫一样驱赶心中群涌而起的"假如"。

东方卷心菜

你嘴唇的余温久久停留在我的额前，一朵雏菊，悠然开放。我在周六早上的温馨里醒来，眼睛并不急着睁开，任百叶窗滤过的阳光，暖洋洋地萦绕眼帘，连同你留下的吻，以及夜晚的缠绵。

厨房里，碗碟叮当，油星在煎锅里跳溅，果汁机旋转嗡鸣的间歇中，你哼着一首歌，俄罗斯小调，拖长的半音。

“你是我的王后，尤其在星期六的早上……”歌声越来越近。我掀开被子，你端着早餐托盘，刻意毕恭毕敬地站在床头，嘴里不断重复那一句。

你从没唱完这首歌，我怀疑是你随心所欲的创造，像你拆散古典大师的画面重新组合，用传统的碎片折射网络时代的霓虹。

调子引我走回两百年前，被爱情击中的女人，也许是乡间农妇，嫁给了心爱的能工巧匠，粗茶淡饭，男耕女织。回顾一生，女人所有的，不过是男人的悉心呵护，在种种欠缺之中，也不乏幸福时光。

你低头把托盘摆在我的膝盖上，我吻了你刚洗的头发，温热，有淡淡的马鞭草味道。

烤吐司、煎蛋包飘着白色热气，鲜榨橙汁里加了椭圆冰柱，玻璃杯旁斜一枝玫瑰，颜色每星期都不同。周而复始的加班劳累，公司里喋喋不休的人事纠纷，骤然间都像是为了周六这顿营养均衡、温情脉脉的早

餐。女人一生中能尽情享用这样的早餐，那也足够了吧？

然而我们还有下午的农夫市场。淡淡的秋阳，镀金的萨克斯管，爵士乐陪伴一些飘忽的思绪漫步走来，分不清过去与未来。刚刚脱离枝叶与泥土的蔬果，新鲜明亮，像婴儿好奇圆满的眼。每周一次，农夫们从市郊把自然的色彩和滋味运输到西好莱坞，摆放成一片热闹的街市。

我穿一条全棉碎花太阳裙，因为洗过多次，棉布柔软贴身，适合倾身挑拣蔬果。约翰的西兰花又嫩又便宜，雷卡多的西红柿饱满多汁，再挑一扎胡萝卜，维生素 ABC 就凑齐了。喔，还有你喜欢的紫皮土豆，要去露丝玛丽那里买。你跟在我身后，接过档主递送出来的购物袋，满当当提在手中。你穿着洗得发白的牛仔裤和 T 恤衫，T 恤背后印着“我爱”，没有宾语，提倡的是不带偏见的博爱。

乔治的花档总是我们游逛的最后一站，把最好的留在最后，你说。你认为乔治的玫瑰有油画的质地，能在黑暗中发光。我喜欢乔治的百合，捧在胸前像拥抱一汪永恒的清泉，还有丁香，春天的时候，只有乔治的丁香能把整条街染紫熏香。

深秋时节，乔治的花档里多了一桶卷心菜模样的植物，灰绿的阔叶，弯曲着波浪般的边，叶子中心，紫红色不均匀地蔓延开。我指着问：“那是什么？”

“东方卷心菜。”乔治系一条暗红的围裙，用油纸包起一束灿黄的秋菊，递给一位买花的中年妇人。

“唔，乔治改卖菜了？”我说，“能吃吗？”

“不能！”乔治侧着脸，把“不”拖得老长，很有些责怪的意思。乔治的平头斜对着太阳，花白的头发桩子闪着五彩细密的光。“天气再冷些，叶子中心的紫红色会越来越重。”

“啊，是花？”我回头看你，你不置可否，继续挑选玫瑰，头顶棒球帽檐上架着的太阳镜正在往下滑，我一把接住了。

“乔治对植物一视同仁，花也好，菜也好，都是他精心培植的宝贝，对吧，乔治？”你把一束橘黄镶紫边的玫瑰递给他，又说，“买的人各择所好罢了。”

走出集市，一辆鲜红的法拉利跑车在我们面前刹车停下，车窗降下来，杰克探出头：“哈啰，安东！哈啰，盈！好消息，有顾客要买《轮回》。”

画展过去四五个月，我头一次碰见杰克。很兴奋：“是吗？开价……”

“不是事先说好那幅画不卖吗？要卖早在莫斯科卖掉了。”你没让我说完，弯腰面对杰克，手撑在大腿上，购物袋堆在脚边。

“随你！”杰克说，“有空到画廊来，现在展出一位巴西画家，画的是热带丛林、鳄鱼、亚马孙河。他也很年轻，像你，也用灿烂的色彩。已经卖出去五件作品，最低价两万美金，值得借鉴一下。”

“我不过是个渠道，画选择我，不是我选择画。”你对杰克耸耸肩膀，杰克的头似乎理解地点了一下。

“哦，对了，我向冰求婚，她答应了。”杰克的身子兴冲冲向后一偏，露出坐在他右边的冰，戴个大墨镜，向我们摆摆手，嘴角微微有笑意。

“真凑巧，在这儿碰到你们，今晚来我家聚会庆祝。”杰克一挥手，我们眼前闪过一道红光，法拉利火箭一般飞射出去，“谢谢你，共产主义的画家，为我带来共产主义的新娘……”

一阵沉默，我觉得该说一句什么。

“没想到他们认真了。”

我们对视的瞬间，你在我脸上看到了什么？你玩笑地问：“你是不是有点妒忌冰？”

“不是，但我妒忌杰克的城堡。”我笑着，对你撒娇，一滴眼泪却不自觉地爬上了眼角。

婚姻是否基于爱情，都是人生的选择，无可指责，像你说的，东方卷心菜，无论是花是菜，自有人买回家。我只是对冰失望，她毕竟不像姨母当年那样不得已，却偏偏在我把爱情象征抛向她的瞬间，宣告撤退了。生活里充满捷径，但我选择了你。

你紧紧抱一抱我说："今天晚上，我们不一定非去杰克家不可。"

我突然仰头看你，风干的泪痕把眼角绷紧。"杰克说得对，你该去看看那个巴西画家的画展，为什么他的画卖得那么好？"而你的画一幅也没卖掉。我把后面一句吞进肚里。

"我又不是画匠！"你提起脚边的蔬果，"噔噔"向我们停在街口的白色丰田车走去，头也不回。

"你总该问问人家给《轮回》开的价是多少吧！"我追在你身后喊。

西班牙台阶

我和杰克没有举行盈想象的盛大婚礼，她一定失望了。朋友间，互相知道点底细，就以为对你了如指掌。盈一定想，我是为了杰克的钱。

我对杰克，天知道，是一见钟意。我一直以为自己要的是一见钟情，遇到了标准丈夫，才知道，情是瞬间，可有可无，意才是长久。杰克令我安心，动荡的人世，安心才是可遇不可求。安心之后，才有快乐，才能梦想成真。

情是一劫，叔本华说的，种族意志根植在女人心中的阴谋，为了传

宗接代，大意这样，女人却蒙在鼓里，盈甚至花掉多年的积蓄，大张旗鼓为这个阴谋办庆典。我超脱了，轻而易举，命运到底也是眷顾我的。

夏威夷茂宜岛，清朗空旷，起伏的涛声，来自洪荒之初的秘密，一步步推近，令人仓皇、窒息，这才是地老天荒，人微不足道，生命瞬息即逝，女人实在不必为爱情受苦。

四季酒店的花园与海滩相接，站在大理石台阶上，可以像帝王一样检阅大海。日落，海水染得血红，铺天盖地。但很快又黯淡下去，激情的发生与退却都一览无余。

在这里，我做了杰克的新娘。

酒店派来的结婚证人，古铜肤色、一口洁白牙齿的土著小伙子，把白兰花编的花环套在我和杰克脖子上，我们举起手中纯正的香槟，互相致意，杰克的脸被残留的天光点亮，看上去坦然温和。我知道，只要我好自为之，他会把我宠爱得像公主。我有点感动，在杰克低头为我戴婚戒的时候，吻了他光滑的头顶。

土著小伙子脱掉了夏威夷花衬衫和长裤，鼓起结实的胸肌，他身旁多了个窈窕的混血女郎，象牙白的皮肤，漆黑的长发，训练有素的腿紧密地摇晃起来，草裙窸窣作响。少年的肩膀是兴风作浪的海，姑娘的手臂就是海边摇曳生姿的椰子树；少年的胸脯是亟待爆发的火山，姑娘的腰肢就是绕山而转的清凉水流。模仿自然的土风舞，酒店私人婚礼中的噱头，演绎老掉牙的爱情传说，没完没了。

我累了，不想继续看下去。

土著小伙子怏怏地收拾起道具，准备离去的时候，意味深长地瞥了我一眼。杰克正拿着一百美金的钞票往混血姑娘手里塞，要她心安理得收小费，没看见他的新娘被人无声地鄙夷了。

小岛上的少年郎，大概从没出过远门，他知道什么？通往幸福的途径，并不都像土风舞一样浪漫。

我挽着杰克的手臂穿过椰林，新婚套房烛光高照。我很在乎我的婚姻，也很在乎我的丈夫，这就够了。茂宜的海伏在身后，像一头沉睡的巨兽，鼾声渐起。

如果不是姨母敲门走进房间，我不知道自己在流泪。为冰吗？还是为自己？我和冰，像镜中花、水中月，爱与不爱都是各自的决定，但为什么都有点壮烈？

姨母递给我一个白色大信封，纽约一家律师事务所寄来的。

“安东他……”姨母欲言又止。我已经猜到信封里面是什么，心迅速往下沉，没有想象中那样沉到地底然后破碎，但没有勇气立刻拆信。

姨母把一盒纸巾推到我面前，又转身要取下挂在墙上的《轮回》——除了我必需的衣服和用品，那是我搬进姨母家的唯一的物件。但油画太大，只让姨母晃荡了两下，看我没有帮她的意思，姨母说：“何必与自己过不去，睹物就要思情。你早点回去上班，正常的工作会让你坚强起来。”我向公司告了半年停薪留职的长假，假期只剩下半个月了，仍然不清楚自己接下去要做什么，目前只希望写完这篇小说。

罗马的西班牙台阶总共一百三十八步，上下宽中间窄，像沙漏，过滤历史，沉淀时光，经过这里的风，诗一样不羁。这里适于独处，一杯咖啡、一本日记，盘腿坐在台阶上，头顶的窗户，一百八十年前的清晨，被济慈苍白的手掌推开，但罗马的阳光，对他未老先衰的肺也无能为力，他的名字终于只好“写在水中”了。

杰克去台阶下的 Via dei Condotti 买皮鞋，他喜欢的 Valentino 和 Gucci，比弗利山庄都有旗舰店，却要在罗马买，说是为了意大利品牌的原汁原味，其实是知趣，给我留下个人空间。一个月来的欧洲蜜月旅行，我更坚信自己嫁对人了。杰克明智、懂女人，而且保养得很好，我的

生活几乎毫无欠缺，人们对老夫少妻侧目，根本因为缺乏了解，对不了解的事物，恐惧偏见总是难免。但我的快乐，又与人何干？

台阶上坐满游人，西班牙台阶的 La Dolce Vita，招引五湖四海的情侣。坐在我前面的一对，喃喃细语，旁若无人，凝视、爱抚、接吻的时候，看得见他们纠缠的舌头。当街示众的欲望，因为年轻，也成了风景，美其名曰“爱的激情”。

如果说我对他们视而不见，那是自欺欺人，一盘鲜美欲滴的水果，活生生摆在面前，充满诱惑。但我可以捂住心跳，仰头转身，摆出不屑的姿态，就像，面对盈的爱情盛典。只是盘中热恋的水果，在我转身的刹那，是否感受到我的决绝清坚？

疾风翻卷，长发乱舞，感觉像蛇发女妖美杜沙。但不应该这样，我捷足先登，已经平安到达彼岸，应该释然、居高临下。

目之所及，一片罗马的屋顶海洋，辉煌与黯淡鳞次栉比，历史与时尚此起彼伏。盈在更遥远的地方，守候爱人成长。

看得见海景的办公室

易逝的事物——生命、幸福——通常被比作花朵。在姨母看来，我和你的故事已经结束，冰大概也这样认为。那天冰挂断电话后，一直没再找我，打电话去她家，女佣玛丽娅说冰小姐又去欧洲旅行了。已经结束的事，怎么还能够真实如初？

鲍比在家躺了两周,又摸索着去车行了,姨母照旧下山去送早餐。我在房间里,面对《轮回》,桌上,姨母留下一杯咖啡,袅袅生烟,几个黑字在烟雾里飘浮,"纽约"、"律师事务所"、"陈盈女士"……我抚摸着杯边的大白信封,假如它永不开封,故事是否就永远不会结束?

因为离得近,《轮回》没有在长久的注视中飞旋起来。画面是一圈尖锐的点,点与点之间,红黄蓝绿紫,画刷拖出的轨道历历在目,线的距离长短、面的高低、色彩的冷暖,都在我眼中呈现出精密的设置,似是而非的逻辑,超出我的理解力。你创造的迷离世界,我离得这样近,看得见所有的细节与骚动,却无法穿透一层隔离的玻璃。

"洛杉矶的画展频频没有结果,纽约是一个充满潜力的新起点。"你多次提及,并不认为洛杉矶市场的冷淡反应是宿命,但那天晚上,口气中有了焦急。

"搬去纽约?你知不知道现在工作多难找?"我把茶杯往咖啡桌上一杵,杯里的水荡出来,一点点爬进摊开的报纸。

你吃惊,我第一次对你口出怨言,抱怨中混杂多日的疲倦与委屈。我还来不及告诉你,那天公司裁员,我被迫解雇了手下一位叫梅根的女工程师。

她坐在我那间看得见海景的办公室里,用潮红的手背抹眼泪,一绺被泪水打湿的头发贴在嘴边。"你知道我们家刚买了房子,每月一大笔分期付款,我老公一人的工资不够的。"梅根说。

女职员的艰辛、养家糊口的不易,我比梅根清楚,可她多少还有一位分担经济压力的丈夫。我的理解同情,被封锁在冷冰冰的人事守则后面,甚至没有递一张纸巾给梅根擦眼泪。

梅根走出办公室,垂肩低头,在门廊里拖出铅灰色的长长影子,沉重地向我倾斜下来,与我心中的阴影重合,无限虚无悲哀。

我有时随你去下城的流浪汉收容所义务服务——分饭、搞卫生，你教他们绘画、辨别色彩。但每一次，我都无法正视他们的脸，是什么隔离、禁闭了他们的灵魂？肉体失去了灵魂的滋养，脸忘却了表情，漠然晦暗，如乱石丛中即将干枯的苔藓。我忍不住心悸，我与他们之间，相差的也许只是一个错误、一场疾病，一不小心，命运的天平偏差一丁点，可能也失去工作、失去头上的屋顶。

“也许，我可以先去……”你试探着，流露出的决心，我当时却没有听出来。

“说得简单，你先去，东西两岸都交房租，我怎么负担得起？”我终于把具体的经济问题硬生生地抛到你面前。

“该有的总会有，相信我。”东方的乐天安命，你比我领悟得透彻。但那一刻，我忽然感觉你擅长画饼充饥。

面对我的茫然，你低头、沉默、紧紧地与我拥吻。你的唇有点干裂。然后你走进画室，关上了门。

天完全黑了，公寓里一片昏暗沉寂，我拖着一身疲惫，去厨房准备晚餐。拉开冰箱的门，一阵阴风袭来，连带着漆黑的孤独。我深陷在一个空洞里，忘记了何时进来，怎样与你散失，不知道要耐着性子等下去，还是挣扎着逃走。寂寞无声的空洞吞噬着、窒息着我，我看见自己的身体蜷曲在潮湿的洞底，停止了坚持，停止了挣扎。

有人敲门，房东太太探头进门，递给我一张加租通知书，宽而厚的方脸上摆满不得已：“实在对不起，物价地税越来越贵。”她走开，诚恳的抱歉还在楼道里打转儿。我没像以往那样立刻审视通知、计算房租飞升的百分点，我默默走向你紧闭的“灵感空间”，把那张不祥的纸塞在了门底下，米白的门板无声地瞪我一眼，我提起手袋离开了公寓。

夜晚空旷的街上，我漫无目的地开着车。冰和姨母的家都不很远，向东开十分钟是姨母在好莱坞山上的“植物园”，向西开十分钟是冰和

杰克在比弗利山庄的千万豪宅。不管是投东还是奔西，他们都会乐意收容我。

但我的困苦是无法对人说的。现代女性，受过高等教育，又经济独立，无论陷入怎样的困境，都没有理由说自己别无选择，只有选择的好坏对错之分。谁能说我的选择不好不对呢？但为什么我一直跟自己的选择过不去？

我发现自己正向海边开去。下意识里，看得见海景的办公室和它所代表的一切才真实可靠，是未来的根基所在；拼命地策划产品、提高效率，好像不停地奔跑，与下城生机黯淡的脸不断拉开距离——也许，我能把握的只有这些。对你坦诚布公，不过是一种本能的自卫，为了爱，我们难道连生活的底线也必须放弃？

晚上九点，办公楼是一座空城，寂静中，电脑“嘤嘤”哼鸣，日光灯偶尔迸出轻微的叹息。我像每次加班那样，穿过区间小道，到茶水间冲泡一杯提神的清茶，在蒸腾的茶香里，走进西南角的办公室。

窗外，太平洋在月光下翻着细碎的银箔，海风荡漾棕榈树修长柔韧的剪影，闪烁不定的灯塔在夜的深处漂流。这是一幅我可以理解的画面，像奖状挂在窗户上——很辛苦、很努力，才挣到的一点特殊待遇，在男性统领的高科技公司，这很不容易。

我能够放弃吗？办公桌上，电脑屏幕探测性地闪出“辞职”的字样，像一只诡谲的眼，晶亮地逼视。我又试着敲了几下键盘，看自己到底能走多远。窗外，海浪缓缓冲刷沙滩、摇动船桅。

我打完了一份辞职书，措辞专业严谨，口气惋惜无比。我长舒一口气。你选择一生追随艺术，而为与你相守，我辞掉一个职位，哪怕苦心经营多年，到底重不过人生的追求，这个逻辑是成立的，甚至也许可行。我想象窗外的海景换成纽约下城嶙峋的楼林，或者灰暗单调的区间隔板，找一份新工作从头来过，艰难，但也不是未来的终结。

真正的爱应该是没有底线的，我的心在这个彻头彻尾的领悟中“嗵嗵”地加速跳起来。

转身之间

回到家，已经是深夜，公寓里仍然黑暗无声，我打开客厅的灯，然后去敲画室的门，没有回应。我发现自己踩在那张加租通知书上，也许我刚才出去之后，你没有开门出来过，还在与画魂对话，或者睡着了。

我扭动门把，轻声说：“蜜糖，我开灯了。”有一次我在你没有防备的时候，进门开了画室的灯，几乎让你灵魂出窍，好半天都没回过神来。

灯亮了，你却不在画室里。不仅你不在，你那些画布画具也都消失了，房间里只剩下平时堆放颜料的铁架和平板桌，油彩点点滴滴，带着热闹的余温。《轮回》触目惊心地挂在墙上，使画室更显得空空荡荡。

“安东！”我喊着，嗓音失控。

我冲进卧室，拉开衣橱，曾经挂满你的衣物那边空了，衣橱像掉了半排门牙的嘴。“啊”一声张开，我的心跳完全乱了。

你蒸发了，怎么可能？我离开不过三个多小时。

我拨通所有与你相关的电话号码，惊动了人们的好梦，答案却一个比一个令人失望。你的手机号码也取消了，我还是反复地拨，听电话那边机械的女声一遍遍重复：“你拨打的是空号，你拨打的是空号，空号，空号……”

你留下一封短信，在我的枕头上，像一个睡前的轻吻，装在粉色信封里，粉牡丹的颜色。

盈

离开你，我很难过，但我不得不这样做。

毕竟，艺术是我一个人的挣扎，不该把你牵扯进来。我注定要承受的负重不忍心一再强加给你。虽然你一直小心掩藏，但我感受得到你日益累积的沉重。

你应该快乐轻松富足，我现在却不能给你这样的生活。

我多希望只是暂时离别，但成功的路凶吉难卜，请不要惦记，也不要寻找我。

《轮回》留给你，让杰克卖掉，可以付几个月房租。

也许有一天，我还能带你去看粉牡丹，谁知道呢！

安东

爱人丢了，就在我对爱背转身去的瞬间。

带你去看粉牡丹

我向老板递交辞职书，他不收，说：“你要逼我吐血？”他把我从一个循规蹈矩的商学院毕业生培训成随机应变的得力主管，而我则目睹他

两鬓的霜雪从无到有、越积越厚。

冰建议我请停薪留职的长假："你可以背着行囊去找安东，找不到，回来还有个好工作。"

姨母逼我搬到她家去住："你也不接我电话，我年纪大了，担不起心，眼前看着才踏实。"

我其实不像自己感觉的那样孤单，也许你知道，所以放心地走了。

我只是说不清楚，为什么一直没有动身去纽约，是害怕找不到你而失落，还是，我已经走到极限，困倦了。为爱，再也迈不开更多的一步？

啊，那个大白信封，我最终拆开了。你托纽约一家律师事务所寄来的离婚协议书，正如我所预料，你已经签好字，也不希望我再向前迈步。我只要一签字，故事就真的结束了。

冰从欧洲度假回来，约我到比弗利山庄的芝士蛋糕工厂吃午饭。"我请客。"冰预先声明。

冰还在念博士的时候，每次香蕉共和国季末大减价，都约我去比弗利街上那家分店，采购完毕，我总是请她去街对面的芝士蛋糕工厂吃蓝莓芝士蛋糕，然后我们手挽手，去邻近的 Rodeo Drive 做橱窗购物，赏心悦目。冰喜欢 Prada，说他们的设计高贵中带着狂野，像一匹来自古罗马的狼。

时间还早，我独自在街上随意走着。刚过感恩节，Rodeo Drive 已经挂起圣诞灯饰：圣诞老人驾驭八匹驯鹿横空而过，"叮叮淙淙"撒下大片晶莹的雪花；高耸的圣诞树下，身穿鲜红制服的木偶兵守着堆积成小丘的五彩礼盒，脸上有孩子讨好大人般既天真又世故的笑。节日接连而至，空隙中，好莱坞推出一台又一台精彩好戏，这座城市让人没有时间悲伤。

我走过一家家豪华品牌的旗舰店，LV、Prada、Chanel、Cartier……

比起街上的灯饰，橱窗里迟缓了一季，还吹着秋风，颜色灿烂金黄。购物的人群，提着光艳夺目的精品购物袋，像收获了秋天鲜艳的果实，熙熙攘攘地从我身边走过。

这些明亮而昂贵的果实，我其实都不需要。对你的离去，我终于有了一点愤怒。

我不过想要——转到比弗利街上，这是一条让人心里踏实的购物街，经营的是 Gap、Ann Taylor 和香蕉共和国一类比较大众化的时尚——我想，我要的，不过比爱情多一点点，像香蕉共和国的招贴画，随着时间的推移，生活一步步合理地向前走，偶尔退回来复古，是为了细致与风格。我不能也不想脱俗。

冰在芝士蛋糕工厂的太阳伞下对我招手。我把一叠打印的纸稿放在她面前说："你看，我不过是个被爱情击败的女人，写一篇既非都市言情，也非异国之恋的东西，没有情杀，没有三角恋、同性恋，一定会令你失望的。"

冰宽宏地笑着说："那不见得，我来结尾，再帮你修改修改，也许就是一场值得抒写的情感经历，而且，亲爱的！"冰凉飕飕的指尖点一下我的额："你现在这样心平气和，就算浪费掉一篇小说也值了不是？"难怪我一直觉得冰在拿我做心理试验。

冰此时完全像被生活宠爱着的女人，她的瞳仁里看不到一丝被憧憬稀释的虚空，她已经到达她要去的地方。我也到达了一个地方，虽然不是原来要去的，却也似乎风平浪静。

冰拿出一页复印的日记，说是这次在欧洲旅途中写的。

秋天的巴黎，阳光从云朵间果断射出，落到地面又柔软模糊起来，塞纳河，河畔的树叶，都蒙上稀薄的细纱，为了捕捉这样的微妙光线，印象派画师们曾经费尽心思。

心里偶然泛起一丝没有由来的忧伤，脑细胞的随意运动，像大学时写过的空灵小诗。

突然下起雨来，也像先前的阳光，在天空丝线分明，落到身上，又成了暧昧的一团。走进河边那家咖啡馆，恍惚间，被侍者引到无烟区的座位上。

是他先看见了我，把吸了一半的香烟掐掉，招呼我一起坐到窗边。咖啡馆的桌面只有半张报纸大小，我们的脸离得很近，闻得到他头发里的湿气，马鞭草的青涩，缠绕在我的Chanel软香里。

他为我叫了一杯热巧克力，法语说得比英语更性感。他的年轻帅气，被什么磨钝了，却多了落拓的美，被一些遥远的思想包围。

他不说话，看看我又看看窗外的雨、行人、河水。

也是来参加艺术集市的？巴黎每年一度的国际现代艺术集市，我陪杰克泡了三天，今天独自在河边游荡。

也是，也不是。他笑一笑，嘴边酒窝一闪而过。

在巴黎待多久？

一段时间。他语气诚实，不像是敷衍，我拿不准，是他不愿意明确回答，还是他现在就处于一种不确定的状态？

他要我一起去他住的地方。他撑着伞，我挽着他的胳膊，贴着他的肩，雨星仍然不断溅到我脸上，他腾出一只手把我环在臂弯。

一对情侣，走在被雨水洗亮的巴黎街头……

我读不下去，抬头瞪着冰满脸含糊的笑。

“别担心，宝贝，爱情对我是超级奢侈品，我最多橱窗购物，娱乐眼球。我是去他那儿替你拿一样东西。”冰递给我一个粉色信封，“喔，他真的住在巴黎的阁楼上……”

我拆着信封，手指僵硬，里面掉出来一张机票，洛杉矶去伦敦的头

等舱，机票空白处有一行你的手写字：

也许有一天，我还能带你去看粉牡丹，谁知道呢！

公园里的陌生人

A Stranger In The Park

一

天光染进百叶窗的缝隙，落到盈眼皮上，窗外鸟鸣纷杂急促，像一把谁赌气向空中撒开的玻璃珠子，没接住，碎了一地。又晚了，盈微微恼火，翻身下床，抓起搭在床尾的运动服套上，鞋带打个牢靠的双结，跑出公寓。橘红运动服右胸一弯银白耐克标志，即使在晨光的笼统含糊里，在盈还带些睡意的身体的晃动中，也明晰可见，是坚持了多年的习惯。

跑鞋的胶底摩擦着街心公园跑道的沙土，微妙细小的震动不断从盈脚底往上爬，到修长的腿、腰，圆润的肩、颈，光洁的脸、额头，像一群贴心温柔的虫子，小心翼翼嚼去残留的睡眠的壳。晨曦在天边徘徊，草叶上敏感的露珠滚动、上升，释放淡悠悠的清爽；树叶和花朵的颜色慢慢被点亮，围绕公园的城市如源自暗夜的河，缓缓呈现、汇集、喧哗。

他一如既往坐在那张长椅上，弓背，大腿支着两个手肘，棕黑的手托着棕黑的脸，嘴里叼一支雪茄，定定地看马路上逐渐稠密起来的车流，眼白偶尔在雪茄袅袅的烟雾中闪动。他总让盈想起那首十九世纪美国流行歌，*Old Black Joe*（《老黑爵》），“Gone are the days when my heart was young and gay……（逝去了，我的心年轻而欢乐的日子……）”

盈从老黑爵面前跑过，拿不定主意是否该跟他打招呼。盈和他应该彼此都熟悉。一年多了，盈每天清晨绕公园跑十圈，每圈都经过他身边，但他们的熟悉，盈想，也许像一阵风和它每天拂过的一棵老树，她需要和一棵树打招呼吗？

有时老黑爵会在盈跑过的瞬间嘟囔几个字，含糊不清，也许为她加油，盈不能确定，也假装没听见。洛杉矶这样的大城市里，人事繁杂，危机四伏，即使在富有的社区，来历不明的陌生人，还是不搭理好。

跑道上多了几个人和两条狗。慢跑的人都有通情达理的脸，对世界带着好奇，身体也都保持一种明朗的姿态：挺胸，微微向前倾斜，行进速度均匀、有节奏。遛狗的人却大多耸着肩，一手捏着捡狗屎的塑料袋，一手套着狗绳伸在胸前，被狗牵着，走走停停。脸上的表情——如果是狗的主人，通常淡漠、谨慎，各人自扫门前雪；如果是狗家里的佣人，通常没有表情。

盈前面十几米的那条狗有半人高，蜜黄皮毛，竖立的尖耳朵，垂着毛茸茸的大尾巴，像只狼，眼睛也许发散绿光。盈的头皮下意识地紧了紧，她放慢速度，与狗保持距离。

一声低沉的咆哮，从盈身后，像一条无形的绳索，猛然套住她的脖子，收紧。盈喉咙发干，头皮发麻，身体在脑子里向后一仰，实际上却凝固了，弓箭步，重心全部落在右边向前突去的膝盖上——也许盈在网上读过数遍的防狗须知潜移默化：遭遇狗攻击时最好别动，狗会失去兴趣。

前面那条狼一样的狗这时已经冲到盈鼻尖底下，两条前腿似乎要往盈肩上搭，脖子却被主人的钢链项圈从后面拽住，蜜黄的身体整个悬在半空，由两条后腿支撑，长三角鼻子下耷拉出一条肉红的长舌。盈从没离狗嘴这么近过，两列锋利的狗牙白森森向她展开，如果盈没瞥见狗牙上两点泛红光的同样惊恐的眼珠，也许会感觉这一刻完全超真实。

“约翰！停下来！”狗主人的喊声像隔了一缸水，果断、权威和他的声音一样邈远，失去穿透力，盈眼前一黑，重心偏移，跌倒在地。

盈回过神来的时候，发现自己躺在公园的长椅上，老黑爵的长椅，盈肩膀下的木板灰白光滑，绿漆大概被老黑爵成年累月的盘踞磨掉了。老黑爵站在她身边，瘦高，深蓝牛仔裤显得有些空，肩膀却宽而结实，把红黑格子衬衫绷得紧紧的。

“我晕过去多久了？”盈问。

“没多久，不到一分钟，你没事吧？那两条狗互相吓唬对方。”老黑爵很温和地微笑，露出整齐的被雪茄熏黄的牙。

“两条狗？”盈坐起来，只看到蜜黄狼狗和它主人远去的背影。

“对，你前面一条德国牧羊犬，后面一条罗威纳。”盈记起身后那声充满威胁的咆哮，下意识扭头看看。

“在那边。”老黑爵指向公园中心的草坪，一条中等个头的黑狗蹲坐在草丛中，锈色的前腿撑起宽阔厚实的前胸，头和胸一样粗壮，圆滚滚像个铁球。狗身边的妇人穿一件粉红T恤，个子不高却壮实，像个墨西哥女佣。

“牧羊犬一般都驯良友好，罗威纳却难说，它们对陌生人戒心重，力气也很大，好在那墨西哥女人把狗拽牢了。”老黑爵继续说，似乎对狗有过一番研究。盈第一次从正面打量他，老黑爵实际并不老，皮肤光滑，鬓角微白，五十岁左右。

“那它刚才到底是对我叫还是对那条牧羊犬叫？”盈问。

“谁知道呢，你怕狗？”

盈对狗向来敬而远之。“也许你小时候被狗咬过？”安东曾经问她，盈说没有。

“那可能是前世，你前世被狗咬过。”安东是相信轮回的抽象派画家，半年前从莫斯科来洛杉矶做访问艺术家。那几天他替一个外出度

假的朋友看房子。“比弗利山庄的豪宅，像莫斯科的城堡，来吧，八间卧室，我们可以在不同的床上做爱。”安东打电话邀请盈。他似乎总能从平凡小事中发掘快乐，像他用简单的色块在空白的画布上造出扑朔迷离的世界。

“好，不过游泳池也许更浪漫。”城堡里的“王子”，盈是喜欢的。“唔，城堡里有狗吗？”盈忽然想起电视上护家犬咬伤自家女孩的报道。

在 UCLA 念商学院的时候，有时论文做不下去，盈的项目伙伴叶彬，就用那辆轰鸣的卡迪拉克老爷车，带着盈，在比弗利山庄的深院大宅之间游荡。叶彬称他们的出游为“树立奋斗目标，激发学习动力”。毕业后，叶彬很快海归了，盈留下来，供职于一家高科技公司，日渐受器重，比弗利山庄却仍然只是目标。

安东无意间为盈找到一次提前享受奋斗目标的机会，虽然昙花一现，在安东名声大噪之前(他何时能名声大噪呢？)，就是这样瞬间的机会也凤毛麟角，盈却因为一条半人高的看家犬，完全放弃了。

盈有点出神。“嗨，哈啰！”老黑爵晃晃她的肩，“你不用怕，我有这个。”他从衣袋里掏出一个巴掌长短的黑塑料筒，像牛仔玩手枪一样拿它在手里轮了几圈。

“什么东西？”刚经历了犬口脱险记，盈对防狗更有兴趣。

“胡椒粉喷雾器。”

盈笑起来：“防贼的东西，能防发疯的罗威纳吗？”

老黑爵又露出雪茄牙，换了话题：“你今天又晚了。”

清晨第一声鸟啼的时候盈通常已经跑到街心公园了，她喜欢听鸟们藏在树叶间鸣唱雨滴一样的早歌，那段时间公园里通常没有遛狗的人，只有盈和老黑爵。

太阳升起来，照着盈的后脑勺，像一碗渐渐升温的水，马路上的车

流开始滞塞。“是啊，我该走了。”盈说着迈步跑开，眼角余光扫到老黑爵略微的失望。盈跑出去老远，才想起她没向老黑爵道谢，他们已经熟悉到不必道谢的程度吗？

二

如果不是因为这条叫约翰的牧羊犬，盈想，她也许永远是风，他永远是树，他们永远是熟悉的陌生人，围绕他们的城市暗自生长，在每天升起的太阳下，摆布参差的影子。第二天早上盈跑过约翰和它的主人时，身上每一根汗毛都立了起来，约翰却安静乖巧，很舒适地摇着尾巴。狗的主人，一位保养很好的中年男子，与盈对视的瞬间，用嘴角拉起浅浅的笑，公园跑道上最起码的礼貌，他的眼神却是陌生的，好像并不记得昨天发生的事。

“哈啰，这是给你的。”老黑爵远远地对盈扬起手中的胡椒粉喷雾器。

盈减速，停在老黑爵面前，他们头顶是一株洋玉兰宽阔稠密的枝叶，肥白的大花朵果实般沉甸甸的，随时可能坠落。“你真不该破费。”盈感觉自己无功受禄。

“拿着吧，我多的是。”老黑爵把喷雾器塞给盈，又伸出右手，“我叫山姆，你叫什么？”

“盈。”盈听出自己口气中的不自在。交换了名字，他们也许就不再

是陌生人，可他们还不是熟人，该是什么呢？盈想自己对陌生人的戒心也许和昨天那条罗威纳不相上下，盈环视公园，没看见罗威纳和墨西哥女佣。

“你今天又晚了。”老黑爵说，口气和表情都带着询问。

再过两天，盈的生活就要改变了，改变的决定早已做好，改变的仪式也准备就绪，盈却因为自己选择的变化而失眠了。盈看过一部好莱坞幻想动作片——地球若干年后被汪洋覆盖，人类分化成吸烟者与非吸烟者，在废铜烂铁里争夺传说中的陆地。电影对未来的分类未免颓废荒唐，但盈有时希望世界的分类真那样简单，尤其在她失眠的时候。比如说，世界如果只分作长跑者与非长跑者，盈二十多年前，在中国西南寒意浓重的晨雾里、小学体育老师武断的哨声中，不假思索就完成了选择，这个选择一直被盈继续着，而且还要不断继续下去。

然而盈了解的世界是一张网，由数不清的类别交织而成：开花与不开花的树，驯良与凶狠的狗，成功与平庸的男人，自食其力与依附男人的女人，成名之前与成名之后的画家……每次选择，即使细小如与老黑爵交换名字，也会在那张网上产生效应。

最近令盈失眠的选择，将严重改变她在那张网上的定位。从中国西南的晨雾，到达她现在的定位，盈跑过一条漫漫长路。每当面临定位的重大变换，盈自然会不安，像她那时放弃物理博士课程转学工商管理硕士。谁对未知的将来不担忧？谁离开熟悉的过去不回头？可这一次，除了不安，似乎还有别的，盈觉得自己在放弃过去的同时，好像也放弃了将来，她能够坚持自己的选择吗？能够坚持多久？

盈轮番甩甩手腕和脚踝，好像要甩掉奔赴祭坛前的壮烈与沉重。

“你好像有心事？”老黑爵又说，口气和表情中的询问加重了一层。

交换了名字，她与老黑爵也许从熟悉的陌生人，变成陌生的熟人？盈想，但有关分类、选择、定位的话题，即使与陌生的熟人，也不便讨

论吧？

“你总是坐在这里？”盈把话头转向老黑爵，口气和表情也带着询问。

“因为我没有家。”老黑爵倒是直截了当。

盈吃惊，也不吃惊。她不止一次猜测过老黑爵的身份。

盈记得安东作过一幅钢笔画，一个蜷坐的流浪汉，看不清脸面，也看不清手脚，一堆弓背缩肩的黑线团，不断向下沉，沉得比他身边打翻的垃圾桶和残缺的蜘蛛网还低，比满地的纸屑瓶碎还飘零。一般人的生活，沉得再低，也不过如此吧？盈当时看了，心里阴沉沉的，像清晨悬浮在太平洋沿岸的海云，她对安东说：“这不像你画的。”安东作画通常用明亮强烈的油彩，层层堆砌抬升，向空中放射能量，正面的乐观的能量。

安东推开画室的玻璃窗，让盈看左边的街口。公共汽车站后面是一间公共厕所，厕所侧面的墙根下，躺着一个流浪汉，厕所的屋檐短而窄，在流浪汉的左半身上拉出一道影子，夕阳的余晖落在他的右半身和身边油腻的被盖卷上，混浊起来，也像是带了体味。“城市的影子，总是被城市忽略。”安东说，“但我身在其中，情不自禁。”

安东的画室在洛杉矶下城，新兴的艺术家“部落”（block，街区），离下城的 Skid Row——流浪汉集中的街区，不过七八个街口。他每周除了作画、打工，还到流浪汉收容所义务服务半天。

安东的侧面映在玻璃窗上，轮廓清晰，弧线柔和，透出才气和天生的好性情。他眼里却少见地蓄满忧虑，以至眼睛的颜色像欲雨的天空。盈想起两千五百多年前，那位走出城堡、普度众生的王子。夕阳入海前的最后一道光，点亮了安东亚麻色的头发，盈的指尖从安东精致的额头描摹下去，缓缓地，到鼻尖、嘴唇，缠绵。盈的“王子”没有城堡。

盈第一次注意到老黑爵，是在朦胧惺忪的黎明，远远地，老黑爵是一团弓背缩肩的灰影，连着旁边的垃圾桶，活像安东画的“城市的影子”。盈快步跑起来，跑得气喘吁吁，不由自主地逃离，却逃不出城市，逃不掉心中的灰影。

天大亮的时候，老黑爵从来不像流浪汉。他衣衫整洁，坐在长椅上的姿势，虽然弓着背，重心却在前面，在支撑头、手肘和膝盖的脚掌上，随时要起立的样子，而不是向后无限地沉下去；他从不睡在长椅上，更没有油腻肮脏的被盖卷。他身边放一个干净的尼龙旅行袋，有时还有一部半导体收音机，低低地哼一种抑扬顿挫的爵士乐。

盈曾经一厢情愿地认为老黑爵是下夜工的雇员，因为喜欢清晨的新鲜，宁可推迟夜晚错过的睡眠。盈虽不住在比弗利山庄，但毕竟离下城的 Skid Row 很远很远，洛杉矶有法律禁止流浪汉露宿公共场所，在盈住的这一带，这条法律一向被执行得很严格。

现在盈想，即使没有家，老黑爵也不是漫无目的的流浪汉，她问：“你在等什么？”

老黑爵也许对盈的洞察力吃惊，却没表现出来，脸上仍旧是温和的神情，还有点急切，好像他一直等机会向盈倾诉。“等我太太醒来。”他说，“我从前是餐馆的厨子，美式餐馆，煎大牛排，你这样苗条漂亮的淑女，现在大概都不喜欢吃了。”

“哪里，我有时候吃的。”盈有点哄他的意思，不自觉地——有生存目的的流浪汉也是流浪汉，沉在城市底层，她毕竟比他幸运多了。

“没关系呀，我太太就不喜欢吃，她从小素食，她是我的高中甜心，我俩从田纳西私奔到加州来。”老黑爵不吃哄，脸上还浮起一丝欷嘘的神情。

如果他说的是真事，盈猜当年在田纳西的小镇上，他大概制造了一

次不小的轰动，盈可以想象十七八岁的老黑爵，个头已经有现在这样高，肩膀也壮实了，却满脸稚气，一手牵着娇嫩的恋人，一手提着简单的行李(就是他现在身边这个干净的旅行袋吗?)，在小镇熟睡的深夜，踏上去加州的灰狗长途汽车。车窗外，月光在树林间流淌，温柔灵动，如恋人的眼波。

“你太太怎么了?”

“她出了车祸，昏迷不醒。”老黑爵指着马路对面一栋红砖楼说，“她就躺在那家康复中心，我每天去看她。”红砖楼不大，上下三层，屋顶倾斜，立着两个灰白的烟囱，夹在方方正正的公寓楼中间，像上世纪初的遗迹，楼前一排苦楝树开着紫花。盈第一次听说红砖楼里有个康复中心。

“她昏迷多久了?”

“差不多两年了。”老黑爵从衬衣胸袋里摸出三支香烟和一张烟叶，他把烟叶摊在大腿中间，又跷起右手拇指，用指甲划破一支香烟的卷纸，把烟丝抖到烟叶上，再如法解剥另外两支香烟，最后把烟叶卷起来，夹在手掌间来回搓着。

原来他抽的是自制的“雪茄”。这个发现奇怪地在盈心里进一步肯定了老黑爵的流浪汉身份，她却不大相信他说的故事。

“你知道，他们冻结了我们的银行账户，我们没有医疗保险。”老黑爵点燃“雪茄”，猛吸一口，吐出淡蓝的烟雾。

“为什么? 政府不管吗?”盈这样说，继续哄他。盈对美国的社会福利机构其实一无所知。

“我……我有点问题，丢了工作……我们没有孩子。”

老黑爵的逻辑跳跃起来，盈想起安东说过许多流浪汉神志有问题，她还是不要和他纠缠下去了，可她又忍不住好奇：“请你别介意我的问题，你怎么可以保持清洁的仪容?”话一出口，盈立刻羞愧起来，感觉自

己像个没有同情心的记者。

“我帮他们做晚餐，下城的流浪汉收容所，你知道的，不过我不喜欢下城，又脏又乱，一点不安全，我喜欢这里。”

难怪他随身带着胡椒粉喷雾器，盈想，她怎么能接受他的防身器呢？她该给他点什么才对。盈把手里的喷雾器轻轻放在老黑爵的旅行袋上。

老黑爵好像没注意到盈的举动，一直望着红砖楼，慢慢吸几口烟，又说：“等她醒过来，我们要把家安到西洛杉矶来。”

“如果她醒不过来呢？”盈还做着可恶的记者。

“她会醒的。”老黑爵反倒像在安慰盈，盈意识到他先前的吹嘘下面，其实暗藏羞涩，因为十七八岁的爱恋和憧憬，还像一星蓝色的火苗，微微发颤地烧着。盈忽然感动了，虽然她并不大相信他的故事，有时感动是不需要事实的，很多心情其实与事实无关。

“你知道一首歌，叫《老黑爵》吗？”盈问，口气相当柔和。

老黑爵莫名其妙地摇摇头。

三

晚上，盈决定上闹钟，很多年她都不用闹钟叫醒自己了，但她不想明天又晚起。

刚调好闹钟，叶彬从北京打来电话。叶彬总是冷不防地，在盈准备

入睡时打电话来，每次他都道歉说时差没算好。不过他难得打一次电话，盈并不介意。

“你知道洛杉矶县有八万八千三百四十五个无家可归的人吗？”盈说。她和叶彬聊天，似乎一向从大处着手。

“了解得这么精确？”

“网上查的。”

“美国福利好，都饿不死。怎么关心起无产阶级来了？”叶彬幽默的神情，通过长途电话线传到盈眼里，他从前听盈谈论世界的分类，也这个样子：左边眉毛向上挑，右边眼睛向下斜。

“我也是无产阶级呀，说不定哪天就丢了工作，露宿街头。不像你大老总，革命成功，三宫六院、妻妾成群的。”

“不要吃不到葡萄说葡萄酸啊，我可是先征求过你的意见。”

和往常一样，几句话过后，叶彬总要旁敲侧击地提到他海归前向盈求婚的事。叶彬其实是不错的丈夫人选，高个子，不过分英俊，现实，把赚钱谋生放在首位，如果盈当初嫁了他，即使他留在美国，两个工商管理硕士的收入，攻克比弗利山庄八间卧室的大城堡不行，西洛杉矶三间卧室的小城堡，应该不成问题。

但盈对叶彬说：“可惜你缺少诗情画意。”叶彬也承认他是个“铁匠”，擅长为生存劳作，却不适合住城堡。“当然是某种精神意义上的城堡。但你不也是铁匠出生吗？”叶彬有点不服气。

“所以我需要王子。”盈说，“某种精神意义上的王子。”

“女铁匠要变公主了，感觉好吗？”叶彬在电话那边一半调侃一半认真地问。

盈不回答，太熟悉的人，也不好谈论定位和选择吗？还是因为她当初没选择叶彬的缘故？

盈说起老黑爵的故事。“你知道他为什么不像流浪汉吗？”盈最后

说，“因为他的心并没有流浪，他太太就是他的家，她在哪里，他的家就在哪里。”

“我感觉你在借题发挥。”叶彬说，“你想说服自己。流浪汉的故事，谁知道是真是假！”

“因为有爱，他即使沉到底层，也不落寞，还有上升的意志。”盈继续说。

“盈，拿不准的事不要急着去做，三思而行。”叶彬挂电话前语重心长地嘱咐。

第二天清晨，盈跑进街心公园前，先绕到那栋红砖楼门前。门边墙上有一块不起眼的铜牌，黯淡的黄色，突起来一行字，闪着含蓄的光：圣海伦康复中心。盈微笑着向公园跑去，这就够了，她不需要太多的证明。

“早上好，老黑……唔，对不起，山姆！”

“啊，你今天来得早。”老黑爵脸上显出宽慰的神情。

接下来的八圈，老黑爵专心地望着圣海伦康复中心吸“雪茄”；盈安心地跑步，聆听树叶间的鸟叫。他们像交汇已久的树和风，在不可言传的熟悉与舒适中，各自享受着城市醒来之前的宁静。

盈在最后一圈跑过老黑爵的时候说：“明天我结婚。”

“幸运的新郎叫什么？”老黑爵在盈身后喊。

“安东。”盈转身倒退着跑，向老黑爵挥挥手。

“恭喜！祝你好运！”老黑爵也挥挥手，又喷了一口蓝烟。

四

盈和安东结婚后，搬到西好莱坞，离西洛杉矶那个街心公园远了，盈一直没再碰到老黑爵。直到一年后，盈参加洛杉矶马拉松长跑，途经那里，她忍不住绕道去公园看老黑爵还在不在。

老黑爵那张长椅横在跑道边上，空荡荡，轻飘飘，盈走近，想也许老黑爵会留些蛛丝马迹，在椅背上给她刻几个字什么的。那张长椅被刷了新的绿漆，即使在清晨浓重的海云底下也耀眼闪亮，被老黑爵磨光的那块地方完全看不见了，新漆的味道混在青草和树叶的气息中，像纠缠在真丝流苏里的一寸胶皮，盈皱了皱眉头。

盈汇入马拉松的人流，觉得自己可笑，为什么以为老黑爵会留消息给她？他不过是曾经祝福她的陌生人。盈决定星期天随安东一道去下城做义工，早就该去了。

哭泣的墙

The Wailing Wall

一

我看见她，好像突然懂得了，面前的这堵，哭泣的墙。

黑头纱、黑衣、长至脚跟的天蓝碎花裙子，她正仰望一丛杂草，从墙缝蓬出。那丛草大半干枯，接近石头的一段有些绿意，也是残存，也是新生。这堵石墙，环墙而筑的古城，古城外的国家，都蔓生着无穷尽的寓意，错综繁杂如宇宙本身，让人无从说起。

因为她，我却好像顿悟了。她高挑纤瘦，像我，在几十米高的墙下，几千年的历史和信仰旁边，微弱如一叶草、一丝发。我像飘离体外的灵魂，看见自己的躯体，和它不能胜任的命运。

她回头看我，却像是灵魂，在挑拣可以胜任的躯体。

很美的灵魂，头纱圈起洁白的鹅蛋脸，鼻梁挺拔，漆黑的大眼睛和眉毛，殷红的唇。米白石墙底子上，黑使灵魂深邃，红使灵魂凝重，凝重中暗藏飞扬。

灵魂对我轻轻一笑，很清晰的英语："嗨，我叫葛丽特。"灵魂对我伸出修长的手，头纱后尾被秋风翻卷。

灵魂也有名字，我好像又懂得些什么。"葛丽——特"，听起来像把刀："葛"是刀柄，古涩的木头；"丽"是刀身，雪亮耀眼，看不清刀锋；到

"特",短促的一声,已经结束了,结束的是什么?

果真兵荒马乱的地方,人的联想也染上兵气?抑或因为带兵气的联想,这寸土地总不得安宁?

我环顾四周,右边两百米开外,两辆白色警车,刷了深蓝的希伯来文字。左边,隔着界分男女的铁栅栏,几个黑衣黑帽的正统犹太教徒手扶着墙在低头祷告。再远一点,两个以色列警察来回踱步,他们穿着防弹衣,因为隔得远,像两颗跳棋子,深蓝色。

"我叫欧阳冰。"这几个字说出口,我的灵魂跳进身体,统一到名字里。我轻轻握一下葛丽特的手,柔软冰凉。

接下来该说什么?两颗灵魂相遇,可以交流的很多。我们可以从这堵墙开始,飞越几千年时光,踏遍大漠戈壁,去寻一片阴凉绿洲,像阿伯拉罕身边的牧羊女,脚踝上铜铃叮当。

或者像所罗门王的爱妾,候在神殿门廊,王出来时,为他捧一碗清水净手,再飞一个媚眼,王顶天立地,像神殿的石柱。

我们甚至可以仅仅是两粒尘埃,落在神殿台阶上,仰望耶稣和他头顶的太阳……我们可以萦绕墙上每一方砾石,读透每一段祈祷、每一声叹息和每一滴眼泪,而所有这些,都不需要言语。

可两个陌生女人,除了体型相似,毫无共同之处,不过因为偶然,星期一上午九点,正好是墙下唯一两个女人。而且盖黑头纱的女人,似乎都虔诚而固执,我了解的人世与她认同的,大概相去甚远。我不相信宗教,来神的墙下,只想感受些灵气,寻一种浪漫,我怎么开口,恐怕都会犯忌。

"你许愿了吗?"葛丽特打破沉寂,指指身边的墙缝,里面塞满小纸条。据说这些写满愿望的纸条,第二天总是销声匿迹,被神收走。我摇摇头。

"为什么不呢?我许了个愿,但愿我的男朋友平安无事。"男朋友?

也许她并非我想象的那样保守，可这个陌生女人，无故对我讲她的愿望，有什么企图？大都市里，人们最忌讳推心置腹。

葛丽特神情柔和，继续说："他叫摩西，是软件工程师，两周前被召去服军役了，我一直没见到他。"以色列全民皆兵，这不奇怪，但我同情地"哦"了一声，不是来寻浪漫吗？

也许像酒吧里邂逅的陌生人，喝多几杯，聊得海阔天空，聊完一走了之，反正谁也不认识谁。酒精，有令人敞开心扉的效果，我向前走近一步。

葛丽特的脸，从近处看很疲惫，缺乏血色，但她眼里，大概出于年轻人对新鲜事物（我）的好奇，跃动着光彩，脸颊和额的弧线带些稚气。

"你从哪里来？"葛丽特问。

"洛杉矶。"

"好玩的地方，我在好莱坞电影里见过。第一次来耶路撒冷（Jerusalem）？"咦，她看好莱坞电影，也许我刚才纯属以貌取人。

"对，不过我住在黑珐（Haifa）。"我说。我随丈夫杰克来以色列一周，终于在临走这天，有机会来耶路撒冷古城，看看被称作哭墙（the Wailing Wall）的犹太圣地——古代犹太神殿被罗马人捣毁后存留至今的一段院墙。杰克在古城要会两个人，谈关于象征派画家古斯塔夫·克林姆特（Gustav Klimt）的一幅真迹，说好我不耐烦等就先回去。

"啊，摩西的母亲就住在黑珐附近，海边的基布兹，我正想去看她。你开车来的？"葛丽特脸上微微泛起兴奋的红晕，像个小女孩。

转弯抹角，原来还是有求于我。以色列的基布兹，大概是现今世界仅存的集体所有制农庄，又在海边，想必值得一看，我和杰克下午六点才坐飞机，不妨做个顺水人情。在神的墙下，我有一百个理由行善。

所以我在葛丽特请求之前就提议："你搭我的便车去吧，和我作伴。"

葛丽特并不像我想的那样高兴，好像还有点犹豫，也许我自作多情？“我们可以谈好莱坞电影。”我又说。

“那太谢谢你。”葛丽特最后说。

二

车子停在古城南面日安门(Zion Gate)外，从哭墙走过去，要穿过古城的犹太居民区。街心小公园里，空气清明，几个年轻的正统犹太教母亲坐在长椅上，心满意足地看孩子们在身边玩耍嬉闹。阳光落在母亲们的彩丝头巾上，溅起缤纷的光点，再融进孩子们稚嫩的童声，在千年的石板巷道里回荡。

和那几个母亲相比，葛丽特的衣着极端素净，甚至显得哀伤，素净哀伤却都包裹不住一种冶艳，如暗夜里的无名花香，看不见，却沁人肺腑，而我们“可可”的脚步，每一声都使这冶艳愈加张扬。

长椅上的母亲们相继抬头打量我们。我的东亚面孔、齐腰长发，一周来常被路人打量。我习惯地报以微笑，他们也微笑，用善意遮掩眼中的好奇。葛丽特却十分不自在，右手扯起头巾掩住半边脸，目不斜视地加快脚步，太阳在她身后拉下的斜影，像沉默的回声，在石板路上来回晃动。

她莫非是从正统犹太教社区出逃的新娘？我看过一部以色列电影，正统犹太教妻子，除了生孩子做家务，没有个性发展空间，最后

出逃。

出了日安门，杰克租的银灰马自达靠在路边。我们坐进车里，葛丽特摘下头巾，右边下巴，还有脖子上的紫淤，立刻触目惊心。不等我开口，她哽咽起来："神……派你来帮我……"神派我？那我是天使，还是救苦救难的菩萨？谁都有点虚荣心，该死，我启动车子。

"我是巴勒斯坦人。"葛丽特说。我一脚踩上刹车，她的身体猛然向前一扑。

谁开这种玩笑？我瞪着眼前自认的巴勒斯坦人问："那你来犹太居民区干什么？你该回去哭墙东边，穆斯林的地盘，金顶的清真寺里！"巴勒斯坦和以色列的事，我搞不清楚，更不想卷入。

"可我回不去了！"葛丽特放声痛哭，近乎哀号，但三声之后，立刻停止，她用头巾抹去眼泪，"我只想让你知道，现在让我下车还来得及。"

这时一位以色列警察走过来，问："没事吧？"我几乎抬手指向葛丽特，像犹大指向耶稣。但我的神志突然异常清晰：如果她真想利用我，根本不必告诉我她是巴勒斯坦人，反正我也分不清楚，她知道我是头一次来以色列。

她为什么说回不去了？我的好奇心占了绝对上风。我对警察（好英俊的脸！）说："没事，租来的手动车，开不惯。"我把车熄掉，再发动起来。年轻的警察看看我，又看看她。葛丽特用头巾兜着脖子和下巴，抓着头巾的手随呼吸起伏。

警察挥挥手说："祝你好运。"他嘴边浮起知情的笑：唉，女人开车！

"我只想知道，你在哭墙下讲的一切是不是真的？"我问话的样子大概有点凶，葛丽特双手捂着脖子，身体向后缩了一下。

"当然是。"她掏出一张照片，布满折痕，但的确是位穿以色列军装的青年，浓眉，眼窝深陷，神情庄重。

"巴勒斯坦人不都恨死了犹太人吗？你和摩西，是你编的故事吧？"

我把车开得很慢，时速不到十公里，准备听出破绽就随时停车报警。耶路撒冷古城附近，三步一岗五步一哨，不怕她跑了。

“是的，但摩西不一样。”

“为什么，摩西不是犹太人吗？”

“犹太人是一种分类，摩西是个有血有肉的男人，我爱他。”葛丽特很平静地说出这句话，我却不禁对她刮目相看：什么样的爱，竟可以超越种族的血海深仇？我嫁给犹太人杰克，比弗利山庄富有的画廊主人，需要超越的是爱情本身，可杰克的财富使我的超越轻而易举。

葛丽特说，她是律师，住在伯利恒(Bethlehem)，每天到东耶路撒冷一家阿拉伯人的律师事务所工作，三个月前在西耶鲁撒冷一个酒吧遇到摩西。很有些后现代味道的酒吧，去那里的有犹太人、以色列籍阿拉伯人，偶尔也有像她一样在耶路撒冷工作的巴勒斯坦人。他们都喜欢摇滚乐和好莱坞电影，但爱情在他们之间发生，她想都没想过。

“直到一天晚上，酒吧着火。那么多人，出口只有两个，大家争先恐后往外跑，我挤不过别人，落在后面。火焰就在几步之后，我的头发被热浪灼焦，皮肤被灼得生痛，烟，最不能抗拒的是烟，无孔不入。”葛丽特眉头紧锁，好像一口烟还呛在胸口。

“我几乎窒息了，摩西不知从哪里钻出来，拉起我往前，不，往左边跑，有道窗口，他拼命把我往窗外又推又塞，后面噼噼啪啪，屋顶不断塌下。摩西刚爬出来，一段屋梁就掉下来，蹿出的火焰烧着他的衬衫，他扑倒在地上打滚。还好他没受重伤。”

“摩西完全可以先逃出去，幸灾乐祸地旁观我这个巴勒斯坦人被火烧死，被房梁砸死。我问他为什么冒死救我，摩西说他不能见死不救，生死存亡的瞬间，大家都是人。”

葛丽特望出车窗，望出尘世以外：“摩西教会我，超越历史和宗教的偏见看人。”

"好，你爱摩西，不把他归类成以色列人，他也不把你归类成巴勒斯坦人，但你一点不恨以色列人吗？"

葛丽特沉默了。以巴冲突几十年，我的问题，大概像空气一样，她每时每刻都在呼吸，一时却很难用两句话来说清楚。

"我希望不恨……都有权利生存。"她斟字酌句，"所以，我大概不能算真正的巴勒斯坦人，我回不去了。"

原来葛丽特的表兄有时到耶路撒冷打零工，发现她与摩西约会。昨晚他带了几个朋友，去葛丽特家"教训"她。我看看葛丽特脖子上的紫淤，像是被人勒的，隐约还有绳印。

"他们要我约摩西到东耶路撒冷，我说他在军队联系不上，他们说，那你替他死吧！他们……"葛丽特下意识地双手交叉护住脖子，眼里闪过惊恐、痛楚、空茫，"如果我父母不阻止，他们肯定把我杀了，父亲说要亲手惩治我。下半夜，母亲偷偷把我放了，让我永远别再回家。"

"你爱上摩西那一刻，就已经背叛了自己的种族。偷偷和他约会，你难道指望，巴勒斯坦人和以色列人之间的家仇国恨，一瞬间因为你的爱情而化解？"我认为葛丽特早该离家出走。

"不到不得已，谁能义无反顾地背弃家族同胞呢？"葛丽特叹一口气，她脸上的忧伤，比东边橄榄山（Mount of Olives）上的雨云更灰暗潮湿。

葛丽特死里逃生，连夜步行十公里到耶路撒冷，等在哭墙下，犹太人心目中最接近神的地方。"摩西的耶和华，应该也是我的阿拉，阿拉把你送到我面前。"葛丽特又说。

三

黑珐在耶路撒冷东北，我们在高速公路上开了一个多小时，看到葛丽特说的那个基布兹，路标用希伯来文、阿拉伯文和英文三种文字写明。穿过一片葱郁的香蕉林，映入眼帘的，是一列列白墙红顶的平房，被草坪和棕榈树间开，简朴、齐整、宁静，像世外桃源，没有私有财产衍生的种种矛盾纠葛。

葛丽特用流利的希伯来语跟守门的妇人打听摩西母亲的宿舍。妇人五十来岁，偏胖却灵活，精明而警觉的目光不断在我与葛丽特之间来回扫描，我感觉自己脸上的微笑逐渐僵硬起来，葛丽特却像是回到自己家里一样放松下来，平心静气地回答妇人没完没了的问题。最后妇人伸出一节胡萝卜模样的手指，指尖无限延伸的远方是开阔的地中海，宿舍与海只隔一片白色沙滩。

摩西母亲不在家，我陪葛丽特坐在海边岩石上，看碧蓝的海水缓缓把苍绿的海草荡上我们脚边的岩石，然后退却；再来时，又把海草冲走，在岩石上涂抹一片白色泡沫。岩石与海水之间，有亿万年达成的默契，人所奢望的地老天荒，最终只属于它们。然而我还是一厢情愿地希望，生活在这片海边的人们，也像海水与岩石，即使对峙，仍然仰望同一片天空。

“不知道他们会把我母亲怎样?”葛丽特说，完全放弃的神情，像海

草，任海水漂荡。

“也许是你父亲让她放你走的，他会为她开脱的。”乐观是局外人的特长，我宽慰葛丽特。她不言语，眉头被焦虑与负疚拧紧。

我漫无边际地说了些闲话，又把电邮地址和电话留给她，然后离开，继续开车向黑珐行驶。我和杰克说好，下午两点准时从黑珐出发去机场。

黑珐的家在山顶，远眺地中海，杰克十多年前就买下了，一年却难得来住两回。我们这次来待一周，许多家具上搭的遮灰布都来不及揭开。

杰克还没回来，房子里很安静，我继续打点行李。杰克的衬衫摊在宽阔的鹅绒床上，散发他的古龙水味道，清凉中带一点辛辣。结婚两年多，我已经习惯了，甚至有点喜欢，在安静奢华的大房间里被这种气味不动声色地包围——我与杰克之间的距离恰到好处，既无恋人间的羁绊，又不失安全感。我是希望爱杰克的，尽管他比我大二十五岁，但我才三十出头，心不肯听从头脑。

我在哭墙下到底顿悟了什么，我想不起来了。窗外，地中海远远地在日光里闪烁，我想着葛丽特和摩西的爱恋、石墙缝中的杂草、杰克的古龙水……

四

我和杰克三点半到达特拉维夫(Tel Aviv)国际机场,通过安检后,我们坐在空荡荡的头等舱候机室等待登机。四十六英寸的大屏幕液晶电视里,两个节目主持人在谈有趣的事,女的大笑不已,男的因为女的笑,说得更起劲,声色喑哑。我听不懂希伯来语,随手抓起一本英文杂志来看。我和杰克可谈的不多。

“天哪!”我忽然听见杰克惊叹。他脸上的表情,我很熟悉:每次电视报导以色列被炸,他就这样,下颌坠下去,嘴微张着,脸上其余部分冻结,包括额头的皱纹。沉重却不夸张,但我渐渐觉得,这是一种绝望的表情。

电视机离我不到三米,屏幕上忙碌的急救人员,好像就在我身边穿行,残砖碎瓦、炸飞的肢体就在我脚下,血染了一地,血腥和焦煳的怪味冲鼻而来。

那家被炸的餐馆在黑珐,阿拉伯人和犹太人合开的,蓝底红字的招牌还悬在空中,被风拍打着。杰克几天前带我去那里吃过烤肉,邻座有个小女孩,蹒跚学步,跌倒在我腿边,胖乎乎的小脸,眼睛又黑又大。当时我想,杰克说不要小孩,多可惜。

我有点头晕。我抓住杰克的手说:“太近,太真实了。”他拍拍我的肩,反而安慰我似的说:“飞机恐怕要晚点了。”

电视里的以色列人，个个脸色严峻，却不忙乱，好像在处理一起日常事故。每天生活在被炸死的可能性中，恐慌大概无济于事。他们却死守在这块弹丸之地，像死守自己的信仰。就连杰克，在美国长大、生活，仍然花重金来黑玹买栋有海景的房子，然而这里海景再美，却哪是度假之地呢？

过了两小时，那个曾经谈笑风生的男主持出来公布受难人数，神情与先前判若两人，嗓音依旧暗哑。二十一人死亡，包括四名儿童，三名以色列阿拉伯人。

想起那天看到的小女孩，我流下泪来。杰克搂着我，什么也不说。

男主持接着公布，人体炸弹是一名巴勒斯坦女子，律师，29岁，叫哈娜蒂，今天早上进入以色列境内。

我听杰克翻译完，突然手脚冰凉，我想到葛丽特，年轻的巴勒斯坦女律师，今天早上入境。如果她说谎，她的真名也许是哈娜蒂……我越想越恐慌，呼吸困难起来。

杰克问："你脸色苍白，哪里不舒服？"

我说不出话来。我不断在心里说，不会的，谁能够如此卑鄙，靠动人的爱情故事混进人群滥杀无辜？但葛丽特与哈娜蒂两个名字，在我脑子里翻卷混合，像一团在秋风中飞旋的落叶。

我稀里糊涂跟杰克上了飞机。我终于告诉他，上午我送过一个葛丽特，去海边的基布兹。

杰克沉思片刻说："葛丽特是希伯来名字，不可能是她的真名，这很可疑。但巴勒斯坦也不止一个女律师，眼见为实，等恐怖分子的照片公布了，才能断定。况且，耶路撒冷警察和基布兹的守门人也都看到她了，没看出破绽。一般做人体炸弹的，据说都有生理反应，挥汗如雨什么的。"

"可那是上午，离她自杀还有六七个小时，也许她特别沉着。"我当

时还自以为很警惕，但旅游者的虚妄无知和猎奇心理，一旦被利用，就可能具备杀伤力。

这是我生命至今最漫长的飞行。我梦见自己在哭墙下向神祈祷，求神让我超越身体年龄，爱上杰克，葛丽特在旁边微笑，笑容灿若晚霞，霞光一点一点浸染天空，血一样殷红。我被梦中的荒谬惊醒。

五

回到比弗利山庄家里，我立刻上网查询黑珐爆炸案信息。哈娜蒂的照片公布了，漆黑的眼眉，殷红的唇，黑头纱包裹洁白的鹅蛋脸。“谢天谢地，不是葛丽特！”我隔着一道镂空花的门廊大声对杰克说。杰克坐在起居室的古董沙发里，苍白无力地对我笑笑。

我再看电脑上的哈娜蒂，脸庞和葛丽特的一样美，一样是受过高等教育的白领，是怎样的不得已，使她选择用青春和生命做武器？她都能这样做，境况不如她的巴勒斯坦人，在人世又有什么可眷恋的呢？我似乎懂得了杰克的绝望。

“但葛丽特不一样，”我不喜欢绝望。想到我对她的种种猜测都充满偏见，我内疚起来，“就是不知道摩西母亲是否接受她，基布兹的犹太人会对她怎样？”

杰克说：“神自有安排。”

五周后，我终于收到葛丽特的邮件。

“亲爱的冰，不知道怎样感谢你才好，摩西休假了，等他服完兵役，我们就结婚。爱总是好的，虽然为了爱，我们要舍弃许多其他东西。”

署名“葛丽娅”，我上网查了，是阿拉伯名字，“葛丽特”大概是摩西对葛丽娅的希伯来昵称。

罗马·突围

Besieged In Rome

风定了，隐约有花香

罗马皇家酒店门口，月桂树被修剪成宝塔形状，年轻的服务生立正站在旁边，鲜红的制服与酒店的招牌辉映，肩饰和裤腿两侧镶着暗金流苏，精致如玩偶骑兵。冰坐在斜对面的金雕锻椅上，跷着长腿，肆无忌惮地打量他。

冰的眼睛伸出长而尖的手指，划过服务生洁净的额头、挺拔的鼻梁，停留在他光滑精巧的鼻尖，拿不准，是否要惊扰下面两片轮廓完美的嘴唇，它们像熟睡的婴儿，对自身的性感浑然不觉。

暮春安静的街，正午的阳光照得喧腾耀眼，对面几百年前显贵的府邸被保护起来，限时开放给游人参观。刻了浮雕的石墙后，苍郁的树林携带从前悠然的时光，探头望出来。

街这边，是工业时代后期的建筑，省了墙外的雕琢，又因为地皮越来越贵，只能一味向高空发展。酒店堂皇的名称连同五颗金星烫在红漆木牌上，一路挂过去，再插了彩旗，门面才稍微张扬起来。酒店体现的是近百年来新兴贵族的谨慎作风，哪怕富可敌国，走进门里才看得见别有洞天，钱花在实在的地方：黄白黑三色大理石拼图地板，火树银花的威尼斯玻璃吊灯，雕饰繁复的巴洛克陈设，以及气质大方、外表耐看

的管家侍佣。杰克·费福尔喜欢的正是这点，所以每次都带冰住进皇家酒店。此时杰克正在前台结账。

服务生终于觉察到冰的注目，扑闪浓密的眼睫毛，眸子里掠过遥远的梦幻。他望过来的目光里有一匹驯良的小马驹，第一次踏进林间蜿蜒的溪流，怯生生、欣欣然。冰对他微笑，让溪水翻溅浪花，星星点点的阳光，拢聚出淡淡的虹的影子。冰看出他立刻喜欢上她，笑容里便释放出诱人的香，使他存着希望。

杰克付完账，大步流星走过来，大理石地面上，皮鞋的木底有点打滑，身体向左斜过去，双手在空中舞动两下，但立刻恢复了四平八稳的步态。杰克一边往裤袋里塞钱包，一边示意冰动身。冰挽起杏色普拉达高菲包，拨弄左手腕的爱马仕超宽珐琅手镯。手镯淡蓝的底子上，有四轮马车夫扬鞭跃马的剪影。冰缓慢地转身、回眸、浅笑，轻盈之至、风韵十足，刻意要给对面的男孩留点值得回味的东西。礼宾部的服务生，即使俊美得像一尊罗马雕塑，也还得在酒店门口消磨整个下午吧？

杰克对服务生做了个手势，他便很快从行李间把他们的箱子推了出来。冰坐在去机场的出租车里，把车窗降下来，探头看服务生听杰克指挥，一手拎一只大箱子，毫不费力就把它们装进了后车厢。男孩埋头沉浸在工作中，回避着冰的目光。疾风顺着倾斜的街道卷来树叶、尘埃和不伤大雅的垃圾，杰克两步跨进酒店门廊避风。冰追着男孩的眼睛看，他转身，鲜红的后背像一堵宫墙。

风定了，隐约有花香。

服务生装完车，问杰克还有什么吩咐，声音低旋，像地上淅淅沥沥逐渐沉淀的树叶。杰克递给他几张欧币作小费，他不经意地接过去，目光与冰相撞。看到男孩眼中的幻想瓷瓶一样碎裂，灰飞烟灭，冰心底怦然开放绚烂的烟花。寂静的夜空，璀璨的鸟群无声地飞过，散落无数闪光的羽毛。

纯粹的恋爱感觉,就在这乍起乍无的瞬间,浅尝即止。冰早已把控自如,就像她偶尔想起,喝一杯摩卡咖啡、吃一块蓝莓芝士蛋糕,高热量、甜香软滑夹杂轻微的罪恶感,一点点,就足以提醒自己:魅力的源泉依旧,青春的法宝尚在。但偶尔的放纵沉溺,从来都不是生活的本质,谁见过烟花变星辰?

牵在手中的风筝

"甜心!"身后有女人唤。圆润的嗓音在轧过马路的车轮声中悠忽跳窜,恍若路旁叶丛中滴溜溜饶舌的鸟。"甜心",又叫了一声,冰才回过神来,女人原来是叫她。

悉心保养的中年女人,栗色卷发,栗色眼珠,微胖。女人从她的路易・威登手袋里掏出配套的皮夹,说要给冰一样东西。

路边停一辆深蓝小卡车,驾驶座上的男人戴同色棒球帽,他不耐烦地嘟囔了一句什么。"蜜糖,车里有我的名片吧?"女人的口气,宇宙总是围绕她转。

女人从男人手中接过名片递给冰:"我叫安波儿,是通灵师,喏,我家就在这里,你来找我,很重要。我感觉到,你的心破碎了。"

安波儿指的是人行道左边的小平房,蓝灰的墙,齐肩高的窗台积满尘埃,一截灰白的烟囱愣头愣脑从屋顶正中支出。房子没有太多值得描述的特征,和眼前女人的脸一般。房尾有棵无花果树,不高,深绿的

阔叶在微风里轻扫着屋檐。

“是吗？我回头打电话给你吧。”冰敷衍着要走开。

安波儿肉乎乎的指头在冰手背上按一下：“记住，一定给我打电话，很重要！”惊叹号画在安波儿骤然放大的瞳仁里。

“耸人听闻。”冰转身，用中文嘀咕了一句。冰才三十出头，来美国六年，已经有名牌大学的最高学位、华美舒适的家、体面可靠的丈夫。冰的心稳当当栖息在比弗利山庄终年明媚的阳光里，鸟语花香，怎么会破碎？被什么破碎？

冰顺手把安波儿的名片塞进肩头的筒形皮包里。皮包胀鼓鼓，装着卷起的瑜伽垫。去瑜伽馆做瑜伽，是冰每天早上雷打不动的习惯。天鹅亮翅，弓腰伏身，蛇式俯卧……日子在膜拜太阳的套路中开始，时光在低回的梵音中逆转，身由此柔韧，心由此安详。

树式，冰驾轻就熟的一个平衡招式，单腿独立，另一只脚掌抵在立腿内侧，双手合十举过头顶，像树枝一样开放。冰想象自己枝繁叶茂，沐浴着金色阳光……忽然风起，夹带雨点打来，支撑身体的右腿颤抖，身体向左偏去，冰连忙落下悬空的脚掌，睁开眼睛。再试，运用收腹的要领，脚趾像树根紧抓大地，仍然晃悠着向左偏去。

冰放弃了，盘腿坐在瑜伽垫上。老师走过来，脸色柔软，目光和祥：“我们的平衡能力每个时刻都不一样，昨天的姿势，今天不一定可以重复，这也是无常，做现在能做的，随缘。”

冰对金发碧眼、身段柔美的老师微笑。老师并不信佛，却不时深入浅出地阐释佛家的大道理，给冰一些似是而非的领悟。

楼前的玫瑰园在五月的阳光里缤纷绚烂，花朵成群结队、嚷嚷着要跟冰走进家门。女佣玛丽娅提一把大剪刀正采集玫瑰。玛丽娅人矮，浑圆的身子跟花园里鼓状的石凳一般瓷实。她踮着脚去够一丛灌木巅

上的粉玫瑰，头发七零八落，棕黄的脸上都是汗珠子。冰看她费劲，过去帮她扳低灌木枝。

“小心，冰小姐！枝上刺多！”玛丽娅着急了，把冰的胳膊抬开，又提起脚边的篮子，从剪好的玫瑰里挑出最鲜嫩的一枝递给冰。

玫瑰花瓣滑腻柔软，闪动的光泽在冰内心某处激起一串轻快的乐符，她吸进花朵的芬芳，身心明朗开放。“即便在家门口踏过千遍的碎石小道上，也能遭遇意想不到的愉悦。”冰自顾自地说了句很瑜伽的话。

玛丽娅似懂非懂，却毫无保留地点头称是，一脸笑意被眉心堆积的皱纹挤走了样，看上去是哭笑不得。“冰小姐，今天午餐让厨子做海鲜杂烩浓汤、菠菜色拉和烤鸡三明治，你觉得可以吗？”玛丽娅问。

“听起来不错，不过海鲜杂烩汤就算了，简单一点，我和杰克今晚还要飞罗马。”

“好的，冰小姐。哦，楼上那几个卫生间的粉刷，什么时候让何塞开始？”

“明天吧！”冰对玛丽娅挥一下手中的玫瑰。

玛丽娅的迎合拥戴，冰其实得之不易。她与杰克结婚前，玛丽娅已经为杰克工作了十几年，杰克的日常起居一直由她操持。冰嫁过来，虽说偌大的房子里不过添了几箱书和衣服，她纤纤的人楼上楼下一转，却像在一对老夫妻按部就班的生活里插了一脚，乱了人家的方寸，更不用提改立规矩、增添要求了。玛丽娅倚仗杰克对她的依赖，对冰爱理不理，凡事还按老习惯去请示杰克，也不称冰费福尔夫人，叫她冰小姐。冰恼火，却又不屑于向杰克投诉，连个下人也制服不了吗？冰小姐就冰小姐吧，她想，听起来比费福尔夫人年轻浪漫，但她可以由着玛丽娅叫她小姐，却必须树立女主人的威信。于是隔三差五地，便出些堂而皇之的题目来调教玛丽娅。

比如冰某天下厨，宣称要为杰克做一顿正宗的川菜。她翻箱倒柜，

最后拈出一块冻得硬邦邦的鸡胸肉叹道："巧妇难为无米之炊啊！"冰开出一张购物单，遣玛丽娅去三十多英里外的华人超市买菜："你有经验，办事又仔细，别人谁去我都不放心。"

冰为杰克做饭，玛丽娅打个下手那是顺理成章的，虽说华人超市她从前没去过，但买菜谁不会啊？玛丽娅驾车穿越洛杉矶堵塞的车流，花一个多小时到了超市，却才发现，冰开的购物单她大半看不懂，什么是"huajiao"？什么是"zhacai"？字母都认得，拼出来的词儿却既不是英文也不是西班牙文，好不容易认出个"tofu"，走到陈列豆腐的货架前，玛丽娅更傻眼了，那么些花花绿绿的盒子，上面全印着奇怪的方块儿符号，哪一盒才是冰要的？

玛丽娅在店员指点下勉强完成了采购，送到冰面前，却没几样是对的：花椒要一粒粒，不是花椒粉；豆腐不能太老；榨菜，咳，一定要四川涪陵出的，台湾过来的不鲜也不脆……"我等着你的材料下锅呢！"冰像跟大姐撒娇，并无责怪的口气。玛丽娅却好强，不甘心被个没胸没屁股的中国妞儿难倒，一扭头走出门去，为证实自己具有国际化的采购能力又来回折腾了六十英里。

时间久了，玛丽娅意识到杰克娶的中国妞儿并不好怠慢，大家同在一个屋檐下，低头不见抬头见，不管怎样最终还得习惯、妥协。玛丽娅逐渐端正态度的同时，冰也了解到玛丽娅其实不容易，家中有个帅哥老公何塞，中看不中用，一年里八九个月在失业，拿的救济金连自己的温饱都顾不全，更不用说养活老婆和两个正在上学的孩子。所以宅子里有零活干的时候，比如粉刷墙壁、翻新门窗，冰便自作主张辞了杰克从前用的那些修理公司，把工作改派给何塞了。"他一人做得慢些，可是咱们知根知底，还省掉公司额外收的管理费。"她对杰克说。杰克无所谓，玛丽娅却自然知恩图报。

生活是很具体的一些小碎片，像身边的一草一木、一砖一瓦、丈夫

和女佣，都要仔细拼排经营，才会有每天舒心的日子。冰的鼻子在甜蜜的空气里打个滚，眼睛张开翅膀飞掠满园盎然的春色，花丛中，红瓦白墙的地中海式洋楼熠熠生辉。

踏进家门，立刻有杰克鼻音浓重的宣告传来："冰，看来我这次不能去罗马了。"

公爵随声飞跃到她胸前，眼色闪烁，尾巴左右摇晃。冰偏脸让它伸出红彤彤的舌头舔一下，它才放下前爪，"嗵嗵"踏着红木地板，跟冰走进起居室。

杰克斜躺在逍遥椅上，左手拎一个古铜色纸巾盒，右手不断从里面抽纸巾擦鼻子，躺椅右边，古铜色的字纸篓里，他用过的纸巾好像也受了风寒，哆嗦着团抱在一处。

"你感冒成这样还惦记着罗马？咱们每年都至少去两次，不差这一趟。"冰把手中玫瑰插进门边长颈瓷瓶，像平常一样要坐到逍遥椅的扶手上。

杰克把她推开："别靠太近，小心传染……"他打了个响亮的喷嚏，公爵在声波里莫名其妙地后退两步。

冰只好在对面的皮沙发里坐下，头顶是十八世纪美妇肥白的屁股。冰对杰克抱怨过好几次，让他换幅别的，风景或者毕加索的。但杰克说男人都愿意坐那个位置，你换个地方好了。冰此刻把头顶的裸体想象成一朵白云，从两百多年前的天空飘过来。

杰克个子瘦高，眼珠灰蓝，五官中规中矩却说不上细致，更不算俊朗，冰推测他年轻时也不是抢眼的帅哥，讨女人喜欢靠的是得体的谈吐举止。冰遇见杰克的时候，他已步入中年的尾声，就外观吸引力而言，冰总是毫不隐讳地宣称那肯定是杰克单方坠入情网，但她不否认被杰克目光里的权威吸引——阅历的沉淀、成就的积累，男人到了一定年岁

和地位才可能有这种眼神。

像现在,即使在病中,杰克一眼望过来,蓝眼珠上那层浅灰陡然散去,一注不可忽略的强光瞬即令冰聚精会神。

“不差这一趟?说得轻巧!”杰克拿纸巾擦着鼻子,“你知道现在什么环境吗?整天瑜伽、购物,想没想过你那些普拉达、爱马仕都是怎么来的!”

冰一怔,结婚三年多,杰克这还是头一回在经济问题上对她有所指责。他养着她没错,可她跟他是真心实意过日子,在消费上一向很自觉,虽说不上精打细算,却也少有一掷千金的行为。“那些普拉达、爱马仕还不都是你送的。”冰噘起嘴唇。

杰克哼一声:“礼物也要花钱,你知道吧?”

“你什么意思?”冰站起来,有点按捺不住。外面的境况,她并非一无所知——雷曼兄弟破产,美林证券被并购,房利美、房地美被政府接管,华尔街飘摇欲坠,去年秋天涌起的金融海啸已经席卷全球。但杰克是画廊主人、艺术商,冰以为他们远离华尔街和地产泡沫,“海啸”即使卷到艺术品市场,也应该已是强弩之末,没什么冲击力了。

不过最近冰去比弗利购物中心闲逛的时候,发现停车场不像以前那样拥挤了,即使周末也能轻松找到靠近电梯的停车位;还有那些她和杰克时常光顾的名流云集的餐馆,忽然间不仅无需提前订位,还破天荒搞起诸如买一送一之类的促销活动。商场和餐馆都人烟稀少,那杰克的画廊——经济不危机都属于奢侈品场所,现在是否门可罗雀了?冰意识到她前一阵是估计错了,金融市场掀起的滔天海浪已经全方位涌进了消费者市场,难怪她向来从容的丈夫也有些沉不住气。

即便这样,他也不能顺势拿她出气、搅乱了她一早瑜伽练就的好心情吧?“环境不好不是我的错,你知道吗?”冰反唇相讥。

杰克脸上透着不耐烦,抓起 iPhone 低头拨弄。冰知道那是他不屑

与她争辩的姿态。

玛丽娅托着一壶热茶进来，头发梳过了，光溜溜绾在脑后，眉心皱纹一览无余。冰拿起杰克的茶杯斟满，杰克接过茶杯，立刻示意玛丽娅递给冰一瓶抗菌净手液，看冰把高酒精含量的透明液体滴到手心搓匀了，才放心地靠到椅背上，捧起茶杯嘬了一口。

也许是茶气氤氲，也许杰克这次感冒得不轻，冰一眼瞥见他颌下松弛的皮肉、被揉搓得脱皮的红鼻头、稀疏的头发，灰白成了主调。人上了岁数，真是经不起病，也难怪他对流感严加防范，唯恐家里人来回传染。冰忽然觉得杰克衰老了。

“也许，我能帮忙做点什么？”玛丽娅退去后，她试着和解道。

冰在名义上虽说也是画廊的半个主人，但杰克的生意她向来疏于过问，安排完仅有的一点家事，便乐得过神仙日子，瑜伽、购物、逛博物馆、看画展，灵感来的时候写几篇汉字。操心多了，让人觉得她嫁给杰克是为了谋他的家业。但此刻面对既老且病，被金融“海啸”威逼着的杰克，她意识到自己也该分担些家庭的经济责任。

杰克对冰的毛遂自荐似乎并不意外，至少冰没看出来。他沉思片刻说：“有几幅画明天就得给诺拉送去。”

诺拉和杰克是同行，画廊开在罗马名街王冠街上（Via dei Coronari），在林林总总的古董店中独树一帜。诺拉与杰克经常互通有无，以便各自的客户不必远渡重洋就能品味、选购大洋彼岸的艺术。多年来杰克与诺拉合作愉快，最重要的原因是彼此从不失信，寄销的画品到期送还，代买的画品按时送到，而且杰克每次必定亲自到诺拉画廊里交接清楚才放心。

“我不懂鉴别真伪，但护送画品还是可以胜任的。”冰伸手要抚摸杰克的头顶，他脖子一偏避开了。

杰克闭目沉吟：“你送过去，诺拉照理也该没话说，再说还有保险，

万一……”

“蜜糖，我又不是没去过罗马，每次跟着你，看也看会了，不就是过海关的时候填个表、出示一下相关文件吗？”

“什么相关文件啊？”杰克像在口试学生。

“嗯，寄销和代买的文件？”

“还有出处证明，所有文件都要带全，但这次你没必要填表，更没必要出示文件。”

“哦，为什么？”

杰克一扬手：“我都安排好了。”

冰还想问个究竟，但见杰克没好气的样子，玩笑道：“我就不懂，你和诺拉干吗每次都费劲把那些画儿带来送去的，拿去邮局快递不是更省心？”

杰克眼中的强光再度照过来，冰噤声。“不懂就别瞎问！”杰克顿一顿，武断地丢出一句，“我看你还是待家里得了。”

“好了，算我多嘴，你都交代清楚，我照办就是了嘛。”冰觉得杰克也太小看她了，博士都念下来了，带几幅画儿去罗马有什么大不了的？

“诺拉那里还有三幅画，你回来的时候要亲自带上，这边客户等着要呢。”杰克重新闭上眼睛思忖，“有一幅克里姆特(Klimt)的素描，价值二三十万，出处文件务必查收齐全了，如果途中有损坏，要记清楚细节，回来才好填写保险公司的申报单……不过，让诺拉去操心那些技术细节吧，我让她都准备好，你到时听她吩咐就是，别再问愚蠢的问题。”

杰克忽然睁开眼，脸上浮现一丝戏谑：“你就这么想独自去罗马？不会是去跟皇家酒店那个男孩私奔吧？”

“什么男孩？人家替你分忧，你倒不正经！”冰斜睨杰克，嘴上撒着娇，心里一头不争气的小鹿却蹦跶了两下。嘘，冰对小鹿瞪眼。

“他叫什么来着？”杰克并不罢休。

“谁叫什么？你这么不在乎自己老婆，我可真私奔了，只怕你不愿意赞助。”冰的前半句话指的是去年秋天杰克怂恿她独自跟皇家酒店那个男孩去吃晚饭的事。

“聪明的女孩！”杰克自然明白，哈哈笑着，猛烈地咳嗽起来，扬手让冰走开。

冰站到一边，暗中审度杰克的脸，像牧羊女默点圈中的羊头，一个不少，确认了，便转身往外走。杰克吃醋从来不认真，冰知道他多半是拿她寻开心，他应该心知肚明，她是他牵在手中的风筝，而且她死心塌地做他的风筝，牢牢地依傍他手中那条结实的长线。

“玛丽娅，拜托你好好照顾杰克，还有，叫何塞下午来送机。”冰走到起居室门口，冲厨房那边喊了一声。

“新买的瑜伽服？真性感！”杰克停止了咳嗽，对冰的后背说。瑜伽服像第二层皮肤紧贴冰的身体，后背成椭圆形开至腰心。冰故意扭着腰肢向楼梯口走，一边让左边的吊带滑下肩头，登上第一步楼梯的时候，左手拉住扶把，下巴一扬，长发带着腰大弧度回旋，给杰克来个“回眸一笑百媚生”。

公爵以为主人们逗它玩，兴奋地蹿来跳去，蹦上了杰克的膝头，立刻被呵了下去。

杰克眼睛瞄着冰，右手抬起来，食指中指并拢对冰晃两下。显然冰的“回头一笑”不仅未能让他满足，反而挑起他更高的兴致。

冰从楼梯上退下来，脚步有点迟滞、姿态有点垮。“我要收拾行李，还得去画廊准备准备，晚上就要赶飞机。”她找出两句托词。

“行李让玛丽娅收拾，画廊那边你不用管，我一会儿让人把东西送过来，我要先过目。”杰克示意冰把起居室的两道门都拉上。

就当是临别前的慰问演出吧，冰想，杰克病在家中，百无聊赖的，她一走好几天呢。冰关好门，一边缓缓转动腰身，一边慢动作把瑜伽服往

下剥，同时留意着门外动静。厨房那边隐隐传来锅碗瓢盆的声响，玛丽娅应该不在近旁。冰戏剧性地转身，面对杰克，下巴压得低低的，进入了角色。

回想起来，婚前杰克相当守规矩，他带冰满世界吃喝玩乐，却对她没什么过分要求。冰当时认为杰克是现今世上少有的绅士，庆幸之余决心在新婚之夜好好犒劳他。

婚礼是在夏威夷茂宜岛海边举行的，海滩属四季酒店私有，空无旁人，整个黄昏的天与海仿佛都是她和杰克的。婚礼简短私密，除新婚夫妇外，只有酒店派的司仪、跳呼啦舞助兴的混血姑娘和土著小伙。

婚事从简是冰的意思，在她看来，女人沸沸扬扬大事操办婚礼，很有飞蛾扑火、垂死挣扎的意味。而她是明白人，在无数追求者中最终挑了比自己年长二十多岁的杰克，完全是理性而长远的选择，与飞蛾扑火的本能冲动大不相同。

夕阳渐渐沉进海里，冰挽着杰克的胳膊步入椰林中的蜜月套房。窗纱在海风里飘，烛火在浪声中摇，冰打开音响，就着一曲撩人的慢爵士，以床头柱子为支点，为杰克来了一段脱衣秀。从幼儿园到大学冰都是学校舞蹈队的台柱，舞起来也相当专业了，虽然近年已疏于练习，但从前的功底还在，下腰、劈叉都不成问题。

杰克坐在沙发里，烛光黯淡，冰看不清他的脸，但能感觉他目光的追随。在她百转千回的舞姿里、在她充满诱惑的凝眸中，杰克眼中的权威一点一滴消融，蜡汁似的烫在她逐寸展露的肌肤上。他不时吻一下她抛过去的绣衣、丝袜，隐隐的笑意浮荡在温汤般黏稠的空气里。

冰舞得尽兴，先前喝的香槟烧上了喉头。她摘去身上最后一丝遮挂，乘兴坐到杰克腿上，开始一颗颗解他的纽扣。

解到杰克腰间皮带，他按住了她的手。“你能让自己达到高潮吗？”

杰克问得温文尔雅，妇科医生般沉静。

烧到冰喉头的香槟再度升温，刷地浸红了脸，冰一阵眩晕。

事到如今，冰当然早已不脸红了，本来嘛，伺候自家老公，十八般武艺哪样不能使？可她还是不能泰然处之。新婚之夜，杰克的特殊要求使她羞臊却不乏新奇的体验，但久而久之，这个特殊要求却顺理成章地成了他们夫妻生活的主要节目，而且很多时候，杰克看完高潮秀，完全不动声色，裹着丝质睡衣，关灯睡去。冰一个人在黑暗中辗转喘息、思绪万千。

她嫁给杰克本来对情感要求不高，但具体到这种时候，心底不由自主生出逃离的倾向，当然只是轻飘飘的一抹，如风，牵衣拂袖，冰却无丝毫意愿要把它凝聚成某种真实的动力。人生走到了她这一步，都该明白，无论选择怎样的生活方式，都会有一时的障碍与困惑。更何况，眼下杰克的要求算不得什么障碍困惑，一点不方便而已，就像从前上台表演，穿戴在身上的服饰、抹在脸上的油彩，哪有完全合身舒适的？但那并不妨碍整台节目的演出，而台下不知情的观众看起来，也不乏精彩与动人之处。

玛丽娅的丈夫何塞来开车送冰去机场。何塞看上去比玛丽娅年轻许多，身板有型有款，精心修剪的鬓须衬出拉丁男人特有的倜傥。他穿一件黑白条纹衬衫，西裤笔挺，身子微微一弓，为冰拉开车门，另一只手画个圆弧请冰上车，很有骑士风范。

“开车稳当点儿！到机场帮冰小姐托运行李，然后打电话给我！”玛丽娅站在路边用西班牙语吩咐，手在围裙上拭着，脸上是那哭笑不得的形状。何塞连连点头，言听计从的样子。

何塞启动了汽车，玛丽娅向他们挥舞粗壮的胳膊，黑布制服紧绷在胸前，纽扣有随时迸飞的危险。冰心里叹，女人起早贪黑、劳筋动骨地

做了家中经济支柱，毕竟是有些好处，看玛丽娅人老珠黄了，还能随时随地向年轻的帅哥老公发号施令。不过人各有命，这样的好处冰似乎从来都能不劳而获，靓丽地发个嗲，不仅可以号令老公，就算罗马皇家酒店那般流光溢彩的青春男孩，谁又抵挡得住她一颦一笑间的诱惑？

汽车在高速公路上疾驰，机场还远，冰的心思却率先起飞了。牵在杰克手里的风筝，也可以飘上天，甚至可以飘得很高很远。灵魂与肉体的分离，对冰来说，不过像坐越洋飞机一样简单平常。

玉比冰温暖

皇家酒店那个男孩叫小保。

去年秋天，冰随杰克再到罗马，第二次看见他，穿了裁剪得体的银灰西服，在金碧辉煌的前厅里踱来踱去，显然被提升做了前台经理。穿黑西服的下属走来向他请示，男男女女，皱着眉头来的，他拍拍他们的肩膀，说很短几句话，都眉开眼笑走回去工作了。冰坐在一边，很想知道他对他们都说了些什么。小保脸上有了某种经历，男人味道足了。

他似乎也一眼认出了冰，走到冰坐的双人沙发前，很熟络地说："Hello，Jade，How are you(玉，你好吗)？"英语发音准确。

"谁叫玉？我是冰，Bing，中文名字，翻成英文是 ice 的意思。"因为不知道他的英文程度，冰有点担心他被搅糊涂了，转眼又把她叫做 Ice。

"都是半透明物，玉却比冰温暖。"他温和地说，直视冰的眼睛。女

人内心不堪一击,总有那么一两次,冰只是没想到是这样一句话,被一个漂亮的罗马男孩用标准的普通话说出来。

他在冰左边坐下,冰一反常态向右挪,他跟着挪过来,不让冰脱离他体温的辐射。他的目光里带着挑衅,显然还记着半年前那个暮春中午的事。

冰自然不肯让他占了上风,换了西装也还是半大的男孩。“你怎么会讲中文?”冰的口气,仿佛他偷吃了西王母的蟠桃。

“不可以吗?我是半个中国人呢!”看冰对他耍小性子,他反倒得意起来。

“你开玩笑,”冰说,“看看这眼睛、嘴、轮廓,完全是贝尔尼尼雕塑的大卫。谁相信你是中国人。你叫什么名字?”

“保罗·费比昂尼,很高兴再见到你,玉。”他把他为冰臆造的名字拖得老长,嘴唇撅得浑圆。

冰没握他伸过来的手,让它晾在半空:“叫这么个意大利的名字,你说你是哪儿来的中国人?”

“我妈是重庆人噻。”纯正的方言。冰目瞪口呆。

“不信?今晚请你到川福楼吃饭,我妈的餐馆。唔,当然,也请他……”

杰克从商务厅走出来,手里捏几张公文纸,冰起身迎过去:“蜜糖,传真都发完了?”

杰克耸耸肩。中午杰克带着冰和一位欧洲主顾吃饭,说到前几天刚宣告破产的雷曼兄弟,两位商场老将都欷歔不已。2007年次代危机,美国政府挽救了首当其冲的贝尔斯登,也似乎平息了市面的惶惶人心,没想到一年后,华尔街称雄了一百五十多年的投资银行垮了,政府却见死不救。“雷曼兄弟的字号可是比贝尔斯登还要老牌啊!恐怕政府是无力回天了。”杰克叹。主顾点头,说雷曼兄弟的破产看来只是冰

山一角，更大的麻烦还会接踵而至，而且不仅限于美国市场。

冰在一边吃着海鲜色拉，时而观望窗外喷泉边上聚集的灰鸽，时而对杰克和主顾漫不经心地浅笑，似乎完全置身于他们的谈话之外。

从餐馆出来，她轻言细语问杰克："你投的那两家对冲基金会不会有事?"杰克不置可否，眼里灰蒙蒙的，又是一副"你懂什么"的神情。回到酒店他却立刻打长途电话到美国，向那两家对冲基金要求赎回他的投资。"先保本，风头过了再谈盈利吧。"他自言自语。冰在一边听见，心里松口气，杰克的生意她不管，可积蓄她却不能不盯着点儿，说到底那也是她的投资。杰克刚把签好字的相关文件传去了美国。

小保走过来，做了自我介绍，又递给杰克一张名片，郑重其事地说了些前台经理的套话。

"你看得出来吗？保罗是半个中国人呢，他请我们今晚去他母亲的餐馆吃饭。"冰挽起杰克的胳膊。

小保脸上泛起红晕："是的，如果你们今晚有空的话。"

杰克仔细打量小保，又看看冰说："难以置信。"冰不知道他指的是小保完全西化的脸，还是她对小保明显的兴趣。

"他母亲和我是同乡。"冰留意着杰克的神情。

"真是难得。"杰克和颜悦色，是替冰高兴的样子，"不过早和诺拉约好了今晚聚会，还有她另外两位熟客，你忘了?"

冰确实不记得杰克提过当晚与诺拉的聚会，但她说："是啊，怎么忘了？那么保罗，我们只好改天去你母亲的餐馆了。"

杰克却把小保拉到一边，用冰也听得见的声音说："我太太不喜欢应酬，每天吃商务晚餐、谈金融危机，她早就腻味了，今晚就麻烦你带她去你母亲餐馆散散心。"说完手伸进裤袋要掏钱包似的。

冰唯恐杰克付小费给小保，连忙上前拉住杰克的手："蜜糖，你这是干什么？年轻人晚上节目多，怎么好麻烦人家……"娱乐你自己的老

婆，冰把后半句话咽了下去。冰的嗔怒是真的，杰克也太自信、太瞧不起人了。

“我今晚没有节目，我想我母亲也一定不介意认识您美丽的太太。”小保话说得如此得体，冰意识到她再扭捏下去，反而失态了。

“那真是谢谢你了。”杰克从裤袋里抽出手，指尖夹一张名片递给小保，“有事找我。”

罗马的夜晚

傍晚，落日的余晖从敞开的落地玻璃门染进套房的时候，冰在嘴唇上加一层晶亮液，对着门边穿衣镜转一圈，满意地走出房间，乘电梯下楼到前厅。

半小时前，诺拉的司机已经把杰克接走了。杰克临出门前对冰说：“今晚好好玩儿。”还眨了眨眼睛。杰克的大度令冰不安。他走后，冰盘腿坐在房间中央，地毯上开着朵朵金黄的百合，晚风拂动白雾般的窗纱。冰缓慢地深呼吸，像瑜伽老师强调的那样，用气息净化思想，与环境融为一体，渐渐心安理得。杰克要一个年轻漂亮的男孩陪她吃晚饭，不管他用意何在，她心清气明，绝不打算出轨。她和杰克年龄差距大，偶尔兵分两路，回到各自的同龄人中韬光养晦，也该是有益身心的事。

当晚的衣饰，冰很费了点脑筋。带来的晚装挂在衣橱里，一概低胸露背，适合陪杰克赴鸡尾酒会，但同小保去他母亲的川菜馆，相亲似的，

晚装过分艳冶作态，露肚脐的短衫牛仔裤又太随意。冰在衣橱前踱来踱去，忽然想起在伦敦转机时，从免税店买了一条米黄无袖连衣裙，因为喜欢连衣裙的小立领，还有中式盘扣，从领口一路结到裙摆。杰克当时看见，说都复古到奥黛丽·赫本的年代啦，年纪比我还大？所以裙子摆在行李箱里一直没开封。

冰拿出连衣裙换上。裙长恰到好处，衬托着她玲珑的膝盖，半透明的蚕丝料子里，身体影影绰绰、风华正茂，再配上银白的超宽手镯，爱马仕的 H 标志“嗒”一声扣住。淑女其表，风情其中，冰喜欢这种笑里藏刀的感觉。

巡视前厅，不见小保的影子，冰想他大概还忙着，又折回电梯旁的盥洗间，对镜将长发从中分开，松松地扎了两条辫子搭在肩头。镜中人眉眼聪慧，肤质纯净，灵秀如一株养植得当的水仙。“今晚我们二十岁。”冰对她说。

从盥洗间出来，冰见小保正靠着前厅门廊的大理石柱子等她。他已经换掉了西装，穿着宽松牛仔裤和一件蓝灰丝织保罗衫，领子敞着，袖子紧紧箍在肩膀上，斜挎一个铅色运动包，刚洗过的头发还散着热气，简直像 ARMANI 时装模特走下秀台，更洒脱、更英气，把“青春”二字演绎得活色生香。

“对不起，让你等了，我刚运动完。”小保抢先抱歉。

“做什么运动？”

小保拉开前弓步，抬起拳头，摆一个进攻的架势。

“哪一派的功夫？”冰问，右脚玩笑地向小保左腿踢去。

小保敏捷地蜷起左腿，侧身平衡到右腿，看着冰笑：“空手道。”

冰才看清小保左脚鞋底正对着她的胸口，他一旦伸腿，横竖她都会被踢倒。

“既然是中国人，怎么去学日本功夫？”冰后退一步站到小保的攻击

范围外。

“空手道的渊源是中国功夫，开始的时候叫唐手道，你不知道?”小保站直了身体，拢一下散落额前的头发，“空手道的诞生地，琉球王国成为日本的冲绳县，是明治维新后的事。”

前台值班的几个女孩好奇地看过来，喊了一句意大利语，随后嘻嘻笑出声来，小保高兴地回答：“Grazie(谢谢)!”

“那些女孩说什么?”走出酒店的时候，冰问小保。在罗马的大多数时间，因为成天跟着杰克，她并没用心学几句意大利语。

“噢，她们说你很美。”小保笑眯眯，留心着过往车辆，领冰横穿马路到了酒店对面的人行道上。这边，树荫浓密，时光沉进深潭，与那边相差至少两百年。

“说你很美吧? 你是不是跟她们都睡过?”冰逗小保，又仿佛在同身边某种让人沉溺的力量对抗。

“哈哈!”小保不置可否，忽然停止脚步，双手把冰的肩膀定在她身后石墙上，头低下来，垂着浓密的睫毛，嘴唇几乎碰到冰的鼻尖。冰停下呼吸，静默地抵御小保热乎乎的喘息。她唯一的凭借是背后的石墙，凉幽幽的秋意蓄了几百年，蔓延的树根紧紧抓住泥土。

小保的眼睛慢慢抬起：“他们说，你和我，很般配。”他的耳语，虚无，同时稠密，滚烫地流进冰体内深处。小保与她目光对接，他眼中的挑衅，像一块刚出炉的蛋香杏仁糕，蓬松酥脆，久违的诱惑，已经遗忘的渴望……

危机势不可挡。冰的灵魂跳起来，掀开阁楼的窗板，紧紧盯住冰手腕上的超宽手镯。

忽然，“噗”的一声，杏仁糕膨化，天边最后一抹红霞，迅速染遍小保的脸颊耳根。他猛地松开手，做出无可奈何的样子，哼着鼻子说：“OK，你赢了。”

冰大笑起来，有点歇斯底里，一朵朵旋转的笑声，像街对面百叶窗里的灯，“啪啪啪”逐一点亮。窗后的陌生人，一定把冰和小保看作一对快乐得发疯的情侣，毕竟是罗马的夜晚啊！

冰终于止住笑声，按住胸口心跳说：“姜还是老的辣，你母亲教过你这句俗语吗？”

“是啊，老得不得了！”小保双手插进裤袋，吹了一声尖锐的口哨，划破石墙后的沉寂。

冰伸出右手：“怎么样，前嫌尽弃？”

“暂时这样吧！”小保握住冰的手使劲捏一下，冰“嗷”一声把手抽回来。闹了半天，冰才意识到他们出酒店后一直在步行。

“你的车呢？”

“什么车？我又没有大款老公。”

冰没理他，小保低头瞥一眼冰的高跟凉鞋，又说：“要走四个街区，比弗利山庄来的娇小姐，一定会脚痛。等我叫辆出租车吧。”

冰仍旧不说话，继续往前走。他以为自己是谁？漂亮的小毛孩罢了。

夏日余温袅绕初秋的夜晚，压得低低的，潮湿的气体像棉团擦过脸庞。他们在静默中走出酒店所在的街区，喧哗扑面而来。灯光从临街的餐馆、酒吧、店铺以及每一扇敞开的门窗流泻到石铺路面，被踩踏了千百年的石头，都成了精，吸纳的每一步脚印，都转换成光华释放。

人群里，小保的手臂时而环到冰的肩头，轻微的保护性的接触。冰有意无意地忽略着他，跟前面背双肩包的大学生游客一样东张西望。

露天餐桌旁，情侣就着玻璃杯中的红酒，分吃一块比萨，芝士在两张嘴巴中间拉得又细又长。他们身边的中年男人，独自吸着香烟，眼色闪烁如烟头忽明忽暗，面前小瓷杯中的伊思百索已经喝干，剩一圈深褐的底。音乐从隔壁的酒吧里跳跃出来，鼓点鲜明的流行歌，仍然听得出

歌剧悠长的韵味，也许意大利语无论怎样唱，都逃不掉抒情与浪漫。

“你看，罗马的夜晚，不走进来，怎么体验得到？”小保凑到冰耳边讪讪道。

一辆摩托车左弯右拐绕着行人驶来，走走停停，“突突”地抱怨着，喷出浓重的燃气味道烧人眉头。摩托车上的人戴着头盔，面目不清。

“明年我应该可以买一辆摩托。”小保口气欣然。

“明年？”冰忍不住原谅了他。

“我拿到了酒店管理学位，薪水应该涨得快些了。”

“鲜红色？”

“你喜欢？好，就买一辆鲜红的。”

摩托车开到前面去了，冰看清摩托上骑着一男一女，女人头贴在男人背上，波浪卷发从头盔里溢出来，摩托磕磕绊绊加速的时候，浪花轻微地飞扬。冰仰头对小保莞尔，身边的男孩有点负气，但毕竟乖巧。

再拐弯，人群又像潮水退去了。小保停下脚步，向左边一幅宽大的落地玻璃窗扬起下巴。玻璃后面，十来个高矮不一的儿童身穿白色道服，束着白色、黄色或绿色的腰带，正扎着马步，小拳头握在胸前，随着一位亚裔男人的号令齐整地出击。男人头发花白，也穿着道服，腰间扎条磨得泛光的黑带。他来回踱步、审视孩子们的架势，偶尔停下拍拍某个孩子的腿让他扎稳马步，又抬抬旁边小孩的胳膊让他击拳到位。抬头看见立在窗外的小保，男人点一下头，不改肃穆的表情，眼里却含着慈父般的温暖。

“那是井上先生，我的老师。”

“原来你还在上少儿班呀！”冰笑。

“你别笑，井上先生训练严格，学生都是从小练起，中途插进来的成年人他不收。”

“哦,有意思,你几岁开始跟他练?”

“十岁。”

冰想象儿童版的小保,洋娃娃似的,在道馆里呵呀哈地抡胳膊踢腿,甚是可爱,忍不住逗他:“十岁就有暴力倾向了?”

“习武就等于暴力吗?”这回轮到小保敏感了,“我从井上先生那儿学到的,更多的是自律。”

“自律?”

“对,先生说,当你真正动拳头的时候,你在前面某一步已经输了,习武的人要学会用拳头以外的方式来解决问题。”

听起来这位井上先生似乎还有些道行。冰饶有兴趣正要追问,一条黑影从道馆旁边某个门洞闪出来,挡住小保和冰的去路。是个和小保差不多高大的黑衫男人,头上剃得光光的,络腮胡圈着浮肿泛光的脸,如同蓬乱的芦苇团着一池急需清理的水,他打量冰的眼神如水中气泡漂浮不洁。光头说着意大利语,一只手向冰的脸摸过来,被小保反手架空,光头另一只手握紧拳头向小保砸去。

冰惊呼着躲到一边,脑子里瞬间只有问号和惊叹号。刚才一路过来的意大利抒情歌剧怎么突然变了调?哪儿跳出来的凶神恶煞?他要干什么?四周漂亮的行人都哪儿去了呢?

光头攻势迅猛,飞舞的拳脚牵着冰的视线四处晃动,掀起的气浪拍打着冰的脸。好一会儿冰才定住眼神,见小保一味躲闪、招架,也不出击,断定他迟早要吃亏,才想起转身往道馆玻璃窗上使劲拍打。井上先生却是不紧不慢,喊一声口令,看学生们个个收好了拳头,才向冰这边望过来。

冰再回头,却见小保的身体一弓一旋,忽然把光头的双手反拧到了背后。光头脸变了形,看上去很痛,却硬是不出声,两条腿还不停动着,要伺机勾绊小保的脚。小保松手,同时在光头背上推了一掌,光头踉跄

出去几步，刹住脚，回头指着小保说了几句话。冰不懂，却听得出咬牙切齿的意思。“小心！”冰终于喊出一声，也不知道是给小保助威还是给自己打气。

井上先生开门出来，胳膊抱在胸前，双腿摆开，稳若泰山。他身后，小学生们的脸都贴到了窗玻璃上，滴溜溜的眼睛都恨不得变成珠子钻到窗户另一边去。光头压着下巴，两道强硬的目光与井上对峙，再盯回小保这边，狠狠地又说了句什么，转身走了。

小保提着拳头，直到光头的背影被夜色吞噬了，才抹掉脸上的汗，理理被捣乱的头发，走到井上先生面前深深鞠一躬，说了句道歉的话。井上拍拍小保肩膀，又对冰点一下头，回去吆喝小学生们重新列阵。

“都说，罗马小偷多，却没，没想到，还当街打劫。”冰的心像刚跑完百米冲刺，狂跳得厉害。

“那不是打劫！”小保话里还残留着力度和紧迫感。

“那，他是什么人？”冰回忆刚才情形，光头一开始好像喊过“保罗”，跟小保似乎认得。

“道馆边上总会有这种肇事的人。你吓坏了吧？”小保并不多解释，很绅士地搂住冰的肩膀以示安慰。

冰受了惊吓，此时倒很需要在小保肩上靠靠，也不嫌他一身汗气，但嘴上却不示弱，继续追问：“你怎么都不进攻？不怕被他打伤吗？”

小保笑：“不进攻也是一种进攻。”

“啊，我们中文叫以守为攻，最后倒是你把他制住了。他恶狠狠说了句什么？”

“他说——”小保迟疑，低头看冰，眼里的挑衅乍看像先前在石墙边那一刻，充满诱惑。但冰越往深处看，心里越发慌。一头不知名的野兽弓着脊背伏在小保眼底，皮毛耸立、发出莹莹暗光，前爪焦躁地刨得地面火星四溅，随时要腾跃冲击。那头兽却不是冲她而来；它要去的地

方，她一无所知、无法控制，只感到疾风阵阵，从无边而浓密的黑暗里扑来。

“他说‘有本事跟我来真的！’”小保的声音沉沉地落在地面石头上。

冰推开小保，倒退几步，直到他眼中的怪兽收缩成一星可以忽略的亮光。“难道刚才还不够真吗？”她说，“刚才那场面对你可能是家常便饭，我只在电影里见过。”

上等雨花石

川菜馆在万神庙(Pantheon)附近一条巷子里，意大利文招牌用绿底红字的霓虹打在一排百叶窗下，对开的两扇红漆门上悬着黑铁门环，门梁上挂一个红灯笼，黑墨写着“川福楼”。木头门槛在两步石阶上，半尺高，磨得很光滑了，穿白缎绣衣的带位小姐送客出门，示意客人脚下留心。

“小保，这么晚才来。”带位小姐亭亭玉立，黑发在脑后绾着整齐的髻，绣衣的腰收得很紧，显出饱满挺拔的胸，她顺手在小保背上拍了一把。那是冰第一次听人用普通话叫“小保”，想必带位小姐跟着他母亲喊顺口了，口气还这么亲热。冰打量她，皮肤光润，鼻梁精巧挺立，杏眼约微向两鬓挑。

“这位就是冰吧……”小姐用英语问，目光老成干练，上下一扫把冰审视完毕。

冰猛然意识到她就是小保的母亲。“啊，我叫欧阳冰，听小保说，您是四川人，和我一样。”冰用普通话回答。在他们可以沟通的三种语言里，普通话比四川话远，却比英语近。

小保搂着母亲，在她发际吻一下，对冰说：“我妈漂亮吧！正宗的中国女人，一百岁也不见老。”眼神连带着把冰也恭维了。

“贫嘴，十足的意大利男人！”小保母亲拉过冰的手，仍旧说英语，“真漂亮，我家小保最喜欢中国美女，当心他把你拐了。”

谁拐谁还说不定呢，冰想，一张口“阿……”“姨”字却卡在喉头，挡住了其他卖乖的话。面前的女人看上去最多能做小保的姐姐，和冰想象的半老徐娘实在相去太远。小保在一边高兴地看着冰难堪，存心不救驾。

“大家都叫我伊娃。”小保母亲牵着冰走进餐馆。

迎面是一架夏日荷田的绢丝屏风，屏风后，一对青花瓷瓮里养着碧绿的芭蕉。餐厅呈长方形，十几套红酸枝桌椅光色怡人，墙上挂着水墨，如烟似雾。中国情调，却不过分渲染，单从这点就能看出主人的用心与不俗。

伊娃安置冰和小保坐下，问冰老家在四川哪里。

“重庆，市中区。”冰说，像报一个地理坐标，自己听起来也十分陌生。许多年过去，长江边上那座城市以及那里发生过的事，已经离她很远了。

“啊，很久没回去了吧？现在叫渝中区了，不过解放碑还是美女云集的地方。”伊娃终于换了普通话，开心地笑着，“还记得南岸的水泥厂吗？”

“当然，我家以前就在江对岸，每天看见大烟囱冒灰烟，桌上积一层灰粉，都是水泥厂飘过来的。”冰在桌面拂一下，是儿时马虎应付家事的手势。

穿黑礼服的侍者用红漆盘托来紫砂茶具，边沏茶，边熟络地问小保想吃什么。小保看冰，冰说随便。

“怎么能随便呢？秋凉了，正是吃火锅的时候。怕辣？小保都不怕！啥子重庆娃儿哟？”伊娃说了句四川话，随即吩咐侍者来三个小火锅，还有几碟小菜，灯影牛肉和粉蒸排骨。

点完菜，伊娃走开去同几个熟客寒暄，说着意大利语，婉转如莺啼。

“你确定伊娃是你母亲？”冰逗小保，川福楼的热闹温馨冲淡了刚才来路上受的惊吓。小保不做声，两手捧着茶杯，噘嘴专心致志地吹杯里飘出的热气。真是孩子气，冰心里笑。

古筝、琵琶同笛子合奏《小城故事》，老掉牙的调子在头顶飘来飘去，小保又不停地把带着茉莉花香的茶气吹过来，冰有点被催眠的感觉。迷雾从那条遥远的江上升起，白茫茫一片，青山、楼宇都饱蘸了水分，淡化成缥缈的灰影，两三点浮动的渔火暗示江水与堤岸的分界……“这里的感觉，不像在罗马。”冰自语，想那个她以为已经遥远的地方其实一直很近，乡音、民乐和几幅山水画就把它推到了眼前。

“像在重庆吗？”小保却听到了她的话。

冰感觉他的目光“嗖”地穿透了自己，不由得警备起来，眨眼敷衍道：“也许是吧，假如我对面没有一张意大利人的脸。”

“想摆脱我独吃两份火锅吗？”小保放下茶杯，把脸凑过来，拧眉毛做出生气的样子。

“你去过重庆？”冰问。

“还没有。我一直想跟我妈妈去，可餐馆生意忙，她总抽不开身。说说你记得的重庆吧。”

他不过想搜些想象的材料，冰放下心来，小心翼翼地从记忆的河滩上拣出几颗无关痛痒的石子来应付小保的兴致：“重庆的两条江都比你们罗马的台伯河宽，梯坎也比你们西班牙台阶陡，还有冬天的大雾，人

像走在牛奶杯里。”

伊娃走过来，小保退回去正襟危坐，笑着告冰的状：“她说我不像是你儿子。”

冰一下窘在那儿。伊娃并不生气，说这样的话她听多了。“但你看，小保的眼珠子这样黑，绝对是我的，他爸的没这么深。”伊娃又撩起小保一撮头发说，“还有头发，又黑又爽滑，也是我的，不是他爸那样的棕色卷毛。”

“果然是我们中国头发。”冰赶紧附和。

“小保年轻，很不懂事，你要包涵他。”伊娃说。

冰听出画外音，觉得伊娃想多了，她并不打算跟小保怎样，但母亲袒护儿子是天性，她不介意。“哪里，我先生直夸小保会办事呢！”冰随口应道。

“你结婚了？”伊娃在小保与冰之间坐下，眼睛睁得浑圆。

“小保没告诉您？”冰瞪小保一眼。

“我只说带个重庆女孩来见你，你想到哪儿去了？”

伊娃顶回去：“你成天就知道练功夫，从不带女孩回家，好不容易来一个，还怪我会错意？”

小保耸耸肩，在伊娃耳边低声说两句意大利语，伊娃大笑，伸手摸摸小保后脑勺。冰在一边感觉被小保吃了豆腐。

“说起来，我们还是曾经隔岸相望的邻居了。”伊娃重拾先前的话题，“我在水泥厂的子弟中学做过好几年英语老师。”

“难怪您英语这样好。”

“哪里，电大学的那几杆子，带学生念课文还行，真用起来就露怯了。”伊娃乐着说起她当年被水泥厂临时调去当翻译的故事，“刚刚改革开放，省里批下来一条法国进口的流水线，派来厂里培训的工程师又是意大利人，我没一点技术背景，英语半桶水，使出浑身解数，手指脚趾都

用上了，还是一片混乱，闹许多笑话。”

“可是那意大利人挺照顾你，不是吗?”小保挤眼睛，“总跟你们厂长夸你工作认真负责，还每天把原装可口可乐从宾馆带出来给你喝。”

伊娃像没听见小保敲的边鼓，摇头说：“那时候条件就那样，厂里那么多人就我一张英语文凭。”

“您当时一定是厂花吧?”冰揣摩伊娃的年纪该在四十五左右，但她脸上除了眼角几丝笑纹，看不到任何时间的作为，从她妩媚的杏眼里，冰还能看到当年长江南岸山水映衬的春色，桃粉李白，火一样燃烧的杜鹃。

“猜猜那个意大利工程师是谁?”小保继续展开他那边的故事线索。

“瞎扯什么?”伊娃白小保一眼。

火锅端上来，“扑哧”冒泡，喷香的水汽蒸腾弥漫，伊娃忙着往冰和小保锅里夹粉丝、蘑菇种种配料。

“我自己来。”冰客气着。

“他们当年可是浪漫极了。”小保不理会伊娃的白眼，腆着脸继续讲父母的罗曼史，“我爸晚上从宾馆溜出去，爬树跳墙，到伊娃宿舍的后窗外，就像罗密欧和朱丽叶。”他手里夹了片牛肉在红油麻辣汤里烫着，又加一句：“比这火锅还热辣。”

“小保!”伊娃在儿子脖头拍一巴掌，“成天听你帕帕胡说八道。八辈子前的事，早散了，还提它干什么?”

“帕帕说你们永远不会散!”小保一赌气，把半熟的牛肉塞进嘴里大嚼，也不嫌烫。

二十多年前，改革初期的内地厂区，年轻女教师跟一位意大利工程师，多么惊世骇俗、多么不容易，散了?多可惜!冰心中黯然，筷子夹块腐皮举着，也没了往嘴边送的意愿。

伊娃似乎听见冰内心的感慨，轻声叹道：“青春年少，什么也不懂，

爱得不顾一切。”

冰的青春年少，比伊娃晚了十几年，却也在那条江畔，也曾爱得不顾一切。那里山深不见底，水浩荡澎湃，冬天的浓雾拨不开吹不走，夏天的酷热劈头盖脸让人无处躲藏。山水天气都倾其所有，人的爱恨也不留余地。

冰的中学在江岸坡顶，放学后她去半山坡的石头桥洞里等磬。磬在坡脚的中学，也念高三。高考迫在眉睫，他们俩的时间都排得很满，在紧张的备考期间，每次约会都如同酷暑中的一阵清风。

桥洞宽大高深，像一座小礼堂，说话声音大点儿就有嗡嗡的回音。摊贩们席地而坐，竹筐一溜排过去，沙胡豆、包谷泡(爆米花)、风车、陀螺，还有五颜六色的发卡头绳，用玻璃板盖在木箱里。

冰坐在石梯上，用手帕扇凉。闷热，云朵沉甸甸堆满天空，雨却总掉不下来。右边几步远的角落有个算命老头，面前铺张发黄的八卦图，用江边捡来的鹅卵石镇着。“妹娃儿，你面若桃花，眉目含情，送你两句话。”老头嗓音尖细，像一条拉长绷紧的钢丝。冰扭头看他，干瘦，蓝布衫空荡荡挂在身上，一顶蓝布帽翻转摊在蜷起的膝头，里面浮几张散钱。冰没理他，打开书包抽出一本琼瑶小说。

“人面不知何处去，桃花依旧笑春风……”老头却忽然尖着嗓子，把两句耳熟的诗念得像空中乱栽的风筝。

江风袭来，冰打个寒战，走到老头面前，要他住嘴，却发现是个盲人，皱巴巴的脸上，努力撑开的两双眼皮中间只有灰色的眼白，乍看还以为他对人翻白眼。

惊惶中，冰抬头看见磬，立在桥洞那边对她招手，玉树临风，一道阳光穿透云层。冰提起书包向他跑去，瞎老头的预言被江风吹到脑后。

两个初恋的高中生，等来等去约到一起，做的无非是些小情人的傻

事。河滩石坝是他们常去的据点，挑人少的地方坐下，看货船和垃圾顺水漂流。他们有很多话题，从冰养的牵牛花到磬做的半导体收音机，从冰写的朦胧诗到磬编的BASIC程序。他们常谈到将来，念大学、出国。冰闭着眼睛描述他们未来的花园洋房：洁白的窗纱、米黄的地毯、碧绿的灯罩，冰总能看见她和磬的剪影，被窗前台灯照亮。哦，院子里一定要种茉莉海棠，还有小狗和游泳池。

冰的书包里常有些零食，俩人把怪味胡豆、牛肉干或者桃片等等逐一放进对方嘴里，你看我舔一下舌头，我看你咂一会儿嘴唇，过程比食物更有滋味。说累吃够了，他们就拣一堆薄而扁的鹅石子儿打水漂，躲去黄桷树蜿蜒的根茎后接吻。口袋里有钱的时候，他们爬石梯去上半城的米亭子吃凉粉，去解放碑逛书店、看电影。电影院的灯黑下来，磬的手战战兢兢爬进冰的衬衫里。冰高兴的时候不做声，任磬带电的手指上下求索，自己的呼吸像锅里烧的水越来越烫、越来越激荡；不高兴，冰就一巴掌把磬的手拍回去。

多年后冰在地球的另一端回头望去，初恋的日子多么稚气，可笑多于可爱。但当时，冰的恋情世上独一无二，最浪漫，最精彩。因为瞒着父母老师，每次赴约都有种壮烈的反叛感，一旦被发现，他们肯定会被强行拆散，所以每次跟磬在一起都可能是最后一次，生离死别般缠绵，冰恨不能变成汗衫贴在他身上、变成围巾挂在他脖子上。刚道别，就盼望下次见面；晚上躺在床上，罩着思念的被单，当天约会的细节像口香糖被反复咀嚼。

“怎么不吃了？”小保问。

“再来点儿这个，不辣吧？”伊娃往冰盘里夹一块粉蒸排骨。

冰才意识到自己不知何时放下了筷子，右手握着左手腕，手镯的H标志嵌进手心，坚硬，规整。伊娃说得对，八辈子前的事，早已烟消云

散,还想它干吗?

眼前的母子俩,头偏向同一个角度,四弯眉毛一致朝眉心斜上去,关切如泉水溢满他们的脸——两张被造物主精雕细琢的脸,似乎专为养人眼目、怡人心性。冰啃着粉蒸排骨,直叫好吃:“很久都没吃过了!”

问起冰的职业,冰说在写小说。小保听了,建议她写伊娃的故事:“我妈妈是个传奇。”

“一位美丽绝顶的中国女人,在罗马老城的石砖巷里开着灯红酒绿的川菜馆,的确是传奇。”冰难得对另一个女人心悦诚服。

伊娃喝了红酒,脸颊白里透红,只是微笑。冰陪着喝,心里琢磨:女人怎样才能修炼成伊娃这样的上等雨花石,再多的流徙变迁,恬静圆满不变,而且越发地斑斓剔透起来。

深潭

吃完火锅,侍者又端来醪糟汤圆。冰在川福楼坐了近两小时,餐馆一直座无虚席。“看来您这儿是金融危机的世外桃源。”冰对伊娃说。

“其实这小馆子也受影响,本地客人越来越少,好在中国旅游团络绎不绝,跟川福楼挂钩的旅行社有时每天送来好几拨同胞。”

“难怪您设计了夫妻肺片、五更肠旺这样地道的川菜。”冰翻着川福楼诗集般精美的菜单,“美国人都不敢吃动物内脏。”

“这倒不是专为同胞做的,罗马的饮食文化很开放,好些本地客人

来这儿就为吃这几道菜。”

一位慈眉善目的意大利男客过来跟伊娃打招呼，伊娃起身指指他凸起的肚子，笑着说了句意大利语，不知是问他用餐愉快否，还是笑他太受美食诱惑。男客拍拍肚子，搂着伊娃的肩膀继续谈笑；伊娃看上去也很喜欢跟这位熟客说话，表情手势都更加生动。

冰知趣地告辞，小保提议送她回酒店。走到餐馆门口，迎面进来个中年男人，身板脸型都像比着小保雕刻出来，只是棱角被岁月打磨得光滑了，帅气里掺和着圆熟。男人穿着考究的深蓝色西装，胸袋口还露一段粉红丝帕。

“保罗，约会怎样？”男人说英文，显然顾及冰的听力。

“帕帕，我们不是在约会！”

“不是？那你应该把这位美丽的女士介绍给我。”男人抬起冰的手，嘴唇在她手背轻轻一啄。霓虹在男人眼中造出瞬息万变的景象，一会儿是透明静谧的湖水，一会儿又丛林密布、暗藏危机。

冰看得迷乱，怕会错意，问：“是保罗的父亲吧？真高兴认识你。”

“请叫我卢卡。”卢卡拉着冰的手不放。

伊娃闻声过来，让卢卡赶紧收起那套意大利男人的把戏：“冰是小保带来见我的重庆老乡！”

“重庆？真的吗？我许多年前在那儿待过。”

卢卡意犹未尽，伊娃却皱着眉把小保和冰推出门去。没走几步，冰听见卢卡大声嚷嚷，回头见他正扯着刚才那位面目和善的大肚子客人，仿佛要挥拳头。伊娃在一边跺脚，挥手让卢卡走人。冰从伊娃的语调听出她非常气恼。

冰问怎么了，小保板着脸，说卢卡又吃醋了，拉起冰快走。

“你爸妈到底怎么回事？”冰穷追不舍。

小保踹一脚路边的落叶，叶子脆生生地响，随即被风卷走。

“伊娃和卢卡真的分开了吗?”冰拨开被风吹乱的发丝,感觉有水星溅到脸上,不知从何而来,左右看看,都是紧闭的百叶窗,偶尔有几丝灯光泄漏。

小保停下脚步,吹一声口哨:“他们永远也不会分开。”

冰想想先前卢卡惑人的眼神和他争风吃醋的样子,似乎明白了他和伊娃离而不散的缘由,点头同意道:“嗯,看得出来,卢卡还爱着伊娃。”

小保沉默良久,忽然低头问冰:“你爱过吗?”

冰不回答,小保一把将她拉进路边巷子里。冰被小保紧贴在胸前,他沉沉地吻下来,舌头霸道地抵进她齿间,不给她说话的机会。冰猝不及防,恍惚起来,身体向上飘。唇上柔滑湿润的感觉像浓密的夜色令人迷恋,青春的气息渗透了肺腑。朦胧中一张天使般完美的脸俯下来,灼热,像可以触摸的阳光——暗夜里的阳光……冰抽出双手,要去捧那张脸,手镯却不知怎么挂到了小保的皮带,“嗒”一声,H 标志弹开,手镯画一道银白的弧线,“当啷”跳出几步之外。

冰推开小保追过去,弯腰。雨点忽然狠狠砸到她背上、砸到前后左右的石砖上。小保赶过来,捡起手镯,又在冰额前举着手掌替她挡雨。巷子深处有人在吹口琴,一波一波,伴着雨的绸幅飘来斜去。

凉意渗透蚕丝纱裙,顺着冰的脊柱往上爬,冰打个激灵,也顾不得小保手中的镯子,扭头就往巷口跑。昏黄的街灯被密集的雨线缠绕,丧失了照明的意志,冰分不清方向,却一路跑下去,听见小保在身后喊她,也不回头。

冰跑过两个街口,酒店门厅敞开来的灯光嘴一样把她吸了进去。她径直向电梯那边跑,前台值班的女孩追上来,递给她烫了酒店金字的信封,说是杰克的留言。杰克给她留言?别人给杰克的留言吧?冰不耐烦地盯女孩一眼,那么重的眉毛,还有嘴边的汗毛,也不知道修,大概

在罗马还没混够日子，英语都说不利索。电梯门开了，冰捏着信封走进去，刚站过的大理石地面淌了一摊水。

套房如深潭般幽暗，卧室那边的夜行灯像溺水人的眼，不甘地沉在水底。窗帘被密实地拉上了，滂沱大雨被酒店的石墙、玻璃和丝绒层层阻挡，散去了暴民的嚣张，变成窃窃私语的市井妇人。杰克显然还没回来，冰把染了水迹的信封丢到门边小桌上，踢掉高跟凉鞋，赤脚跑进浴室。

水龙头"哗哗"响，冰躺在浴缸里，纱裙像水草飘摇。先前渗透骨髓的寒意一点点飘离，升到半空，停滞、盘旋、聚集，忽然像有了意志，黑黢黢的鬼魅扑下来，钻心穿肺。冰的身体颤抖着蜷缩到浴缸一角，不能呼吸。灵魂与缤纷的泡沫一同飘游，没有方向，漫无边际……

磬考去了北京的名牌大学，冰却只考上了本地重点。鸿雁传书、长途电话持续了两年，两人的恋情逐渐公开了。磬暑假回家的时候，跟冰说好秋天各自在北京、重庆考托福、GRE，拿到成绩后就一起申请美国的研究院。

寒假磬再回来，约冰去河滩，却是要跟她分手。磬说他爱上了另一个女孩，在北京考托福的时候认识的。

"她比我好看？"冰的嘴唇被江上飘来的寒气冻得发紫。

"没你好看，可能比你实际、会处世，更适合我。"磬的话比江风更冷。

"是因为她读的大学比我的好吗？"

"她是读名牌大学，可并不比你聪明。"

"她比我更爱你？"冰拉紧了脖子上的彩绘丝巾。

磬不说话，捡两颗石子儿往江面上抛。

冰紧闭双眼，看见她为磬和自己设想的花园洋房，茉莉仍在，海棠

依旧，窗前的一对剪影却变了样。“她到底哪一点比我好？”冰睁开眼，泪水在眼眶里打转儿。

磬叹口气：“我说不清她到底哪点比你好，但，这可是你逼我说的，我更爱她！”

冰开始发抖，抱紧胳膊也抑制不住，身后的黄桷树似乎也跟着她抖落了一地枯叶。磬要抱她，她推开他往上半城跑。跑完一段石梯，穿过桥洞，再跑石梯。女孩一路抛洒泪珠、口中呼出的白气如烟飞散，行人、小贩看见都有种不祥的感觉，不禁抬头仰望阴沉的天。

冰脚下的石梯开始一级级坍塌陷落，虚脱如泡沫从四面八方升起，她被五光十色的泡沫卷裹，似乎凌空飞过大街小巷。林忆莲的《伤痕》从个体户狭小的店面挤出来；国营商场为迎接元旦张灯结彩；落叶被寒风卷起，跳上邮筒盖又翻越电线杆；街景断裂成碎片，不成逻辑，车水马龙迅速隐退，越来越远。到家的时候，冰感觉自己从里到外都成了泡沫，脑子空了身体也空了，只剩一层薄膜撑着，左右漂浮。

冰把许多第一次都给了磬，第一首情诗、第一次接吻、第一部007电影……她把自己和磬装进想象中的花园洋房，以为未来就那样定格了。暑假结束，磬回北京上学前，她把初夜也给了他。寒假却带来了磬的背叛。二十岁的女孩，天只有巴掌一块，磬要分手，那块巴掌就铺天盖地压了下来。

喉咙干渴欲裂，冰撞进厨房找水，看见母亲留在案板上的菜刀，拿起来一刀向自己手腕切去。

包围冰的泡沫逐一破灭，冰听见它们消融的声响，四周色彩淡化，由灰变白，最后是绝对的寂静与黑暗……

冰的灵魂从血泊中飘起，悬浮空中，想起江边桥洞里算命瞎子的预言：“人面不知何处去，桃花依旧笑春风。”神算哪，灵魂叹道，俯视地上为爱情糟践生命的女孩。爱是什么？一时的欲念加罗曼蒂克的幻想，

编织出迷人的圈套，就像绕在女孩颈上的彩绘丝巾，真傻啊，怎么信以为真，被自己织的圈儿套住了？还拿生命与之等同。

灵魂修了三生三世，此刻再明白不过，却也无奈。她知道，当她再次投入地上那具美丽柔软的躯体，修炼得来的领悟将再次被遗忘。与肉体合二为一的灵魂很难保持独立，更别提用修来的智慧化解肉体的冲动，那还须更深的修行。

窗外天色渐暗，冰的身体慢慢失去血色。

父母下班回家。母亲放下手提包，立刻扎围裙下厨，一眼看见瘫在地上的女儿。母亲惊呼，扑向冰的身体。父亲拉开母亲，抱起冰冲出门去，母亲紧跟在后，身上还系着围裙。

在医院的急救室里，灵魂不顾灵界的规矩，苦思冥想，怎样才能让肉体牢记她三生三世修来的领悟？冰的身体召唤灵魂的瞬间，灵魂正死死盯住她腕上刚缝合的那条伤口。

冰的头碰到墙上按钮，"啪"一声，浴室豁然明亮，半空悬浮着团团水蒸气。

冰举起左手腕，那道褐色的疤痕如一头豢养多年的爱犬，横卧在淡蓝的静脉上。她又把手浸到水里，渐渐地，疤痕变暗，有了血色，在水波里荡来晃去，仿佛随时可能跃出水面。冰用食指抚弄它，像爱抚隆起的兽脊。她忽然想，当年自己切那一刀，其实不是为了磐，而是为了得到手腕上这条烈犬，一切可能的伤害，都将被恶狠狠地驱逐到安全的距离之外。

冰的身体在浴缸里渐渐温暖起来。她悉心观看手腕的疤痕。电话在客厅里炸响，一声接一声。浴缸里的水溢到大理石地面，又爬上地毯，打湿了金黄的百合。

幸福与安全的气味

小保追进皇家酒店，伸手要按电梯按钮，低头发现脚下一摊水，手收了回来，走去前台吩咐那位浓眉大眼的值班小姐叫人来擦地板。值班小姐应声而去。小保想了想，拿起电话往冰的房间拨。

拨了三次都没人接，小保只好作罢，怏怏地走出酒店。离夜班还有好一段时间，先回家睡觉吧，反正冰有老公照应，他担什么心？只是他搞不懂冰刚才是怎么回事。他吻她，她整个儿化在他怀里，热乎乎融进他的胸腔、小腹，融成他身体的一部分，他不记得跟别的女孩有过那么强烈的化学反应。她却突然跑了，莫名其妙。她要是被冒犯了，扇他耳光好了，伊娃不是说重庆女孩都厉害吗？或者骂他，她毕竟是有妇之夫——伊娃会怎么想？会骂他跟卢卡一样，“十足的意大利男人”？意大利男人在伊娃那里怎么就成了贬义词？

小保一路胡思乱想走回川福楼，雨暂时停了，餐馆也打烊了。他拿钥匙打开侧门。门后是上公寓的楼梯，他和伊娃住在顶楼。楼梯后是川福楼的后门。后门敞开，还亮着灯。小保走进去，伊娃正在厨房里煮抄手(馄饨)。

“怎么说我也是川福楼的股东，我不想再看见那家伙来这儿骚扰你！”卢卡的声音从饭厅传来。

“什么股东？当初跟你说的是贷款，连本带利早就要还给你，自己不肯收，死皮赖面要当股东。”

“生意好就翻脸不认账了?”

“你三天两头来搅和,生意好得了吗?熟客都让你打跑了!”伊娃往锅里撒一把葱花,香气立刻溢满厨房,小保打开橱柜拿两个蓝花大碗递过去。“没吃饱啊?”伊娃爱怜地瞪小保一眼。

“看看谁来跟帕帕争饭吃了?”卢卡闻声走进厨房,搂着小保在他头上乱揉一气。小保说帕帕你还当我是小孩啊,心里却高兴。他喜欢三个人被满屋热腾腾的饭菜香气包裹在一起。

小保出生后的前十年是在罗马北郊一座叫凯斯比利亚(Casperia)的小镇度过的。小镇依山而筑,有古老的石头房子和教堂、银绿的橄榄树林,还有蜿蜒的石梯。卢卡说伊娃每天爬爬石梯也许就不会太想家。卢卡每天坐火车去罗马上班,伊娃在家带小保、学意大利语。小镇居民只有一千人左右,用伊娃的话来说,“还没我们重庆一间中学人多”。天一黑,小镇就静得只听见蟋蟀和山里猫头鹰的叫声。

但天黑时分却是小保最喜欢的时间,伊娃抱着他,让他伸出小手一盏一盏打开家里的灯,说是给帕帕照亮回家的路。卢卡一进家门,伊娃就拉着小保迎上前,三个人抱在一起亲来吻去,卢卡的胡茬子刺得小保咿呀乱叫。然后卢卡让小保骑到他脖子上,再塞给他玩具或者冰激凌。伊娃去厨房把一早准备好、留在烤箱里保温的饭菜端上来,还在桌上点两根蜡烛。

伊娃常做的当然是川菜,卢卡喜欢吃辣。小保刚长牙,卢卡就夹菜喂他,小保被辣得满脸通红、哇哇嚎哭,卢卡却大笑。伊娃跟邻居大婶学做比萨、意式千层面(lasagna)、意大利饺子(ravioli),做出来也还要撒上鲜红的辣椒屑。所以小保两三岁就很会吃辣了,不辣还吃不香。

他们住的公寓不大,一室一厅。伊娃炒菜,整间公寓都香起来,而且香味久久不散,晚上小保躺在床上,卢卡给他讲故事的时候,还在鼻

尖袅绕。热腾腾的饭香菜香就这样根植在小保最初的嗅觉记忆里，是幸福与安全的气味。

伊娃的意大利语渐渐流利起来，在镇上一家餐馆找了份带位兼收银的工作，很多时候都清闲，午餐工作三小时，老板还允许她把小保带在身边。但碰上旅游旺季，她跟卢卡一样早出晚归，小保就不得不送去托儿所。伊娃下班的时候，见小保花着小手小脸，拿一块硬饼干(biscotti)在嘴里啃，就忍不住流眼泪，赶紧抱他回家，把从餐馆带回来的晚餐热给他吃。

小保顶不喜欢伊娃带回来的晚餐，因为东西摆到桌上却闻不到满屋子饭香，就像卢卡买给他的玩具狗，会跑会叫会打滚，摸上去却不像邻居大婶家那条狗，有温热的小虫在手心跳。他断定那些食物和玩具狗一样有假，噘着小嘴，任伊娃恩威并用，就是不吃，即使伊娃把饭喂进他嘴里，也立刻被吐出来。伊娃只好熬夜包许多抄手冻在冰箱里，小保"绝食"的时候，再累也给他煮一碗。

卢卡回家也越来越晚。他辞去了法国公司的职位，同人合伙做房地产开发，多年的积蓄都拿去做了投资，孤注一掷，压力巨大。回家见小保不好好吃饭就发脾气、摔东西，还骂伊娃不顾孩子不顾家，那份收银员的工作不做也罢。"我还养得起你们母子俩!"卢卡发完脾气，冲个澡倒头就睡，也没精力给小保讲故事了。

一天晚上，小保已经睡着了，忽然被"哐啷"几声巨响惊醒，他光脚跳下床跑出卧室。响声来自厨房，房门虚掩，透出一线灯光，斜着把黑夜切成两半。小保凑近门缝，发现摔东西的不是卢卡而是伊娃，她正把锅碗瓢盆一样样往地上砸。"不过了！这日子还怎么过!"伊娃嚷着，泪水化开她脸上的妆粉，她看上去像大花猫。卢卡又拉又抱，劝不住，说了许多遍"对不起"，最终无济于事，抱头坐到椅子上。两个大人都没留意到，小保蹲在门外低声抽泣，还跟着卢卡说"对不起"。他以为伊娃大

发雷霆，是因为他睡觉前把比萨吐到了她裙子上。那是伊娃最爱穿的一条连衣裙，像山顶上的云朵一样白，小保吐的比萨让白云里开出朵大红花。但卢卡为什么也说那么多“对不起”？小保想不明白，舔着自己的眼泪鼻涕，靠在门边又渐渐睡着了。

小保都上高中了才知道，伊娃跟卢卡离婚，是因为卢卡有了外遇，他们房地产公司雇的秘书，整天一起加班、出差、耳鬓厮磨。卢卡说他一时失控，并不意味他就不爱伊娃了，更犯不着把好好的家拆散了。伊娃哪肯依？她背井离乡、众叛亲离——为了跟外国人卢卡结婚，她忍受了多少闲言碎语？不仅得罪了全厂领导，还跟做市委领导的父亲翻了脸，这也是她一直没带小保回娘家的原因之一；她为卢卡憋在意大利的山村小镇蹉跎岁月，没有自己的事业前途，最后换来的却是卢卡的不忠、欺瞒。“简直太窝囊、太丢脸、太……”伊娃说，没有语言可以形容她的伤心和失望。

卢卡搬走的时候，小保抱着他的腿喊：“帕帕不要走，我不要你走……”伊娃硬把小保拽过来，又从手上拔下结婚戒指扔给卢卡：“我当初真是昏了头！”

卢卡换了好些个情人，始终没再结婚，生意却越做越大，小保现在的工作所在，皇家酒店，就有他的投资。作为父亲，卢卡算是尽忠尽职，赡养费按时送到，小保的生日从不遗忘，周末有空就带小保爬山、看海、逛博物馆，小保提的要求也从不拒绝。小保遇到井上先生，回家问伊娃要钱去交学费，伊娃说：“你在学校打架还不过瘾？还要去跟日本人练拳脚？不行！”卢卡说：“劫持勒索的案子时有发生，我们现在也算有些家产了，保罗学几招可以防身。”直到现在，卢卡还替小保付着空手道馆的学费。

小保记得很清楚，卢卡当时说“我们”而不是“我”。也许在卢卡心里“我们”从来就不曾散过，所以伊娃的川福楼在罗马开张后，他三天两

头往餐馆跑，说是来看小保，小保却觉得他是离不开伊娃和她的川菜。

小保和卢卡被伊娃轰出厨房，卢卡拉小保在他的“专用”餐桌前坐下。这张桌子离厨房近，也是伊娃歇脚时常坐的位置。小保说：“你在这儿都坐多少年了，跟伊娃复婚不好吗？”

伊娃端来两碗红油抄手，卢卡指指她说：“可她还没原谅我。”

“现在生意那么难做，你来餐馆打人，还要我原谅？”伊娃不知上文，以为卢卡在讲先前与老客人扭打的事。

“打还算便宜他了，你那几个熟客跟你也太熟了吧！”

“我有个熟客你就没完没了，你那些情妇，排起队来都能从川福楼一路站到万神庙去了。”

“意大利男人有点儿婚外情是常事，何必小题大做？”

“我不是意大利人，对不起，就要小题大做。”

“文化差异。”卢卡摇头，夹起抄手往嘴里放，又使眼色让小保开吃，别理伊娃。

“文化差异就是借口、就是藏污纳垢的杂物间？”抄手吃在卢卡、小保嘴里，却像烫到了伊娃的神经，她的声调和眉毛同时抬高，“男人胡作非为，回家要女人忍气吞声，就说我们不懂你们的文化？就算我不懂，哪个现代文明还在标榜丈夫不忠？你们的大男人主义是史前遗迹、落后的表现，还好意思说文化差异！”

伊娃批判意大利文明，卢卡不愿意听了：“告诉你，我们罗马民主选举的时候，你们中国还在诸侯征战、霸君独裁！”

“哼，巴掌大一块地盘，后来恺撒不也称帝独裁了？强盗逻辑，强盗文化！”

“谁是强盗？”

“到我们中国烧杀抢劫的八国联军里面没少过你们意大利人！”

“都几百年前的事儿了,无理取闹!”

“哼,过去了、成了历史,就名正言顺了?”伊娃一把端走卢卡的碗,卢卡伸出的筷子夹了个空。

这样的吵闹小保旁听过不止一次。他未成年时,父母的舌战常常围绕他展开:卢卡要宠,伊娃就偏不答应;而伊娃要放纵的时候,卢卡就要严加管教。小保起初总觉得自己不好,老让帕帕和妈妈吵架。他后来才渐渐明白,帕帕妈妈很多时候是在借题发挥,拿他做幌子互相抬杠。当然他长大成人,父母争吵的内容也换了花样,不过总是从一点小事开始,跨越时空国界,从现在扯到过去、家仇扯到国恨,不依不饶。

然而这么多年卢卡不娶、伊娃不嫁;川福楼如今就是卢卡的客厅、饭堂,伊娃有时赶他,也都是光打雷不下雨。左邻右舍都知道伊娃有个醋坛子前夫,看家犬似的守着她和小保。那些倾慕伊娃的男客们大多有心无胆,有几个不信邪的,被卢卡扯破几件衬衫后,也只好败兴而去。

帕帕和妈妈明明都离不开对方,为什么就不能各自退一步、快快乐乐一起过日子呢?小保不懂,只记得在父母多年的对峙与纠缠中,被忽略的常常是他。

火龙

“中国佬，快照照镜子，这才是你的真面目！”一伙十多岁的男孩在学校门口围住小保，每人用拇指按住各自的外眼角往上拉，把眼睛都拉成两条斜线。

小保原地转一圈，不明白同学们又在搞什么恶作剧。他跟伊娃从凯斯比利亚搬来罗马不久，进新学校才两周，人生地不熟，不过他已经知道，为首的大块头男孩卡林罗，是学校有名的霸王，拳头硬、口袋里有花不完的里拉，身边总跟着一群男孩。

“斜眼儿中国佬！”卡林罗大喝一声，揪住小保的衬衫领子，男孩们哄然怪笑，一张张变形走样的脸逼近，小保喘不过气来。

“老师来了！”有人跑来通报。卡林罗猛然扯掉小保两颗纽扣，不甘心地命令男孩们撤退。混乱中谁推了小保一把，他一头撞到路边梧桐树上，鼻子里有东西炸开了，又酸又烫冲上脑门，随即有热乎乎的液体往下淌。

数学老师过来的时候，小保一人捂着鼻子张大嘴巴，吸气吐气，胸脯大起大落，像得了哮喘的小老头儿。

数学老师既近视又老花，抬起眼镜盯小保半天，最后从西装口袋里摸出两张皱巴巴的餐巾纸递给小保，不紧不慢地说一句：“回家让你妈妈把衬衫纽扣钉好。”

说实话，小保一点不喜欢罗马，邻居难得跟他和伊娃打招呼，老师也少有笑脸，不像凯斯比利亚，人人友好亲切。他真想念小镇上的朋友们，乔方尼、马可和贝拉，他想回去跟他们一起上学、踢球、看卡通……他们从来不叫他“中国佬”。小保知道那不是个好词儿，但“中国佬”到底是什么意思？他猜想大概和伊娃有关。前一周卡林罗他们只冲他喊“笨蛋”、“狗屎”，都是街上常听到的骂人话，可昨天卡林罗在街上碰见送小保上学的伊娃以后，嘴里就忽然蹦出这个词儿，小保从没听说过的。卡林罗今天拉斜眼、揪纽扣，明天不知道他还要出什么新招？

小保一路郁闷走到川福楼，正赶上卢卡气冲冲往外走。卢卡见小保脸上、手上、衬衫上的尘土血迹，喝道：“你怎么搞的？”

卢卡的口气让小保觉得自己做错了事，低头擦边往里走，也不跟父亲搭腔。卢卡拉住他：“跟人打架了？帕帕不是教过你怎么使拳头吗？都忘了？”卢卡抓起小保的手左右挥舞，小保使劲把手抽回来：“别理我！”说完就往里跑。

“喂！”卢卡没喊住小保，皱眉头纳闷，最后还是一甩手走了，嘴里结论道，“都是你妈妈惯的！”

伊娃正抱着一摞盘子往厨房急走。小保跑上前拦住她，把自己两眼拉成斜线问：“中国人都长成这样吗？”

“怎么不在学校等我接你？身上怎么这么脏？别以为在罗马有你帕帕撑腰就可以乱淘气了！”伊娃瞥小保一眼，又朝门外卢卡的背影瞪一眼，继续急走。

“妈妈，‘中国佬’是什么意思？”小保清脆的童音在餐厅回荡，几个顾客望过来，有人嘻嘻笑。伊娃撂下盘子拉小保到一边：“瞎嚷什么？那是脏话，不许再说！还不上楼去洗脸换衣服？”小保锁着眉头还想问，伊娃说：“妈妈现在忙，晚上再跟你说，快去写作业！”

小保在楼上公寓里自己洗澡换衣服，然后写完作业，又吃了伊娃让

人送上来的炒饭鸡汤,还打开冰箱替自己倒了杯牛奶,坐在客厅边看电视边等伊娃。

伊娃却是在当晚十二点才结完账,锁上了川福楼的门。她走进公寓时,电视里的卡通英雄还在惩治坏蛋,小保却歪在沙发上睡熟了。伊娃隐约记得要跟小保解释一件事情,但她精疲力尽,想不起来到底是什么事儿了。她脱掉小保的皮鞋,抱起他走进卧室。

第二天早上,伊娃要送小保去学校,小保说:“妈妈的餐馆刚开张,好忙,不要再送我接我了。”

伊娃摸着小保的头:“真是长大了,都知道体贴妈妈了。”

但小保看到她眼中的担忧。“我认识去学校的路,昨天我不是自己走回来了吗?”他说。

伊娃想了想说:“好吧,妈妈今天确实得赶去市场采购原料,你自己去学校,放学马上回家啊!”伊娃又往小保手里塞了几千里拉,让他买零食吃。

放学后,小保在校门边的杂货铺挑了他最爱喝的橙味汽水,刚打开盖子,卡林罗和两个男孩走了过来。

“看看谁的辫子掉了?”卡林罗手里晃着一条不知从哪儿弄来的假辫子,指使两个男孩拿辫子往小保头上套。

小保不理他们,走开两步,喝一口汽水。昨天小保从伊娃那里没有得到满意的答案,就暗自决定他必须自己对付卡林罗这家伙。妈妈那么忙,他不该再给她添乱。只是他还没想好该怎样对付卡林罗,现在他只是本能地退避着。

卡林罗逼过来,拈起小保的衬衫袖子说:“中国造的便宜货,还是你婊子老妈缝的?”说完拧头对身后的男孩们挤眼睛。

事关伊娃,小保忍无可忍,伸手就把汽水灌进卡林罗的领子里。

卡林罗回过头来,涨红的脸像就要裂开的西红柿。学校里大概还

从来没人敢顶撞这位小霸王，三个男孩儿看着横眉冷对的小保一时竟有点发蒙。等他们回过神来，小保已经跑出去好一段距离。

“中国佬！”“杂种！”卡林罗领头追了上去。

“你以为长得像意大利人，我们就不知道你是吃猫吃狗的中国佬？”

“你今天吃了几条狗？”

“你婊子老妈是不是正在家里杀猫呢……”

男孩们追在小保身后乱喊乱叫。

红楼、灰楼、黄楼，小保边跑边数，下一栋红楼该转弯，川福楼就在巷子中间，跑到门口就没事了。可是，黄楼、白楼，呀，红楼哪儿去了？糟糕，跑过了！小保回头，三个男孩猎犬似的狂追过来，丝毫没有放弃的意思。

回头不可能了，左转吧。小保拐进一条陌生的巷子，猛跑一气才发现是死巷，两边都是居民楼，巷尾是家比萨店，午餐过了、晚餐未到，正闭门歇业。小保在两扇紧闭的大门上一阵乱捶，无人回应。

“中国佬，看你还往哪儿逃！”卡林罗上前当胸给小保一拳头，另外两个男孩也跟着拳脚相加。

小保左闪右躲，十分灵活，有时还能还上一拳两脚，但寡不敌众，最终被两个男孩按倒在地。卡林罗一脚踢上来，小保肚里立刻翻倒一盘青橄榄，酸涩和着剧痛滚遍小腹胸腔，最后堵在喉咙口，让他一阵恶心。卡林罗退后三米，左腿屈膝，右脚后蹬，是跑步射门的姿势，就要接着再来一脚，而且，小保感觉到，他要射的球是自己的脑袋。

那是小保第一次体会绝处求生的爆发力，当然他还不知道，此刻从他身体深处跃起的那条“火龙”将是他今后苦练武功、追踪寻觅的终极目标。

刹那间，小保感觉体内有道闸门豁然大开，其间跃出的“火龙”使他周身滚烫、劲头无穷。他一下挣脱了两个男孩的束缚、滚出卡林罗的射

程之外，两手撑地一跃而起。与此同时，卡罗林一脚踢空，失去平衡，仰天倒下。小保顺势骑到卡林罗身上，挥拳一阵猛捶。另外两个男孩在一边又喊又拉，小保全然不觉，他像是跳到了自己身体以外，只看见两只拳头一锤接一锤砸向他胯下那个西红柿，又准又狠，西红柿越来越软绵，却怎么也砸不破……

“住手！”小保的拳头突然被架在空中，他使足了劲也拉不动，最后整个身体被人从卡林罗身上拽了下来。小保咬着嘴唇，拳头还在半空挥舞，心里还琢磨用什么角度力度可以让那西红柿稀烂。

“你知道这样捶下去会发生什么事儿吗？”

小保回头，身后是位东方男人，方正的额头和下颌，有点像伊娃给他看过的照片上的舅父。男人语调低沉、字字着力，说的话似乎没经过耳朵就深入小保脑中，铁钩子似的钩住了他狂奔疾驰的念头。

等到另两个男孩把卡林罗从地上拉起来，小保发现卡林罗的脸已经从西红柿变成了茄子，又青又紫，两眼肿得眯起来，不用拉就是两条斜线。

男人沉着脸，让男孩们跟他走进巷口一间宽敞的屋子。屋里铺着黄木地板，进门左边的落地玻璃窗外是安静的街道，右边墙上有一排大镜子，正对门口的墙上挂着一条写有汉字的横幅，除此之外屋里空无一物。伊娃有空的时候教小保识过汉字，小保认得横幅上写的好些个字：“馆”、“人”、“诚”、“礼”、“勇”。

“这是什么地方？”小保问。

男人没理他，让每个男孩都抬胳膊、伸腿、弯腰，确认他们的身体都没有大碍后，又不知从哪儿抱来两瓶药水，在卡林罗脸上涂涂抹抹，还拉起小保的手，在他手背蹭破皮的几处涂了药水。最后男人挥手让卡林罗他们回家，小保也要走，男人却让他坐到地板上。“这样，先跪下来，把双腿垫在身下，腰挺直，手摆在膝盖上。”男人也坐了下来向小保

示范。

卡林罗出门的时候回头看了看小保，小保瞪回去的时候，卡林罗的眼神像只受惊的老鼠立刻跳开了。小保忽然担心，卡林罗明天去学校会不会向老师告状？老师知道了肯定又会告到伊娃那里去。

小保的担心却没有变成现实。卡林罗第二天请了病假，整一星期都没上学。此后他回到学校，仍旧拉帮结派、恃强凌弱，但每次他一见小保就躲得远远的。

小保也从未跟伊娃和卢卡提过他遇见井上先生的经过，只说要去隔壁巷子里的道馆学空手道，问伊娃要学费。伊娃起初不同意，但卢卡大力赞助，她最后也松了口。俩人却从没仔细问过小保要求习武的由来，只当是他天生的爱好。

井上先生来自日本北海道，自幼修习松涛馆空手道，曾在世界空手道锦标赛上拿过名次。他收小保为徒的时候，在罗马开馆已近十年。

井上正襟危坐教导小保："拳头不是解决问题的办法，当你动拳头的时候，你在前面某一步已经输了。"

"可他们为什么叫我中国佬？"小保大声问。不知为什么，井上先生表情严肃，小保却不怕他，觉得什么都可以说。

井上忍俊不禁："他们也叫我日本佬，有什么关系呢？人跟人不一样，他们不懂得如何对待与自己不同的人，不知道如何处理他们不能理解的事，他们受到威胁、感到失控了，就盲目地把内心的恐慌发泄到别人身上。"

小保似懂非懂，身体倾前又问："那他们辱骂我妈妈，我也不管吗？"

井上扶正了小保，说："你要学会避免负面的气，也就是能量，一旦负面的气抓到你，就会把你带进冲突、卷进愤怒的漩涡。"

虽然小保的提问没得到井上直接回答，他却第一次听到了"气"这个概念。看不见摸不着，"气"却能引导甚至操纵人的言行，太神奇了。

“我打卡林罗的时候，肚子里有条喷火的龙，那是不是气？”小保问。

井上先生浓黑的眉毛上下动了动，眼里似乎拉开一道窗帘，瞬间亮堂起来。他却既不点头也不摇头，平淡地说：“气只能慢慢修炼、体会。我现在要给你讲讲我们的馆训。”井上指着墙上横幅教小保念：“求至高人格，守忠诚之道，养努力精神，重尊卑礼仪，戒血气之勇。”

时至今日，小保睡着了也能将松涛馆的馆训倒背如流。他在井上的道馆里接受空手道基础训练、学习套路（型）、操练对打（组手），扎在腰间的布带早从白色换成绿色、茶色，最近又升级到了黑色。在传授武功的过程中，井上时常强调纪律和责任，让学生们清楚出一拳、踢一脚的后果，避免不必要的打斗。“不图击败对手，但求人格完善。”井上说这才是修习空手道的正路。

关于“气”，小保也有了些领悟。“气”虽然看不见摸不着，却能感觉到。比如套路练熟了，有时好像不是他在动，而是他被某种无形的力量推拉带动；对打的时候，有些功底深厚的对手让小保感觉自己像是被操纵的木偶，进攻防守都随了他的意志，尤其当小保的视线撞上对手眼睛的时候，拳脚的比试陡然升级为“气”的较量。

当然道馆里的对打和比赛都有严格的限制，这样的部位不能碰、那样的招式不能使，而且再强劲的攻击、再迅猛的杀招，一接触到对手身体表面就要停止收回，点到即止。弓拉足了箭却不能放，在如此繁文缛节的抑制下，许多年过去，小保一直没再有过“火龙”附身、灵魂出窍的体验。有时他反而觉得，道馆里练就的一招一式，仿佛在体内搭起了一圈城围，他每练成一个套路，城围就增高一尺，越来越坚固。小保琢磨，若想找到那条失踪多年的“火龙”，驯服、驾驭它，他必须突围。

“说我不懂你们的文化，你懂中国文化吗？你们意大利人就知道挥霍青春、激情，根本不了解细水长流、白头偕老的意境！”伊娃与卢卡的

争执还在继续。

卢卡说:“意境?艺术家虚构的概念,有什么用?我在房地产市场亏掉的几百万欧元,意境能帮我找回来吗?”

“小保,你看看,我怎么跟他说到一块儿去?”伊娃推推小保。

小保回过神来,不清楚父母何时又扯到了经济危机。卢卡去年就在美国次贷市场丢了一大笔投资,现在华尔街的金融危机像推倒的多米诺骨牌波及欧洲,他在意大利本国的资产也动摇起来。最近卢卡和伊娃斗嘴的频率升高,大概与他生意上的波折紧密相关。

若在平时,小保也许会对父母各劝几句,耐心在二人中间发掘一块缓冲地。但今晚不同,他记起自己还有个“约会”。“我不当你们的裁判,先走了!”小保搁下筷子,起身出门。

“意大利人要是懂得细水长流,国家经济能搞成现在这样一团糟吗?只晓得挥霍……”小保身后,伊娃接着数落意大利人。

爱,真那么复杂吗?小保叹口气。他喜欢过几个女孩,在一起开心,分开了也不痛苦,但那些大概都还不算爱。先前送冰回酒店的路上,小保想问问她,爱到底是什么?却情不自禁吻了她。冰跟他喜欢过的女孩很不一样,成熟、丰厚。如果把其他女孩比作时装杂志,冰就像一本书,漂亮的封面背后不仅仅是一沓性感妖娆的图片,还有奇异的文字、引人入胜的内容,必须花时间仔细阅读。但冰这本书却早已被人买走了,轮不上他细读!小保从裤袋里摸出冰先前遗落的手镯,紧紧握住,直到掌心被手镯的H标志硌痛。

夜已深,城市日间混杂的气味被大雨冲刷一新,永恒之城罗马似乎终于获得片刻澄净安详。小保心里却烦乱焦躁,他意识到自己正被一股能量推着往前赶,却又不想停下来分辨这股能量的正负。他走过万神庙、威尼斯广场(Piazza Venezia),又穿小巷插进一片住宅区。现代公寓楼群背后,古罗马斗兽场(Colosseo)如庞然大物伏卧,斯芬克斯一

样，千万年的谜语深藏胸中，在不同时间向不同的人索取答案。但今晚小保看到的却只是它的残缺、不再完整的圆。

那家比萨餐馆门前的太阳伞早已收叠起来，但门还敞着，透出幽暗的灯光，漾在雨水湿透的路面。这地方小保听人提过多次了，就在几小时前，光头奇诺在空手道馆旁边挑衅，临末还嘲笑他："有胆去比萨餐馆试试你的花拳绣腿！"

小保进门，见吧台边还靠着两三个男人。他问洗手间在哪儿，调酒师指向吧台右边。小保走过去，又跟随墙上指示牌下了楼梯。男女洗手间旁边还有一道门，小保敲两下，无人回应。他等了一会儿，刚要转身离开，门开了。门后正是奇诺，偏着光亮的脑袋，斜在下面的耳朵缺了一块，仿佛是刚损缺的，低头还能在地上找到耳垂。

"我赴约来了。"小保跨进屋里，感觉空气紧密坚硬，墙一般逼过来。

这样的雨夜，适合爱上一个人

罗马的秋雨，打在圣彼得教堂(San Pietro)的宝顶，深院高墙内，是否有僧侣驻足聆听？雨水淌在泡泡洛广场(Piazza del Popolo)的埃及石碑上，铭刻了三千多年的阳光记忆，是否瞬间消隐？雨丝飘在宝阁致庄园(Villa Borghese)的湖面，有多少隐衷与阴谋无声淹没？罗马的秋雨落在皇家酒店六楼套房的阳台上，大红方砖，空洞敲心……

冰裹着睡袍，坐在窗沿上听雨。这样的雨夜，她想，适合爱上一

个人。

她当年可真狠啊，能够一刀切下去，而且切中要害。现在她对自己也狠，不过是心理上的狠，为了理想的生活状态，她能够把欲念一刀切断。只是，她跟小保算什么？有必要狠吗？

刚才小保一吻，如暴雨突如其来，顷刻渗透了身心，那是初恋后冰再未经历过的感觉，现在想起仍让她战栗。很久以来，她习惯了与自己的情绪、感觉保持距离，小保的吻突然把理性的距离削减为零，把她活生生的人推到自己眼前，太近太真，以致手腕上的伤疤隐隐作痒，向她发出警告。

初恋的滋味，都说一去不复返，却在异乡的秋雨里回转，也是无常吧。但她早已不是割腕殉情的幼稚女生了，恋爱婚姻分得一清二楚；小保也不是磐，不该有什么杀伤力。她无意间拾到一枚古钱，细细擦亮抛光，把玩一会儿，如此而已，何必心惊胆战？

冰起身，放下窗幔，摘掉头上雪白的浴巾，长发如水蛇跳落腰际。冰想起她的爱马仕手镯还留在小保那儿，拨了个电话到前台。

小保正好接起电话："我一直在担心。三个小时前打电话到你套房，想确认你平安回到酒店，可没人接。"

"谢谢你。我一直在这儿……"冰忽然意识到，已经过半夜了，杰克还没回来。

"我上去看看你？"小保问。

冰诡秘一笑，说好啊。假如杰克正好回来，不妨看看他自己的作为，他不是让她"今晚好好玩儿"吗？冰不信他真的不吃醋。

冰让套房的门虚掩着，又熄掉其他灯火，只留客厅沙发后的一盏落地台灯照明。灯罩吊着暗红的流苏，她斜躺在沙发上，光环刚触到膝盖就消失了。

小保的影子移进屋来。他像冰预想的那样，向她俯下身体，灼热的

气息立刻覆盖了她。冰仰头噘起红唇，迎接他天使般完美的脸，却突然惊叫一声坐起来。

小保的脸闯进灯光里，大理石雕像被当头敲了一锤，左眼糊在一团紫淤里，额角斜贴一块白纱布，隐隐透着血迹。

“真对不起，吓着你了。”

“出什么事儿了？”冰问，调情的兴致一时全无。车祸？他没车；空手道？嗯，一定同人打架了。“你遇到麻烦了？”冰想起晚餐前在空手道馆边上，小保遭遇袭击，那个光头一脸匪气，还有小保眼中的怪兽——此刻离她鼻尖不过两寸远，她定睛细看，恍悟：那是男人迎战的眼神，如同公鸡竖立的鸡冠。

小保似乎被冰看乱了心神，动动嘴唇想说什么，又像要吻过来，手里紧握的可乐罐子在肿胀的指节间无声瘪塌下去。他最终什么也没说，一步退到光环外，靠墙坐下。雨星从他身边的丝绒窗幔间透进来。

“你欠人钱吗？”冰追问，意大利可是“教父”的原产地。

小保激昂抬头：“都是为了钱吗？如果是，你又能怎样？用另一个男人的钱来救我？”

“如果是为我，完全没必要，没有人值得你伤害自己。”冰冷笑，重复当年磬对她说过的话。心口却像米袋子被线绳串起来，拉紧，扎一个结。她对小保狠不起来。不知当年磬面对血色散尽的她说狠话的时候，是否也有过怜惜之心？

沉默。淅沥的雨声填满了房中空寂。黑暗中，冰感觉自己和小保间的几步距离凝成了难以穿透的固体。

“对不起，我说话过火了。”小保终于开口，声音柔软下来，“别担心，受伤不过是一种体验生命的方式。我小时候练习空手道，每次受伤，帕帕就这样对我说。”

“他鼓励你练武功?”

“他怕我被劫持。”小保笑。

“劫持?”

“是啊。没钱的时候他们一起高高兴兴过日子。他生意做大了,两个人却分开了。很嘲讽是吧? 钱真的不是一切。”

哦,原来是富二代,自己不把钱当回事儿,还来教训人。冰心里不平:“你爸那么多钱,你干吗还在酒店打工?”

“我上中学那年,他们问我想跟谁住,我选择继续跟妈妈在一起。我套用的帕帕话,说要用自己的方式体验生命,他听了却很失望。”小保话音飘忽,面目模糊,冰拍拍沙发让他坐到身边来。

受了伤的小保,苍白疲倦,看上去有种落拓的美,仿佛天使折断了翅膀,从空中跌落,栖息在废墟里舔伤口,身上却一尘不染。然而在落难天使的外表下,似乎还有些什么,无形的阴影,与地层深处消融一切的黑暗有关。冰的鼻翼扑动两下,仿佛闻到某种稀奇的气味。

“假如我此刻劫持了你,你爸会付多少赎金?”她幽幽地问道。

小保微笑,笑意中生出让冰怦然心动的挑衅。他手中的对讲机突然“嚓嚓”响,他站起来,冲对讲机说意大利语,目光蛮横地把冰定在沙发上。

冰决定了,等他讲完,她就跳起来吻他,从他额角的伤口吻起。

小保通话完毕,却收敛起目光:“我得下楼去照应了。”说完从裤袋里摸出冰的手镯,轻轻放到门边小桌上。

冰看着小保出门,想起身挽留,身体却陷在沙发里提不起来。门锁被小保“嗒”一声拉上,冰才轻声道:“就这样走了?”说给她自己听。

“你又能怎样?”小保刚才说了,人家在空手道馆十几年练就的自律,当然懂得适时而去。

冰下意识打开电视,把所有频道过了一遍,又“啪”地关了机。

她终于起身走到门口，开门左右巡视，楼道里空无一人。冰懒懒地拿起小保留下的爱马仕手镯扣到左手腕上，又才看见进门时丢在小桌上的信封。是杰克五个多小时前的电话留言，说他在佛罗伦萨有单着急的生意，吃过晚饭就搭火车赶去了，第二天才能回罗马。

杰克去赶火车的时候，她是否正沉醉在小保的热吻里？冰内疚起来。与杰克的婚姻是蓄满温水的浴缸，安全舒适，她一贯精心打理，却怎么差点让缸里的温水流泻了？自己手腕上作痒的伤疤被她忽略，小保脸上的伤倒似乎是天意，阻止了一场无谓的冒险。

只是，她如此在乎她的婚姻，杰克又到底有多在乎她？冰第一次想到这个问题，心里忽然发憷，像身后有道目光射来，回头又不见人影。她在这桩婚姻里的主动权，有多少是她一厢情愿的臆想？与事实到底有多少关联？

冰抓起电话拨了杰克的手机号码。电话通了，嘈杂的人声像一队埋伏的兵马突袭而来，女爵士手低沉而执著的哼鸣穿行其间，杰克心不在焉地问："怎么还没睡？"

"在酒吧？"冰破天荒问起杰克的行踪来。

"唔，陪客户。你怎么样？"

冰说："如果我被人劫持，你肯付多少赎金？"如今世界一切都可以用钱衡量，她只要一个确切的数字。

"怎么想到这个奇怪的问题，出什么事了？"杰克的声音冲破背景的嘈杂，猛然清晰。

"你说嘛，肯付多少钱赎我？"

"不可能发生的事，讨论它多无聊！"

"算了，我要睡了。"冰挂了电话，熄了灯。雨似乎停了，绝对的寂静与黑暗。

这是什么年代？冰想，男人女人相互之间堆积了太多隔阂算计，谁

都不肯上前一步，又在这历来布满明争暗斗的城市里，浪漫不过是给旅游者参观的，她真是昏了头，居然指望爱上一个人。

当晚的雨飘到佛罗伦萨，底气荡然无存，稀稀落落洒一会儿，留下团团雾气在深夜的街道里梦游。离车站广场(Piazza Della Stazione)不远，河流街(Via Fiume)上一家酒店的铁门突然被推开，一个瘦长的中年男人搀着同样瘦长的中年女人走出来，一头撞进梦游的雾气中。他们身后，沉重的铁门“砰”地被关上，门后瞬间流溢出来的灯红酒绿、人声鼎沸陡然消失。夜，潮湿、模糊。

女人靠着男人，步履蹒跚，时而“咯咯”笑两声，忽然作呕，冲到路边树下一阵乱吐。女人手里的描金假面落到地上，彩色羽毛沾了水，从假面的额头耷拉下来，盖住半只空洞的眼，显得更加诡秘。

男人脸上还蒙着佐罗式黑眼罩，被黑布圈绕的两只眼珠灰蒙蒙，像是染了雾气。他耐着性子等女人吐完，拾起地上的假面扔垃圾箱里，低声道：“让你今晚别喝醉了，还有正事儿呢！”

“你抱怨什么？刚才看你跟那俩妞儿难分难舍的劲儿，我都吃醋，别说你老婆了，你什么时候才打算让她上路啊……”女人歪歪扭扭，男人抓住她胳膊挂到自己脖子上，架着她往前走。

走过五六道门洞，男人问：“是这儿吗？”

女人迷迷糊糊，嘴里胡乱支吾着。男人猛拍两下女人的脸：“嘿，醒醒！他在几号房间？”

“谁？”女人惊醒，眼睫毛乱颤。她终于定下心神，理了理棕红的头发，从手袋里摸一块口香糖放嘴里嚼着：“二楼。”

门后是家小旅店，凌晨四点多，门房早睡去了，走廊的灯也熄掉大半。俩人深一脚浅一脚地摸上楼，女人在205号房门上轻轻敲两下。

开门的是位青年，五官稚嫩，比女人还矮半个头。“等了你们大半

夜。”青年压着嗓音说，把男人女人让进房间，又探头看看走廊左右。

房内不甚明亮的灯光里，十来幅油画印刷品摊开在双人床上。男人上前揭起一幅左右端详，手指摸搓着纸张质地，又伸出鼻尖嗅嗅油彩味道。

“怎么样?”女人把床头的台灯举过来，“无可挑剔吧？看看这签名，谁说不是名家真迹?”女人的尖指甲点一下印刷品右下角，棕色眼珠琥珀般透亮。

男人谨慎地转向青年：“你是德拉哥的孙子?”

青年掐灭了指间半截香烟，仰头眨着干涩的眼睛，努力要看清男人的脸，男人却始终藏在佐罗眼罩后面。“是，我爷爷病得不轻，最近都是我在帮他。”青年局促地说。

“小伙子很有天才，尤其擅长现代大师的作品。”女人称赞青年，又对青年说，“我们和你爷爷合作多年了，自然也不会亏待你……”

男人立起手掌打断女人，从床上挑拣两张印刷品：“我先带回去，看看再说。”

意境

每年五月，西班牙台阶(Scalinata della Trinità dei Monti)上摆满杜鹃的时候，小保总会想起伊娃教他的“心花怒放”这个中文词。几场淋漓的春雨让罗马完全退去残存的冬意，绿叶花枝装点一新，城市中心开放姹紫嫣红的花朵，游人从世界各地涌来，满目都是欣欣然的笑颜。

皇家酒店的三十八间豪华房和九间套房，通常在罗马“心花怒放”之际人满为患。面对意愿强烈的客人，小保经常得赔笑脸：“整个酒店四月底就订满了，实在抱歉，要不您留个电话，我们一有空缺立刻通知您？”

“那些提前预订的房间都是折扣价吧？”客人哪肯轻易罢休，“我可以付全价，多付你百分之十，百分之十五！”一张美国运通黑卡被抛到柜台上，坚硬的钛合金差点磕掉一角金漆。

小保接住客人的信用卡递回去，满脸惋惜：“真对不起，要是有空房，我一定优先安排您，可我们不能对其他客人失信，都是交了预订金的。”

“你不会做生意！把你们经理叫来！”

“我就是经理啊——要不我让人帮您查查附近的五星酒店，文艺复兴酒店怎么样？罗伯特·德尼罗每次来罗马都住那儿。”

“罗伯特·德尼罗？哼，别说是好莱坞影星，就算教皇住那儿又怎

样！我就要住你们皇家酒店！”

小保脸上的肌肉开始发僵。

不过自去年秋天金融“海啸”以来，酒店入住率一直低迷，小保也没再遇到过如此难缠的客人。管理层先是指望西班牙台阶的杜鹃花能给酒店生意带来起色，后来又设想五月中旬客房会住满前来罗马游逛古董集市的人。然而，杜鹃已开到荼蘼，古董集市已接近尾声，初夏的暑气已云集空中，皇家酒店半数以上的客房还都空着。街道上，旅游者似乎人数不减，交通照样堵塞，可人们都捏紧腰包、因陋就简，绕着弯儿躲开了星级酒店。在萧条的经济环境里，即使房价一折再折，皇家酒店也是大多数人望而却步的奢华。

营业额上不去，酒店只好裁员。小保上午刚辞退了两位前台接待员，心情却不像他预想的那样低落。中午他抽空回家为卢卡收拾房间的时候，甚至还哼着流行歌：“Io lo so che non sono solo，anche quando sono solo(我知道我并不孤独，即使在我独自一人的时候)。”

卢卡破产了。2007 年次贷危机他在美国丢了投资，以为最坏的时期已经过去，所以趁地价稍有下跌时，在罗马郊外买了一大块地开发豪华别墅。不料一年半后情形更糟，房地产价格一跌再跌，那些别墅降到成本价还是卖不出去，几千万欧元的贷款拖欠数月后，银行接管了他所有的资产，包括皇家酒店的股份和他的两栋豪宅。他无家可归。

小保建议卢卡搬来与他和伊娃同住。川福楼上的公寓只有两间狭小的卧室，平常伊娃、小保各住一间，现在小保很乐意把自己的房间腾让给卢卡：“我睡客厅沙发，反正我经常上夜班，床都空着。”伊娃听到小保如此建议，长长地叹气，却并没反对。

“对不起！”卢卡这时坐在客厅沙发上，叫住来回搬东西的小保，“帕帕这次走错了一步大棋。”

“没关系。”小保拍拍父亲肩膀，“当然，你要是能和妈妈共用一个房

间的话，我就又能睡到自己的床上了。”

卢卡笑：“那你得去说服你妈，我倒是求之不得。”卢卡的调笑有些生硬，缺乏底气，倒是小保从未见过的。他怜惜地看着父亲，帮他整了整系歪的领带。

小保曾不止一次问过伊娃：“什么时候才能原谅帕帕？”伊娃说：“不知哪天他才会懂得我们中国人白头偕老的意境？”此刻要是伊娃就在近旁，小保很愿意不厌其烦再替父亲问一遍，但她在楼下餐馆正忙着，他只好先安慰父亲：“也许是天意呢，咱们三个人又住在一起了，你不高兴吗？”

“高兴。”卢卡说，脸上的笑意却稍纵即逝，“可是，这次我从银行贷款的时候，因为数目很大，整个国际金融环境动荡不安，他们要我做个人担保，我所有的私人资产都搭了进去……”

“帕帕，你就当休个长假，别尽想不愉快的事儿。”小保打断卢卡，把他从沙发里拉起来，“快帮我清理房间。”卢卡还想说什么，但终究怕扫了小保的兴致，跟他走进卧室。

“这两张画儿真不错！”卢卡指着墙上并排挂列的两张钢笔画，“我儿子什么时候练成了这手画技？快赶上米开朗基罗了，哈哈！”

“不是画技，是意境。”小保说。

“意境？”

“是啊，妈妈跟你吵架的时候提过这个词儿，还记得吗？”

“艺术概念？白头偕老？”卢卡盯着小保的画儿，若有所思。

“我也说不清楚。”小保摸摸脑袋。他念书的时候，伊娃跟他讲过意境的多重含义，美、诗、画、神韵、情绪、心境等等。她给他听丝竹管弦，看水墨书画，念唐诗宋词，告诉他“月上柳梢头，人约黄昏后——音韵诗画融为一体，人在其中，呼之欲出……”不过小保隐约领会到“意境”的真意，却是在他第一次看见冰那天。

墙上两幅画面一中一西。一边石凳翠竹，东方的古典淡雅；一边绒椅棕榈，下午茶的闲散恬静。西式女子翘着下巴、神色无忧，如印象派大师雷诺阿油画里心满意得的贵妇，五官却是东方的轮廓；中式女子托腮蹙眉，几缕散落的青丝风里飘飞，惹人莫名地惆怅。

“画的是同一个女人？嗯，好像见过，你女朋友吗？”卢卡看出了端倪。

“不是，想象而已。”小保含糊其辞。

那个暮春的正午，皇家酒店门口，冰坐在金雕绒椅里，旁边是墨绿的棕榈，墙上一面大镜子，把冰的媚态倩影翻来覆去照进他眼底、不经意印刻在心。冰和杰克乘的士离开了，他还恍惚如在梦里。当晚他用画笔描绘那个梦境，心里萌生不可言传的触动，有什么把他同画中女子联系起来，仿佛他轻轻吹口气，她紧蹙的眉头就会展开。

再次遇见冰，小保一开始还真以为是他把她从画中唤了出来，情不自禁叫她“玉”，那是他为她想象的名字。但很快冰身旁出现她的丈夫杰克，一个荒诞的背景，与她毫不相干，他们并肩而立令小保想到超现实主义画家达利的作品，时钟与沙丘、钢琴与枯井、金鱼与废墟，不可能的事物被糅合在一起，离奇、令人感伤。但不管多荒诞、多不相干、多不可能，那却是冰的现实生存状态，自有它的合理性，他不能忽略不计。

冰曾是他的灵感，却不是他的画中人。小保把钢笔画从墙上摘下来，放进纸箱。

手机响起来，是小保约会了三个多月的女友梦娜。“嗨，寿星，今晚你想做什么？”梦娜圆润的嗓音令小保想到她丰满甜蜜的红唇。

“这才是我女朋友。”小保捂住话筒对卢卡眨眼。每年小保生日，伊娃都让川福楼的大厨准备一席丰盛的晚餐。小保想今晚干脆由他做东，请帕帕、妈妈同去一家情调浪漫的西班牙餐馆吃饭，梦娜喜欢那里的弗拉明戈舞蹈表演，他也该让父母见见女朋友了。“今晚和我爸妈一

起吃饭,好吗?”他问。

“当然好。”梦娜大方地回答。

卢卡在一旁心领神会,冲小保咧嘴笑。

日落后的辉煌热闹

诺拉派去机场接冰的司机马可把冰的两口箱子放在路沿上,皇家酒店的服务生立刻推出行李车来迎接。马可用口音很重的英语对站在酒店门口的冰说:“晚上八点,我来接你去诺拉画廊,她说请你吃晚饭。”

“OK!”冰说,“假如我那时还醒着。”冰在飞机上从来睡不着,即使头等舱的睡椅平坦柔软。十多个小时没合眼,冰感觉累坏了。她懒懒地对马可挥挥手,一转身,与小保撞个满怀。

“你又来了。”小保灿烂地笑,露出一口白牙,银灰的西服散发出清爽的味道。

飞来罗马的途中,冰不止一次想过与小保重逢的可能,她以为,大半年过去,小保那些完美的轮廓,应该和冰冷的古罗马雕塑差不多,只能给她审美的愉悦。此刻她却发现自己在飞机上想错了,她对小保的欲望,只需这么一眼,就像上钩的鱼从结冻的河里被钓了起来,在半空甩着尾巴,鳞光闪闪。

“对,我这次一个人来。”冰眉毛一挑,半玩笑性质地放电,“请我吃晚饭?”

小保眼里似乎也有鱼影跃动，他的笑容却保持着酒店经理与住客的距离。“美丽的女士相邀，理当在所不辞，只是我今晚已经约了人。”见冰不太相信，他又说，“要不，你一起来，我爸、我妈你都认识，还有，她——”小保稍作犹豫，指向正在前台忙碌的一个女孩，橄榄肤色的地中海美女，有安吉丽娜·朱莉那样性感的丰唇和修长的腰身，棕色长发像通电发光的波浪。

“我女朋友。”

“啊，你们家人聚会，就不打搅了，我其实也是有约的，八点钟。”冰礼貌地一点头，向电梯口走去。

冰在大理石浴缸里泡了个温水澡，裹上雪白的浴袍，从酒柜里拿红酒倒了半杯，走到阳台上。夕阳仍充满暖意，冰脸上细细的绒毛被抹上一层金。暮霭中的罗马，楼顶、树巅、山脊，都有点像刚下课的大学生，急匆匆跑回宿舍，洗脸，梳妆，夜晚灯光亮起来，生活才真正开始。圣彼得大教堂的说教被推得远远的，成了一道影子，谁信呢？一本正经地立着，不过是想独揽日落后的辉煌热闹罢了。

日落后的辉煌热闹——冰心里无端慌忙起来。她一口喝掉杯中的酒，走回房间，从箱子里挑出几条连衣裙摊在床上，看看墙上的镜子，又看看床上的裙子，倦意全无，她什么都不想错过。

冰下了电梯走进前厅的时候，看见小保同地中海美女并肩走出酒店的背影。她不自觉地停下脚步，背转身去，心口陡然有股怨气，筷子似地顶在那里。没有道理，小保又不是她的，而她到底要什么？冰忽然拿不准。

小保让梦娜等在川福楼门口，他上楼去换掉工作服，顺便叫卢卡、伊娃一起下来。推开门，却见伊娃怒气冲冲地斥责卢卡：“你不是说要把地契转到小保名下吗？怎么一直没转？”

卢卡抱着脑袋坐沙发里:“全是我的错！我以为,咱俩的财产最后反正都是小保的,早一天晚一天办手续都无所谓,忙起来就忘了,昨天和银行查对资产清单才发现……唉,我真没想到这次会亏到这步田地。”

“早晚都无所谓？你总有借口!”伊娃抱着胳膊来回踱步,脸涨得通红。

川福楼开张的时候,卢卡以他的名义买下现在餐馆的地皮,原本要送给伊娃,伊娃不接受,说是借他的,餐馆赚钱了就逐渐把买地的钱连本带利还他。当然后来卢卡一分钱也不肯收回,说这份礼伊娃不收,就送小保,等小保成年后,地契就转到他名下。当然,如果伊娃高兴把他列为川福楼的股东,他也没意见。但卢卡却从不过问自己到底占多少股份,反正餐馆生意都是伊娃一手操办,分红时他分毫不取,只要求每次吃饭免费。

“你至少也该提前告诉我。现在倒好,人家银行估价人都跑来川福楼量地皮了,我还蒙在鼓里!”

“我当然要告诉你,本想等今天保罗过了生日再说,我实在不想扫大家的兴。银行手脚也太快了,昨天才查对了资产。”卢卡摇头,歉疚、郁闷打乱了五官的平衡,魁伟的身体如塌陷的沙丘。

“按罗马现在的地价,川福楼这块地比餐馆本身值钱多了,银行不可能让我们继续待在这儿。可现在市中心哪里还找得到合适的场地呢?”伊娃在自己嘴唇上咬出一道齿痕。

“往城边上去,总能找到的。”卢卡赔着笑。

“说得轻巧！你知不知道,我从八张桌子做到十八张,每只碗碟,每个炉头,店里一草一木,哪样没有用心流汗？培养了这么些年的客户群,十五年的苦心经营,一夜间就要报废了,跟烂菜叶子一样……”伊娃忽然掩面痛哭,身体斜向一边,幸亏小保跨步上前扶住,才没摔倒。

父亲落魄失意，小保感叹世事多变，同时倒庆幸他们一家三口因祸得福，团聚在同一个屋檐下，可现在母亲悲切的哭声摇撼着他的心。在小保的记忆中，这是伊娃第一次当他的面哭泣——多年前她和卢卡闹离婚那个夜晚，他窥看到的不算。他们搬来罗马十五年，不管多艰难、多委屈，伊娃总是城墙般坚不可摧，她体内似乎储存了取之不尽的毅力、用之不绝的能量，小保难以想象有什么事能打垮她。当然他也最清楚，这些年伊娃除了养育他，其余的心思都在经营川福楼上，那就像是她悉心呵护的另一个孩子。这么多年一直是伊娃替他遮风挡雨，现在母亲靠在他胸前，身体因突如其来的打击抽动着，不能自已。小保忽然意识到，母亲原来如此柔弱娇小，如此需要庇护。

父子俩手忙脚乱，连扶带抱，总算把伊娃安置到沙发里。

卢卡说："我当然不能让他们伤害你的宝贝，我已经同他们交涉过，先交一百万欧元现金，余下的欠款三年分期付清，地皮就又归川福楼了。"

"一百万欧元?"伊娃跳起来，"期限呢？他们什么时候要?"

"一周内。"卢卡的声音小到几乎听不见。

"一周？你真会谈条件啊！一周内去哪儿找一百万欧元现金?"伊娃又成了一团火球，眼泪立刻被焦急的火苗烘干。

"银行现在也是自身难保，再熟的关系都不管用了。"

伊娃在屋里转了一圈，忽然沉住气，指指天花板又指指敞开的窗户："也就剩这套房子了，我刚付清了贷款，现在立刻卖掉，压低了价也能卖六七十万吧。"

"那怎么成?"父子俩异口同声。

"房子虽小，好歹还是个家，让我再想想办法。"卢卡说，"我生意圈里的朋友不会都破产了。"

"哼，你那些狐朋狗友，好日子里跟你花天酒地，这时候谁还顾得上

你？还有你那整一个野战排的情妇，现在连个影儿都见不着了……”伊娃气不打一处来，火球膨胀成火山。

小保冲卢卡苦笑，进屋换好衣服，对父母摆摆手，悄然退出了公寓。

小保当然不知道，他走后，卢卡和伊娃长谈到夜深，几十年的恩怨、风雨说不清、道不完。伊娃娇嗔怒骂，卢卡洗耳恭听，等伊娃平静下来，他握住她的手，说“意境”他或许不懂，但“白头到老”他却越来越明白，她对他的好、给他的情，即使在他潦倒的时候也不会变。“意境”不能挽救他失去的产业，却能帮他渡过难关，这么多年他体会到了，只要家人在一起，一切都会好起来。

“你和小保一直是我的家，你知道吧？”他等待伊娃肯定的回答。

伊娃冷眼瞧着他，不说话。卢卡眼中热切的火光点点暗下去，他松开伊娃的手，恋恋不舍，却最终向门口走去。卢卡已经下了两步楼梯，伊娃追出来叫住了他。

小保下楼，梦娜还等在门口：“对不起，让你久等了。”

梦娜给小保灿烂的笑脸：“没关系，今天你生日嘛。可是你帕帕妈妈呢？”

“他们，有点急事儿，今天不来了。”

“那就咱俩？好，更浪漫，我一定让你难忘今宵！”梦娜挽起小保的胳膊，兴致不减。

梦娜是个爽快的姑娘，不耍小心眼，跟她在一起蓝天白云般明朗，小保感激地在她脸上亲一口。但他要去替伊娃做一件事儿，不知梦娜能不能帮上忙？他已不是十几年前不谙世事、只能哭着睡去的小男孩了，父母有难，他当然要竭力去帮。伊娃是他们一家三口的主心骨，川福楼又是伊娃的支柱，无论如何不能丢。只要川福楼在，他们一家人就不会散，可要保全川福楼，目前大概只好先卖掉他们的公寓。伊娃说得对，卢卡那些朋友现在恐怕都靠不住。一家人去租房子、搬家，这些只

是暂时的不方便，主要问题是现在楼市低迷，公寓要在一周内卖出去，价钱不会高，即使能卖六七十万，还差银行三四十万欧元。伊娃差的这笔现金，小保倒正好有个快捷的办法去凑，但他需要一位得力的帮手。

“猜猜我给你带了什么礼物?”梦娜问，似乎没注意到小保心不在焉。

“你送什么我都喜欢。”小保敷衍道。他知道，只要他开口，梦娜一定会帮他，但梦娜如此年轻透明，恐怕难以胜任。他想到了冰，冰很有城府，比梦娜老练，可是，人家肯不肯帮忙呢?

人生却贵在不断有新的体验

马可把车停在王冠街口，为冰打开门:“车子进不去了，我带你过去，前面左边第二道门就是。”

诺拉的画廊，冰来过几次，都是在白天。狭窄的长街，头顶一线天，夹道的楼房有厚重的石砖墙，五六层高，都有些年头了。阳光在顶楼的玻璃窗上反来射去，怎么也落不到街巷底下。冰穿着尖细的高跟鞋，鞋跟有一次卡在石缝中，光脚踩到铺路的砖石上，浸心的凉。

“几百年前，这里专卖朝圣者的念珠、头环。”马可在前面带路，回头对冰说，两撇小胡子像贴在鼻子底下，贴得不稳，随时要掉下去。他以为冰是第一次到罗马。马可一边胳膊抱着两个细长的硬壳圆筒，另一只手提个黑皮公文箱——圆筒和箱子里都是冰替诺拉带来的画。

夜晚隐去了这条街的阴森冷硬，金黄的灯盏呈人字形横空，搭出一道迷幻的灯光顶棚。熙攘的游人在夹道的古董店和画廊门口进进出出，偶尔有人举着雕花陶罐或者描金铜盘侧身挤过。

“古董集市每天开到深夜，平时晚上没这么多人。”马可说。难怪路面铺了慷慨悠长的绿地毯。冰放心地踏了上去。

诺拉的画廊开在一道玻璃拱门后面，拱门上方，一支燃烧的火把从风罩后面散出几缕黑烟。冰随马可走进狭长的门廊，夹道的白壁上挂满不同时期风格各异的画作，画中人物透过凝固了上百年的油彩望出来，目光漠然。

画廊尽头是间半圆形的小屋，诺拉从硕大的黑漆办公桌后迎出来，同冰拥抱，在冰脸上留下潮湿的吻迹。“啊，你终于来啦！”诺拉亲热地说，像等了冰很久，“不过我还在等一个传真，你先陪我坐一会儿，然后我带你去一家地道的罗马餐馆，吃他们最出名的炖牛尾。”

马可把两个圆筒和黑皮箱交给诺拉，诺拉说了两句意大利语，遣走了他，转身把东西都锁进一个黑铁柜里。

“你不要打开验收一下吗？”冰问。

“我信得过杰克，再说我不是还有他漂亮的妻子在这儿作抵押吗？”

“我要带回美国的画儿呢？”

“宝贝，急什么？你不是后天才走吗？到时我都准备好，送你去机场。”诺拉拍拍冰的脸蛋儿。

“杰克说这次有一幅克里姆特的素描，要我认真查收出处文件。”

“还有两幅马蒂斯(Matisse)的限量复制品呢，出处都很可靠，文件也齐全，后天我一起给你。杰克有点不放心你吧？初出茅庐。”诺拉笑。

冰不知如何作答。出发前杰克让她听诺拉吩咐，他们互相信任，她瞎操心干吗？本分地做个跑腿儿的就是了。冰在办公桌对角的沙发里坐下，诺拉从酒柜里拿出一瓶威士忌，往两只玻璃杯里加冰倒酒，递一

杯给冰:“来,为你接风。”冰呷了一口,诺拉干了杯,又为自己添了酒。

诺拉是杰克的大学同学,棕色眼珠透出兔子的敏捷,头发也许染过,滋润的棕红色,身材瘦削但突兀跌宕有致。诺拉从美国嫁到意大利来,离婚后就留在罗马,独自经营画廊已经十几年。冰觉得,诺拉这样对一切都很有把握的女人,年龄和皱纹完全是值得炫耀的财富,只是在这样的财富面前,冰总不知道说什么合适。

冰打量诺拉的藕色光缎套裙,正要赞美其裁剪精致、短裙下的腿健美青春,诺拉忽然伸出纤细的手指,描着冰耳边的脸角说:“你知道吗,这是我最喜欢的脸型,像一个叫海蒂的名模,你知道我说的是谁吗?”

冰的脸和耳根被诺拉描得酥酥的,下意识地向后偏,碰到脑后陈列架上一座青铜雕塑,回头看,是个全裸的丰盈女体,双手撑着身后的石头,下体正对着冰的头。冰回转身,诺拉笑眯眯看着她:“她很美,不是吗?”

冰想,诺拉和杰克倒般配,都喜欢让裸体凌驾客人头上,他俩从前也许有过一段关系,现在合作默契,从前应该很有些基础。但许多事杰克认为冰没必要知道,尤其他过去的罗曼史,即使床笫之间,他的眼神也是谨慎的,没有丝毫松懈。其实,冰也就是猜着玩罢了,她才懒得费神对杰克刨根问底。

冰把话岔开去,说起自己在飞机上起草了一篇小说的前半部分,多年前的事,男人卢卡与女人伊娃,跨越千山万水,倾心倾身相许。“只是,伊娃和卢卡最后为什么分手呢?”冰问。诺拉是过来人,该有一番高见。

“谁说得清楚,婚姻超过十年,好多都成了一潭死水,人生却贵在不断有新的体验。”诺拉喝干了另一杯威士忌,又拿手指来描冰的脸,眼睛定定地看着她。

“真可惜你那天没跟我们一起去。”她说。

“哪天？去哪儿？”

“去年秋天啊，在佛罗伦萨。今年你一定要跟我们去，我保证你玩得开心。”诺拉半边屁股坐到沙发扶手上，跷起二郎腿，下巴斜过左边肩膀，很性感的姿态。

“玩儿什么？”冰仍然不知道诺拉在说什么。

办公桌后面的传真机乍然作响。诺拉做了个“稍候”的手势，拿起传真纸快速扫描，伏在桌上写了几笔，又把同一张纸塞回传真机里。传真机“嘟嘟”发动，诺拉说：“好了，我们走吧。”

冰跟着诺拉挤出古董集市，马可驾车等在街口。

“去特斯塔奇奥(Testaccio)。”诺拉吩咐。

车子缓缓开出闹市，旅游点的浮躁逐渐减少，街道两旁的建筑、树木古朴简洁，少了繁文缛节和逼人的气势，更接近生活的实质，自成一派景象。冰东张西望，又掏出手机拍照。

“没来过吧？”诺拉笑，“这边原来是古罗马的码头，台伯河上运来的葡萄酒和橄榄油都装在陶罐里，废弃的陶罐碎片堆出了一座山，又叫碎片山。”

“真的？”冰头一回听说。

“是啊，你有空可以去考古，捡几块碎陶片给杰克带回去，古董送古董。”

“哈哈，这可是你的建议，杰克从来不认老。”冰笑。诺拉笑得更欢，也不顾脸上堆起了皱纹。

谈笑间，车停下来。一栋两层红墙小楼，沉重的原木拱门，绿布横幅打着字号，挂在二楼阳台边沿。走进去，却是在门外料想不到的氛围。中央大厅空间高旷，一盏硕大的玻璃吊灯直接从顶层梁柱挂下来，迷离的彩光顺着吊灯的枝条流溢整个大厅；或红或紫的丝绒沙发里，男男女女搂抱其中；一位女歌手靠在钢琴边抑扬清唱。金丝帐幔遮掩的

包间环绕大厅，楼上一圈镂花雕栏后，也是半开半合的帐幔。帐幔后的窃窃私语连同一股甜腻的气味弥漫空中。

这是吃炖牛尾的地方吗？冰纳闷，倒更像是来听歌剧。但她没做声，英文里说，在罗马，就照罗马人那样做（When in Rome, do as the Romans do）。

门边酒吧坐着几个人，或男或女，都毫不隐讳地打量冰，眼神精刮得能从她身上扒下一层皮。冰不由自主闪到诺拉身后，诺拉笑道："他们都喜欢你。"

一个老板娘派头的女人过来带他们上楼，诺拉显然是熟客，跟老板娘拉着手叽里呱啦聊个不停。楼上过道狭窄，单人走也难免牵带起遮挡包间的帐幔。缝隙间，分明有裸体纠缠翻转。冰以为自己看走了眼，耳边却立刻有呻吟喘息为她的视觉作证。

冰和诺拉被带到走廊尽头的单间里：帐幔重重叠叠，双人沙发里堆满丝缎腰枕，咖啡桌上摆好酒杯和威士忌，墙上挂着金框油画，沙发后有青铜雕塑……古罗马贵族谈情说爱的帐篷，或者现代水疗中心的静养室，就是不像吃牛尾的地方。

"喜欢吗？要不再看……"诺拉问冰，周到细致的话却被隔壁一串娇媚的"嗯……啊……呀"打断。

冰听得脸上发烫，忍不住问："这是什么地方？"

老板娘蹦出个英文词："处女？"

诺拉对老板娘会心一笑，摆摆手。老板娘退出去，从外面小心拉上了丝绒帘子。

"先前在画廊里，你不是问我和杰克去年在佛罗伦萨玩儿什么吗？"诺拉不紧不慢为冰和自己斟好酒，"我想，百闻不如一见，干脆带你来看看。"

"这儿到底是什么鬼地方？"冰抬高了嗓门。

“嘘……”诺拉一只手指贴到冰嘴唇上，独自闭眼凝听。隔壁包间的“咏叹调”一浪高过一浪，抽丝般尖细绷紧，最终断裂成几声疲软的叫喊。诺拉睁开眼睛长舒一口气，仿佛她也刚经历了一次高潮。“这里是换妻俱乐部。”诺拉说。

“换妻?”去年秋天那个晚上杰克电话里的嘈杂突然放大了音量——暧昧的灯光，迷幻的烟雾，酒精与大麻的味道，女爵士手低沉的哼鸣，裸露的躯体藤蔓般凌乱纠结，白晃晃一片……时间再长点，冰几乎就能看见杰克松懈的皮肉、诺拉干瘦的乳房——空气中甜腻的气味忽然发酸，冰被呛住了，一口气哽在喉咙口，上不去也下不来。

“是啊，不过这里比不上佛罗伦萨秋天的蒙面派对，完全开放，多样选择。”诺拉似乎很欣赏冰的难堪，眯眼观察她，“每次杰克都说你不舒服或者有别的应酬，不能去，拿我换别人的老婆。我看他是舍不得把你换出去。”诺拉“咯咯”地笑，突然伸胳膊勾住冰的脖子，嘴巴凑上去，舌尖伸进冰嘴里，凉幽幽带着威士忌的辛涩。

冰蹦起来，连衣裙左边的吊带挂到了什么，薄纱料子，又是细细的一根，一扯就断了，左胸完全暴露。冰提起扯断的裙带回头看，沙发后的裸体雕塑，竟跟诺拉画廊里那座一模一样，踮着脚趾。她拔腿往外跑，高跟鞋把走廊的青砖地板敲得“嗵嗵”响。

诺拉在身后喊：“别跑啊，宝贝儿，其实杰克早想带你开眼界，万事都有个开头……”

天外飞来的螳螂

冰独自走在不知名的街上，左右都是餐馆、酒吧，营业正进入高峰期，热闹非凡，迪斯科舞厅的音响震得沿街的门窗发颤。她不清楚方向，只知道朝着圣彼得教堂的宝顶走，走到尽头应该是台伯河，河边大路上应该可以截出租车回酒店。刚在诺拉那里受了惊，冰的手还有点抖，低头一看，才注意到手里还提着挂断的裙带。

冰从手袋里找出一片创可贴撕开，把裙带贴在肩上，左边裙子勉强挂住，再找不到第二贴来加固。冰停下来，在身旁店铺的玻璃门瞧见自己仓皇的身影。

她的婚姻，自以为把握在手、游刃有余，杰克却背着她跟人玩儿换妻，她还以为自己多安全，难怪诺拉放肆！这次杰克让她一人来罗马，又莫非真有让诺拉“启蒙”她的设计？哼，跟你们这些七老八十的人“换妻”，我亏了，不如自己去找年轻帅哥，冰想，杰克你一直在我身后玩花样，现在又要我就范入瓮，我干吗要按你的规则出牌？

一时间，冰仿佛看见自己精心搭建的堡垒崩溃了，砖碎瓦裂，飞沙走石……

身段柔美的瑜伽老师一再强调：“旁观，不要反应。”冰向来善于旁观的，灵魂与肉体分离，她只须一眨眼睛。但此时她站在废墟里，鼻青脸肿、蓬头垢面，灵魂躲不开、飞不走，她如何能够不反应？冰看见自己

的嘴角往下撇成可以上弦的弯弓。她吸一口气，拿食指按住左边鼻翼，用右鼻孔狠狠往外喷气，再吸气松开食指拿拇指按住右鼻翼，用左鼻孔喷气，重复多遍，瑜伽课上学来的呼吸清理法却清不掉红楼里那股窒息的酸味。

冰面前的店里不像四周那么忙碌，穿白袍的女人半蹲在一幅发黄的马赛克前，拿小刷仔细清扫瓷片拼凑的鸭子尾巴，很有点文艺复兴的味道。

冰扬头往店铺深处看，正好碰到圣母低垂悲悯的视线。那是一尊彩色圣母木雕，放在乳白的有机玻璃座上，比冰还高一点，搭着幽蓝的披风。街对面的火把映到这边玻璃门上，恰巧重叠在圣母鼻尖，跳动的火焰使木雕苍白的脸生动起来。

冰心里升起无边的荒凉感，沙暴般涵盖一切，深入每根毛发，沉重，难以独自承担。一扭头，见小保站在一边，手里拿个透明塑料盒子，肩上搭着毛衣，身后密集的灯火团旋成一道光环。

“嗨，想尝尝我的生日蛋糕吗？”小保把盒子递过来。

“几岁的生日啊？”冰打开盒子，暖烘烘的巧克力香味扑上来，冲走了残存鼻弯的酸味。

“二十五岁。”小保顺从地回答。

“真年轻，还是个孩子。”冰对小保的微笑难得温柔，挑逗玩笑的心思一时全无，“怎么知道我在这里？”

“直觉。”小保笑得神秘兮兮。

冰觉得自己刚认真一点，他又卖起关子来，耸耸肩不搭话。

“你没事吧？”小保指指冰肩头的创可贴，又说他先前在那边西班牙餐馆的露天座里，看见冰跑过去，喊她好几声，冰都没回头。

“对不起，搅了你的约会。”冰左右看看，确认了小保身后没有橄榄肤色的地中海美女。

"你吃醋呢?"小保向冰靠近一步,低声问,"你这次怎么一个人来?"

冰被小保的体温包裹,感觉她摇摇欲坠的身体轻易就会倒向他那边,却硬撑着,直愣愣地丢一句话回去:"知道什么是荒凉吗?"

小保不说话,深深看进冰的眼睛。冰的灵魂习惯性地躲闪着,却不知往哪儿躲。冰垂下眼帘。

小保拉起她的手向前走。走到街口,灯火暗下去,天空开阔起来,冰才注意到一轮满月挂在清朗的夜空。明净的月华里,一辆鲜红的摩托车,像天外飞来的螳螂,庞大英武地伏着,五脏六腑干净透明,肌腱强壮的前腿半蹲、后腿半蹬,随时可以弹跳到千里之外。

小保打开摩托车后箱,取出一红一黑两个头盔,红的递给冰,黑的自己套上,一抬腿跨上车说:"来,带你去体验荒凉。"

"果然买了红色的!"冰骑上后座,抱紧小保的腰,心里是劫后余生的狂欢。

"什么牌子?"冰隔着头盔面罩大声问。摩托"突突"发动,小保说了个意大利名字,冰也没听清楚。管它什么牌子,这比坐杰克的 Ferrari 跑车兜风过瘾多了。

摩托车沿着台伯河奔驰,风一般的速度里,河对岸被灯色炫耀的天使城堡(Castel Sant'Angelo)、梵蒂冈城(Citta del Vaticano)、圣彼得大教堂,终究也化作河面的浮光掠影。冰把头贴在小保背上,看水流载着一柱柱、一片片的光影,弯弯曲曲向身后飞去。但对于岸上漫步的游人,历史与信仰的光芒是真实的,辉煌的真实令远道而来的人们兴奋无比、大声喧哗。

摩托车拐离河岸,车流人声被浓密的树林吸纳,道路忽然寂静昏暗,"突突"的引擎声惊心动魄。渐渐地,冰感觉到,在引擎声外,深厚的枝叶高墙后面,一些遥远的声音,哭、笑、尖叫与呐喊,从漆黑的不知名的废墟中升起;她和小保,是外星来的蒙面侠客,身披月光,被螳螂飞

艇托着，飘摇在地球这颗怪异的星球的气浪里，前方远处隐约闪耀的光环，带着金属的质地，是飞船母体的召唤。

小保把摩托车停在古罗马斗兽场前面，熄了火，冰才醒过来。“他们现在把每处古迹都搞得灯火通明。”小保脱下头盔抱怨道。

环形斗兽场的三层拱形墙洞，每一洞都有柔和的黄色灯光从里向外放，而每层楼的外侧墙沿上，都有银白的聚光灯由下往上打，看上去很像一座现代的抽象雕塑，讲究光与影的刚柔对照。很辉煌啊，难怪刚才梦里以为是飞船母体呢，冰说：“不点灯晚上怎么看得见？”

“有的东西不点灯才看得见。”小保锁了车，拉起冰向斗兽场走。

“这么晚，早关门了吧？”

“别忘了我在罗马长大。”

他们沿着斗兽场的外围向东走，被一圈两米多高的铁栅栏挡在外面。走到暗处，小保忽然停下，踩着一段残缺的石柱攀上栅栏，又伸手让冰也攀上去。冰犹豫一下，脱掉高跟鞋塞进栅栏内侧，光脚踩着石柱爬了上去。

“身手不错，常去攀岩吗？”小保跳落地，转身举起双臂，手掌染了铁锈味。

“我做瑜伽，臂力一样好。”冰撑着小保的手跳下去。

绝对的寂静与黑暗之外，还有些什么

斗兽场三楼，场外看见的通明灯火隐退下去，淡成一张薄薄的光膜，环绕场内的静寂，像时间的屏风，隔离着过去与现在。月已偏西，正好斜在一孔半圆的墙洞里，清凉如水的光华，顺着已经被风雨蚀成斜坡的观众席流泻，洗过断墙、残壁、荒草、野花。

冰心里是沙暴后的清朗开阔，荒凉不再沉重，而像场中袅绕的水汽，一层飘摇的绒毛，隐隐牵动人的心肠。“好像站在历史的坟场里，却这样美、这样宁静，不可思议。”她低声说，怕惊动埋葬在这里的一切。

“历史怎么会被埋葬呢？这不过是历史蜕下的外壳，你要从这里追踪。”

冰侧脸看小保，眼睛一亮。每次见到这男孩，似乎都有新的层面，此刻他年轻的外表下，似乎有一颗古老的灵魂在说话。她不知道他接下来要说什么，却直觉此时此地最适合他的话题，而她此时的心境，也非常适合倾听。冰让自己的眼神柔软起来，接纳小保脸上放射的银光。

小保指着斗兽场中央的沟壑洞穴：“你知道吗，古罗马时代，有一条地下通道，从那边的格斗士训练营，通到这里。”

“哪边？”

小保指向身后的墙洞。越过墙外被聚光灯照得铁片般坚硬的树叶，蓝黑的夜空下，有星星点点灯火闪烁，就疏密亮度看来，像一片居

民区。

“Ludus Magnus，一千九百年前，是古罗马最大的格斗士训练营。格斗士每天在那里练习搏击、厮杀，皇帝一声令下，他们就从地下通道走向这边的生死场。”

一只猫绿着眼睛，从场中为游人铺设的木板上飞奔过去，像在追逐，也像在逃跑，木板上撒了防滑的沙，猫爪踏过，簌簌作响。

“明天晚上，在那边，有俱乐部每年一度的玫瑰格斗比赛，请你去为我投玫瑰。”

“什么俱乐部？”小保的话题忽然超出冰的预料。

“地下格斗俱乐部，请你保密，不能告诉任何人，包括我妈妈、帕帕。”一撮散发搭在小保额角，头发下面，仍然看得见一条细长的疤痕，像一丝银白的雨线，该是去年那个秋夜留下的。

冰意识到，小保是在继续去年秋天的话题，那晚他的欲言又止、他受的伤，原来都和这个地下俱乐部有关。她还自作多情以为小保的落难天使模样是为了她。冰笑，伸手抚一下小保额角：“真打？”

“当然，徒手，没有身体禁区，不分武术流派，对打的一方被打出格斗圈，或者被打倒起不来，或者自动认输，格斗才算结束。”

“那不是拼命吗？”冰的声音在夜空荡漾，“古罗马格斗士是奴隶、战犯，没有选择，你为什么，你们为什么要格斗？”

“你怎么知道他们没有选择？他们可以选择死啊。俱乐部里，有人为钱，有人为发泄，至于我，是为了突围。”小保平静地回答。

“突围？”冰觉得眼前的男孩比月下的斗兽场还要不可思议。

“你有过这样的感觉吗？”小保问，“一切都很远、都不真实，你被什么包围着，每天、每一件事、每一个人，无数的声音。”

“什么声音？”冰打个激灵，先前来路上听到的尖叫和呐喊逼近耳畔，她被驱赶着，心里发慌，不得不做点什么。冰摘下手镯，把手腕翻给

小保看:“我曾经,被黑暗包围,很深很重的黑暗的海,无声无息,无路可逃。”

“为什么?”

“那时候我以为是为了爱,但现在看来,那点事儿,不值得玩命的,世上更惨痛的人多了。你再怎样折腾,不过制造些噪音,生活不会因为噪音更换轨道……”

冰的声音细若游丝,却沉沉地往下坠。埋葬多年的过去,从坟墓里慢慢爬出来。她第一次对另一个人提到青春的自戮。剧痛,不是发生在刀刃接触皮肉的瞬间,冰说,也不在鲜血喷涌的刹那,而是,当磐去医院看她,隐忍苍白的脸,嘴唇微微哆嗦着,他说死也不能改变他离开的意志。剧痛像炸弹爆开,炸飞了一切,过去、现在与未来,都炸飞了,灰飞烟灭之后,是绝对的寂静与黑暗,没有璀璨的鸟群,没有奇迹。死亡也就是那样,她体验过。

“告诉我,爱到底是什么?”

小保拉起冰的手,轻轻吻她的伤痕,又抬起眼睛。那一刻,冰觉得他看见了她,无声的赞叹,从他扑闪的睫毛升起,扰动了她藏在阁楼里的灵魂。他看见的她,比她所了解的自己要美好,柔韧、宽容、健康,身怀爱的答案。

可是她没有答案。冰被小保看得发虚,转开话题:“可你还没说,你到底被什么包围?”她也需要看见男孩内心古老的灵魂,这样才踏实、公平。

“不真实的感觉……”小保皱眉,对自己没有更准确的解释恼火。他跟冰说起第一次遭遇“火龙”的体验:“那一刻,包裹在我四周的无形隔膜被突破了,宇宙为我开放,我成为它无穷尽的力量的一部分,那样的时空里我才感觉自己完整、真实。”

“也许是一种灵感?人同宇宙气场暂时接通,连为一体。”冰揣摩

道，说她有时写诗，灵感从天而降，感觉像个巫师，呼风唤雨，将文字、韵律、情绪、思想等等搅进大缸里，熬汤。

小保被逗乐了："迷魂汤？原来你会法术，难怪！"

"难怪什么？"冰明知故问。

"那你懂得我为什么要格斗了吧？"冰挑逗的目光被小保含在眼里，他却没接她的茬。

"不懂，我喜欢灵感俯身的感觉，但我却不会为获得灵感去冒险。你不是说在井上先生那里学习的首先是自律吗？"

小保垂下头："对，他并不知道我在外面格斗。道馆里规矩多，即使比武也不能展开拳脚，就像你写古体诗，格律的条条框框里，灵感总有限。"

"嗯，所以我不写古体诗。你背着井上先生在外面打了这么些年，到底找到你的'火龙'没有？"

"我刚开始去道馆外跟人对打，常常因为固守套路吃亏，我渐渐放开了'型'，才有了进步，但有时在道馆练拳便忘了规矩，井上先生看出破绽，对我重申，别让负面的能量牵着鼻子走。可我觉得，能量本身其实没有正负之分，感觉到了，就得冲。每次格斗都是一次冲锋，冲出去，宇宙就是你的，一切都真实起来，唾手可及。那种感觉，即使用生命去换也值得。明天你一定要来，来体验开放的真实的宇宙。"小保有点激动，眼睛比月光更明亮。

"我懂了，诗人不能不写诗，斗士不能不格斗。为了'火龙'，为了更真实的自我，命也可以不要……"冰嘴上玩笑，心里却一动，也许，绝对的寂静与黑暗之外，还有些什么。

"我不是去拼命。"小保义正词严，"这次玫瑰比赛，对手来自欧洲各地，挑战非同一般，是难得的实战机会。另外，我还有个很实际的理由。"小保犹疑片刻，终于在冰的催促下，将卢卡破产、伊娃要卖屋保全

川福楼的情形全盘托出。

冰听了，一时只能叹息。她早看出川福楼是伊娃精心为自己营造的迷你故乡，就像一个水清草鲜的鱼缸，为游离江河的鱼提供些慰藉。倘若鱼缸破了，鱼将焉附？

“川福楼是我妈妈的精神寄托，我不能眼看她失魂落魄。”小保说，“我打算卖掉摩托车去赌一把，再加上我获胜的奖金，或许能凑够银行要的一百万。可是按俱乐部规定，参赛者本人不能下注，所以得请你帮忙。”

“你那么有把握能赢？”

“记得去年秋天那个下雨的夜晚吗？那是我第一次去俱乐部格斗，你也许不信，可我在那儿没败过几次。”

“常胜将军啊！”冰忽然灵机一动，“摩托车能卖多少钱？那点本钱恐怕不够吧？”

“摩托车刚买不到一年，应该还能卖一万多，用一万赢几十万，不是不可能。”

“那样的几率太小了，摩托车你先留着，要赌咱们就赌大的！我这次来要带走几幅画儿，干脆都拿去拍卖了，到你们俱乐部大赌一把。”冰想到这个不按杰克的规则出牌的方式，兴奋起来。

“画儿？你可以吗？回去怎么交代？”

“那些画儿迟早要卖，你就别管这个了，只管赢！”

“只是——”小保还是犹豫。

“我不是拿另一个男人的钱来救你。”冰记起去年秋天小保的赌气话，开导他，“我不过是借几幅画儿来帮伊娃守住川福楼。”

听冰这样说，小保的顾虑有所消减。“你真这么在乎我？”他贴在冰耳边低声问，呼出的气息让冰身体虚软。

“我想赢钱，到时连本带利你都得给我赢回来，一分不能少。”她把

持着自己，又问，“投玫瑰到底是什么噱头？”

“啊，古罗马时代，斗输的格斗士，性命由观众伸拇指决定，但至今也没人搞清楚，拇指朝下，是要输家死，还是要赢家放下武器饶了输家性命，所以俱乐部决定用玫瑰。”

“玫瑰决定生死？”冰大笑。金融危机令满世界惶惶不安，小保和他的格斗俱乐部居然如此黑色幽默，太嘲讽，但又的确太棒了，她为他鼓掌。

“不完全是那样。”小保说，“毕竟过去两千年了，谁愿意担负裁决他人生死的责任？俱乐部的规矩是观众人手一枝玫瑰，只要有玫瑰投向被击败的格斗者，他就可以选择十分钟后同赢家再打一场。”

“那不是让输家再一次冒险？”冰仰头，目光聚在小保脸上。她喜欢她所看见的，虽然她并不完全懂得。

“不，再给他一次赢的机会，突围的机会。”小保俯下头，把冰拥进怀里。

冰再次被暗夜的阳光普照，热潮涌到脸上。“如果你输了，你要我投玫瑰？”

“是的，只有你，我知道，你喜欢我的程度到要我赢，但不会到不忍心看我受伤、挨打。你是唯一的。”

那不一定，冰蹙眉，但已来不及争辩。小保滚烫的嘴唇压下来，俩人的舌头迫不及待绕在一起。

他们狂乱地长久地接吻，小保扯掉冰左肩的创可贴，一手握着冰的乳，唇从耳根吸下去，另一只手摸进冰的裙摆。

月光里，小保的侧面，轻合的眼，浓密低垂的睫毛，在冰微醺的眼中，婴儿般纯净浑然、毫不设防。他要索取的，冰不由得释放了，在一声叹息间，完全而彻底，像罗马初夏的月光，倾盆而下。

她和他的身体轮番在坚硬的石板上烙下鲜明的印记，立刻又被四

肢的开放拢合冲刷掉。潮起潮落，两头独行多日的野豹，终于在森林的边际碰到一起，他们扭抱扑打，毫不留情地夺取，谁也不甘示弱，恨不能把对方咬碎撕烂、吞进肚里……

一声锐利的叫喊从冰心底升起，破口而出，在斗兽场回荡，像一声枪响，穿透了那层包围他们的光膜，撞到墙外的树叶，击起沙沙的回音。过去与现在像他与她的汗水混合在一起，淌过他们的皮肤，鱼鳞般闪光。

冰的灵魂从潮湿发烫的泥泞中爬出来，看见自己的身体安详地依偎在小保怀里，一动不动。四周的光影与声波哗哗流逝，最终被残缺的石壁吸收，夜再次静下来。灵魂盘旋、打量，终于厌倦了旁观，俯冲下去，一头扎进身体的池塘。

冰想，突围，在她，是否就是这样的夜、这样的人？

稀有之物

冰回到酒店已经凌晨四点多。手机上有杰克的留言，问她在罗马玩得开心否？听起来杰克像在探听诺拉对她的“启蒙”有何效果，冰“哼”了一声，把手机扔沙发里，她此刻懒得去理会杰克和诺拉的肮脏算计。她得赶紧睡一觉，养足精神。她向小保许诺的那笔赌注能否兑现，全看她天亮后办事是否得力了。

“诺拉，请你把克里姆特和马蒂斯立刻送来酒店。”冰给诺拉打电话

的时候，已经梳洗完毕，穿上了黑白相间的条纹套裙，上衣无袖、窄腰，后腰打个夸张的蝴蝶结，吊着长长的飘带，走起路来摇曳生姿，既有专业人士的板眼、气势，又不乏时尚佳人的俏丽、风情。

“什么？啊，冰，昨晚你平安回酒店了吧？我让马可去追你，可他怎么也找不到你。”诺拉好像还躺在床上，嗓音带着蒙眬睡意。

“诺拉，请你让马可立刻把那几幅画送来酒店。”冰不跟诺拉啰唆。

“为什么？你不是明天才走吗？”

“我改了航班，今天中午走。”

“这么急？杰克知道吗？”

“诺拉，你是杰克的换妻伙伴，不是他妻子！”

诺拉沉默两秒，却不恼火：“我没别的意思，只是觉得没请你吃上地道的罗马炖牛尾，怪可惜的。”

你说的炖牛尾不吃也罢，冰心里冷笑。

诺拉听不见冰的回应，退了一步：“好，给我一小时，我亲自送你去机场。”

“不必了，请你让马可把画送来就好。”

“可是宝贝儿，我想亲自跟你告别！”诺拉嗲声嗲气。

“没必要，我一小时后在楼下等马可。”冰挂了电话，想她再看见诺拉说不定会作呕。

下一个电话，冰拨到了狒狒拍卖行的现代绘画部。狒狒拍卖行离西班牙台阶不远，因坐落在希腊街和狒狒道交口处而得名，在罗马颇具声望，常有前贵族府邸的古董和艺术品出台，冰陪着杰克去那儿做过好几桩交易，算是熟客了。

“碧碧安娜在吗？”冰问。碧碧安娜是现代部的主任，冰认识她。

“对不起，她不在，我能帮您吗？”电话那边甜蜜的女声英文略带口音。

“我只找碧碧，请你告诉她，费福尔太太有几幅画儿要请她帮忙出手，包括一幅克里姆特的原画。”

“请您稍等，真对不起。”甜蜜的女声有点诚惶诚恐。

很快碧碧安娜的声音传来：“费福尔太太吗？真抱歉，我现在正在郊外清点一批待拍品，中午才能回到市中心。您若是不着急……”

“我需要立刻见你，碧碧。”冰的口气不容人推托。

“您看这样好不好，我让蒂芬尼——就是刚才接您电话的那位同事，也是现代艺术的专业人员，而且会说中文。让她先接待您，我尽快赶回去。”

“我不需要她说中文，但我需要你在中午之前赶回来！”冰有点冒火。

“好，没问题。”

“也只好这样了。”冰说，“告诉蒂芬尼我十点到。”

冰接着拨了第三个电话，到酒店前台。

小保接了电话：“嗨——”简单的一声，温存缠绵却尽在不言中。

冰脸上漾起笑意：“你还不好好睡觉去？”

“刚开完管理会议，我正想找间空房打盹去，但看你拨来电话，怎能抗拒听到你声音的诱惑？”

冰像个幸福的小女生，低头拨弄发梢，忽然发现左肩有块紫淤，大概是昨晚和小保做爱时在石头地上硌的。她向小保抱怨。

小保说：“那我上楼去把它吻掉。”

冰闭上眼睛，想象小保滚烫柔软的嘴唇印上来。她很费了点劲，才抵挡住让小保上楼来的念头。“留点力气，等你今晚赢了再吻吧，现在我先当这紫淤是块文身。”爱的文身，冰想，当然没说出口，那个字不可以随便说。

“你确定吗？我可有的是力气，不想再试试看？”

冰说小保你坏。

“你打电话来不是找我去‘试力气’的吗?”小保笑。

冰又才想起自己打电话到前台的初衷:“帮我安排一辆豪华轿车,我一会儿要用。”

“去拍卖行吗? 我陪你去吧。”

“不用了,你安排好车就赶紧去养精蓄锐。”

“是的,夫人。”

马可驾车出现在酒店门口,冰站在小保替她安排的黑色奔驰旁边,已经等了十多分钟。诺拉还算有自知之明,没有露脸。马可从车里拧出一个钛合金的小箱子,看箱子坚不可摧的样子,冰猜想克里姆特的素描就装在里面。她指挥奔驰司机把箱子安置在后座一侧。马可又交给奔驰司机两个长条硬壳圆筒和一个棕色公文皮包。司机为冰拉开后座另一侧的门,冰坐进去,对马可挥挥手,像是告别,又像是赶苍蝇。她实在不想看到任何让她想起诺拉的人和事。

奔驰沿着狒狒道爬行,街道两旁排满时装店、咖啡厅,行人络绎不绝。人行道边平行停靠的汽车一辆紧接一辆,像列队来凑热闹的甲壳虫,使本来就不宽敞的马路更加狭窄。步行十五分钟的路程,汽车开了近半小时,终于停在希腊街口。狒狒拍卖行就在街口那栋橘黄色的四层楼里。

冰下了车,一位体态娇小的亚裔女子立刻从拍卖行门口迎上来:“费福尔太太,欢迎! 我是蒂芬尼,这是我的助手马可。”蒂芬尼介绍她身边微胖的中年男人说。

刚挥走个小胡子马可,又来个胖马可,冰心里笑,意大利男人好像就这几个名字。冰打量蒂芬尼:应该和自己年龄相仿,黑西服、长裤简洁得体,短发也显得干净利落。蒂芬尼跟她说英文,不用中文套近乎,

冰想碧碧安娜倒是细心，她先前不高兴碧碧提及蒂芬尼会说中文，想必碧碧随即就向蒂芬尼传达了这层意思。冰热爱中文，从大学到研究院十年寒暑都在汉字的长河里翻滚，数万个方块符号早已融进血脉，但她不喜欢也不需要用中文做交易。

蒂芬尼让胖马可从司机手中接过钛合金箱子、两个圆筒，自己接过公文包，请冰领先走进拍卖行。

单看拍卖行两扇陈旧的大门，黑框掉漆、玻璃蒙尘，不显山不露水，谁也料想不到进门一转身，眼前就是间珍宝馆。整个地板本身就是马赛克拼出的一幅大型古罗马庭院画，地板上摆放的桌椅、五斗橱、秘书桌等古董家私看似杂乱无序，其实巧妙地引领出一条顾客必经之路，充分利用有限的空间展示所有待拍物品。在这条曲折迂回的小径上，你抬头，墙上挂满油画、壁毯、琉璃、铜制灯饰；低头，台面罗列雕像、瓷瓶、银器、彩绘盘碗，就连袖珍如鼻烟盒、项链一类也尽在你视线范围内。深藏不露，别具匠心，这与杰克喜欢的风格完全一致。

现代绘画部的办公室在预览厅另一头，冰一路看过来，有点审美疲劳。“你们今天有场拍卖吧？”她揉着脖子问蒂芬尼。

“是的，下午三点开场，主要是二十世纪初的绘画和家具。”

冰点点头。这与她在狒狒网站上查过的拍卖时间表吻合。她熟悉地走进办公室，挑了面对窗户的红沙发坐下。办公室内的极简主义与预览厅的杂陈形成鲜明对比，但在罗马，极简到顶，也少不了大理石雕像和金框油画。沙发旁，一幅普罗米修斯盗天火的巨型油画覆盖了从地毯到天花板之间的整块墙壁。

“您需要用些茶点吗？”蒂芬尼问。

冰忙了一早上，确实什么也没吃，她说：“好，但请你立刻开始工作。”

蒂芬尼答应着，又吩咐了胖马可几句意大利语。马可出去了，蒂芬

尼坐到冰右边的办公桌后问:“您这次希望委托我们拍卖什么物件呢?”

“一幅克里姆特素描,两幅马蒂斯限量复制品。”冰其实也就知道这些,都是从杰克和诺拉那儿听来的,她连这三幅画长什么样都还不清楚。冰忽然有点心慌,要是箱子和圆筒里装着别的东西,或者什么也没有,她岂不是在虚张声势?

蒂芬尼在电脑上填写表格,边敲键盘边问:“您知道克里姆特素描的年份吗?”

冰不动声色,猜想公文包里应该有出处文件,打开来,果然有三个活页夹,每个夹子封面上都各自贴着标签,的确是克里姆特和马蒂斯。她打开标明克里姆特的夹子,作品的细节,如年份、纸张、绘画工具、尺寸都清晰列出,还有一叠鉴定、交易和展出的记录文件,包括售货收据等等。每张纸都套在透明塑料封里,安全齐整地挂在活页钩上。冰松口气,想诺拉人虽做得脏乱差,事情却办得严谨漂亮,难怪杰克多年信任她。

冰把三个夹子交给蒂芬尼:“细节都在这儿。”

胖马可端来咖啡、茶点,银盘子里竟有两样中式点心,叉烧酥和蛋挞。马可说是从附近一家港式餐馆定做的,拍卖行的中国客人都喜欢吃。马可随即在办公室中央的大理石台面上铺垫了黑丝绒,摆好放大镜、大小毛刷等工具,等待开箱验货。

“克里姆特以装饰意味强烈的手绘‘镶嵌画’著称,他的素描大多是自娱,或者为油画作准备而作,很少公之于世。您带来的素描可是稀有之物!”蒂芬尼查阅完三个活页夹,兴奋地走过来,“如果画作本身保存良好,应该价值不菲。”

蒂芬尼和马可都带上了白手套,马可小心翼翼把钛合金箱子平放到台面上,蒂芬尼做手势请冰开箱。冰一时傻眼了,箱口嵌着电子数码锁,诺拉和小胡子马可都没告诉她密码,这时打电话去问很可能就向诺

拉暴露了自己的行踪。冰记起家中保险柜的密码是杰克的出生年月日,既然箱子是带给杰克的,密码也该是杰克熟悉的吧?她跷起食指按了八个数字,箱盖却纹丝不动。

冰能感觉蒂芬尼和马可疑虑的目光从她指尖爬上胳膊,又落在她脸颊上,左右夹击,不断升温。冰脑筋飞转:杰克生日是家里长久性的密码,而这箱子的密码随时要换,所以不对,那么诺拉会用什么来作临时密码呢?冰无序可循,想是否用自己的生日再试试。前年她正好在罗马过生日,诺拉一起吃了杰克为她定做的蛋糕……大不了打电话给诺拉,说在机场海关人家要开箱检查,噫,打电话,冰脑中灵光忽现,指尖按下了诺拉画廊的电话号码。这串数字冰来罗马前就记熟了,毕竟诺拉是她在罗马仅有的熟人,那时小保连熟人都还不能算。

"哒",钛合金箱子弹开一条口。冰含笑拉开箱盖,蒂芬尼和马可的眼珠子同时掉进了箱子里。

箱子厚实的丝绒夹层里,嵌着一个略微发暗的描金玻璃框,画框中央,一位窈窕女子侧身而立,抬着下巴转头望出来,嘴微张着,眼神有点惊讶,仿佛她刚听到你一声呼唤,从百年梦幻中回过神来。

"简直是神来之笔。"马可感叹,"感觉她随时要从画中向你走来。"

"是啊,克里姆特的铅笔素描比他的油画更个人化、更直接地传达出画家的情感,他用的这些线条、笔触,看上去他正爱恋着画中女子。"蒂芬尼绕着画框转来转去。

冰第一次见克里姆特的素描,也不得不同意蒂芬尼和马可的评论:天才之作!女子的鹅蛋脸、圆眼睛、翘嘴唇,不过寥寥几笔,其余的笔画似乎都用来描绘女子身上那件布袍的繁复花纹,整体却如此传神、有血有肉。冰觉得伸手便能触摸到那女子的肌肤。

"更难得的是,这里还有克里姆特的签名!"蒂芬尼把画框从箱里捧出来,平放到丝绒台面,举起放大镜查看素描右下角,"克里姆特许多素

描因为是他的私人收藏，都没有签名，这幅应该是他去世前卖给一位奥地利主顾的。”蒂芬尼显然对克里姆特颇有研究。她再小心翻转画框，背面有两个印章，她拿小毛刷轻扫两下：“嗯，维也纳阿伯亭那博物馆、巴黎梅罗尔艺术馆，出处材料上记述的两次展出，这儿都盖了章。依我看，这幅画的市价应该在三十万欧元左右，当然我们还需要进一步比较、调查。”

蒂芬尼的估价和杰克说的差不多，只是……“进一步比较调查？你担心这幅画儿有假？”冰对蒂芬尼挑起眉毛。

“啊，不是那个意思，例行公事而已，您提供的出处材料完整清晰，这幅作品我们也许下个月就能隆重推出。”蒂芬尼又走到办公桌后敲键盘，打印出一份委托合同递到冰眼前。

“为什么不能今天下午拍卖？”冰没接合同。

“今天下午？”这回轮到蒂芬尼挑眉毛，“费福尔太太，从签约到拍卖的过程通常是三个月，编印拍品目录至少也需要一个月。”

冰笑了，转身又一块叉烧酥到银边小碟里：“费福尔画廊与狒狒拍卖行合作多年了，当然你初来乍到，恐怕还不知道。”

蒂芬尼的小圆脸上红云乍现，却仍是很有涵养地微笑着：“我也许初来乍到，可资格老也不能随便违背行里的规则吧？”

“咱们等着瞧。”冰用银叉切一小块叉烧酥放嘴里，瞄着窗外巷子夹出的一线蓝天，满不在乎的样子，脑里却想着对策：当天拍卖是有点强人所难，但多花些钱，也不是不可能，只是蒂芬尼级别不够，跟她谈判也白搭，等碧碧安娜回来再说。

蒂芬尼和马可继续检验其余两幅马蒂斯，一幅是养在玻璃瓶里的丁香；另一幅是女人斜躺在金鱼缸边上，令冰想到伊娃和她的川福楼。她竭力帮助伊娃，不仅因为伊娃是小保的母亲，也不仅因为他们是同乡，也许更因为一点认同感吧。女人一生总要保全点什么，家不完整，

顾全了生意，也许还有完整的机会。而她自己呢？所谓的家，还隐藏着什么不可告人的秘密？她现在除了一点灵性，还有什么可以保全？

但冰没时间感伤。碧碧安娜走进来，也是一身黑西服，白衬衫领子翻在外面，大方踏实，唯有金色披肩发显出些许个性。“费福尔太太，真抱歉，让您久等了，怎么，杰克没来？”她问。

“是啊，碧碧，这次我一人担纲。”

碧碧并不多问，到办公室中央仔细端详了克里姆特的素描，赞叹：“您今天给我们带来的物件可真是美极了！”

蒂芬尼在一旁用意大利语向碧碧安娜汇报情况，碧碧安娜听完，和颜悦色对冰说：“您和杰克是我们的老客人了，我们会尽力满足您的要求，只是时间如此紧急，很多细节恐怕无法顾及……”

“可是碧碧……”冰打断了她，“我明天就要飞回美国了，难道你忍心看我把这么美的物件带去别的地方？”碧碧安娜是不会轻易放弃这桩生意的，冰知道。

“我当然不希望您那样做。只是最近行里非常忙，经济不好，亟待拍卖的东西反而多起来。”

碧碧安娜话中有话，但冰也能化解不必要的矛盾：“我知道给你的准备时间不多，但你每次总能把事情办得完美，不是吗？至于这次给你们带来的不便，我愿意用更高的佣金来补偿。”碧碧等的是这句话吧？

碧碧安娜浅笑着从蒂芬尼手中拿过委托合同，用笔直接涂改了一个数字，冰接过来一看，碧碧把原来20%的佣金改作28%。冰问碧碧要笔，又改成24%。碧碧想了想，点头说OK，请签字吧。

只是冰还有个要求：“如果今天拍卖成交，我需要预支一笔现金。”拍卖成交后，扣除佣金、增值税等费用，钱最后送到卖主手里，一般要三十多天，有时买主不及时付款，拖延的时间还要长，甚至最后交易落空，拍卖行和卖主都没钱收。这些冰都知道，但她今天必须为小保拿到足

够的赌注。

当一个人很清楚她要什么,并且坚决认定她能够得到她要的东西时,她的意志就会强硬起来,如钢似铁,从她整个的姿态、眼神,甚至呼吸中透露出来,势不可挡,周围的人都能觉察到。

"这在狒狒拍卖行好像还没有先例。"碧碧安娜说,语调优柔。

"万事都有个开头。"冰引用诺拉昨晚说的话。她见碧碧犹豫,拿起委托合同把佣金改成了27%。

碧碧说这事她一人不能决定,得跟老板安东尼奥请示,看冰不屈不挠的神情,她立刻给安东尼奥拨了电话。最后碧碧告诉冰:"基于狒狒和费福尔多年建立的信任,我们将尽力在今天拍卖您的三幅画作,佣金28%,如果成交,您可以预支落槌价的30%,还要扣除佣金和增值税。"

冰算了算,如果拍卖价钱好,她能预支近十万欧元,也算一笔不小的赌注了。她爽快地在碧碧修改过的合同上签了字,跟碧碧握手道谢。碧碧的嘴角优雅地向上弯起:"祝您今天好运。"

蒂芬尼在旁边一言不发,但冰看出她眼中不乏钦佩之色。冰很满足,对她眨眨眼睛:"世上无难事,只要你肯办。"冰说的是中文。

中午,冰在拍卖行隔壁的小馆子里叫了一碗蘑菇面。面条是店主夫妻手工做的,男人主厨,女人端碗送菜、打下手,夫唱妇随,十分默契。女人为冰端来的盘里除了蘑菇和宽面条,只撒了些许奶酪粉,简单明了,吃起来鲜美可口,感觉很健康。冰随后去狒狒街上逛了一圈,为一对度蜜月的青年拍了以泡泡洛广场作背景的照片,又从一家时装店买了印有Born to Fight(天生好斗)的T恤和喇叭牛仔裤,这是她为今晚去看小保格斗准备的装束。

回到拍卖行,已经两点半,蒂芬尼给冰看他们赶印的拍品目录增页。克里姆特的素描和马蒂斯的复制品都列在上面,各有袖珍样照、作

品细节、出处概要和最低拍价,文字清晰、色彩鲜明,看上去货真价实。冰没什么可挑剔的,她谢过蒂芬尼,走进拍卖大厅。

拍卖厅像个戏院,红木墙壁、水晶吊灯,天花板和墙壁之间镶一圈雕花金框。台上挂有投影布,左侧是座褐色拍坛,右侧两张长桌上摆着几部电脑和电话,应该是用来应接网上和电话竞投的。台下,已有十来个人坐在前排椅子里,不知是来参加竞投的还是跟冰一样,等待自家的拍品卖个好价钱,另有三五位在左侧的自助点心桌边往杯里倒咖啡、盘里夹点心。

冰挑了后排一张椅子坐下,听见身后有人说带南方口音的普通话:“这张米罗复制品我找了好久,从香港追过来。”

“复制品而已,有必要那么投入吗?”口音相同的另一位问。

冰回头,见两位中等身材的男同胞,年龄三十出头,一位穿格子保罗衫,一位穿条纹衬衫,衣摆都用皮带扎在咔叽便裤里,皮带扣上古奇(Gucci)标志闪闪发光。前两年冰在罗马遇见同胞,都是西装革履,但近期“便装上阵”的越来越多,可见中国人不再把走出国门看成是很严肃的事情了。两位同胞也向冰投来好奇的目光,但并不招呼她,继续自己的谈话。

“这可不是一般的复制品,是 AP,artist proof,画家亲自审定、对制版分色认可的 OK 版,有米罗的亲笔签名,市场上仅此一幅!”格子保罗衫指着手中翻开的拍卖目录说。

“哇,这么有讲究,怪不得底价就开了三万欧元。”条纹衬衫眯眼细看。

“原画两年前在伦敦拍卖一百万呢,这张 AP 开价是原画的百分之三,价格比前两年地产泡沫时代合适多了。我就是喜欢米罗的画……”

冰带来的两张马蒂斯复制品不是 AP,可也是限量版,市场上应该

不超过一百张,碧碧核实过马蒂斯的签名和编号,先前和冰商定的底价是一万五,是否过低?冰琢磨。

转眼间大厅内一百多个座位被坐满了,竟有三分之一的客人是亚裔,冰相信他们多数来自她的祖国。台上工作人员各就各位坐到电脑、电话边,碧碧的老板,狒狒拍卖行主人安东尼奥走上台。安东尼奥个子不高,站到拍坛后,只看得见他瘦长的脸和一双大手,无线麦克风里传来的声音却洪亮如钟:"请大家注意,除了本期目录列出的二百三十六件拍品,本行今天很荣幸再增加三幅现代绘画的重要作品供各位竞投。"安东尼奥说的是英文,狒狒的拍卖会向来国际化。他身后的投影布上,冰提供的三幅画作一一呈现。安东尼奥说还有十分钟,大家可以到预览厅去查看原件,这三幅画的竞投将在最后进行。

"马蒂斯限量复制品,太好了,我得去看看。"格子保罗衫刚在冰身旁坐定,又兴冲冲去了预览厅,看来是个专收名家限量复制品的主儿。冰对拍卖行的特别推荐甚是满意。

接下来的三个小时里,冰目睹两百多件艺术品和古董家具在安东尼奥的槌起槌落间被来自世界各地的客人竞相投购。投影布上,变换的价码被即时换算成欧元、美元和人民币显示出来。竞投的价码大多高出底价许多,有的高达底价的五六倍。

谁说经济环境差了,冰想,有钱的大有人在嘛,都跑拍卖行淘宝来了。所以虽然有三十来件拍品无人问津,冰还是很受鼓舞。其间小保发短信问拍卖进行如何、他是否要卖掉摩托车。有现成的买主等着,肯出九千八。冰信心十足地答复:摩托车留着今晚载我兜风,我会带去比卖摩托多十倍的赌注。

格子保罗衫以四万三千欧元投购到他心仪的米罗复制品。冰问他今天增加的马蒂斯限量复制品怎么样,想探他口风。人家耸耸肩,守口如瓶,大概把冰当成一位竞投者了,并没留意到冰手中根本就没有投标

的号码牌。

马蒂斯的“丁香”被打到投影布上。有人举牌投一万五，另一人举牌一万六，每次价格递增一千。安东尼奥用清晰而机械的口齿报出每个价码，语速越来越快，却一字不乱。格子保罗衫手中牌子抬起放下、蠢蠢欲动，却始终没举高。他等什么呢？冰不时瞟他两眼，见他聚精会神瞄着投影布上节节升高的报价，大气不出，像在狩猎一只飞速逃窜的兔子。冰恨不得手中有块牌子举一下，也好激将身边的格子保罗衫先生。

马蒂斯的“丁香”最终被前排一位竞投者以两万四千欧元购去。条纹衬衫附在格子保罗衫耳边叽叽咕咕，不知是否出谋划策、助他投购下一幅马蒂斯。

女人躺在金鱼缸边，冰心里把这幅马蒂斯称作“伊娃”。此时“伊娃”投影在幕布上，被空调机吹出的风微微荡漾，水、鱼和女人似乎都有了生机。

格子保罗衫的数码牌被抬到胸前，随时准备高举。当安东尼奥的报价由一万五上升到两万三时，格子保罗衫终于向上伸直了胳膊。“两万四千！”安东尼奥报数，“两万四千，一遍，两遍，警告，两万……”拍卖厅内再无人举牌。冰想“伊娃”非格子保罗衫莫属了，安东尼奥却被坐在台边电脑后的胖马可举手打断，有位网上竞投者投标两万五。格子保罗衫咬着嘴唇毫不犹豫再挥出手中数码牌，他大概铁了心要买“伊娃”。胖马可在台上也接着挥手。“两万七！”安东尼奥报，“两万七，一遍，两遍……”

格子保罗衫额头冒汗，和条纹衬衫交换眼色，不知要放弃还是继续竞投。一缕头发落到冰眉前，她抬手拨开散发，却不知格子保罗衫眼角余光瞥到动静，被激发再次高举数码牌。他就那么举着牌子不松手，直到安东尼奥报“警告，三万……”胖马可在电脑后摇摇头，网上竞投者放

弃，安东尼奥宣告："成交！拍品二百三十八号，马蒂斯限量复制品被后排五十七号先生购下。"安东尼奥手中木槌敲出一声脆响。

"恭喜你！"冰小声对格子保罗衫说。他腼腆地笑笑，用手臂抹去脸上汗水。

相对说来，克里姆特素描的拍卖过程纯属"短平快"。一开始安东尼奥就宣布有位电话竞投者开价三十六万，拍卖厅内人们窃窃私语，却最终无人举牌竞标。安东尼奥喊"一遍，两遍，警告……"除了台下众人网一般交织的目光，他没收到别的响应，便当啷落槌宣告成交。

"一枪就结束了战斗。"冰去碧碧安娜办公室结账时说。

"买主也是我们一位多年的主顾，拍卖开始前我就联系了他，我知道他一直在搜寻克里姆特的素描。"碧碧说。

有现成的买主，你还趁机多收我一笔佣金，冰心里嘀咕，但没做声。

碧碧安娜把冰带来的棕色公文包推过来："这里面是十万欧元，比我们先前议定的预支款多5%。这位主顾信用好，成交后立刻就付了二十万，安东尼奥觉得余额收账应该没问题，所以愿意多预支些现金给您。"

也算你会做人情，冰笑："我早先不是说过，碧碧总能把事情办得完美。"

"为您服务是我的荣幸。"碧碧笑得更灿烂，"我们会在三十天内把其余付款打到费福尔画廊账户里。"

黑暗的秘密

冰走出狒狒拍卖行，已是傍晚，太阳匆匆往西落下，留一层暮霭渲染庙堂、楼宇稠密的线条。冰已经换上中午买的T恤和牛仔裤，轻爽松快，适于行动。小保的格斗比赛将在八点半开场，她手里提着十万欧元的赌注，必须尽早赶去。

冰扬手叫了辆出租车，对司机说："Ludus Magnus, per favore(请去Ludus Magnus)。"

司机却是会说英语的："斗兽场东边的格斗训练营，很有意思的地方。第一次到罗马？"

"不，不过是第一次去 Ludus Magnus。"

司机从后视镜里瞄着冰："你知道吗，古罗马的格斗士就像现在的电影明星，有很多女粉丝，包括漂亮的贵妇小姐。"

"我是去会朋友。"冰在后视镜里瞪司机一眼，心里却有学期伊始，学童重聚的叽喳雀跃。她要会的朋友，唔，非常非常特别。冰掏出手机发短信给小保：一切就绪，今晚看你的了。

车在斗兽场东墙边的马路对面停下，冰付钱下车，司机跟下来，说要替她做两分钟导游。司机四十来岁，短袖衬衫崭新洁白，头发规矩地向后拢着，看起来倒不像是打劫的。冰紧握着公文包提把不作声，算是默许了。

格斗士训练营的遗址就在路边，比路面低下去一层楼，围着铁网栏杆。司机指着前方断墙残堡中显然是现代架上去的短梯说："训练营的大门就在那个位置，北边那条马路，Via Labicana，古时候就有了，国家博物馆里有尊奥古斯都的雕塑就是在这条路上找到的，祭司打扮的那尊，你看过吧？"

"罗马的出租司机都和你一样是考古专家吗？"冰恭维他。

"我是罗马人嘛，当然该知道这些。你看，左手边，那些方形房间，是格斗士住的营房。"司机指的是红砖断墙围起的一列方洞，残缺剥落，杂草丛生，墙根整齐地向东排去两三百米，几根像是被雷电劈断的石柱零落在草丛中。

"牢房吧？"

"也有自由人做格斗士的，挣钱，我不是说过他们像电影明星吗？"司机颇有意味地看看冰，"右边那半圈椭圆砖墙，围着一个小型格斗场，还有观众席，看见了吧？他们训练的时候也有人看呢。"司机右手在空中来回劈两下，像真有刀光剑影闪过。

两个游人向出租车走来，司机对冰抱歉，去接生意，冰塞钱酬谢他，他却不肯收。

夕阳在废墟里拖出几道金黄的影子，晚风夹带泥土的潮湿和草丛的清鲜。冰看看断裂的斗兽场东墙，又看看手机，小保还没回短信。也许他正忙着热身准备，冰想就不去干扰他了。昨晚小保已经把入场和下注的细节都交代给她，她自信不会出差错。她不是刚摆平了狒狒拍卖行吗？现在她是去送钱，总不会比筹钱更难吧？

冰抬头向前走去，感觉是走向一个新的开始，脚边古老的废墟让临近却未知的下一刻染上了神秘而沧桑的意味。

小保本来七点就要离开酒店，却被老板叫住，讨论安排一位美国歌

星后日来下榻的细节。他终于得以脱身时,已经快八点了。刚出酒店门口,梦娜追了上来。

“今晚一起吃晚饭好吗?”她问。

昨晚小保草草结束了跟梦娜的生日晚餐,去追赶另一个女人,他知道自己至少该跟梦娜好好解释一番,但现在却不是时候。“今晚不行。”他说。

“干吗急着走开,保罗,你不喜欢我了吗?”梦娜不依。

“别胡思乱想。”小保没有回头,加快了步伐。他现在必须集中精力,无暇顾及梦娜的小女生情绪。

“我爱你,保罗!”

“什么是爱? 梦娜,别随便用那个字!”

“可是我真的爱你!”梦娜嘤嘤地哭了,但小保已经走远。

小保风风火火往俱乐部赶,根本没觉察到,梦娜悄悄跟在他身后,逐渐昏暗的天色隐去了她脸上闪烁的泪光。

椭圆格斗训练场被右边一条狭窄的街道当胸截断,沿街一列粉黄橙红的公寓楼。正对格斗场的一栋,六层高,楼下有杂货店和一家比萨餐馆。餐馆门口撑着白色太阳伞,小方桌上铺着红白方格桌布,伞下的座位空着,华灯初上,还不到晚餐高峰时间。

冰想,这该是小保昨晚说的入口了,于是坐下来,按小保交代的,要了杯红酒。趁侍者去拿酒的时候,冰走进餐馆,经过吧台一直向里去,到右边尽头,有十来步陡峭的楼梯,楼梯口有洗手间的标记。

冰扶着栏杆一步步踩下去,楼梯很结实,并没有发出异声,冰心里却越来越虚,大概是空间越来越低,光线越来越暗的缘故。楼梯到头,左右各一道白门嵌在暗红的墙里,门上各有男女小人图形。

一个缓慢、粗糙的声音从前方墙里传来,冰的眼睛适应了黯淡的光

线，才看清是个苍老干瘪的黑衣女人在对她说话。女人身后还有一道门，漆色同墙壁一样暗红，门上铜皮突起几个意大利字，冰从与英文相近的“Personale”猜测，大概是“闲人免进”的意思。

女人绾着发髻坐在陈旧的木椅上，递给冰一方叠得很整齐的手纸。她的微笑十分谦卑，可她说的话，冰一句也不懂。

“玫瑰，你们这里有玫瑰吗？”冰说出小保教的暗语。

“几枝？”女人果然问，冰听懂了。

“一枝。”

女人收起笑容，薄而皱的脸皮稍微平整了些，身子往右边让，示意冰推门进去。

冰侧身挤进门里。一间杂物室，堆放着多余的桌椅、灯盏、腾空的酒箱，灯光同门外一样昏暗，照着墙上退色的壁画，葡萄园的收获景象。冰扫视室内杂物，正觉糊涂，却被右边桌上一只斜放的篮子吸引。篮子同其他杂物一般陈旧，却又深又大，一枝粉红的玫瑰探头出来，一屋杂乱顿然生出头绪与光彩。

篮子里躺着色彩各异的新鲜玫瑰，淡香在积尘中扫出一条清新的通道。冰拣了一枝淡绿的，像先前街对面废墟中的草色，被晚风夕阳冲淡了。小保昨晚告诉冰：“跟着玫瑰走。”篮中玫瑰一顺指向左前方，冰朝前走，绕过桌椅酒箱，走到墙壁跟前，才看清原来涂在墙上的葡萄园栅栏是一道门，还有个黄铜把手。

冰扭动把手，一阵阴风像沾水的鞭子抽过来。是餐馆的酒窖，一条狭长的通道，缓缓斜下去，两边的木架上，列满大小酒瓶，头顶石壁拱起，吊两只暗黄的灯泡，电线裸露着。通道尽头，一只齐腰高的原木酒桶边，有人对冰招手。

冰走过去，一眼认出是去年秋天在井上道馆旁寻衅的光头，虽然络腮胡剃了，现出方脸的轮廓，但冰不会忘记那双浮肿的眼睛和其中不甚

干净的笑意。光头盯着冰手中的玫瑰看，又上下打量她，一边嚼着口香糖，下颌骨有力地向两边撑开去。他似乎不记得冰是谁，嘟囔一句意大利语，冰说她听不懂。

光头蹦个英文词："Who(谁)?"

冰背出小保交代的话："我是露西·刘，我要对火龙下注。"俱乐部无论成员观众，都不用真实姓名，火龙是小保的代号。

"多少?"

"你是谁? 我为什么要告诉你?"冰忍不住问道。小保告诉她俱乐部入口会有负责人登记收钱，可面前这流里流气的家伙，虽然今天刮了脸、穿了黑西服，看上去怎么也不像可以交付十万欧元的人。

"啊，失礼了。我叫奇诺，俱乐部主人。"光头不知从哪儿摸一顶棒球帽扣到头上，帽檐的阴影下，他眼中的匪气似乎有所收敛。见冰不信，他又说："保罗是我去年招募进来的，这家伙打起架来像团火，是我们俱乐部的一颗新星。"

奇诺像去年秋天那样直呼小保大名，他们果然早就认识。"谁是保罗?"冰却不买账，管他是否认出她来，就不让他套近乎。

"五年前，保罗走出道馆，第一个实战对手就是我，嘿嘿，我早告诉他道馆的花拳绣腿中看不中用。他来俱乐部这大半年长进可不小……"奇诺却似乎执意要打消冰的疑虑。

"十万欧元。"冰打断奇诺，把公文包提到他眼前，她担心跟这家伙纠缠下去夜长梦多。

奇诺低头再看冰，眼里多了一重兴趣，剃青的头皮幽幽反光，靠近冰这边的耳朵，缺了半块。冰脑后生出凉气，牙关有点打战。

奇诺翻开酒桶上的笔记本电脑，敲打两下，忽然嘴角一翘，闪过似是而非的笑："你知道保罗今晚和谁对打吗?"

今天一大早，冰的脑筋就围着弄赌注的事转个不停，倒还真没想过

小保的对手会是谁。奇诺张开大手抓住冰的胳膊，拉她到电脑屏幕后。屏幕上一位大汉裸露上身，头、脖子、肩膀、胸脯是石头堆成的山丘，浑厚、坚硬，沾着新鲜的血迹。旧创新伤在他脸上画出纵横的沟壑，鼻梁中间向左拐道弯，像勉强接上的断桥。男人撇嘴叉腰，牙关紧咬，眼神森严，冰隔着电脑也能感到他泰山压顶的气势。她不禁后退一步。

奇诺把她拉回来："这是玫瑰格斗去年的冠军，人人都赌他赢，你确定要花十万块来看你的小白脸儿挨揍吗？"

冰用力挣脱奇诺的手："关你什么事？看来你不想跟我做这笔生意！"

"急什么，宝贝儿？谁不想跟你做生意啊？我只是要你肯定——你的电话号码？"冰报了她的意大利手机号，反正随时可以换掉。奇诺把号码敲进电脑，从一台袖珍打印机里扯一张票据递给冰，又抓过冰手中的公文包。"下了赌注可不能反悔。"奇诺说完，弓腰做个"请进"的姿势。

冰抓紧票据飞快地朝奇诺指的方向转，奇诺顺手在她屁股上捏一把。冰一惊，踩到一洼积水里，凉气蛇一般从脚心往上蹿，冰尖叫起来。这声尖叫冰在心里已经憋了很久，气足声长，撞到石壁上，立刻散成"嗡嗡"的回音。

流氓！冰心里恨道，回头要怒呵，嘴唇却被奇诺脸上的凶狠定成半开的"O"字。空洞阴暗的地窖里，她完全处于劣势，退路是没有了，前方十几米外，看得见一道虚掩的门，透出被人影晃动的灯光。冰抬起湿淋淋的脚，不顾一切跑过去，身后，奇诺怪异地干笑两声。

木门被冰"咚"的一声撞开。室内呈半圆形，大约四五百平方米，空间比外面的通道高，沿着石壁排了一圈齐腿高的原木酒桶，显然是简易看台，已经有好几个手持玫瑰的人坐在酒桶上。石屋中央，倒扣的酒箱

围出一个椭圆的内圈，这就是小保说的格斗圈？

冰刚闯过奇诺那一关，既惊又恨，正想她怎么答应小保到这么个鬼地方来？看见场内布置，忽然失笑。分明是大学生酗酒斗殴的地下室嘛，哪是小保说的生死场？冰绷紧的神经稍微松弛下来，左右环视不见小保，就挑了左边角落里的酒桶坐上去，脱下湿透的高跟凉鞋，搁在地上晾着。

斜对过一个男人过来搭话："我们都挑了绿玫瑰。"他说美国腔的英语，五十岁左右，腆着肚子，模样随和。

"啊，就是。"

"我进来的时候也踩水了。"男人在冰旁边的酒桶坐下，抬起一只脚，白球鞋湿成浅灰色。

"我们把水都踩光了，后来的人会失望的。"冰正式加入谈话，男人释怀大笑，冰却想起刚才被奇诺平白吃了豆腐，心里憋一口气，得让小保好好教训他。

"你不像意大利人。"身边男人试探地说。

"本来就不是，你呢？"

"我爷爷是，说我应该来罗马看正宗的意大利人打架。"

"哈，为什么？"冰笑，他要是知道小保只有一半意大利血统，该失望了。

"我们住在纽约，我爷爷说纽约的意大利后裔越来越杂，像我这样，打架越来越窝囊，哈哈……"

"有意思，你怎么知道来这儿？"

"保密，我也不问你的秘密。"

是啊，即使酗酒斗殴，也是违禁的。小保昨夜交给她一个黑暗的秘密，她是唯一的，小保说，好像把性命放在她手里。冰意识到事情比她想象的严重许多，她忽然心虚起来，仿佛在海上漂流多年的人回到陆

地，迈开第一步，脚悬在半空，不清楚自己到底能承担多少重量。毕竟，长期以来，她习惯并且擅长的，是逃避责任的存在方式。她此刻出现在这里，已不仅仅是闹意气跟杰克开个玩笑了，也不仅是女人恋爱一时的冲动。冰感觉她是在替伊娃坐镇，守护比婚姻和川福楼都重要无数倍的小保。冰看看手中的绿玫瑰，想这枝花儿可不能随便扔出去。

酒桶上已经坐满了人，晚来的人层层围住场中酒箱画出的圆圈，绝大多数是男性，老少都有。冰套上凉鞋，站到酒桶上，招来许多目光，却仍不见小保。

屋顶四角都装了摄像机，另有两部摄像机被安到三脚架上，摆在酒箱圈的两侧，旁边各有人抱着笔记本电脑在调试。纽约客掏出 iPhone 输入一个网址给冰看，手机屏幕上显示的正是屋内的景象。

“今晚的格斗将即时传播到欧美各地，听说现在已经有上千人通过网络下了注，还有好些个大款出手呢。”纽约客很兴奋，“现在从这儿赚钱的几率可是比去华尔街高多了，哈哈！”

冰刚才还纳闷，场中观众顶多两百人吧，有可能像小保说的那样、几十倍地赢钱吗？原来人家用高科技把这几百平方米的格斗场无限扩大了，虚拟空间里还有上千观众睁眼看着了。

“你知道吧，古罗马的格斗士训练营，就在这里。”纽约客跺跺脚下结实的泥地。

冰回想刚才进来的路线，按方向距离，这间半圆的地下室，应该正好与街对面陷落的格斗训练场对接上。石壁渗出一滴水，落到冰脑门上。冰感觉冷，坐下来，双手抱住肩膀。

箭在弦上，临风，即将飞向高空

室内灯光突然亮了一倍，人群静下来，一个穿黑T恤的瘦老头站到酒箱上，打个手势，两个二十出头的男孩便从半掩的木门后走进酒箱围起的格斗圈。俩人都是中等个头，光着上身，肌肉结实发达，皮肤一白一黑。老头——看来是裁判——跳下酒箱，喊一声，两人立刻扭在一起，互相抓住对方肩膀，头顶着头，不断转圈，脚下绊来绊去。

黑人被绊倒地上，白人身体压上去，膝头顶在黑人胸口，黑人的一条腿却不知怎样绕到了白人脖子上，牢牢箍紧。俩人像蛇蟒盘缠，僵持不下，黑脸汗水淋漓，白脸憋得通红，黑衫裁判在旁边转了一圈又一圈，难决胜负。

观众不满，大声嘈嚷，有人向格斗圈扔纸团，两三个捏扁的易拉罐砸到格斗圈的酒箱上。

“这俩哥们儿的巴西柔术可都不怎么样。”纽约客在旁边啐了一口。

冰没理他，暗笑，就是大学生聚众斗殴嘛，还借了古罗马格斗士的场子，煞有介事。

黑衫裁判终于把黑白两人拉开，哑着嗓子说了几句话，冰也听不懂。

他们走出格斗圈后，立刻又进来两个年龄稍大的男人，高的块头大，肚子上挂半圈肥肉，矮个子胸肌一棱一棱地跳动，头发系在脑后。

他们在圈中对立站定,黑衫裁判一声令下,高个子立刻出拳击向矮个子脑门,矮个子闪开,同时抬腿,出其不意地踢向高个子私处。高个子软下去,双膝落地,矮个子一转身,又起一脚。冰没看清踢到什么部位,只见高个子石膏像一般侧身倒下,口鼻涌血,染红半边脸。

人群喧哗激昂。

冰胃里似有飓风旋转,一阵眩晕,差点呕出来。纽约客站起来,愤然把手中玫瑰扔出去,高喊:"起来,他妈的,快起来,别认输啊!"躺在地上的高个子并未完全失去知觉,左手举过头顶,来回晃三下,大概是认输的手势。纽约客气得一屁股坐回酒桶上:"什么狗屁地下格斗,见血就认输,真不值我的三千美金!"

下一场格斗紧接着开始,两个年轻对手跳进圈内,冰看清不是小保,就坐下来,低头让视线挡在人群外。她不是没体验过血的威力、人心的冷酷,但此时此刻,没由来的暴力凶残,轰然一声,如同某种无名黏液翻滚而来,气味异常浓烈刺鼻,把她逼困到死角。

是男性荷尔蒙的气味,混杂汗气、潮气、血腥、挥发的酒精,还有男人间的认同、默契,水淋淋的棉花一样捂起来,越捂越紧、越湿。格斗的声音,全然不像动作片里那样夸张,沉闷得多,像击到枕头芯子上,吸进去,没有立刻爆出来,却最终要爆出来。

悬念,拉紧了人们的神经,细得像蛛丝般透明,咒骂、叫喊、歇斯底里,越来越频繁、密集。冰昨夜听到的声音,就是从这样的洞穴里传出来吗?埋葬在地层深处的历史片断,不时透过人群缝隙向冰涌来。拳脚飞起落下,肌肉收缩张弛,皮开、骨裂、血流……人体之间、生命之间,从古至今,似乎只是这样一些原始而无情的连接。

每过三四分钟就有一方被打倒、认输,差不多过了五六场格斗,冰猛地起立,踮起脚尖,捂实的棉花扯开一道口,空间开阔起来,有风,她感觉到小保的存在。

小保果然走进来,穿一条鲜红的尼龙短裤,裸露的肌肉匀称强健、洁净有光,像古罗马的太阳神。冰浑身发热,热到心底,先前的心虚瞬间蒸发了。她为他而来,迈开的脚步要踏踏实实地踩下去,总不至于粉身碎骨吧?冰想到她束之高阁的中文博士学位,想到昨夜在斗兽场楼上,他们还来不及谈到的未来,也许——冰一下想远了,甚至设想自己心一横,扯断了握在杰克手中的长线。爱到底是什么?昨晚小保问。答案此刻涌进冰心口:爱是生死相守的决心,是再艰难也不放弃的决心。等格斗结束了,她会告诉他。

小保神情庄重,目光内敛,似乎在运气、排除杂念。冰把她差点喊出口的"小保"咽了下去,深呼吸,聚精会神地想象小保胜利的结局——他从格斗圈振臂跃起,她欢呼着向他跑去……精神是取胜的关键,冰相信她的想象会助小保一臂之力。

"你下的赌注上场了?"纽约客拧头问,见冰不答话,又说,"他赢不了,太漂亮了,看上去就不够对手狠。"

冰探头,见上届冠军跟在小保身后进来,一座移动的山丘,比她先前在照片上看到的还要庞大、强壮。冠军目光四处乱扫,钢刷子般擦过冰的脸。冰狠狠瞪一眼回去:"瞎说,他跟你们都不一样!"

"哼,我们看吧!"纽约客撇嘴道。

小保已经飞起一脚,又快又准,正中冠军左腿膝盖,冠军身体一歪,小保又一脚踢到他左边脸上,迅雷不及掩耳。那决不是花拳绣腿,冰在皇家酒店前厅见识过,该是空手道道馆里踢破砖头的一脚,她为小保漂亮的开场大声叫好。冠军的脸立刻肿起来,渗出血迹,他踉跄后退,眼看要倒地,却一下扎住马脚,看来东方功夫也练得很扎实。

冠军反攻,他块头大,身体却异常灵活,两个拳头电闪雷鸣,轮番向小保头部击去。小保一边躲闪,一边挥拳还击,但连中两拳,嘴角鲜血立刻流出来,他跳开,眼睛紧紧咬住冠军,伺机再次进攻。

一种令冰心惊的亢奋，从小保发光的身体迸出。箭在弦上，临风，即将飞向高空。那是来自生命最初的本能，亿万年的时光也未能消损其丝毫爆发力，与冰所谓的灵感无关，甚至与小保本人无关。冰看见它的刹那，一道无形的窗口洞开，绝对的寂静与黑暗之外，原来还有不着痕迹的飞行。冰笑了，感觉自己的长发飞舞起来，身后展开明亮的羽翅。

观众激动万分，声援、诅咒、口哨横飞，拳头夹杂玫瑰乱舞。冰跳到酒桶上，忘乎所以地喊："狠狠打！"小保击中冠军的每一拳、每一脚，都带着她腾空而起、远远超过扬眉吐气的惬意痛快。冰发现，展翅飞翔的时候，她根本不必担心自己的负重能力。

冠军何时拽住小保、虎背熊腰怎样一旋一转把小保掼到地上，冰眨眼之间没看清楚，只见冠军顺势骑到小保身上，拳头不断向下抡。小保用拳头、胳膊护着头部，身体左转右拧，却一时难于挣脱。冰意识到小保完全处于劣势，急得直跺脚："小保当心！不行就认输啊！"她的呼声却立刻被人群的咆哮吞没，小保不可能听见。

小保终于逮着空隙，由下往上一拳击中冠军下巴，冠军身体斜开，小保撑地跃起。但就在小保脚跟着地的瞬间，冠军向后蹬腿一扫，小保又仰面倒下，后脑勺重重落在一只酒箱上。冠军转身扑过去，举拳正要继续往下砸，橄榄肤色的地中海美女，不知从哪儿尖叫着冲进格斗圈、扑到小保身上。冠军手没收住，拳头落到地中海美女肩上，她手中的红玫瑰，悄然落地，轻轻碰到黑衫裁判愕然的鞋头。

冰在对面看得一清二楚。她嫉妒极了，嫉妒地中海美女惊呼着扑出来的决然姿态；嫉妒她肩膀遭受的重创，使她那样柔若无骨地伏在小保胸口上；嫉妒，小保居然坐了起来，脸走了形、血迹斑斑，他抱着地中海美女，像抱一个布娃娃，娃娃的长发是棕色绒线编的，一弯一弯的大波浪奔腾到他鲜红的裤腿上。

凭什么？就凭她可以为他去死？凌空飞翔的羽翅突然粉碎，冰整个人掉进了醋缸，什么突围、责任、相守的决心、爱的答案……扯淡！“都去死吧！”冰低声骂道，用力把手中的绿玫瑰向小保掷去，完全忘记那枝落进格斗圈里的玫瑰意味着什么。那一刻，小保被冠军拳头砸肿的眼睛仿佛亮了一下。“你是唯一的。”冰仿佛听见他说。

冰冷笑一声，跳下酒桶，推搡人群，挤出了地下格斗场。

绿玫瑰在空中画一道优雅的弧线，无声落进格斗圈中。人群因地中海美女的出现突然静默，随即又因绿玫瑰的降临哗然。小保这时才在人群尽头看见冰的脸，苍白、冷艳，像她抛来的玫瑰闪着寒光。

进场之前，奇诺告诉小保：“那个中国妞儿为你下了十万赌注，可别让她血本无归！”格斗中，小保感觉到冰的注视，甚至听见她的喊声，却无暇确定她的方位。

但就在小保看见冰的刹那，冰消失了，飞扬的长发在他视野中留下最后几缕烟雾，随即也消散在人头的波涛里。小保此刻唯一想做的事是追过去找冰，不顾怀里的梦娜，更不管格斗圈里的玫瑰。只要追上了冰，他觉得，人生就完整了，哪怕伊娃丢了川福楼、卢卡和伊娃每天继续争吵。

但他不能，梦娜在他怀里呻吟不止，豆大的汗珠不断涌上额头。“你怎么到这儿来了？”他问梦娜。

梦娜被剧痛困扰得眼神散乱，只喃喃说着“对不起”。小保扶起梦娜要往外走，奇诺和两个随从拦住了他：“你必须再回格斗圈里去，有人投了玫瑰。”

“我认输还不行吗？这女孩要立刻送医院！”

“艳福还不浅。”奇诺怪笑，“一个对你下注，一个为你负伤。除了这张小白脸儿你还有什么？鸟蛋！有种秀给真爷们儿看看……”

小保不理奇诺，任他辱骂。井上先生的教导，适时而退，他一直铭刻在心。他与不同流派、背景混杂的人比武斗拳，长久以来却从没受过重伤也极少重创他人，这是主要原因。他现在放弃下一轮格斗，是在心理上战胜了自己，是真正的赢家。

"这不是平时周末的俱乐部比赛，认输就可以走人！"奇诺激将小保不成，又指出事实的严峻，"这可是全欧洲的玫瑰格斗，有人投玫瑰，你就得回去再打，全欧洲都等着你呢！再说了，就算我让你走，这屋里的两百多人也不让啊，还有网上那几千人，你以后还不想在欧洲混吗？"

奇诺是在曲解玫瑰格斗的规则，这小保很清楚，报名参赛前签的协定上说，有人投玫瑰，他可以选择再打，不是必须再打。但奇诺的威胁却不是闹着玩儿的，他即使现在能够脱身走人，奇诺和他的关系网事后也决不会放过他。"可她怎么办？"小保指着梦娜说。他必须找个合适的理由退出。

奇诺拍一下梦娜受伤的肩，梦娜惨叫。"她死不了，脱臼。"奇诺说，"我这儿备着外科医生，你回去，五分钟搞定前任冠军，我立即让医生给她复位，不然的话，我就让她一直痛下去！"奇诺的随从粗暴地把梦娜从小保怀里拉开，梦娜尖叫一声，痛晕过去，俊俏的脸被汗、泪、化妆品染得一塌糊涂。

小保一阵揪心，挥拳要揍随从，被奇诺掐住脖子。"去吧，做个好情人！"奇诺说着，把小保反推进了格斗圈。观众顿时雀跃，锐利的口哨划破石屋内滞闷馊臭的空气。

"那是你女朋友吗？别担心，等我揍扁了你再去安慰她，她肯定喜欢。"冠军污言秽语，存心刺激小保。

可就在小保双脚踏进格斗圈那一刻，一切都隐退了——伊娃和川福楼，他来格斗场的初衷；冰的苍白，如烟的发丝；梦娜的眼泪，被痛楚扭曲的脸；观众的呼嚎……脚下染血的泥地是唯一的真实。世世代代

牢不可破的真实，既蕴含无限的能量，也是无尽的依傍。小保踩紧泥地，眼睛果敢地迎上冠军射来的目光，一个极微妙的体验进入了他的下意识，全身毛孔迅捷地舒张又紧密地闭合。冠军强盛的气场忽然短路了，小保直觉到，眼前这位老辣的对手，已不可能再像上一轮格斗那样，继续操纵他的进攻与防守。

"来吧，看你那张脸还能漂亮多久！"冠军尚不知小保瞬间的领悟，在格斗圈另一头摩拳擦掌，如亟待扑食的困兽。

丝丝凉意透进小保光裸的脚心，是一连串无声的密码，完成了他和地面的全方位衔接。他回忆上一轮交手，冠军擅长快攻，以速度和力量制敌，而且不要命，一心攻倒对方，不顾自卫。他用空手道的踢打对付冠军是硬碰硬，冠军的个头体力都胜过他。要赢这一轮，他必须靠精密的策略和技术来化解冠军的威力，伺机把他引向地面，用巴西柔术的绞杀技一招制服他。

冠军开始出击，小保绕着格斗圈躲闪，偶尔挨上一拳，却不认真还手，意在消耗冠军的力气和耐心。不在行的观众看起来，是小保上一轮被打怕了。他们起哄："胆小鬼！""草包！""动手啊！"

冠军挥拳数次不中，终于厌倦了猫追老鼠的游戏，突然张开双臂，抱住小保双腿一拽，小保仰面倒下。冠军弓身时，小保大可一脚踢过去，但那一脚不可能立刻制服冠军，接下来还是胜负难卜。小保让冠军拽他落地，是冒险，也正是他等待的机会。上一轮，冠军居高临下之时，小保头部挨了重拳，好不容易摆脱辖制，却错误地跃起，失去从地面制服冠军的良机。这一次，失误就等于最后的失败。

十五年前被学霸卡林罗逼进死巷的情景闪过小保的记忆，同样有劲敌压顶，生命同样被放在刀锋上，但他已不是当年仓皇无措的男孩，那条曾助他逃离卡林罗致命一踢的"火龙"，多年寻觅之后，他已经发现，其实一直伏卧在自己身心深处，当他凝神注气、全力以赴，"火龙"

即是他，他即是“火龙”。此时“火龙”沉潜等候，感官异常清晰，冠军的一举一动、一呼一吸尽在洞察中；场中郁积千年的血气拢聚、回旋，正把最准确的出击时机向他推进。

冠军一拳捶来，小保偏头，下颌右角被击中，口中霎时咸腥酸辣，小保啐一口血水；冠军又一拳砸下，小保侧身，拳头擦过早已肿胀的左眼，金星乱溅，疼痛像铁锹铲开半边头骨。“火龙”由丹田振出一声大吼，小保才不至丧失知觉，他不能再多挨拳头了。

冠军两拳都没击中要害，移动身体、调整方位，却没注意小保双脚趁机钳住了他的髋骨。冠军挥起右拳，小保肩、腰、胯同时发力，甩上左膝抵住冠军暴露的右胸，双手抓住冠军左臂顺势向右下方一拽，冠军失去平衡、歪头下栽，身体山一般崩塌，两百多磅的重量倾轧过来。小保瞬即更换支点、交叉双腿架住冠军脖子。冠军久经沙场，知道自己落入巴西柔术的三角绞中，极少挽回余地，却不甘心认输，摆动身体，右手握拳在空中乱挥，仍企图击中小保。

小保手中，冠军的手臂如落网的巨鳗奋力挣扎，随时可能滑脱；冠军的血珠、汗粒飞洒进他眼里，眼前一片殷红；耳边，冠军粗壮的呼吸越来越紧迫，观众如海浪呼啸、逼近，有人要冲进格斗圈，被奇诺和随从拦截……各种声响中，小保忽然听见自己的心跳，刚劲执著，擂着“咚咚”战鼓，带领血液、呼吸、身体的每个部分抵死向前冲。他腿下再度发力，冠军身体再斜下两度，小保双手按下冠军滚烫的头。

黑衫裁判凑上前来，见小保双目紧闭，两手死死压住冠军后脑勺，绞在冠军脖上的双腿，筋节肌肉拧成铜链铁锁。冠军窝在小保腿下，耳根头皮通红，除了右臂偶尔还无力摇晃两下，全身不能动弹，他若还不认输，立刻可能窒息。好在冠军终于松开右拳，猛拍小保大腿。

裁判连忙出力掰开小保，把冠军拖到一边。冠军抱着脖子大口喘气。观众中有人高喊“火龙”，把玫瑰抛向空中，大多数人却垂头丧气、

骂骂咧咧。

今晚投注“火龙”的人可赚够了本，奇诺就是一个。他拍着小保血汗交融的肩膀说：“我就知道你能赢他！你要再一使劲儿，他脖子就断了，哈哈……”奇诺学着小保最后按压的手势。

小保这才从“火龙”世界回过神来：“梦娜在哪儿？”

梦娜的尖叫忽然从退场的人群后方传来。小保揪住奇诺衣领：“你们对她干了什么？”

奇诺摊手撇清：“兄弟，你的女人，我敢怎样？医生不正给她复位吗？”

小保穿过人群，终于挤到梦娜身边时，见她坐在一只酒箱上，胸前斜挂了绷带，受伤的胳膊吊在绷带里。梦娜脸上擦干净了，颜色煞白，但她呼吸均匀，额上也不像先前汗水淋漓。显然复位完成，剧痛消失了。梦娜身边站着黑衫裁判，小保并不知道他还会接骨复位，又怀疑地察看梦娜的肩膀。

黑衫裁判说：“不碍事，养几天就好了，比这糟糕的情形我见多了。”说着又凑到小保跟前，要检查他肿起的眼泡。

小保推开黑衫裁判，小心扶起梦娜：“来，我送你回家吧。”

黑衫裁判在他们身后嚷：“孩子，我要是你，会马上找人看看脑后那块伤。”

小保摸摸后脑勺，有个隆起的包块，干结的血疤黏着头发，摸上去有点痛，大概是第一轮格斗在酒箱上磕的，没什么大碍，去梦娜家用冰块敷敷就是了。

梦娜的公寓是个小单间，厨房、客厅、卧室重叠在同一空间里。小保侧着身子扶她绕过饭桌、炉台，到了窗边的单人床前。安顿梦娜躺下后，他忽然被困倦席卷，呵欠连连。

梦娜闭着眼睛，似乎睡着了。小保轻手轻脚从冰箱里找出橙汁、牛奶，放在床头柜上，用几乎听不见的声音说：“好好睡一觉，明天我再来看你。”

梦娜未负伤的手却软绵绵地伸过来拉住他：“别走，再陪我一会儿。”

小保把梦娜冰凉的手放进被单里捂好：“我不走，陪你。”梦娜是个好女孩，不该因他受这样的苦。

小保在床边沙发里坐下，眼皮立刻粘在一起，怎么也撑不开。呼吸沉沉地拖着他向一个无底深渊坠去。坠落的途中，他想到冰，要给她发个短信，手伸进裤袋，摸到手机，碰了几个键钮，意识随即被茫茫大雾包围，牛奶般浓白的雾，冰描述过的江上雾都……

他们曾经爱过的重要证明，却大概正在消失

冰整夜噩梦连连，一会儿是小保缺耳朵歪鼻子、满身血污地责问她，怎么还不扔玫瑰？一会儿是她抛出的玫瑰横空变成利剑，“咔嚓”削掉了地中海美女的胳膊，血水喷泉似地往外涌，染红了玫瑰，染红她和小保裸露的身体，染红了整个梦境……

冰惊醒过来，满头是汗。她拉开窗帘，天已大亮，阳光刺进眼里。昨晚她干了什么？就算小保利用她、仅仅拿她当摇钱树，她也不能只为

出口恶气就……她扔出的玫瑰关系着另一个人的安危啊！冰脑里闪过昨晚格斗场的景象，小保鼻青脸肿，头那样沉重地摔到酒箱上，他哪还能再撑过下一轮格斗呢？

冰跑进浴室，解下爱马仕手镯，看着腕上疤痕，想自己怎么明知故犯，跟当年负气割腕的少女比起来，有什么长进？这回是把别人的性命搁刀口上了。她胡乱抹把脸、漱口，换件T恤衫，出门下楼去。

刚出电梯，手机爆响，是个未知号码。"我找露西·刘。"一个陌生的男声说。

冰的心抓紧："我是露西·刘。"

"我有个包裹要递送给您，请告诉我送哪儿？"

"谁让你送的？"

"奇诺。"

答案在冰意料中，却不是她想要的，她本能地想躲开一切与地下格斗场有关的人和物。"昨晚，火龙赢了吗？"她却忍不住问。

"对不起，我不知道您在说什么，我只递送包裹。"

"送来皇家酒店吧，我在大堂等。"冰知道躲是躲不过的，坦然面对自己昨晚下的赌注吧。酒店大堂人来人往，有保安，谅他奇诺也不敢搞鬼。

手机上有条小保发的短信，打开却一个字没有。冰去前台找小保，值班小姐说他今天还没到酒店来。冰吩咐："一会儿有人找露西·刘，带他来见我。"

值班小姐莫名其妙，却尊重客人隐私，不多问。十多分钟后，她把一个瘦高个儿的青年带到冰坐的沙发前。

冰见青年提个棕色公文包，跟昨晚她交给奇诺的一模一样，一直抓紧的心口陡然放松。青年把公文包递给冰，又给冰一个电话号码："奇诺说有问题找他。"

青年转身走了，冰四顾无人，解开公文包的扣锁，包里躺着十沓五百元面值的欧元钞票。昨晚她给奇诺的是十沓同样厚度的百元钞票。这么说，她赢了？赚了整四十万！小保的确赢了！冰摸着包里厚重的纸币，心狂跳，人也想跳起来。她扣上公文包，忍不住仰头大笑。人们投来好奇的目光，被她轻盈的笑声感染，嘴角也浮起笑意，却不知冰这笑中，多少担惊受怕、内疚不安正像树叶般抖落。

冰笑够了，上楼把十万欧元锁保险箱里，准备晚上带回美国。三幅价值不菲的画儿没了，至少有笔钱向杰克交代。然后冰换上艳丽的纱质连衣裙，仔细化好妆，提着棕色公文包下楼。她决定等小保出现，把赢的钱都给他，看他有什么可说的？她付出的，就不跟他计较了，谁让她自己不长记性又掉进恋爱的漩涡？但他至少欠她一个完满的解释。

冰远远看见伊娃在前厅门口，粉缎绣衣，腰收得很紧，戴一副大墨镜，黑发披散。伊娃低头来回踱步，时而交叉双臂抱住肩膀，仿佛不胜空调冷风的吹打。

卢卡从前台办公室出来，提着一堆东西，小保的银灰西服，还有那个铅色运动包，冰还记得，去年秋天那个晚上，斜挎在小保肩头，使他看上去像 ARMANI 模特。卢卡对伊娃摇摇头，又说了句什么，伊娃的肩膀剧烈地抖动起来，缎衣窸窣，散放密集的光波。冰觉得她正目睹一枚雨花石的破裂……

可是，小保赢了啊，冰不明白伊娃的身体表情。也许，伊娃和卢卡还蒙在鼓里，不知道她手里就提着挽救川福楼的几十万现金。冰连忙跑过去，迫不及待要驱散笼罩伊娃和卢卡的愁云。

“小保呢？他还没告诉你们吗？”冰气喘吁吁说着英文，为了让卢卡也听懂，公文包藏在身后。

卢卡、伊娃诧异地看着冰，眼神陌生。伊娃半晌才认出了冰，拿纸巾抹去脸上泪水，叹口气：“冰啊，小保……”没说半句，泪珠又从墨镜后

滚下来。

“可是,小保赢了呀！川福楼有救了!”冰把公文包举起来,像小学生举起刚拿回家的奖状,“四十万!”

伊娃没像冰想象那样破涕为笑、满脸惊喜,相反,她皱起眉头,拉下墨镜,红肿的杏眼射出两道锐利的光:“你,原来是你!”

“我?”冰倒退一步,不懂伊娃何来这冲天怒气。

“对,就是你,我不管你多有钱、多有背景,逼我儿子去拼命,你简直就是吸血鬼!”伊娃用中文骂道,伸出手指戳到冰鼻尖上。

冰急了。如果伊娃骂她猪脑子,不仅没阻止小保去冒险,还帮着下注,这她可以接受,但平白无故冤枉她,说是她逼小保拼命,太不讲理了！冰用中文顶回去:“你搞错了吧,怎么是我逼小保？是他为了川福楼……”

“你还狡辩!”伊娃打断冰,“为了你包里那些钱,小保都昏迷不醒了!”

冰懵了,小保不是赢了吗？怎么又昏迷不醒？小保何时发给她那个空白短信？他要告诉她什么？她扔出的玫瑰到底闯祸了？昨晚的噩梦原来全是征兆？难怪伊娃哭成这样……

冰的沉默更加激怒了伊娃,她抓住冰的肩膀使劲摇晃,歇斯底里:“吸血鬼！你还我小保,还我小保……”

冰心里翻江倒海,任伊娃的指甲在她肩上掐出血丝、伊娃的摇撼让她头晕眼花。她忽然无力为自己争辩,脚下却像踩进一片泥沼,怎么也不迈不开步子,身体迅速陷下去,喉咙被冰冷的泥巴封住了。

卢卡不太懂中文,但从伊娃的愤怒和冰的茫然看出了可能的误会。酒店的人围过来,问卢卡需要帮忙吗？他毕竟曾是酒店的大股东。卢卡摇头,抱住伊娃,掰开她紧抓冰肩膀的手:“走吧,咱们去医院,儿子需要我们……”

伊娃精疲力竭，用墨镜盖住半张脸，听任卢卡搀扶她向门口走去。

冰忽然惊醒似地追过去，把公文包递给卢卡："这些都是小保的。"不管怎样，她必须完成小保想做的事。

卢卡为难，手伸出一半，被伊娃一巴掌打开："你以为钱能换回小保吗？"

公文包半空落下，扣锁在大理石地面撞开，几沓现钞滚落出来，飘散。围观的人欷歔，有人鄙夷，有人艳羡，有人似乎明白了什么。冰无言，蹲下身子，把散落的钞票一张张从人们脚边捡回来。人腿的缝隙间，她瞥见伊娃和卢卡的背影。

伊娃靠着卢卡抽泣，卢卡搂着她，低头说着安慰的话。从远处看，她还依赖他，他仍然怜惜她，他们像冰小说中的人物一样，还互相爱着。然而一夜之间，他们曾经爱过的重要证明，却大概正在消失。

一颗清亮的泪珠在冰眼角挂了多时，终于"吧嗒"落到她手中紫红的钞票上。

冰把装着四十万欧元的公文包搁上柜台，请前台经理暂时存放进酒店保险柜里。经理两鬓斑白，富有涵养，但刚目睹了前厅的一幕，知道包里是一堆棘手的现钞，免不了顾虑重重。

"这笔钱是给保罗一家救急用的。"冰晓之以理，"保罗在医院里，不知什么时候才能醒过来，卢卡又破产了……"眼泪在冰眼眶打转。

经理不清楚眼前东方女子与保罗一家的关系，但她讲的是事实，动的是真情，而且她下午就要退房离店，半天的风险，他一咬牙决定替这女子担了。"请您退房时务必记得提取。"经理说。

"当然。"冰莞尔，这年头还有放着四十万现金不拿的理由？"知道保罗在哪家医院吗？"她问。经理摇头，不说话。"那请给我川福楼的电话吧。"客人询问菜馆电话，要求合理，经理无法拒绝。冰准备等会儿，

也许伊娃平静下来，再跟她打听小保所在的医院，同时说服她和卢卡收下那四十万。

冰等电梯上楼，背后忽然有人喊“费福尔太太”。两个意大利男人，都穿深蓝西装，壮实挺拔的个头，英俊的脸，乍看像双胞胎。其中一位大概早起忘了刮脸，两腮和下巴爬满胡茬子，看起来沉稳阴郁。胡茬子亮出一张证件：“请跟我们去趟警局，有些问题要问您。”

证件上是意大利文，但冰认得 Carabinieri，想意大利宪兵队办事效率还挺高，昨晚地下格斗刚打完，第二天上午人家连观众都追查到了。她倒是很愿意为警方提供线索，让他们把奇诺那流氓抓起来。“我很快就得去机场，今天我回美国。”冰说。

两位警察不为冰的娇媚声色所动，表情庄严不变。胡茬子语调不高，却不容争辩：“女士，您必须跟我们走。”

冰忽然想到刚交给前台经理的四十万，不希望再像先前那样弄出太大动静来，便默默跟着两位警察出了酒店。奇诺的罪状她会一条条跟警察数出来，但她不能把小保牵连进去，而那四十万欧元是小保拼着性命换来的，她也要设法替他保住。

冰一路千头万绪，心里打了许多腹稿，走进警察局，却万万没想到人家当头问的是：“您是这两幅印刷品的主人吗？”

冰这才留意到，她刚踏进来的房间，除了桌椅、台灯、档案柜一类典型的办公设施外，还陈列着不少油画、青铜雕塑、大理石头像等艺术品。罗马毕竟是罗马，冰心里叹，连警察办公室都少不了文化点缀。

胡茬子指的两幅印刷品铺开在桌面上。冰探头一看，是马蒂斯的“丁香”和“伊娃”。

“您是这两幅印刷品的主人吗？”另一位警察靠着办公桌，点燃一支香烟。从侧面看，他的翘鼻子像意大利版图——靴子。

冰点头，又摇头：“我昨天在狒狒拍卖行卖掉两张相同的限量版复

制品。”冰说完立刻后悔，想她背着杰克、诺拉拍卖画的事儿一定穿帮了，他们找警察来跟她算账，她却不打自招。

“那么，您卖掉的两幅复制品来自何处？”胡茬子在冰对面坐下，目光逼人。

“你们这两幅来自何处？”冰反问，想先弄清自己的处境。

“费福尔太太，我们问，您答，懂吗？”胡茬子毫不客气。

“我被捕了吗？”冰也不让步，电影里警察抓人都要先宣告被捕人的权利，诸如保持沉默的权利、雇佣律师的权利……可是，那都是好莱坞电影，被捕人在美国才有的权利。冰忽然担心起来，她在罗马，对意大利法律一窍不通。

“那要看您是否愿意跟我们合作了。”翘鼻子吹一口烟到冰脸上。

“我的复制品从哪儿来，出处文件上都清楚写着，你们可以问拍卖行要。”冰把脸转开，对翘鼻子的轻浮十分不满。

“您的出处文件是伪造的。”翘鼻子捏住冰下巴，把她的脸转了回来。胡茬子把贴着马蒂斯标签的活页夹扔到冰面前，正是她昨天送到拍卖行的那两本。

冰跳起来：“诺拉造假？”

“诺拉是谁？”两位警察的脸凑过来。

冰差点说是杰克的生意伙伴，但意识到那会把杰克和自己都牵扯进来。“王冠街一家画廊的主人。”她说，“我专门来罗马看古董集市的。”杰克再荒唐，她却不能轻易打破自己舒适的“浴缸”啊。

“您和诺拉什么关系？”

“我在她那儿买了三幅画，顾客和店主的关系。”

“您知道这两幅画是假的？”

“是啊，本来就是复制品嘛。”

“真正的限量复制品与非法复制品在价值上有很大差别，您也是画

廊主人，不会不知道吧？”

冰傻眼了，她当然懂，只是：“我根本不知道这是非法复制品！”冰眼里是百分之百的无辜。警方看来早已从狒狒拍卖行调来所有资料，连冰这徒有虚名的画廊主人身份都知道。“你们凭什么说这是非法复制品呢？”她问。狒狒的碧碧安娜和蒂芬尼可都是专家，怎么都没看出来是假货？

胡茬子和翘鼻子一个正面、一个侧面，两双眼睛射出四道X光，冰觉得自己脑袋里的曲曲弯弯、体内五脏六腑都被他们透视得一清二楚。胡茬子忽然对翘鼻子扬手：“少尉，给她看看。”

“是，探长。”翘鼻子拉上窗帘，屋里暗下来，他拿起桌上一把特制手电，照到“丁香”右下角，在复制品编号和马蒂斯签名下，原本是道空白，现在，CCTPC五个字母显出来，闪着淡紫的荧光。手电又照到“伊娃”右下角，同样五个字母精灵般眨着眼睛。

“您知道CCTPC代表什么吗？”胡茬子问。

冰摇头。

“意大利宪兵队文化遗产保卫部，专管艺术品失窃、走私、造假案。本部一九六九年成立，马蒂斯一九五四年就去世了，不可能亲手把CCTPC写到他的限量复制品上吧？”

冰无话可说，只好顾左右而言他：“怪不得你们办公室充满艺术气息。”

“真假复制品的差别用肉眼很难看出来。”胡茬子又说，“我们跟踪一个横跨欧美的非法复制品网络已经好几年，您看到的是我们侦察员在这两幅赝品上作的隐形记号。”

既然能做记号，早就可以没收这两幅非法复制品了嘛，冰想，警方这是放长线钓大鱼，要从货源到销售一网打尽。诺拉那么鬼，赝品跟她大概脱不了干系，可杰克呢？他知道诺拉卖赝品给他吗？这么多年，他

能跟诺拉玩儿换妻,就不能跟她倒卖赝品?他们经常自带画品飞来飞去而不用邮局快递,真是因为画品价值不菲?还是怕赝品被警方半途查获?冰不敢再推测下去。

胡茬子走到窗边,刷地拉开窗帘,突然射进来的天光让冰直眨眼:"费福尔太太,我对你交了底,你也该把你所知道的毫无保留地告诉我们了。"

"费福尔画廊的决策人是你丈夫吧?"翘鼻子紧跟着问。

"对,不过是在我们结婚以前。"冰脱口而出,为了挑战翘鼻子的大男人主义,说完才意识到自己吹的牛皮也许庇护了杰克。

"啊,你为什么决定买这两幅画?"翘鼻子不以为然。

"我喜欢就买啊。"冰记得杰克说过美国有客户等着要,但她不知道细节,说不清楚。不说也等于撒谎吗?

"那你为什么又立刻把它们都拍卖了?"

"一位朋友家里急着用钱,所以我只好都卖了。"冰这是大实话。

"朋友在哪儿?"

"罗马,一家医院里,生死不明……"冰垂下头,黯然神伤。翘鼻子这回却没再强迫她把脸抬起来。

胡茬子说:"不幸的是,这两幅画拍卖的钱都必须立刻退还。"

"还了钱,我就可以走,是不是?"

"没那么简单。"胡茬子和翘鼻子嘀咕着意大利语,同时走出门去。

"至少得让我打个电话吧,我晚上还要赶飞机呢,误点你们负责!"冰追过去,门却拉不开,被反锁上了。

冰跑到窗边,掏出手机,完全没信号。警局当然有特殊技术屏蔽外人的无线通讯!她丧气地要关机,却发现手机记录里有好几个未接电话,都是杰克在近两小时内从美国打来的。而这两小时里,发生的都是些什么事儿啊?小保赢了,却在医院昏迷不醒;伊娃悲痛欲绝,冤枉她

是吸血鬼;她拍卖的两幅马蒂斯原来都是假货;她被关在警局,谁也不知道她的下落。小保不可能来救她,杰克,也许杰克打电话找不到她,最终会赶到罗马来?可是,他如果知道她擅自把原本应该私下带回去的画儿拿去公开拍卖了,会原谅她吗?她这次是否捅了个大娄子?假如她没去拍卖,警方也不一定能追查到她这儿来吧……冰越想越沮丧,瑜伽的呼吸冥想全不管用。

办公室在二楼,窗外是条斜坡路,路面狭窄,一辆旅游车开过,车内游客的脸清晰可见。有个小女孩儿靠着车窗,显然看见了冰,对她热情招手。冰条件反射也挥挥手,却感觉是在挥别窗外的一切,绿树、蓝天、石雕、玫瑰——路旁的玫瑰让冰想到比弗利山家中的花园,同样娇艳的玫瑰、玫瑰丛中的洋楼、楼里所有美丽与华贵的东西,都正离她远去……恋爱是要付出代价的,早提醒过你!灵魂跳出来,贴在冰腮边冷笑,天下哪有免费的午餐!

天空的蓝渐渐转灰,再染上几抹粉红、织进几缕金丝。日月星辰按部就班往来交替,不快一分、不慢一秒,冰却度时如年。脱离了美与奢华的滋养,冰感觉自己每分钟都在衰竭,她仿佛听见身上的细胞一个接一个干枯、破裂、粉碎。

冰几乎是盼着胡茬子和翘鼻子赶快回来了。她这次一定什么都告诉他们,包括她报复杰克与诺拉玩换妻的动机。

胡茬子终于开门进来,却什么也不问,带冰到另一间办公室,让她打个电话,请人担保她出去。冰拿起座机话筒,拨了杰克的手机号:"我在罗马警局,那些画儿……"

杰克"嗯"一声,没有惊讶,仿佛他已经知道了一切。

杰克熟悉的沉默中,冰忽然泣不成声,泪珠子串成了线:"对不起……我要回家……"

"律师很快就到,你今晚就回家。"杰克的话既是陈述也是命令,似

乎警察也必须执行。

半小时后，杰克请的律师果然出现在冰眼前。他办好担保手续，亲自开车送她回到皇家酒店。冰这才缓过劲，庆幸没人指控克里姆特的素描为赝品，那可是三幅画中最值钱的。她把原来准备带回美国的十万欧元交给律师，请他去警局退还、善后。律师问冰是否需要送她去机场，冰说还要收拾行李、处理点事情，就不麻烦了。

飞机将在三小时后起飞，冰赶着打了个电话去川福楼。是卢卡接的电话："保罗还没醒过来，伊娃在医院守候，你有什么话说？"卢卡话说得再生硬不过了。

冰说："我也许做错了，可小保是为了保住川福楼……"她讲出小保请她帮忙去地下格斗场下赌注、投玫瑰的原委。"谢谢你听我解释，我真不该投那枝玫瑰。"冰痛心疾首。

卢卡在电话那头沉默许久，冰好像听到低微的啜泣。冰轻声唤他，卢卡才叹口气："都怪我无能。"

"可是，昨晚小保赢了，怎么会昏迷不醒？"冰问。

卢卡说昨夜小保送梦娜回家，大概太累了，就在沙发上倒头睡去。早上梦娜却怎么也叫不醒他。

冰猜测梦娜就是小保的地中海美女。发生许多事情后，听到她的名字，得知她无恙，冰更感到释然。嫉妒是天边残存的一抹蓝，极淡，眨眼就不见了。

"小保被送到医院，医生说是头部受了太多冲击所致，脑内出血，立刻做了手术。"卢卡接着说，"现在小保生命暂时脱离危险，但他能否醒来，只能靠运气了。"

冰掏出手机再次察看小保的空白短信，是凌晨两点四十七分发出的。是否在他昏睡过去的瞬间，他还惦记着她？他到底想对她说什么？

"地下格斗的情形,也是梦娜告诉我和伊娃的,她说有人对小保下了注,却不了解详情。对不起,我们误会你了。"

冰瞪着小保的无字短信,却根本没听清卢卡的抱歉。"我能去医院看看小保吗?"她喃喃问道。为了他们之间没说完的话,也许他会为她醒来?

"过两天好吗?""伊娃现在情绪很不稳定,见到你恐怕又会过分激动。"

可是过两天她已经不在罗马了,也不知何时能再来,但冰最终决定尊重伊娃作为母亲的哀恸、卢卡作为父亲和丈夫的苦衷。她留下了自己的美国手机号,请卢卡及时告诉她小保的状况,最后又问他要了川福楼的银行账号。"这笔钱是小保为伊娃挣的,若不好好利用,就对不起小保。"冰说。

冰退房的时候,把卢卡给的账号交给前台经理,请他第二天把四十万欧元代存进银行。

不管怎样,她至少还有瑜伽

冰走出洛杉矶国际机场,已经半夜十二点。何塞把行李装进车尾,一上驾驶座就忙不迭向冰报告:"冰小姐,你走后第二天下午警察就来了,还不是一般的警察,联邦调查局,还有国税局(IRS),都是穿黑西装的。"

“国税局?”冰想她不过拍卖了两幅非法复制品,为何国税局也扯了进来?

何塞耸耸肩,也很迷茫:“他们带走了费福尔先生……”

“什么?”冰身子向前一倾,差点撞上仪表板。她擅自拍卖画品的后果,冰在飞机上想过多次,毫无疑问,杰克的声誉、画廊的生意都会受影响,在当今的经济环境里,一点风吹草动都可能让百年老店关门。他们的生活品质因此可能会有所改变,她精心搭建的安稳巢穴毕竟是以杰克的经济实力为根基的。但杰克被抓,她没想那么远,他果真如她猜测那样,不仅与诺拉结伴换妻,还勾搭违法?冰心中的鄙夷浮到脸上,是一种反胃的神态。

何塞连忙替冰系上安全带,问是否汽车加速太快让她恶心了?又宽慰道:“你别急,先生今天早上就跟他的私人律师回来了,听说交了几十万保释费呢。家里被搜查过,很乱,玛丽娅怕你回去看到害怕,嘱咐我先跟你打个预防针……”

怪不得她从罗马警局打电话给杰克的时候,他像什么都知道了,她还为他对胡茬子和翘鼻子撒了谎,即使是因为面子、因为她舍不得自己的舒适“浴缸”!她以为是她闯了祸,在电话上还对杰克说对不起,原来她那安乐窝的根基本身就有问题,她的拍卖行动不过摧枯拉朽而已。冰越想越气恼,飞机上一路过来的歉疚感都没了,准备好的道歉话全往车窗外抛去。

杰克在花园门口等候,白衬衫、细格子西服,穿得有板有眼,像正要去赴宴。冰一下车,杰克迎上前:“来,我们散散步。”他弯起一只胳膊,拉冰的手搭上去。从表面看,他们相濡以沫,年轻的妻子挽着不能入眠的丈夫漫步,或者体贴的先生陪浪漫的太太观星赏月。

冰心里却直冒火。她深更半夜回家,杰克连家门都不让进,至于吗?杰克感冒刚好,说话还带着嗡嗡的鼻音,听上去像发自一根空心的

木头，被性欲与贪婪的虫子蛀空了。她曾经还把这根朽木当成家的根基。假如现在杰克责问她为何拍卖掉他那些宝贝，她会大声让他去问他的换妻伙伴诺拉，她的话音将在空旷的深夜回荡，荡进左邻右舍的窗户里。

杰克却一直不再说话，见她在夜风里缩着肩膀，脱下外套给她披上。走过了两个街口，杰克才低声交代："我随时可能再进去，你跟警方要说实话，你对画廊的生意一无所知，没什么可隐瞒的。"

"有那么严重?"

"嘘……"杰克左右看看，显然怕人监听，"他们查我不只是这一两天的事情。"

"所以你这次拿感冒当幌子，让我一人去罗马?"没什么可回避的了，冰撕破了脸。

杰克不吭声。冰认为他是默认了："你，你拿我掩人耳目!"

"你在罗马不也玩儿得挺开心吗?"杰克不冷不热地说，仿佛冰在罗马的所作所为他都了如指掌。

"对，我在罗马警局玩儿得最开心!""卑鄙"二字尚未被冰骂出口，杰克已将她拥进怀里，外人看来是个充满激情的动作。

"有个应急用的瑞士银行账户，账号、密码对上就可以提款，你记住了。即使所有的财产都失去了，你也可以衣食无忧。"杰克吻着冰的脸颊，把两串数字在她耳边重复了三遍。

冰机械地点点头，满腔怒火"噗"一下灭了。失去所有财产？她以为已经做过最坏的打算，杰克说的却更糟。一无所有的日子是大学生诗中的罗曼蒂克，在现实里却毫无诗意可言……再想下去，冰心里忽然有点湿漉漉。事态严重至此，杰克把她拦在门外，不为声讨、责备，只为告诉她，他早替她作了安排。木头空了、朽了，到底还惦记着给她留点依靠。冰踮起脚尖，在杰克凹陷的脸上啄一道粉红的唇印。这几天兵

临城下，杰克的脸还跟往常一样刮得很干净，古龙水的味道若有若无。

“咱们律师不是从没输过官司吗？”冰想宽慰杰克，也宽慰自己。

“律师吹的牛皮你也信？”杰克苦笑，“这次恐怕再能耐的律师也赢不了。”杰克挽着冰往回走，嘱咐她到家后没必要的话都不要说了。

天亮时下了场雨，冰被撞到窗玻璃上的雨点吵醒。洛杉矶六月里下雨，甚为少见，令人对气候、时局、人事、家事一概生疑。杰克早已起床，不知在哪间房里继续清扫他那些不宜公开的来龙去脉。他的书房前天就被联邦调查局贴了封条，谁也进不去了。冰站在窗前发呆，院里玫瑰被风雨吹打，红白黄粉飘零了一地。

楼下有人按响门铃。玛丽娅开了门。冰来不及更衣，披上针织睡袍跑下楼。

两个联邦调查局特工身后，还站着罗马那位胡茬子探长。“费福尔太太，您没跟我说实话。”探长开门见山。

杰克赶过来：“我太太从不过问生意，有问题都请问我吧。”说完对冰使个眼色，意思是你还不快闪开。

冰转身往厨房走，说去给远道而来的探长准备咖啡，探长说多谢，倒没继续跟过来。玛丽娅烧着咖啡，一边拉着冰哭诉：“为他工作十七年了，突然说让我回家，也不给个清楚的理由……”

冰拍拍玛丽娅的手支吾：“现在大家都难……”

“那我才不该走啊！”玛丽娅的脸愁苦成一团。

何塞提着油漆桶和工具箱出现在厨房后门，见屋内情形，问楼上卫生间今天还刷不刷漆了？

玛丽娅拍他一巴掌：“懒鬼！这个家还没散呢！”

公爵不知从哪儿窜出来，耷拉着尾巴转来转去，不时吠两声，想引人注意。三个人却各怀心事。

冰端着咖啡、点心回到客厅。探长和杰克在旁边小屋里关门问话；两位联邦调查局特工正把墙上的画儿一幅幅取下往门外搬，毕加索、戈雅、德加、杜尚……冰感觉她正目睹自己的巢穴被人大块拆卸。沙发上方美妇的肥白屁股也终于被取走了，当然并不像冰从前对杰克建议那样，再换上风景或者毕加索，空出来的墙壁白得让冰胸闷心慌。

她的围正不攻自破，而曾经领她突围的小保，现在不知魂飞何处？冰明知过去的二十四小时里无人给她打过电话，却还是摸出手机，打开小保最后发给她的短信，呆看良久，仿佛要从那空白的荧屏里把小保活生生地看出来。往罗马川福楼打电话吧，她一时却感觉力不从心。

不管怎样，她至少还有瑜伽。冰背着瑜伽垫出了门，那是她目前唯一的突围方式。冰倒立在瑜伽垫上，听身段柔美的瑜伽老师说些似是而非的道理，再站起来，觉得这无常的人世仍然是有指望的。

老师下令练鸽子式，开胯。冰一条腿叠在胸前，另一条腿拖在身后，身体的重量压在前腿上，头埋在翅膀里。眼泪忽然不可节制地流下来，像家中院子里雨水湿透的玫瑰花碎了，撒了一地，折射五彩的光。老师走过来，用温热的手抚摸冰的脊背："我们的关节和韧带里深藏着许多记忆，放松，把你不需要的都释放出去。"

冰走出瑜伽馆，走过通灵师安波儿的家，看见那栋蓝灰的房子门前插了出售的招牌，房子空了，黑洞洞。无花果树的叶子不知为何全部掉光，枝丫锯得齐齐的，像一把折断的铅笔头。冰记起安波儿的预言，在筒形皮包里搜寻她的名片，却没有找到。

空　白

A Blank Space

一

“叮咚”，新邮件掉进艾伦·李的电子邮箱，艾伦后脑勺感觉被汤姆的眼睛硬生生地敲了一个毛栗子。

汤姆的姿态，艾伦不回头也想象得出：十指继续敲打键盘，身子随座椅向右旋转，与刚刚面对的二十二英寸电脑屏幕成四十五度角，头再向后拧四十五度，正好对准艾伦不动声色的后脑勺。

汤姆“噌”一声起立，伸出胳膊，淡金色的汗毛倒挂起来。他一把摸到书橱顶上的电壶，走出了办公室。艾伦扫一眼电脑屏幕右下角：2:00 PM——汤姆的茶点时间。

汤姆转眼拎着装满水的电壶进来，右手托个塑料盘，盘里一块浇满巧克力汁的黑森林蛋糕，外加油炸面包圈。电壶通电，水很快嘶鸣起来，汤姆从书橱里小心取出一套镶金的英国瓷器——据说是他祖母留下的，配上银质茶勺、点心叉子，泡茶、切蛋糕，“叮叮当当”地享用起来。

午餐后一小时，艾伦的脑细胞因为刚吸收完毕的养分异常活跃，编程的兴头如迎风招展的旗幡，“噗噗”作响。然而鼓捣的茶具和甜腻的气味从身后包抄而来，艾伦仿佛只身扛着大旗，在嗅觉与听觉的迷阵中

绕来绕去,经常绕得人疲马困。

艾伦和汤姆共用这间正方形的办公室已经两年多,各人占据一个对角,面对各自的电脑,没什么大矛盾,但难免各有些积习,像毛毛虫一般爬过地界,令对方恼火。

"为什么不到厨房,唔,或者会议室去喝你的下午茶?"艾伦担心自己在激愤中把 kitchen(厨房)说成了 chicken(鸡),迟疑一下,责怪的口吻中大大地腾出了商量的余地。

"厨房椅子不舒服,我有腰椎病,你知道,会议室随时有人打搅。"汤姆坐在公司为他量身定做的保健椅子里,理直气壮。

抗议如往常一样无效,艾伦没了脾气,对自己邮箱不时制造的一丁点声响也完全失去了内疚。再说是这样悦耳的声响,像山泉跳进深涧、卵石击落清潭,窗外春风一样令人神清气爽——办公楼的玻璃窗为什么总是钢板一样密不透风,还不让人打开——或者像禅寺深处一声清越的磬钵,点醒久坐冥思的僧人,每日面壁八九个钟点,编写软件岂不犹如参禅悟道?

在硅谷工作了五年多,艾伦早就悟出如何设计既耐用又省事的软件、如何既不得罪同事又不掩没自己的业绩。艾伦只用了三年,就从实习生被提升到高级工程师,与有十几年工龄的汤姆平起平坐,但高级工程师的头衔就像一顶锅盖,艾伦被闷在锅里两年多了,也不见有再次被提升的动静。

艾伦最近有点看透了。午餐的时候,他在厨房一边嚼着从家里带来的红烧肉丸,一边对守在微波炉旁边的珍妮说:"你我不过是大机器上的螺丝钉,实现自我,哈,全是徒劳。"

珍妮是 ABC(美国出生的华裔),刚从麻省理工毕业,英语比汉语流利数倍。"现在 software project(软件工程)都 outsource(外包)到 India(印度)、中国,找到一个 stable(安稳)的工作就不错了。"珍妮从微波

炉里取出快餐拼盘，细嫩的脸被水蒸气扑了一下，略微透明。

也是，艾伦前几年赶上了硅谷的鼎盛时期，没有名牌大学的毕业证书，一样被大公司抢着招来。现在公司抢夺人才的劲头都用到班格罗尔、孟买以及北京和深圳去了。

就看艾伦刚收到的这组电子邮件吧，五份里有两份该发给北京的艾伦·李，或者深圳的艾伦·李。曾几何时，艾伦的邮件地址，allen. li@company. com，在全公司几万员工里独一无二，非他莫属。去年开始，雨后春笋一般，北京刚冒一个 allen. x. li，深圳又出一个 allen. y. li。虽然人事部动用了字母 X、Y 来区分三个艾伦·李，硅谷的艾伦还是不断收到发给另外两个人的邮件。

艾伦按三人一年来搭成的默契，把不属于自己的邮件向北京的艾伦·李传去。每当这时候，艾伦对两个从未谋面的同名同姓者总有些窝火：好端端住在中国，用什么英文名字？十年前假如艾伦不来美国，一直留在北京，就算为美国公司做事，也绝不改名挪姓——李爱军，多么响亮的名字，现在只有母亲和妻子小敏还这样叫他了。

艾伦改名完全是不得已，周边的人都只会说英语，嘴唇撅不起来，不是把“爱军”叫成“爱窘”就是“爱约翰”。“艾伦”不过是爱军在英语世界里的代号，他以为自己这个名字向来没什么感情容量的，如今它被不必时刻饶舌说英语的同胞们用去了，他却有点被侵犯的感觉。一个因陋就简的名字，最终也潜移默化到自我意识中去了吗？

艾伦套上耳机，恩雅缥缈的歌，水一样漫延。艾伦行走在水上，手指在空中舞蹈，另一个世界的交流形式，没有感官与情绪的阻隔，因而流畅、优雅，如水草飘摇。耳机之外，键盘“踢踢踏踏”，隔一层墙壁，思想的节奏在外人听来，时而沉滞，时而浮躁。

手指的舞蹈突然停止，刚传去北京的一份邮件，被深圳的艾伦·李传了回来，跳到艾伦正在编写的程序上面。北京、深圳都说不是他们的

邮件。

艾伦摘掉耳机，直起身子，扶正了眼镜，脖子支向电脑屏幕。

“请把附件中的数据应用到你的项目中去。”邮件的内容只有这一句，发件人叫亚瑟·王，艾伦不认识，从邮件地址看，是本公司的同事。艾伦到人事部的网上黄页查找，是个部门经理，在休斯敦做软件销售，但艾伦的部门负责公司内部的数据库，纯技术性的管理与维护，距离亚瑟·王的业务比硅谷到休斯敦还远。

“你大概把邮件地址搞错了。”艾伦客气地答复了亚瑟·王的命令。

“叮咚”，“开什么玩笑？等你明天交差呢！”亚瑟·王毫不领情。

二

手机震动，像中了魔法的小妖，“呜呜”地求援。艾伦耳朵贴着手机走到办公室外的楼道里，才耳语似地“喂”一声。汤姆在吃茶点，艾伦大可留在办公室说话，但电话是家里打来的，艾伦走出来是为了保护自己的隐私。

电话信号和楼道里的光线一样微弱，母亲的话断断续续，怒气却清晰可察：“看……老婆，……让她……儿子……尽心……”

“又怎么啦？”艾伦走到楼梯口，电话信号猛增，母亲的嗓门像突然大了一倍，艾伦的耳膜哆嗦了一下。

“看你娶的好老婆，钱不用她挣，饭也不用她做，就让她看着自己的

儿子，还不尽心！”母亲重复了一遍。

“哎呀，妈！别没事找事，自己的儿子，她干吗不尽心？”艾伦下完楼梯，推门走到办公楼外，阳光携带草香环绕过来，吸一口气，艾伦的耐心稍微有了保障。

半年前，儿子生下来，母亲主动从北京来硅谷帮忙照看，三代同堂本来可喜，艾伦没料到，脾气一向和顺的小敏与知书达理的母亲却不能同处一个屋檐下。

“我简直是风箱里的耗子！”艾伦一次忍不住向珍妮诉苦。珍妮睁圆眼睛，等待下文。艾伦再次意识到，眼前漂亮的中国娃娃，其实并不太懂中文。“就是两头受气，两面不讨好的意思。”

“哦！”珍妮恍然大悟，“母亲你甩都甩不掉，老婆却是一不小心就丢了，你要好好权衡哟！”珍妮是旁观者清的口吻。

“你是要我‘娶了媳妇忘了娘’？”艾伦被逗乐了。珍妮该比艾伦小十几岁吧，好像还没有正经的约会对象，却会头头是道地教他处理婆媳关系。

“你们中国不是有句老话吗？‘忠孝不能两全’。”珍妮抿嘴笑，腮边两粒小酒窝珍珠一样滚动发亮。

中国在珍妮口中好坏都是“你们的”。艾伦正要一如既往反问，你不是中国人吗？却忽然打住——做人就图个纯粹，珍妮做着纯粹的美国人，痛快洒脱。他这些年来处处感觉拖泥带水，大概是徒然地要在美国继续做中国人的缘故。

“忠于老婆就不可能孝顺娘！”珍妮大声补充。

“哈哈，简直是曲解中国文化嘛！”艾伦脸上笑着，心里却一动。

“精忠报国”，艾伦的两个国家，一个远在天边，他离去的十年，十三亿人民日子越过越火，多他、少他一个完全没有区别。身边这个，艾伦按时按量纳税，定期投票选举。“9·11”那天，世贸大楼在公司的电视

屏幕里坍塌,翻滚的灰烟像入侵了艾伦的肺囊。“竟敢搞到我们国土上来!”艾伦对自己的激昂有些吃惊,他入美国籍的时候,想的不过是从此同小敏去欧洲旅游就不必签证了。艾伦的口气显然也让站在一旁的同事吃惊了,汤姆的脸色有点异样,灰蓝的眼珠像粉笔“唰”地在艾伦脚边画了一条线,艾伦的鞋头刚好压在线上。岂有此理,爱国还要他出示美国护照不成?

如此想来,“忠”字当然留给自家老婆更切实可靠。与他耳鬓厮磨、同甘共苦了十年的女人,艾伦生命里再找不出第二个了。

“尽心?就知道上网、泡论坛,儿子摔到地上都不管,有她这样当妈的吗?”母亲把艾伦从飘忽的思绪中捞了回来。

“啊!宝宝摔坏没有?”艾伦心里一惊。毕竟在美国十年谋生不易,稳定下来,他和小敏年纪都不小了,千方百计、临近不惑之年才得来的宝贝儿子,摔一下怎么不心疼呢?

“谁知道,她把我堵在房门外,还不让我看!”

“小敏这么过分?不至于吧?”

“什么不至于,都是你把她宠坏了!打个写作的幌子,整天泡在论坛里闲聊,在美国写中文,有什么出息?我说她两句,她还顶嘴,说‘燕雀安知鸿鹄之志’!”

问题是否出在母亲“说她两句”上?艾伦可以想见做完中饭的母亲,一边解着围裙,一边走去书房,借抱孙子的机会,示意小敏吃饭。母亲皮肤白皙,头发黑亮,只是近几年发了福,步态略微臃肿,但动作和年轻时一样麻利,顺路收捡起宝宝掉在客厅里的绒毛小熊。

母亲走到书房门口,宝宝却不像以往那样在小敏桌边的小床上玩耍。宝宝扑在床前地毯上——那些白嫩的藕节般的小胳膊小腿,是不是蹭红了、摔破了?虎虎的小脑袋瓜子,哪儿磕肿了?艾伦心里一紧,不敢想下去。

“妈,你少说两句,息事宁人吧,我打电话给小敏就是了。”艾伦想立刻收机。

母亲却不依:“我少说两句?你们翅膀硬了,我就是燕雀了?说的都是废话?”

“妈,没人当你是燕雀,我不正上班吗?晚上回家再说好吗?”

母亲的委屈和不满今天却汹涌如波涛:“你不说,我可看不过去,你每天在公司呕心沥血,她在家写中文小说,也不想着帮你挣钱养家!哼,还自以为是鸿鹄呢,不就是赶上了网络时代,会写字的都成了作家!”

“不能这样说小敏!她要不跟我来美国,现在肯定是知名作家!”母亲可以指责小敏不贤不孝,却不能贬低小敏的才华。出国前,小敏在大陆头号文学杂志上发的小说,一度使那期杂志在全国脱销。艾伦对小敏保证过,他再累,也不要她为生计操劳,她在美国也一样能当专职作家。大丈夫一言既出,谁可以动摇?就是自己母亲也不例外。

艾伦强硬的口气,让母亲在电话另一端抽泣起来:“好好好,你们都能耐了,是我多余,我不该来,明天你就买机票送我回北京!”

“妈……”艾伦无言以对,烦躁地在草丛中踢了一脚,一只觅食的灰鸽猛地跳开去,“咕咕”地抱怨起来。

三

珍妮从艾伦头顶的窗口探出半截身子，手挥得像羽翅一样飞快："部门会议，就差你了！"艾伦赶紧挂了电话跑上楼去。

会议室里弥漫着芝士和番茄酱的味道，谁午餐吃剩的一块比萨饼扔到了墙角的垃圾桶里。艾伦轻手轻脚坐到门边一把椅子上，因为快跑而泛红的脸，被一盆美人蕉挡去了一半。

就这样，他还是被主管张静注意到了："艾伦，你的项目设计完了，也通过了部门审查，就拿它来培训印度的工程师吧，你立刻起草一份培训计划。"张静有张柔美的脸，目光却如聚光灯一般不容置疑。另外二十几双眼睛也都一起扫向艾伦。

"我……刚进入编程状态……"艾伦有点措手不及，目光落在汤姆身上。部门里的技术难题，向来由艾伦承担，但这次涉及培训、外包，汤姆资历在部门最老，也是最擅长与人沟通的工程师，为什么没挑他？

张静似乎看懂了艾伦的心思："你进来之前，我已经和汤姆讨论过了，他手上的项目有些部分要重新设计，不适合培训。"

汤姆坐在张静身边，脸上一派下午茶的惬意："这次我是没办法与你抢先了。"

艾伦早就有意于项目管理，培训工程师，应该是向管理阶层晋升的机会，也许一向公事公办的主管这次举贤不避亲，终于也肯公开抬举同

胞校友？但部门里的好差事，汤姆从来当仁不让，现在痛快地把机会推给他，是否看透其中暗藏的危机？

艾伦感觉不太对，好像嘴里被硬塞进一个汉堡包，众目睽睽之下，来不及细嚼，而且，张静的目光里，似乎恳请多于命令。

“那我把正在编写的一段程序做完，最多两天，然后立刻起草培训计划，好吗？”艾伦想用缓兵之计。

张静摇头：“不，你会后立刻动手，明早十点交稿，我来做必要的删补。”

这样紧急？艾伦被张静严明的口气怔住了，看她的脸，漂亮得不真实，像一张面具，密不透风，先前恳请的神态，莫非是艾伦一厢情愿的臆想？艾伦一下想到了最坏的可能，但公司年初刚裁过人，不会这么快又来一次吧？

东猜西想，会议后面的内容，最后完全游离出艾伦的注意范围。散会的时候，艾伦打一个激灵，才发觉背心透凉，大概先前跑上楼时出了汗，被空调阴干了，凉气却渗进了皮肤。

四

艾伦打开微软文件处理视窗，除了“培训计划”几个字，再想不出下文。他抓起桌上的富士苹果，脆生生地咬了一口，似乎口腹的充实可以填补头脑的空白，却想起开会前答应过母亲，要打电话给小敏，还不知

道宝宝摔坏了没有。

艾伦的手刚握住手机，“叮咚”，新邮件到来，发件人米娜·张，雅虎的地址：“别以为换了工作我就找不到你啦！”什么牛头不对马嘴的米娜·张？谁换工作？谁不理谁啦？艾伦没好气地点一下鼠标，把米娜·张的娇嗔向北京传去。

身后窸窸窣窣，艾伦瞥一眼屏幕右下角：4:30 PM——汤姆每天准时收拾背包下班。“明天见！”艾伦嘟囔一句，反转手心朝门口摆一摆。

“我要是你，早就回家了，还写什么培训计划，根本就是工作移交计划！”汤姆的声音回旋在办公室中央。

“你什么意思？”艾伦急转身，黑发搭到眉毛上。有点明知故问，为了平定心中的忐忑，却一把向不可逆转的真相抓去。

“我干这行十几年了，什么风吹草动逃得过我的眼睛？给你个忠告，赶紧另谋高就吧，最好去政府的信息部门，薪水低一点，但没有外包的危险。不瞒你说，我手里已经捏着一份聘书了，有备无患，哈哈！”汤姆抖一抖下巴上的赘肉，走了，背影像被压扁的纺锤，在楼道的昏暗中旋转、散放、隐退。

艾伦心里，一盏灯“扑哧”灭了，继而颓丧，不过是一份工作罢了，有抱负、肯用功又怎样？与得过且过的同事大概也没有本质上的区别，归根究底是养家糊口的依据，受不得威胁。

“叮咚”，米娜·张从北京转到深圳又蹦了回来。“哥们儿，网恋脱不了手，也别随便往我们身上栽赃啊！”深圳的艾伦·李还调侃了一句，附带一个诡秘的卡通笑脸。

网上聊天室刚盛行的时候，艾伦上过一个北京网站。人在硅谷，而可以像在后海的酒吧一样听人说京城的新鲜事，确实好玩，只是艾伦用拼音打汉字，根本赶不上那边的打字速度，人家不耐烦，每次聊不到几分钟就被淘汰，哪里有机会去网恋，谁是米娜·张？

手机响起来，视屏显出小敏的手机号码，艾伦竟有点心虚，《小小世界》的铃声重复了两次才打开手机盖。见鬼，又没做出轨的事！

“爱军，你儿子今天会爬了！”小敏声音娇俏，像她生育前的身体。一瞬间，艾伦看见小敏从书房迎出来，瓷一样细致的脸放出迷人的光彩。不过半年，妻子的欣喜竟有些久违了，儿子出生后，他们生活所发生的种种变化，艾伦已经不再有精力去细数。

小敏大概推着婴儿车走在街上，手机那端，微弱的喘息后，汽车喇叭横冲直撞，艾伦愣一下，才意识到这条消息的重大意义。“啊！好，再过两个月该会走了。把电话给宝宝，让爹地好好鼓励鼓励！”

“瞎闹什么呀，宝宝哪会听你胡诌？”小敏声音里伸出一只温润的小手，在艾伦浓密的头发间抚弄一下，他微笑，突然又想起母亲绷紧的脸。

“咱妈知道吗？”小敏一定对“咱妈”蹙眉了，艾伦等着她说“是你妈，她什么时候真把我当女儿看了？”艾伦将一如既往地无以对答，他没有姐妹，想象不出母亲怎样对待亲生女儿，但艾伦决不轻易改口，滴水穿石，不懈地“咱妈”下去，也许他爱的两个女人终于可以为他放弃对峙。

“她不知道。爱军，我想跟你谈谈。”小敏却没有立刻把“咱妈”推回来，她身后的市声消退了，她好像坐了下来，在社区公园的石凳上吗？四周环绕阳光一样金黄的君子兰，宝宝偶尔的“咿呀”传进了手机里。

“宝宝没事吧？”艾伦不禁问道。

“你妈要是继续待在这里，我就回北京！”小敏口气决绝。

“怎么至于？到底怎么了？”近几个月来，妻子的性情说变就变，艾伦不知所措。

“你和你妈都看我不顺眼……”小敏呜咽。

“敏，怎么能这样说，我对你……唉，妈的脾气……”

“她要是不把我当敌人看，为什么宝宝好好地在地上爬，她要到你这里来告状？”

"她没……没告状，嘿，她不知道宝宝会爬了嘛!"艾伦猛然明白今天母亲与小敏之间为何又发生了误解，"你要是早告诉她……"

小敏继续在抽泣中质问："你要是看我顺眼，为什么不问青红皂白，就认定我没把宝宝看好？还替她抵赖，你和你妈过一辈子好了!"

电话断了，艾伦不断拨小敏的手机号码，没有人接。艾伦双臂猛然举到空中，上半身在椅子里左右弧旋，仿佛伸懒腰。艾伦企图拉伸的部位，精确一点，其实在胃与大肠之间，靠左、靠后，近来像被一团口香糖黏住了，尤其当小敏和母亲互相斗气的时候，越黏越紧，艾伦左伸右展，怎么调节力度方向，却总也够不着那个几乎痉挛的部位。

电脑屏幕上，空白的"培训计划"像主管张静的脸，不动声色，不可对抗，一眼把艾伦回家找小敏的冲动拉到他脑后，座椅随艾伦的身体终止了弧旋。艾伦从没因为个人原因耽误过工作，就算如汤姆所言，写这份计划等于拱手出让眼前的职位，他也不想坏了自己的名声。

五

"叮咚"，米娜·张写道："该下班了，我在公司门口等你，一起吃寿司?"

她怎么知道艾伦对寿司的偏好？母亲不喜欢下洋馆子，洋东西一概排斥；小敏尚在哺乳，忌吃生鱼，艾伦已经很久没吃寿司了。

楼道另一端，珍妮的笑声歌一样荡漾，年轻的圆满，尚未被职场压

力破损。汤姆走时，忘记带上办公室的门，艾伦任它敞开，时而可以呼吸一点珍妮带来的新鲜空气。前天同事聚餐，珍妮自告奋勇预定餐馆，艾伦是否对她建议过，一起去吃寿司？是珍妮在拿他打趣吗？艾伦身段挺拔，脸色白净，钛合金的无边眼镜轻巧地架在正直的鼻梁上，从来都招女孩子喜欢。

“叮咚”，“我今天穿了你最喜欢的内衣。”距离猛然拉近，米娜·张似乎就在艾伦身后耳语，女性的温润潮湿，苔藓一样向艾伦的后颈窝贴上来，艾伦紧握鼠标器，手背上一股青筋暗自搏动。

回头，小敏站在办公室中央，身旁的婴儿车里，宝宝倒头睡熟，像一只鲜嫩的葫芦瓜。

“谁是米娜·张？”小敏瞳仁缩紧，放出幽绿的光。

“……”艾伦的心跳省略了一个节拍。

“原来你就是看我不顺眼！”小敏双手搭在胯上，挺着还来不及复原的小腹，理直气壮的架势，眼泪却嘀嗒下来，脸颊上新鲜的暗疮被打湿了，红得发亮。

艾伦连忙起身掩门：“不是，不是，别人的邮件！”

“别人的邮件怎么掉到你的邮箱里？大公司网络壁垒森严，垃圾邮件根本进不来，哼，我不懂高科技，但也没那么好蒙！”小敏扭动肩膀，甩掉了艾伦搭上来的手。

“不是！不是！”艾伦一时除了否认，难以辩解。他打开亚瑟·王的邮件给小敏看，“今天尽收到别人的邮件。”

小敏头摇得艾伦有点眼花：“网恋就网恋，敢做敢当，哄我算什么？”

“你看，亚瑟·王在休斯敦，我根本不认识，米娜·张要找的艾伦·李，可能是他的下属。”艾伦打开人事部的网上黄页，却搜寻不到为亚瑟·王工作的艾伦·李；给休斯敦拨电话，没人接，才想起那边比硅谷早两个小时，晚上九点多，人家早下班了。

怎么才说得清呢？另一个人的工作和情事今天不仅闯进了艾伦的电子邮箱，还危及他现实中的无辜清白，一年多来，艾伦隐隐约约的被侵犯感原来不无道理，是自卫的本能，但今天北京和深圳的艾伦·李都拒收他传去的邮件，怪不到他们头上，拳头伸在空中，却没有出击对象。

宝宝在睡梦中嚅动小嘴，呼吸像一撇羽绒在寂静中飘来浮去。小敏停止了抽泣，望着窗外迅速暗淡的天空。“你说是别人的邮件，那你证明给我看。”小敏的声音梦呓般松软无力。

妻子口气中的妥协似乎舒展了艾伦肠胃的紧张。他敲打键盘，调动终端视窗，连接到部门的主机上。作为数据库管理部门的高级工程师，艾伦对公司数据库的结构布局了如指掌，只要那第四个艾伦·李——真有这么个人吗？或者是另一个世界飘来的影子？艾伦的手指娴熟于那边的交流形式，无中生有的事并不是完全不可能。但艾伦必须设立一个前提：公司出现了第四个艾伦·李，为了说服小敏，更为了证明自己实体的存在——只要公司的数据库里有他些许蛛丝马迹，艾伦一定可以查出来。

不过，艾伦需要动用一套特别的程序，应急时候才启动的，需要主管张静的书面许可。那套程序是艾伦领头设计的，两年前的项目，细节的一砖一瓦已经被时间的灰浆掩盖起来，艾伦却还记得，为了测试，他曾经留下了一道后门，程序投入应用之后就堵上了，但如果有必要，还可以再打开。

终端视窗里，一行行数字、字母像受惊的马群狂奔而来，千军万马之中，艾伦凝神定睛，留心着通向那道后门的路径。艾伦猛一按键盘，锁住了视窗，眼前出现的，却是一个漏洞，风残雨蚀了，却一目了然。

难道后来一忙起来，竟然，没有把这个窟窿堵好？这可是危害公司数据安全的疏忽！艾伦仿佛立刻看见公司火墙外，蒙面的黑客们持刀结集，伺机突袭他一不小心留下的目标——啊，张静不会是因为注意到

了它？这绝对是丢饭碗的差错！汤姆临下班前的丧气话钟摆一样地荡回来，击到艾伦胃囊正中，肠胃的斗争在主人的惊诧中匆忙结束。

艾伦回头望向小敏的目光一定惨淡凄凉，小敏从汤姆的保健椅子里慢慢站起来："还有什么你就直说吧。"豁出去的态度，底气提上来，在办公室四壁撞出了回音。宝宝"哇"一声惊醒。

宝宝被抱起来，父母轮流抚慰着。宝宝的啼哭中，艾伦断断续续道出他面临的险境，说完，又怕吓坏了小敏，立刻打趣："咱们还有积蓄，至少宝宝的奶粉是有保障的。"

"我要是主管，首先让你修补漏洞，炒你还不容易啊？何必找其他借口！"小敏却一语双关，点拨了艾伦。张静的确犯不着暗地里拿他的把柄，那道后门，是因为张静信任，才让他留下的，部门里除了艾伦，没有其他人知道，能够修补漏洞的，自然也只有他一人。

"我老婆就是聪明！"艾伦的目光还欣慰地留在小敏不屑的脸上，手指已经跳到了程序漏洞的边缘——亡羊补牢，趁主管发现之前还来得及。

"哼，别以为一打岔我就忘了，米娜·张是谁？"小敏的嗔怪，冷不防地，把艾伦一脚踢进那个程序的窟窿里。

夜阑人静，数据的海洋漆黑无边，暗藏的危机如冷风扑面。前进一步，擅自闯入人事部数据库，是违反公司纪律；后退，小敏眼中的疑虑、腮边两条风干的泪迹，一个愚蠢的误会横在她与艾伦之间——这个仍然叫他"爱军"的女人！艾伦忽然意识到，他对她的承诺，这些年来，一直火把一般指引他。火光飘摇，照向数据的海洋深处，艾伦深吸一口气，向前探寻而去，宝宝的啼哭逐渐遥远。这条秘密通道无人知晓，他一查清那团笼罩在头上的烟雾就立刻出来，堵死通道，该不会有什么闪失。

六

电脑屏幕上，人事部的数据表中，并列了两个邮件地址：

allen. li@company. com

allen. li@company. com

第二行，新添的那个地址咧嘴对艾伦嬉笑，中间的空白是一颗缺掉的门牙。

“小敏，快看，公司真的又多了一个艾伦·李，亚瑟·王刚招的合同工，难怪在正式职员的黄页上查不到他。他的邮件地址，嘿，人事部真××的儿戏……”艾伦咒了一句，回头招呼小敏。

小敏抱着宝宝蜷在汤姆的保健椅上睡着了，沉静如一尊圣母怜子的大理石雕像。

这时，一行粗壮的红字蛇一般蹿进艾伦眼角：公司数据库被非法入侵！

艾伦的手机同时不可节制地振动、呼叫起来，张静的手机号码焦急地在显示屏上闪烁。

故乡是一枚无花果

Hometown Is A Fig

一

停车场上下有五层，与她的办公楼隔着半条街，从正门走出去要绕五分钟才到公司，有时候她赶时间，就从停车场南面的后门走，经过半条巷子，不用两分钟就可以悄悄溜进办公室。杰夫和她住在一起的时候，常常担心她一个人在僻静的后巷里遇到歹人出意外，一再叮嘱她千万只能从正门走，宁可迟到。

她却仍旧走着后门，不仅是为了省路。后门口有一棵树，两层楼那么高，十分委屈地和一株半大的木榕挤在水泥楼梯和铁门之间一小块方地上，深绿繁茂的枝叶遮天蔽日，几乎挡住去路。每次她一级一级地下楼梯，感觉树叶的绿意一丝一丝地浸透她的肌肤，使她骤然清醒而放松，和她匆匆赶路上班的意愿格格不入。她深深地呼吸，树叶间若有若无地飘绕着某种幽幽的气息，几乎难以确认。

每次走过那棵树，她都想休假，暂时地脱离现实，而童年炎热的夏天和玩伴的喧闹往往在无意间蜂拥而来，还有南方郁郁的青山，清澈的溪流，淙淙淌过心田。那是一棵诱人遐想的树。

那晚在朋友家的派对上她碰见他，一时又想起停车场后门的那棵树。

他从久违的故乡来，说起来竟是从前的街坊，他们努力地要回忆起几个共识的故人，却不能。“我比你大二十岁吧，你那么小的时候就移民来美国了，哪里还记得什么。”他说。

她在心里微笑。光洁的皮肤和每天健身的效果，使她看上去总不像三十过半的人，那晚她只薄薄地在脸上匀一层粉，透明系列的唇膏滋润欲滴，恰到好处地辉映出她的明眸皓齿，齐眉的刘海更为她的脸添了几分清纯。无论他是否在有意讨好她，被人往年轻的一头讲总是好的。

他母亲去世得早，他没念完高中就离家做事了，后来单枪匹马到京城闯荡，现在是很成功的企业家。他保养得很好，不像她见过其他从祖国来的商场中人，应酬太多，作息不当，大多未老先衰，刚过不惑之年，就发福的发福，谢顶的谢顶。而他高大的身材结实挺拔，看不出一点肚子，一头黑发浓密得霸气，就像那棵树上幽幽的叶。

幽幽的叶微微生风，吹动她对故乡的片断印象。记得有座山，春天山顶一树树粉嫩的花，花丛里蝴蝶翩翩，她和春游的同学曾经漫山遍野扑蝴蝶；还有一处温泉，父亲母亲年年暑假带她去游泳，有一次忽然下起暴雨，天上地下连成一片水的世界，其他游客都避雨去了，只剩下他们一家人在水中戏闹……

“你喝红葡萄酒还是白葡萄酒？”他问。

她发现自己走神了，抱歉地对他笑笑。眼前的男人像那棵树，让她憧憬遥远的故乡。可惜刚刚铺展开来的记忆一下子又模糊起来，像染在宣纸上的几团水墨。

他们谈得投机，话题从邓丽君开始。他是“听手提式录音机”的一代，二十几岁的他和他的朋友们，那时蓄披肩发、穿喇叭裤，傲然穿行在大街上，手里提着的三洋牌收录机音量放到最大，借邓丽君的歌声来宣告他们被压抑长久的叛逆。他说邓丽君的靡靡之音听多了害他恋爱、结婚；离异了再听，又想起有家的好处来，听完还想听。他意味深长地

看了她一眼。她想象眼前西装革履的他换一个披头士的模样，忍不住哈哈大笑起来。

会听邓丽君的男人该是善解温柔、明了风情的，她想。

“你是听雷射碟长大的吧？”他问，“该听王菲、梅艳芳之类，怎么会喜欢老套的邓丽君？”

她说邓丽君的歌像古老的《诗经》，质朴之至却又华美无比，可以听到心里去，新潮的歌大多数时候浮在空中，忽远忽近，她触摸不到。

他赞叹她在美国长大还能读《诗经》，实在不简单。她说她父亲曾是中文教师，她大学修的副科也是中国文学。“嗯……”他一时好像若有所思，欲言又止。

又说起故乡的变迁，他不久前在市中心策划兴建了一个楼群：三座摩天办公楼，四周是上千套豪华公寓，配备健身房、游泳池，还有三座商场，街心的音乐喷泉在夜空下闪烁变幻迷离的光彩。“几亿美金的投资。有时间多回去转转吧，国内现在不一样了，机会很多。”他说，他公司属下经管着好几家旅行社，保证周到地接待她。他因为自豪而神采奕奕，口气却缓和低调，没有一点吹嘘的味道。

她在工作中经手的项目通常也是数百上千万美金的，可她早就没有了最初的成就感，项目经营对她来说纯粹是做生意谋生，没有高一层的意义。她羡慕他可以像打理自家后花园一样修整故乡的市中心，为故乡做事，感觉一定会不一样。她面对故乡这位气度不凡的企业家，心里一半欣慰、一半失落。

她说不久前曾回去过一趟，一点儿都不认路了，成了故乡的异乡客，她记得的故乡不是那般尘土飞扬的样子。她记忆中的故乡是邓丽君歌中的青山绿水，《诗经》里的漫漫恒久浩荡无边。

他说没想到她年纪轻轻居然这般怀旧，笑她坚持的是一颗美国化的中国心。

"那也是中国心。"她还嘴道。

他不喝酒,只看她喝。她借着酒意,对他似是而非地撒娇:"那我下次回去,可就真去找你了,你要认得我才好啊!"

他说没问题,"你下飞机只要对出租车司机一提我的名字,他保准把你送到我家门口。"

"你那么自我膨胀啊!"她说。心里却喜欢他自吹自擂的样子,吹一点小小的牛皮使他十分的自信沉稳里倒透出几分勃勃的朝气来。

她不曾对年长的异性发生过兴趣,她认为时间的鸿沟无论从精神还是肉体上都难以逾越。而她和杰夫分手的理由之一,恰是因为杰夫与年龄不符的过分持重,和杰夫在一起她感觉拘束,无意间躲闪着自己的种种,以至感觉不完全、不快乐。但代沟居然成了他向她开诚布公的话题,而此时面对年长十多岁的他,她也有些肆无忌惮,她伸手,用食指轻轻地拨起他额前散落的一撮黑发,像拂过一片单挂的树叶。她觉得不可思议,两颊微微发烫。

她站起身,说是去自助餐台那边取晚餐,他要帮忙,她却让他留在原处守住他们的沙发位子,否则人那么多,等一下只能站着吃了。"是的,夫人!"他说,同时留心着她的反应,她却什么也没说,转身走开了。"他这么快就开始占便宜!"她心里一边恼火,又一边为他开脱,"你自己先跟人家打情骂俏,怎么就不许人家调侃你了?"

一路过去,她感觉他的目光在身后追随,有意无意地描摹着自己凸凹的身线,她心里微微一阵陌生的战栗,说不出是愉快还是不愉快。"他一定有不少女人。"她一时也理不清自己的感觉,便如此不关痛痒地暂时了结。

除了当晚的女主人,她也不认识其他什么人,而女主人八面玲珑忙着招呼各路来宾,只抽空远远地对她挤挤眼睛,意思好像是:"你给自己找了个不错的伴儿,好好先聊着哈。"

她用托盘端回来一碟寿司,两份烟熏火鸡三明治,还有一盘虾仁炒意大利通心粉,放在沙发前的咖啡桌上。她抱歉地说在美国开派对通常吃得就这么简单。他说他不大吃冷食,她就把那盘意大利粉推到他面前。

她注意到他不太会吃西餐,左手空握着叉子,右手拿餐刀去挑意大利粉,又费劲地伸着脖子去就,浇满茄汁的通心粉滑溜溜,餐刀稍微一斜,快进嘴的粉又掉回盘子里。那一瞬间,她觉得他如同孩童般无助。

他抬头,与她的目光相遇,她有点儿脸红,迅速地移开了视线,仿佛窥视了人家不该揭的短。“吃不惯西餐吧?”她问完又后悔,觉得该坚持视而不见。

他有一点尴尬,有一点手忙脚乱,却终于表现得毫不介意,为她再斟了半杯葡萄酒,说:“总不如中餐吃起来舒服。”他们又接着随便聊些什么,却不如先前自然融洽了,话题泛泛的,互相客气谦让着,但都知道是出于礼貌应付对方似的。

事情常常是这样,两个陌生的人遇见了,原本无所期待,聊多一点,聊得深切一点,便开始在各自的想象里为对方虚拟一幅图像,并在潜意识里期待着现实与想象的吻合。他和她头脑里的图像本来正一条线一个角地对应起来,但就在她毫无准备的一瞬间,忽然乱了方寸,对不上号了。

他由一棵令她思乡的树突然复原成一个世故圆滑的中年商人,她看到他努力掩饰的一脸困倦。

她终于起身告辞,说夜深了,明天还要上班。

他并不挽留,说你有我的名片,有机会回去的话,请你吃家乡饭。

二

她刚进家门，女主人朋友的电话便追了过来。“怎么样？”朋友问。

“什么怎么样？你怠慢我一晚上，我正要和你算账呢。”

“包涵包涵，我们那么熟，你还不跟在自己家一样。嘿，本来想介绍老郑给你的，你们自己先沟通了一晚上，我倒省事了。”

“老郑？”她不记得是否问过他的姓，派对上大家都用英文名字互相称呼。

“对了，就是詹姆士，你不知道他姓郑啊？他对你的印象蛮不错呢！”

“你怎么知道，你都跟他说什么了？”她应付着朋友，又从手袋里掏出他的名片，看清他的中文名字是“郑海山”。

“当然都是好话。”朋友在电话那边咯咯笑，“你赶紧嫁了这个亿万富翁，摇身一变做时下流行的‘海鸥’在太平洋上潇洒地飞来飞去吧！”

“我不缺钱花啊！”她有点不习惯朋友的迫不及待。从前故乡的街坊里好像是有姓郑的，海山也是个常见的名字——她心里琢磨着。

朋友打断她的思路，继续在电话那边语重心长：“我知道你是女强人，不像我们胸无大志的小女人，要靠男人吃饭。不过你想想，你那份高薪要死多少脑细胞来换？女人操那么多心，老得快！有人心疼你也好啊……”

“他不会吃西餐。”她简明扼要。

“拜托你，小姐，老大不小的了，还挑到这种程度干什么？谁没有点儿小毛病？他又不是美国人，不会吃西餐又怎样？你被杰夫憋出毛病了是不是？”朋友终于有点儿被得罪了。

杰夫的西餐是吃得一丝不苟的。杰夫和她第一次约会，是在一家法式餐馆，那里的餐巾和桌布是织了锦的，天花板上描着文艺复兴时期的丰盈美妇和小胖子天使。细腻有礼的侍者点亮他们桌上的蜡烛，杰夫用流利的法文为她点菜。

菜一道一道地上，先是厨师送的开胃菜(杰夫是常客)，然后是侍者推荐的雪梨带子，杰夫说她第一次吃法国菜，又一定要为她叫一客蜗牛，然后是汤、色拉、主菜。三番五次地，她已经搞不准哪一把叉哪一根勺该放进哪只盘碟，而杰夫面前的刀叉却总是清清楚楚。杰夫端坐在对面，餐巾挂在胸前，左手持叉，右手拿刀，叉辅助刀在盘中均匀地切下一小块食物，左手自如地抬起叉子，头微微一低，食物就自然地进了嘴里，而右手的刀仍旧轻巧地握着，预备下一次切割。每一道菜吃完，杰夫把刚用过的餐具以四十五度角齐整地斜顺在盘子里，侍者便心领神会地过来拿走。而面对她的不知所措，杰夫宽容地微笑着，不动声色地帮她调整刀叉的位置。

餐厅里光线柔和，面前的烛光闪烁缥缈，古典的钢琴声遥远地游移，很自觉地从不与客人的主题冲突，侍者偶尔过来默默地照料一下。她当时以为西方文化的精髓都集中体现在那顿晚餐里：浪漫体贴、精致优雅、有条不紊。

她中学时随父母移民到美国，开始辛勤劳作的新移民生活，父母白天打工晚上去夜校学英文，而她上学念书之余周末也在餐馆带位挣钱补贴家用。认识杰夫的时候，她就快大学毕业了，可在那顿晚餐之前，她还从来没有机会安详地坐下来品尝过真正的西方饮食文化。她从前

所了解的西餐除了麦当劳的各式汉堡包,不过是几家美式连锁餐馆里烧烤过头的坚韧牛排。父母陪着她吃过几次,每次吃完都说又贵又不好吃,不如唐人街立新餐馆的套餐合算。

立新是她周末带位的餐馆,门面光鲜,套餐也的确物美价廉,可是那里的地毯长久不换,油迹斑斑,吸尽厨房烟熏油炸海腥百味,像一块再也洗不干净的旧抹布,每次她带领一队队食客进入喧闹的座席,都几乎窒息,恨不得立刻逃出餐馆大门外,痛快地呼吸几口新鲜空气。

那晚杰夫坐在他熟悉的法国餐馆里,完美得几乎无懈可击,在她那时的眼里,杰夫是完全可以依靠、可以牵引她走进一个新鲜世界的向导。她多么迫切地希望走出唐人街立新餐馆的油腻陈旧和嘈杂啊!那时她真的年轻,世界很简单,爱情很简单,她可以因为杰夫的西餐吃得那么一流潇洒就爱上了他。

而现在,我真的是太挑剔了吗?挂上朋友的电话,她问自己。他会不会吃西餐真的有那么重要?

她回想着与他的邂逅,开始得那么自然顺利,一瞬间的交融像风一样地吹过,结尾却是个扫兴的反高潮。男人的手足无措,在恰到好处的时候体现出来,或许可以唤起女人天性中对幼儿般的怜惜,但许多时候,却只能令女人鄙夷反感。女人都一厢情愿地希望男人无所不能、无懈可击,像她这样如今在“新鲜世界”里游刃有余的“女强人”也不例外。

“在他不会吃西餐的小节背后恐怕还有些别的什么。”她想起他的目光在自己身后缭绕,还有“郑海山”这个似曾相识的名字,某种直觉令她忐忑不安,像窗外黑夜里诡秘摇晃的层层灯影。她担心的是不协调本身。她是个讲究感觉的完美主义者。

三

第二天她很早就醒了，心里一阵冲动想去好好看一看停车场后面的那棵树。她快速梳洗完毕，开车去了公司。

树在早晨清凉的空气里悄无声息，冷静地观望着她。她不记得何时曾真正停下来认真地观察过这棵树，尽管每一次她都想放慢脚步，但每一次却都匆匆走过了。她第一次留心到那些深绿的树叶形状似一张稍微拉长的手掌，曲线秀雅的五指对称地张开；如果五指并拢的话，很像外婆在故乡的大热天里摇着哄她入睡的蒲扇。

她深深地吸了一口树叶散发的气息，细心品味那一丝说不清是甜还是苦的味道。她低头，在脚边的沙土里发现了一枚葱头似的青绿果实，大概跌落多时了，有点干瘪。果实的形状令她一下子想到无花果，只是她记得的无花果好像都是紫红色的。

这棵令她回忆故乡的树莫非结的是无花果？她仰头在深不可测的叶丛里搜寻，一时却也没有看见树上有其他果实。

从前在故乡，前街的王婆婆家有一棵无花果树。外婆有时带她串门，和王婆婆坐在树下聊天，树荫幽幽的，外婆摇着她的大蒲扇。王婆婆的无花果轻易不给人吃，都收起来晾干卖到药材店去。偶尔王婆婆高兴起来，也会摘两个来款待她和外婆。王婆婆的无花果曾经是她十分嘴馋的美食，直到那个闷热的黄昏。

那天傍晚，外婆带她坐在门口的小凳上借着剩余的天光摘豆角。外婆戴着老花镜，装豆角的小锅放在腿上，很少说话，看到她理不干净的豆角，默默地从小锅里拣出来再理。母亲去干校劳动，父亲被关在学校的临时“牛棚”里，都不知道什么时候可以回家。晚饭只有她和外婆两个人吃。

邻居的小东突然疯跑过来，上气不接下气对她们喊：“不好了呀，叔叔被学生打了，叔叔被学生打了！”

外婆起立，装满豆角的小锅“咚”一声滑到水泥地上，豆角撒了一地，她吓得放声大哭。外婆也不理她，只顾问小东：“在哪里，在哪里？”小东说是在“牛棚”里，“牛鬼蛇神”的家属都不让进去。外婆一时抬起的脚又放下了，好像该出去做点什么，却又不知道该去哪里该做什么。

门外的天渐渐暗下来，家里聚满闻讯而来的邻居，七嘴八舌地为外婆出主意，要外婆找谁谁谁说情，通融她们进“牛棚”去看父亲，送些药水纱布去。“也不知道被打成什么样子了。”外婆叹了一声，抹一把泪。完全被忽略的她忽然指着门外尖叫“爸爸，爸爸”，把一屋的大人们叫得心里直发慌。

昏黄的街灯下，一个戴红袖章的造反派押着父亲向家里走来。父亲的脖子向前探着，细眯着眼，深一脚浅一脚，好像随时要栽跟头。父亲深度近视的眼镜被打破了，脸上青一块紫一块，鼻子也破了，有未干的血迹。屋里的邻人们知趣地散去。父亲让外婆拉开五斗橱的一个抽屉，从里面摸出一副还可以用的旧眼镜。父亲戴上眼镜，对她苦涩地笑笑，她一脸干掉的眼泪鼻涕，呆傻地望着父亲。外婆给造反派倒一杯开水，请他坐下慢慢喝，然后急急忙忙弄来盐水纱布为父亲擦伤口，造反派不耐烦地在一旁催促。

王婆婆忽然捧了一盘紫红的无花果进来，看到父亲竟然要下跪，被外婆一把拉住。“李老师，我对不起你啊！我那个该死的小山儿，砍脑

壳的龟儿子,狗胆包天打起老师来了。我给你赔罪,你大人莫记小人过!”王婆婆哭诉起来,“他妈死得早,他爸爸又不管,我一个老太婆,管不住他那个夭棒啊…… ”

后来造反派押着父亲回“牛棚”去了,王婆婆也走了。外婆给她洗了一个无花果,她贪婪地嚼着、吮吸着,想借口中熟悉的甘甜来驱赶她小小年纪所能感受到的一切不幸,可她嚼出的却是一股咸腥味道。现在想起来她当时也许是吃了自己流干的眼泪,不过从那个黄昏起,她就再也不吃无花果了。

她记起来王婆婆有个孙子叫“小山儿”。

一阵风过,树叶沙沙作响,一枚饱满的果实从树上闷声跌落,她弯腰拾起,放在手心细看,一团青涩中,似乎泛着丝丝紫晕,她用指甲划破果皮,只见果肉里紧密地镶嵌着一粒粒细小的种子、一粒粒等待破译的密码。

这真是无花果!她无限惊讶。难道这枚无花果,漂洋过海、穿越时空地追随而来,是为了在此时此地唤回她幼年的模糊记忆、引导她追溯现在与从前某种不愉快的关联吗?难道冥冥之中,真的就像歌里唱的那样,每个人都有一位守护的天使?她的天使是一棵绿幽幽的无花果树,无论她走到哪里,都默默地静候在路旁。

不知道“小山儿”的学名叫什么,不知道王婆婆的夫姓是“郑”还是“王”,她想。

重　　逢

The Reunion

他认出她的瞬间，眼前密不透风的地下候疗厅好像忽然洞开了一个窗口，五十多年前的辽阔苍天、青葱草原以及嵌接在地平线上的巍峨雪山逐一呈现。生命是转着圈儿来的，谁说过？走到最后，又回到当初。

她发福了，双下巴，腰身显出臃肿，不过和他出国前在电视上见过的样子相差不远。那好像是一场国庆联欢会，她刚平反不久吧，出来唱了一曲《探晴雯》。击鼓摇板、唱作吟诵，依旧行云流水、丝丝入扣。她的烫发蓬松齐整，却显然染过，黑亮得不合情理。青春挽留不住，但挽留的姿态端庄大方，她从前的美也因此仍可以推断出来。

她感觉到他的注目，抬头看他，目光礼貌平和，带着习惯性的关切——同族裔老年人之间无须言传的理解。毕竟，此刻在洛杉矶西奈医院放射科的候疗厅里，只有他们两位黄皮肤的亚裔。但他以为她不可能立刻认出他来。

他缩水了，剩一副骨架子，裹在先前护士让他换的蓝点布袍里。布袍口开在背后，他总担心走光。套上自己的铜纽开襟毛衣，还不时摸摸布袍封口，检查是否所有绳结都系牢了。两个月前，医生给他打了控制男性荷尔蒙的针。阳刚被架空了，身体还是身体，但和他对立起来，可他又不知道自己人到底在哪儿。

她眼里却骤然迸出熟悉的亮光，和他眼中的难以置信撞在一起。这么多年了，他有意无意期待过重逢，发生在此时此地，是不是生活的嘲弄呢？

乳癌，竟是她多年以后对他说出的第一个词，尽管她自我调侃的口吻很轻松，脸上也是无所谓的神情，但他还是感觉心酸，眼眶热烘烘的。

她在等候第一次放射治疗。他说他也在等他的第一次。对自己患癌的部位，他却含糊其辞，只说是男性最普遍的一种癌症。她并不追问。

他们是否该握握手，或者拥抱？毕竟都已过了古稀之年，而且又在美国，年轻时的顾忌与拘泥是否可以放下呢？踌躇之间，他有些恍惚，两只手漫无目的地悬在胸前。他问她，要咖啡吗？吃香蕉吧？问完才发现自己可笑，怎么像在家招呼客人似的。

放射科在医院地下一层，不见天日，候疗厅却布置得像宾馆接待室，沙发，茶桌，桌上摆着水果、饼干、当期的杂志，鲜花也经常换着，闻不到腐味。墙边柜台上还有咖啡机冒着热气，可以根据各人的选择制出不同风味的咖啡。一派休闲好客的氛围，却完全是医院竭尽全力要减消病人对放射治疗的疑惧。

她左右端详，说他看起来挺好，头发还这么厚，也不怎么见白。他说她在哄他，心里也是同样的感觉。

他最近像女人一样敏感起来。今天来医院前，儿子临时被公司叫走了，他自己搭医院的专车来，心里觉得怪失落的。儿子要养一家老小，工作为重，天经地义，这他都明白，但情绪上就是委屈。儿子小时候生病他每次都陪着看医生，现在反过来就得看儿子有空没空。

两个月来，他感觉上是一直都没睡过觉，记忆却异常活跃，像儿子小时候玩的“翻对对儿”的扑克牌游戏，一张张地、不停地揭。不同的是，他翻开的牌都成不了对儿，一盘散乱的纸壳儿。

假如当初他不顾一切作了相反的选择，他们会怎样？这个假设他很多年都没触及过了，此时却像一片偶然闪现的纸牌，被他那不太清晰的意识翻开。也许他现在不会有什么癌症？他一直都没弄明白，自己作息规律、饮食有节，怎么就得了癌？癌症从来都是听说的，发生在别人身上。

五十年多前，他们相识的时候，她是中央派来的慰问团团长，国家一级功勋演员，率团从成都到拉萨沿途为“最可爱的人”——人民解放

军演出;而他不过是地方军区汽车兵团的一位营长,开着军用吉普,护送她行驶在刚完工的康藏公路上。

她对他却是一见钟情,谁都看得出来,美人爱英雄。他一有空,她就采访他,红皮笔记本摊在膝盖上,抬着精致的下巴,黑亮的眼睛火辣辣地望着他。有一宿,她帐篷里的灯通宵长明。第二天,她演出的节目里便添了她拿他的战功编写的词曲。此后慰问团一路弹唱,他一手握着方向盘、一手持枪追击土匪的英勇事迹就在雪山草地上传颂开来。

清晨高山上,道路结冰,汽车打滑,轮胎都扎上防滑链,车还是动不了。

不能准时出发,当天的演出任务就得延误啊。情急之下,他让战士们拿松毛草和棉被铺路。她听见了,也抱着自己的绣花丝被跳下车。他一把拦住她,说被子湿了,你晚上怎么睡?

战士们怎么睡,我就怎么睡!她倔着呢,抖开被子就往冰路上抛去。

他俯身去捡,她立刻跳到被子上,踩出两个皮靴印子,还调皮地说,喏,已经又湿又脏了,车开起来再捡吧。

他摇头走开,去指挥战士们铺路、推车。转回来,见她光手握着一把小铲子,正在帮警卫员清除车玻璃上堆积的雪霜,她呼出的白气瞬间就在长睫毛上结成细密的冰碴。

快别铲了,手会冻住的!他大喊,但已经晚了。

她粉嫩的手掌早和铲把子冻在了一起,听他喊,她一松手,掌心的皮就像现在的保鲜膜那样揭了下来。他心疼得跺脚,第一次扇了警卫员后脑勺。谁让你给她铲子!他吼着,心像被抽丝般地疼。

现在想起来,他胸膛里还有疼痛的影子。他的确也深深地爱过她。

能不爱吗?那样的山和水、那样的草原、海子、瀑布、冰川。自然用最纯净的色彩把雄伟与秀美同时描绘在地平线上,用最灿烂的阳光把

人的心照得透明透亮。那一路的欢歌笑语，即使在他生命最黯淡的时候，也无法遗忘。

春暖花开时节，漫山遍野都是大片大片缤纷的花朵。慰问团的姑娘小伙们都像喝了最甘醇的青稞酒，醉了在花海里跑、喊、手舞足蹈。每当苍鹰划过蓝天、岩鹿跳过山涧、藏女的歌声飞越流动的云彩，都引起阵阵欢呼，在山谷里回响。

他等在路边，手里夹根香烟，偶尔吸一口，看山、看花、看人。她抱着满满一捧野花，紫的红的白的——像她现在身上穿的毛衣的颜色，笑盈盈地向他跑来，脸被怀中花朵染得妩媚多彩，眼里倒映的雪峰闪着银蓝的光芒。

江山美人啊，再有意志力的男人也是人。即使现在，他动动鼻翼，似乎也还能嗅到她怀中那捧野花的清香。

每到一处兵站，不管长途跋涉有多累、到达的时间有多晚，她和慰问团演员们总是立刻化装登台。所谓的台通常只是林间山中的一块空地，背景上方有临时扯起的大红标语——“欢迎祖国派来的亲人”。战士们席地而坐，阳光落在他们鲜红的帽徽上。有时天黑了，战士手里便举起火把，照亮“台上”不遗余力为他们歌舞、说唱的“亲人”。条件简陋，气氛却总是热烈。

她擅长多种大鼓和戏曲，唱完京韵、奉调，又演评剧、曲剧。每当三弦拨响，她敲起皮鼓、摇起竹板，他耳朵里就蹦跶出个兴奋的小人儿，嚷嚷着，好戏开场啰……她唱的戏，文的细腻婉转，武的雄浑豪放，传统的富有新意，现代的不乏韵味。无论是《鞭打芦花》，还是《战长沙》或者《刘胡兰》《愚公移山》，他都百听不厌。

慰问团演员病了，她代他们演唱是理所当然；而值班站岗的战士错过了表演，她还特地加班，为他们“开小灶”，把她白天演过的曲目整套再来一遍，决不偷工减料。

车队开上了青藏高原，四千五百米的海拔，空气含氧度只有平原的一半。大家呼吸都感觉沉重，她发着低烧，还坚持“轻伤不下火线”。一天晚上她晕倒在加班演出现场，小战士们围着她柔软香熟的身体不知所措，飞跑来向他报告。他冲过去抱起她，迈开大步往兵站医务所赶。他的心被她带体香的气息熏得乒乓乱跳，身上每一个细胞都绷紧了。但在士兵面前，他不能动一点声色。

医务所一眼望去只有一张桌子两张病床。他忧心忡忡地放下她，计算着，要是这个兵站医务所救不醒她，就是马不停蹄开车送她去最近的医院，也至少要一天；或者往海拔低的方向开，但他们已深入高原地带，方圆几百公里的海拔都不下四千米。高原反应引发的昏迷，抢救不及时是要出人命的。

他历经枪林弹雨，也曾面对死亡，但还从没如此担惊受怕过。他抱头蹲在一旁，心里像注了铅，不断往下沉。直到兵站卫生员奇迹般拿出氧气罩给她套上，他才长舒了一口气。

他在医务所守了她一整夜。黎明时分，在他急切的凝视下，她的脸色渐渐由青转白，再一点点现出红晕。她睁开眼睛那一刻，蒙眬惺忪的样子，那才真是——用现在年轻人的话来讲，性感啊！他身上绷紧的每一个细胞都蠢蠢欲动，渴望着他立刻下令将它们释放。

他屏住呼吸后退两步，发现医务所里只剩下他们俩，又才记起半小时前自己让卫生员打盹去了。他更不敢喘气了。再看她，刚刚恢复血色的红唇微微嚅动，期待着他俯身一吻。他完全看懂了，却硬是捏紧拳头克制了自己，站在原地一动不动。

他忽然想，身上的细胞是否从那时开始就从没放松过？紧紧地抱成一团球，越滚越紧，紧到再也不知道怎样放松的时候，就癌变了。

洋护士喊着他的名字，名和姓倒了个儿，音调全错了，语气十分不

确定。

松梨糕，她学了一句，说听起来像一种西点，可以就着卡布基诺吃。她指着墙边的咖啡机，呵呵笑起来，笑声还跟当年一样如珠似玉。

护士手里扬着一张表格要他填写。他反手捏着身上布袍的封口，跨一步接过来，看她身边的位置空着，顿一顿，挪了过去。低头填表的时候，他瞥见她搭在一旁的手，皮松了，纸一样薄，指甲盖却仍旧饱满，修剪得齐齐整整。

他握起那只手，轻轻翻开她的手掌。她的手背温温地触着他的手心，他才意识到，这是他第一次郑重其事拉她的手。

她什么也没说，任他默默察看。他拿起的手上纵横着为家庭操劳的痕迹——洗衣、做饭、针线、换尿布，尽心尽责的妻子、母亲和祖母。当然也有“文革”下放劳动的老茧，藏在拇指内侧，中指和无名指根上，看不大出来，他是摸到的。康藏公路上扯掉皮的是哪一只手？他找不到伤疤，也想不起来了。

慰问团结束演出，即将启程回北京。傍晚，她去他驻扎的军营，邀他一同散步。他们走在军营边的树林里，回味着拉萨之行一路上的见闻感触。

二郎山那么深，解放军硬是打通了八千五百多米的隧道；雀儿山那么高险，解放军是怎么修成了盘山公路？她一再感叹。

钢钎、铁锹、热血和生命，他说，记得康藏公路完工后，军区开庆功典礼，首长宣读为筑路牺牲的将士名单，两千多条汉子啊！三位首长轮流念他们的名字，足足念了两小时。

她眼里闪动泪光，说忘不了雀儿山兵站演出后的第二天凌晨，车队战士们在启动汽车前点炭火烤油底壳——降低机油黏稠度。之字形的盘山公路上，皑皑白雪、冉冉晨雾之间，车灯橙黄、炭火殷红，那一长串

闪烁的灯火，简直就是她见过最华贵的项链，戴在巍巍雪山的脖子上，也是最壮丽的丰碑。

就是那天清晨吧，你的手被冻掉了皮，他歉疚地说，后来好几周都包着纱布。在拉萨演出的时候，首长还问我怎么回事呢，都怪我失职。

哦，你还好意思说，她破涕为笑。竟敢当众打警卫员，是我自己脱掉手套好使劲儿，怪不得他。你就不怕我向首长告状，说你不改旧军阀习气？

他嘿嘿傻笑，请嘴上留情，我立刻自罚。他说着举手要扇自己后脑勺，被她拉住了。

要罚就罚你休假的时候去北京看我，她说。

他有点犹豫，但还是乘兴答应了。

林子里的猫头鹰和草虫咕咕唧唧，应和他们的笑声。

军营在成都郊外，离山近，初夏的夜风里仍带着浓浓的凉意。她的棉绸连衣裙摆在风里飘起，她双手捂着胳膊，他便脱下自己的军装外套披在她肩上。

她说想去看看那辆载了她两个多月的“铁马”。

他带她到停车场。月亮已从半山腰升上了天空，草绿的吉普车全身染了一层银白的绒毛，看上去真有些坐骑的灵性。他打开车门，她坐上驾驶座，拍拍车台、摸摸方向盘。

真舍不得这匹“好马”，她说。她抬起下巴，眼神清亮，带几分痴迷。更舍不得这个好人，她又喃喃道。

他们朝夕相处两个月，肩并肩坐在这辆吉普里，她对他的情意，如他每天握在手中的方向盘一样看得见摸得着，但听她说出来，他还是受宠若惊，假装没听清她的话，回头看月亮。

“我要嫁给你。”这一回她字正腔圆，他再躲不掉。

“你是全中国瞩目的明星，嫁给我——我算什么？太委屈你了。”

他说。

她摇头，似乎无法把他卑微的话同他英武的人对接上。

她说："一定要选的话，我宁愿不在北京当演员了，跟你在一起，一辈子待在康藏边境也心甘。"

"你知道你在说什么？地方上的条件完全不能跟北京比。"

"我有准备。"

"没有自己的房子，要受很多苦。"

"我不在乎，只要能每天看到你。"

"我经常带车队跑西藏，一走至少是一个月……"他无论如何也不答应她为他作牺牲。

她急得哭起来，把自己锁在吉普车里，头埋在方向盘上。

车钥匙放在他外套口袋里，外套披在她肩上，他打不开车门，夜已深，又不能动静太大，他只好隔着车窗低声哄她。

"咱们都冷静想想，你回北京后，可能很快就把我忘了。"

她不理他，为自己无处投放的爱情嘤嘤哭泣。

他嘴里说着理智的话，心里千万个舍不得。傻瓜才不想娶这位出色的姑娘！美丽大方、刚柔并济、才艺双全、千里挑一……他多想抚慰她颤动的肩膀，拉起她的手，拥她入怀。

但她不属于他。他只能站在玻璃这边，脚后跟在沙土地里钻出两个深孔。爱她的话，他一句也不能讲。

军营的熄灯号吹响了，她终于打开车门，让他开车送她回军区招待所。

她一路沉默。下车的时候，她深深看进他眼里，一个字一个字地说："我不会忘的。"

她回北京后，每天给他写信，每一封都情真意切，言辞比她临别前

的表白更热烈，还织了松软的手套、毛衣，又剪掉自己乌黑的辫子，和信一起寄给他。

你的心怎么就那么狠？他现在从她眼角向上挑起的皱纹里，似乎还能读到这句委屈的询问。

他也写过两封信给她，词不达意地反复解释，他为什么不能和她结婚。大概意思都是，她要是嫁给他，就像鲜花插到牛粪上。

他那时可真不是牛粪，自己其实也知道。他是国民党军队投诚收编过来的，正规军校训练出来的风度，就算不带肩章领章，也一样撑得起，又生就了一米八三的大个子，在南方人居多的西南军营里，真有点鹤立鸡群。所以他处处收敛，更不可能信手摘走“冰山顶上的雪莲花”——那是藏族同胞送给她的美誉。

他把她所有的信都给政委看过，汇报思想。政委倒是替他高兴，告诉他连级以上的军官都是可以结婚的。但他不踏实，因为根子是白的，即使带上五角红星的帽徽，也甩不掉随时被监督审查的感觉。

她那些信后来他用一个饼干铁盒装起来，准备寄还给她，但还没来得及做，就听到她结婚的消息。她嫁了一位比她年长十六岁的军长。他几次想把信烧掉，总也下不了手。

那盒子信他都放在什么地方呢？他搬过许多次家，从四川搬到广东，又从广东搬到美国，从自己的公寓搬到儿子的客房。如果那个盒子还在，大概早锈了，信纸也早发黄了吧？

“那些信是否给你添过麻烦？”他问。他一直内疚。

他的妻子——已经过世好几年了，在挨批判的时候，她从那盒子里挑了两封信寄给批判组，证明她一早就善于腐蚀毒害革命军人。妻子是组织上介绍认识的，人质朴直爽、勤劳能干，给他一个安稳的家、一对懂事的儿女。他没有什么可抱怨的。妻子那么做，也不过是为了保全他吧？他毕竟是前国民党军官啊！

"我反正都要下放劳改的，多一块石头或者少一块石头砸下去也无关紧要，"她说，"还提这干吗？"

妻子自作主张的请功也并没达到什么效果，他最终还是被关了"牛棚"，不过比她少受点儿罪，不到一年就结束了。她被下放了整整十年，回北京的时候，头发都白了。

喏，这一直都是染的，她撩一下头上伪装的黑发，手指自然而然地跷出兰花状。

她的军长在她出国前去世了。他挺照顾她的，她一句话总结道。

都奔八十的人了，她说，风头出过、右派当过、人妻人母都为过，孙子也抱了，还来了美国，这一生过得挺够本儿的。她还是快言快语。"本来也不想做什么放射治疗，癌症它爱怎么着就怎么着吧。但女儿坚持要我治，万一扩散多痛苦啊，女儿吓我说。"她笑，"年轻人知道什么痛苦啊？肉体上的痛苦算什么？"她叹一声。

肉体上的痛苦？她倒是比他看得开，他想，她从前就比他乐观，岁月和磨难也似乎没能改变她。

他现在是空有个男人架子。打仗带兵他是真没怕过，但生活却时常让他束手无策。像他看见初生的儿子那一刻，奇怪啊，生命之初怎么是那个样子？血淋淋、毛茸茸，还金贵得很，吹弹即破，抱也不是，放也不对，他不知道怎么使劲。发生在自己身上的癌症，也是莫名其妙。他没什么其他症状，只是睡不着，躺在床上翻来覆去，跟床垫打架似的，还不由自主随时监听着体内的动静。他实在不知道怎么对付自己才好。

当然睡不好就感觉什么都不对劲了，说话都是反着来。比如，气温低一点，他说都三月了，怎么还这么冷？气温高一点，他说，才三月就这么热？虽然儿子媳妇不说什么，但他们的不耐烦，他感觉得到。

有一天四岁的小孙女爬到他膝上问："爷爷你要去西藏吗？"

"谁说的？"

"爸爸说洛杉矶的气候这么好,爷爷还过不惯的话,只好去西藏了。"

……

"西藏在哪儿?爷爷你带我去吗?"

他倒是真想再到康藏公路——后来叫川藏公路了,他真想再去那条路上开一趟车,假如他还能够的话,去看二郎山火红的杜鹃、雀儿山银白的冰峰,还有大渡河奔腾的激流。带上小孙女,也许,再带上她。这样想着,他脸上浮出了笑意。

你笑什么?她问。

他和她没结婚,其实也好,否则,"文革"的时候,他们的境况说不定会更糟。"前国民党军官和戏园子里被阔少们捧红的戏子,你能想象吗?"他说。许多天来,他难得有了一个正面的念头,说出口怎么还是反的?

她倒不计较,说到了咱们这把年纪,回头看,怎么都好吧!

护士又叫他,他得先去做治疗了。他有点忙乱,还没问她是否想跟他再去一趟康藏公路呢,现在赶紧问?还是以后有机会再暗示?她挥挥手,说进去吧,明天还可以聊。他的治疗时间是上午十点,她是十点一刻,她说她可以早点儿来。

她也早换上了蓝点布袍,他刚才怎么只注意到罩在外面的紫红白毛衣?看她从容淡定的态度,他心里笑,真是漂亮女人不怕穿错衣裳。他紧抓布袍封口的手却也放松了。今天的重逢,他想,或许是个征兆。走到了尽头,就能回去,回到当初,只要他愿意。

他坐上治疗床,护士让他把毛衣脱掉,怕毛衣的金属纽扣干扰治疗。

"躺下,放松。"护士说。

放射仪的灯头照下来,他的身体没有任何感觉,莫扎特的小夜曲在

耳边安慰着他。他开始想象,体内的那些癌细胞——那些接近他阳刚根源的异己分子,被一枪一枪地击毙。他都看见子弹炸开的火光和烟雾了。

他居然在治疗床上睡着了。

情人的眼泪

Lover's Tear

一

“为什么要为你掉眼泪,你难道不明白是为了爱……”耳机里林忆莲的歌声幽怨低回。

我扬起下巴,看见丹尼的右脚正蹬在我头顶上方一块突起的石头上——拳头大的一块岩尖子,棱角分明。丹尼右腿的肌肉坚定地紧绷着,也像石头一样坚硬。他正抬起左脚试探左右的峭壁,寻觅一处可以落脚的支点,攀岩鞋底摩擦着山岩,偶尔一阵细微的灰粉飞起,像岩石的叹息,被若有若无的风载着飘忽老远。午后的天空无云,薄薄的透明的蓝,一只山鹰在空气里滑翔,悠然自得,轻松得毫无重量。

忽然山鹰右转、俯冲,好像发现了猎物,一眨眼消失在我脚下的森林里,无声无息,像石子落入深潭。我收回目光,再次意识到丹尼和我正凌空悬挂在优山美地国家公园队长峰的山腰上,从清晨开始,我们已经攀爬到离地面四百多米的高度。我不禁心慌目眩,手心脚心浸出冷汗,牵在我和丹尼腰间的登山绳一阵乱颤。

“不要向下看,听歌!”丹尼对我喊。

二

我从小恐高，站在三层楼的阳台上都腿脚发软、掌心冒汗，眼前的栏杆仿佛每时每刻在断裂，脚下的楼板每时每刻在坍塌。我随着栏杆楼板的碎片不断陷落，双手在空中挥舞，无助地要抓住些什么。类似的慢镜头幻象一直阻止我参与任何与高度有关的活动。一年前我加入山景城一个攀岩俱乐部，终于下决心要克服恐高症。

其实那时我刚结束一段长达五年的恋情。虽然分手的事在我和他之间已经酝酿了很久，我以为自己可以像捐旧物给救世军一样无怨无悔，捐完一身轻，但真正分开以后，却意识到我又把自己像水一样泼了出去，而他根本没有接纳我的容器，水洒了一地，一时竟无法收回那些泼出去的自己。

女人失恋后想摆脱沉迷落魄，大概总要做些不同以往的事，好像从蛹到蝶的蜕变新生。换发型改时装一类形式上的改观，我都试过，但当时更渴望心灵深处的巨变，所以把自己与生俱来的恐惧挖掘出来，恶狠狠地要根治。我参加攀岩俱乐部，大有洗心革面、重新做人的味道。

丹尼年纪不大，却是俱乐部里资格最老的成员之一。据说他十六岁就开始攀岩，十几年的训练使他的身体像岩石一样坚挺结实，藤蔓一样柔韧灵活，而皮肤因为长年的野外锻炼，晒成了浓稠闪亮的蜜色，俱乐部里大家都叫他 golden boy(金色男孩)。

第一次参加俱乐部的训练,我全身紧张、不知所措。老资格的丹尼照常来帮助教练调教新手。在他们的鼓励下,我爬上十米高布满彩色支点的训练岩壁,回头看下去,教练和丹尼仰视的脸猛然遥远缥缈,虽然我腰上紧系着安全绳,但忍不住又看见自己加速跌落的慢镜头。我呼吸急促起来,心跳混乱,手脚发虚,像被隔离在真空里,对自己的身体几乎完全放弃控制,无论下面的人喊什么安慰和劝导都无济于事。当时我那个失魂落魄的样子,丹尼后来说像一只困在梁上的小母鸡。

丹尼转眼攀壁而上,敏捷得像只豹子。他伸手拦截住摇摇欲坠的我,又在我耳边重复低语:"不要向下看,看着我的眼睛,不要向下看……"

金色男孩的眼里是夕阳下宽广静止的湖,缓缓流溢温润的亮光,却幽深不见底,偶尔有飞鸟的投影掠过,诱人不断靠近、追踪。

我终于镇静下来。丹尼说我们很难摆脱天生的恐惧,但我们总能找到对付恐惧的办法,比如不要从高处往下看。

我渐渐了解丹尼那天告诉我的诀窍,其实是他自己身体力行的生活原则之一,这项原则被他掌握应用得那样纯熟,已经和他的性格融为一体。所以丹尼总是那样镇定自若,无论攀岩还是同我约会,大小问题他都可以兵来将挡、水来土掩。和他在一起,我感觉绝对受保护而且充满信心,失恋的伤痛不再触目惊心。"人世间,有什么对付不了的事情?"丹尼总喜欢这样说。

后来丹尼又帮我发现了其他几种对付恐高的办法,像有节奏的深呼吸,戴耳机听舒缓的音乐,还有,就是在金色男孩的光辉环绕中攀岩。我跟着丹尼,不要说十米的室内训练壁,就是一百米的天然岩壁都已经攀登过了。高度永远存在,恐惧也没有完全消失,但丹尼的每一步攀登,都那样稳妥扎实,让跟随其后的我觉得"高"不过是生存空间的一维,自然环境的一个侧面;恐惧,是因为陌生、有距离,接近习惯了,恐

惧本身就逐渐成为一种可以控制的感觉，像我早就熟悉的快乐和悲伤。

三

今天是我和丹尼相识一周年纪念日。我们一大早就背起全套装备，从俱乐部在优山美地的宿营地来到队长峰下，挑战北加州最热门的一个攀岩目标。我们计划在太阳落山前攀够五百米，明天清晨再继续攀登余下的五百多米。等我们到达一千多米高的峰顶，我一定要告诉丹尼，一年前我的生命像一朵萎靡的花蕾，因为他，现在这朵花蕾已经凌空层层绽放、微笑着俯视人生了。我知道是个陈词滥调的比喻，但我此刻真的感觉像一朵丰盈的花，无所畏惧地临风而立，不想也不必控制由心底而来的快乐。

“要不是有情人跟我要分开，我眼泪不会掉下来，掉下来……”林忆莲在我耳边如泣如诉，反衬着我心底跃跃欲飞的幸福，我情不自禁唤起丹尼的名字。丹尼低头看我，微笑，侧身垂下空余的左手，仿佛要触摸我心里那朵快乐之花，我向他伸出左手。

就在这一刻，丹尼右脚下那块凸起的石头松动了。刹那间风烟四起，上下左右的沙石灰粉劈头盖脸、滚滚而来，透明的的蓝天被搅得一片浑浊。丹尼的指尖划过我的掌心，我企图抓住他的手，但没抓住。恐惧换了一副前所未有的巨大面孔，铺天盖地地逼视下来，嘲讽的眼神，直射我心中的花朵，那花立即枯萎了。我痛苦地呼救着。旷野的回声，

无边的黑暗，连同我不断坠落、坠落……

四

我醒来的时候，发现自己躺在一条小溪边，溪水清凉，四周遍地是一种不知名的小花，三个水珠状的深蓝花瓣，水珠尖子对着紫红的花心。我试着站起来，一时头痛难忍，但我手脚完整，全身上下除了一些皮肉擦伤，好像也还无恙。清澈的溪水里漂着我的倒影，头发散开了，我为丹尼留起的长发，已快披到腰间。

然而四周除了蓝色的小花在傍晚的斜阳里摇曳，没有一丝丹尼的踪迹。花丛的边界，是浓密的红杉树林，壁垒森严的层层红杉之外，队长峰的顶子在渐渐沉落的天光里一点点隐没下去。我沿着小溪，一路喊着丹尼，跌跌撞撞，在幽寂的森林里摸索了许久，终于在落日余晖燃尽之前找到俱乐部的宿营地。

值班的彼得和俱乐部的几个成员迎上来，关切地问我这三天都到哪里去了，他们和森林巡警寻遍了优山美地也没找到我。“三天？不知道。丹尼呢？”疼痛完全占据着我的头，不留一点思想的余地，但我的心在寻找丹尼。

“我们在队长峰脚下找到了他，急救之后，他一直昏迷不醒。医生说，说他……”彼得用药棉替我清洗手臂上的几处伤口，他停下来，却不能直视我的眼睛，叹口气，又继续清洗伤口。我推开彼得的手，径直跑

进了丹尼的木屋。

丹尼的脸看起来那么安详平静，如果没有床边的输液瓶，我会以为他正在沉睡，像每一次训练劳累后的酣眠。“丹尼，我来了，该醒了。”我俯首在他耳边，低声唤着，期待他像往常一样仰起下颌，撅起双唇，迎接我的亲吻。但丹尼气息微弱，不作丝毫回应。

跟随而来的彼得终于告诉我，医生诊断丹尼可能成为植物人。彼得拍拍我的肩，想再说点安慰的话，却始终无话可说，陪我站了一会儿，出去了，留下我和不知魂飞何处的丹尼。

丹尼的床边放着一本《银河系漫游指南》，是他百读不厌的科幻名著，大概俱乐部的朋友们找来读给他听，希望他还能苏醒。我跌坐在丹尼床边，拿起书，随便翻到一页大声读起来。

“地球突然被一阵沉寂击中，但沉寂比先前的噪音更糟糕。有段时间里，什么也没有发生。那些巨大的飞船悬挂在天空，一动不动，凌驾于地球每一个国家之上…… ”

高声朗读似乎缓解了我的头痛，但绝望随着剧烈的心痛立刻侵袭上来，从头到脚淹没了我，我几乎窒息。我本能地跳起来，连连调整呼吸，等我喘过气来，却已泪流满面。泪光中，与丹尼沉睡的脸交相重叠的，时而是队长峰上那朵绽放的快乐之花，时而又是恐惧的巨大面孔。

木屋虚掩的门吱呀一声被推开，一股浓重的烟草味立刻充满屋里狭小的空间。一位矍铄的白发老人走进来，铜褐色的脸毫无皱纹疤痕，却古奥得如同森林里的千年红杉。老人身穿印第安人的传统长袍，袍子上累赘的银饰和骨饰丁零作响。

“你就是丹尼的情人吗？”老人出语惊人。我不习惯情人(lover)这个词，说我是丹尼的女朋友。“啊，你们城里人的说法。”老人审视我，目光犀利。

“请问先生怎么认识丹尼？”我从没听丹尼说过他和印第安人还有

关联。

老人不回答我，却又说出一句令我惊讶的话。“丹尼不是常说任何事都有解决的办法吗？人世间，有什么对付不了的事情？”

我忽然顿悟，毫不犹豫地认为，眼前的老人是传说中印第安部落的长寿智者，洞悉世事、通晓幽明。我连连点头，追问老人如何救醒丹尼。

老人说不远处的红杉林里有一种野花，叫情人的眼泪，长在一条小溪边，三片蓝色的水珠花瓣……

“水珠尖子对着紫红的花心。”我激动地接过老人的话头，说我见过，我知道在哪里。老人不知何时变出一个草编篮子递给我，说采集一篮子，熬成一碗红色的汤，喂丹尼喝下去，他就能苏醒。

“一切你都要亲手做，单独去做，只有你能救他。”老人临走时郑重地嘱咐。

“为什么？”

“因为你是他的情人，情人…… ”老人远去，森林里回荡着他的答复。

五

我挎起篮子，又提了一把强力手电，马上要去找情人的眼泪。因为听到老人吩咐我必须单独行动，大家都劝我等到天亮再去，说一个人迷失在夜晚的森林里可不是好玩的事。但我心急如焚，谢绝了大家的好

意，执意立刻动身。彼得只好塞给我一个急救包，里面有些应急物品，包括一把信号手枪。

老人说过“你的心会为你引路”。我果然很快找到我傍晚摸回营地的小路，深入红杉林。月光如水，从红杉树毛茸茸的枝丫间滤下来，把林中草木漂洗得柔软清凉，尘世的一切——比如快乐、悲伤和恐惧，都沉淀水底，比起古老参天的红杉树，都似乎微不足道。我仿佛游荡在一个空灵的梦中，四周沉寂安详，唯有我沙沙的脚步和怦怦的心跳。

我用耳用心寻找着那条潺潺的小溪。心说小溪就在近旁，耳却听不到溪流。我把电筒打到最亮，看到的除了红杉还是红杉，棵棵笔直冲天。我踌躇起来，不知下一步该往哪里走。这时前方传来另一片沙沙的声响，回应着我的脚步声。我以为是风，但风送来陌生的动物的气息。

我立刻熄掉手电，匍匐在一丛灌木之后，收敛呼吸，一动不动，手里紧握那支信号手枪。

丹尼对我说过他在优山美地遇见黑熊的事。那熊定定地看着丹尼，也没目露凶光，反倒有点不知所措的样子。丹尼一边用他一贯平稳低缓的声音，反复告诉黑熊他就走，马上离开，一边慢慢后退，直到退出黑熊的视线。我笑他为何没让黑熊看着他的眼睛，丹尼说他一时辨别不出黑熊是公是母……

沙沙声越来越近，忽然又哗啦哗啦流了一地，听起来像是沉重的躯体压过一片杂草和树叶，随即一切声响都静止下来，那个空灵的梦又随着露气缓缓弥漫森林。黑暗中，我不能判断前方是何种动物、动物是远是近，但奇怪的是，我心里没有一丝惊恐，身旁每一棵挺立的红杉都像是我的卫兵。我决定守候原地，等待天明。

我再次醒来，淙淙的溪流声奇迹般就在耳畔，满目深蓝色带露的小花，千真万确是情人的眼泪。清晨柔和的阳光下，一只棕熊的背影在小

溪对岸的花丛里缓缓潜行，渐渐隐入红杉林，圆滚滚的屁股一左一右地拐来甩去，和电视广告中跳舞的卡通熊一样。我听说优山美地最后一只棕熊早在十九世纪末就被人捕杀光了，这只棕熊的出现莫非也是奇迹？

红杉林里的奇迹是否预示丹尼也会神奇地醒来？

六

一回到宿营地，森林里大而无边的梦立刻被现实的焦灼蒸发。我把自己关在丹尼的木屋里，一天一夜不吃不喝，潜心煲汤。我知道大家在门外为我忧心忡忡，但我没有多余的精力去回答他们关切的询问。眼前小小的的煤气炉上，一只汤锅“扑哧”冒泡，我所有的心思，都集中收进锅里了。

蓝色的花瓣在炉火的细细煎熬下，终于一点一滴渗出殷红的液汁，一股灵异的药香慢慢从锅里升起，在木屋里袅绕，像一片上下飘忽的羽毛，暖暖酥酥，滑过我的脸、头和身体。我这时才感觉自己精疲力尽、昏昏欲睡，但我那几乎衰竭的心却鼓动着希望的翅膀。我硬撑着，一勺一勺把红色的药汤喂进丹尼嘴里。

“丹尼，醒醒，丹尼……”我呼唤着。

丹尼终于睁开双眼，目光清澈，闪烁着金色男孩的光辉。我欣喜若狂，双臂绕上丹尼的脖子，喋喋不休，说我多么多么害怕失去了他。

丹尼解开我的双臂,羞涩地看着我。脸上毫无掩饰的陌生,深深地刺痛了我。复苏的丹尼似乎丧失了记忆。

“我是丽莲,你不记得了吗?”我听见自己惊讶的声音。

“老婆婆,可是我从没见过你呀!”丹尼十万分地抱歉。

老婆婆?我糊涂起来,伸手试试丹尼的额,又摸摸自己的脸,担心我高烧听觉错乱。

我摸到的肌肤粗糙松弛,完全是另一个人的脸,意识到自己出了差错,匆忙从背包里找出一面镜子。镜子里,一个苍老憔悴的女人,白发蓬乱如枯草,失神的双眼布满血丝,活活一个世界末日的化身。

我被惊愕与悲怆凝固。

印第安老人不知何时出现在木屋里,他几乎不忍心看我,不住地叹息:“姑娘,你太投入了,怎么不为自己留一点点心血啊?”

我一心一意救丹尼,埋头为他采花煲汤,完全进入一种忘我的境界,怎么可能小心翼翼为自己保留什么。我责怪老人事先没跟我说清楚。

老人无可奈何,说情侣间的事哪里说得清楚,一切由你们自己权衡把握。

“难道我全心全意爱一个人,却活该得这么一个不堪的下场?”我是多么不甘心。

一直以为另一个人是幸福的源泉,只有他才能灌溉我的快乐之花,我为他废寝忘食、衣带渐宽,却最终发现什么都没给自己留下。这一次,我还能不能收回完全泼洒出去的生命之水呢?

老人只是摇头,说太晚了,一切无可挽回。往好处想,从前还有姑娘为情人丢了性命,付出的代价更大:“你只不过失去了青春。”

只不过?可我宁愿去死!你让我去死!我抓住老人的手发疯地摇晃,声嘶力竭地叫喊。

七

“丽莲，我在这儿，别怕。”丹尼紧紧握着我的右手，我的左手插满输液针。我睁开眼睛，看见丹尼俯视的脸，他凝望着我的眼睛是一汪雾气腾腾的湖，潮湿模糊。

原来那天我和丹尼都没有掉下山去，但那块松动的岩石砸伤了我的头。我在医院里已经昏迷了五天。

“只有那有情人眼泪最珍贵，一颗颗眼泪都是爱，都是爱…… ”林忆莲还在柔肠寸断地倾诉。医生为了唤醒我，在病房里反复播放我昏迷前听的歌。

“我怕你再也不肯醒来看我了。”丹尼喃喃地说，轻吻我的唇、我的眼。

我摸摸自己的脸，依旧光滑柔软，青春还满满地握在手中。我微笑，伸出食指点下丹尼眼角一颗清亮的泪珠，对他，也对自己说：“别怕，人世间，有什么对付不了的事情？”

梦工厂

Dream Factory

一

宣宣和我，是人人羡慕的一对。我们十六岁相识，应该算是青梅竹马。

那年宣宣从北方转学过来，第一次期中考就把我霸居两年多的全年级第一名夺走，让级里的男生们好好出了一口恶气。我觉得丢了面子，谎称生病在家躺了一天，第二天被母亲强行送回学校。

那天下午放学后，宣宣笑嘻嘻走到我面前，说是现任全年级第一主动来和前任全年级第一交流，一句话把我强忍了好几天的眼泪逼到眼眶里打转。我扭头要走，宣宣一手拦住我，一手从书包里摸出一个花花绿绿的塑料瓶。他拧开瓶盖，对着与盖子相连的小圆圈吹一口气，一串五光十色的泡泡向我飞来，轻轻啄到我的脸颊和鼻尖，像一个个怯生生的吻，小心翼翼，点到即止，无意间留下一些细微秘密的印记。我脸红起来，说现任全年级第一原来喜欢一些小孩的玩意儿。

宣宣听我开口，有些欣喜更有些得意，说这可不仅是小孩的玩意儿，你来试试看。他试探着把那个小圆圈递过来。宣宣是翩翩少年，十五六岁的女孩都喜欢的那种纯情小生，心高气傲的我其实也不例外。他笑盈盈地献殷勤，我自然受用。

你看，那是你五岁时候的梦，宣宣指着我吹出的一个大泡泡说。瞎扯，我五岁时候的梦怎么是个泛紫光的泡泡？我对宣宣皱起眉头。

不信？那我告诉你，你五岁的时候梦想做一个护士，像你那时最喜欢的洋娃娃穿白衣白裙；那一个，闪绿光的，是你十二岁的梦，你想当作家，写五十本书……

宣宣一口气数出我从小到大的十几个梦想，连细节都讲得清清楚楚，我在一旁听得两眼发直。我曾在校刊上发过一篇作文，说到五岁的时候想做白衣天使，但有几个梦想，我对父母和最要好的女友丹丹也从来没提过，宣宣第一次和我说话，怎么可能知道？

宣宣看我又惊又疑，大有扭头就跑的趋势，连忙解释说，我没偷看你的日记，是……是我的小发明。他指指握在我手中的塑料瓶，又说我是他试验成功的第一个对象，在我之前，他只能从泡泡里看到他自己的梦想。我猜对了，你是个喜欢做梦的女生。说完这句，宣宣的脸也红了。

那我怎么看不见你的梦呢？我问。宣宣说他的发明还很不成熟，人不对、情绪不对，或者天气不对等等，都会影响泡泡反映梦想的效果。不过你真想看，倒是有一个办法，就不知你肯不肯试，宣宣坏笑一声，见我又皱眉头，连忙正声正色。

你说吧，如果是科学试验，我能帮就帮，我大着胆子答他。

宣宣要我牵他的手。

那天在一棵开满大花朵的紫荆树下，无数闪光的泡泡飞进漫天晚霞里，握着宣宣微微渗汗的手，我看到了身旁十六岁少年所有的梦想。他要和我上同一所大学，大学毕业后我们一起到美国留学，他做化学博士，我做文学博士，比赛谁先获取诺贝尔奖……

二

十几年过去了，当初中学里同级的另外几对青梅竹马，早已经分居的分居，离婚的离婚，而我和宣宣一个接一个地实现着我们的梦想，依旧甜蜜恩爱。

每逢我们的周年纪念日，宣宣和我都要到邻近的公园里，坐在一棵美丽如云的树下吹泡泡，重温我们的相遇，分享彼此的美梦。宣宣和我都是做梦专家，我们一起编织了无数精彩奇妙的梦，虽然每次只有我们俩人仰望那些在天空里袅袅飞升的缤纷梦想，而路过的人们看见的却是一对傻傻的恋人在玩可笑的儿童游戏，但我们不在乎，宣宣的小发明是我们的爱情滋润剂。宣宣和我，是一座秘密的梦工厂。

当然现实不断修正着我们少年时代的梦想。我们来美国留学后，信息技术行业蓬勃兴旺起来，为了找工作，宣宣在化学博士之外又念了电脑硕士，我也在拿到文学硕士后再念了信息管理硕士。我们毕业后都在硅谷的软件公司就职，宣宣做软件研发，我做软件支持。我们在各自的公司里加班加点努力工作，都已经做到了部门经理。我们新近还在山景城的山峦上买了一栋房子，门前有悦耳的石头喷泉，后院有棵火红的柿子树。

搬进新屋的那天傍晚，宣宣把我叫到后院，他一手握着那个眼熟的五花塑料瓶，另一只手里挽着一束丝线扎系的氢气球，火红的柿子树宛

如当年的漫天晚霞，而宣宣依旧是当年晚霞里意气风发的少年。宣宣搂着我，说每次你都希望我们吹的泡泡永远在天上飞，有一次你最喜欢的那个泡泡消失了，你还掉眼泪，看，我终于想到了改进的办法。

宣宣让我选一只气球，我自然取了那只最惹眼的。那只气球与众不同之处，是在紫色底子上，有人随意撒了一把金色的大小圆圈，重重叠叠，环环相扣。宣宣对气球吹出一串泡泡，一时间我和宣宣从前的大小梦想充满了那些金色圆圈，大梦套小梦，新梦叠旧梦。面对神奇的紫色梦集，我惊喜得欢叫起来，又去拉宣宣的手，一不小心，系着紫气球的丝线从我手中滑走，我和宣宣拼命跳着去抓，都没抓住。

我看着悠悠飘起的紫气球，一个个从我手中飞走的美梦，着急惋惜得又想哭。宣宣哄我说，美梦留在手里也不过是梦而已，飞得越高越远，越有可能实现啊，再说咱们的梦工厂安了家，今后再做多多的好梦，都收到气球里挂起来装饰我们的窗户。

我破涕为笑，和宣宣一起目送渐渐远去的紫气球，在气球就快飞过东边山顶的刹那，我瞥到宣宣从前那个拿诺贝尔奖的梦，那么遥远模糊，一眨眼就不见了。我心里一阵怅然，但什么也没有说。宣宣大概也看见那个梦了，他紧紧地捏了捏我的手。我们现在的生活离诺贝尔奖很远，生活早已经让我们体会了梦想与现实的距离，懂得了实现梦想的道路不一定都是直线。我和宣宣彼此相爱，现在最重要的是在稳定的感情基础和经济基础上完善生活，以后说不定还有时间和机会去夺取诺贝尔奖，谁知道呢？

我又拿了一只粉红的气球，让宣宣对它吹泡泡，粉气球闪烁摇晃起来，像有了它自己的生命，我牢牢攥住手中的丝线，唯恐它溜走。等气球平静下来，我看到气球里的宣宣和我并肩围在一张婴儿床前，床里粉色的绒毯簇拥着一张粉扑扑的熟睡的小脸。我和宣宣相视一笑，随后进屋把粉气球系在我们床头。

宣宣和我从那晚起，开始为实现我们床头那个粉色的梦努力，但几个月过去，我肚子里没有一点动静。去找医生检查，医生说我和宣宣都年轻健康，只需继续努力。

我看着床头泄完气的粉气球，有些沮丧，给住在旧金山的好友丹丹打电话。丹丹大学毕业后留在中国，没几年赶上大陆经济腾飞，她自己经营一家旅行社，后来做大了，在全国各大城市都有分社。生意正做得火红，丹丹却出人意料地卖掉旅行社，嫁给一个比她大二十岁的新加坡商人，并在两年前搬来旧金山，生了一个调皮的儿子，一门心思地做着贤妻良母。

丹丹教育我说生孩子不同于念书、做软件，只在床上用功远远不够，你要每周七天、每天二十四小时地投入，所谓身、心、神都要到位，还要运气。你每天十二个小时在公司拼命，还有什么精神留下来养孩子呢？丹丹一针见血指出问题的实质。如果我不工作，宣宣一人负担太重，我犹豫着。哎哟小姐，你们夫妻各人手里一大把公司的股票，怎么还是满脑袋打工仔的思维模式？丹丹对资本市场的领悟向来比我快半拍。

我和宣宣商量，他拍拍我的肩膀，说那就委屈你在家里待些日子吧，老公挣钱养家本是天经地义的事。宣宣你的大男人主义终于露马脚了，我说，却在心里很享受宣宣的呵护。

我向公司请了一年停薪留职的长假，一个半月后，我怀孕了。丹丹三天两头地从旧金山驱车来山景城，陪我逛街添置婴儿用品、去医院检查或者喝果汁闲聊。如果没有丹丹满地乱跑的两岁儿子和我渐渐突起的肚子，那段时间我们好像又回到少女时代那些轻飘飘的日子里。

三

一天下午逛完街回家，一进门正好碰见宣宣从车房抱一个纸箱进来，见了我和丹丹，宣宣竟一反常态地有些躲闪。我问他今天怎么难得早下班，他支吾着径直上楼去了。丹丹知趣地告辞，我跟上楼去，见宣宣在电脑前浏览怪物网站(美国大型招工网站)。和老板闹翻了，要跳槽？我逗他。

老板都被炒，我和谁闹去？公司关门了，我又何必跳槽！

怎么会这样？我一时惊醒，意识到在我经历怀胎苦乐的恍惚之间，我体外的世界发生了一些重大的变化。在硅谷从来只听说工程师跳槽炒公司鱿鱼，没听说过工程师被炒；从来只听说新公司如雨后春笋不断崛起，没听说过连公司老板都走人。而且，这种事怎么可能此时此刻就发生在我们身上？

丹丹当晚打来电话，疾呼股票股票。是的，这正是2000年美国高科技股市大跌的当口，许多人做的百万富翁梦一夜之间化为泡影。宣宣的公司没有上市，他手里的股票自然是白纸一张。我留职的软件公司，市价在我们高枕无忧之际，一声招呼没打就从二十五块美金滑到一块半一股。卖掉我所有股票，扣除所得税，不过一万多美金，再加上我们买房子后所剩不多的积蓄，大概还可以维持三四个月的房屋分期付款和生活费。我算账给宣宣看，他说他过两天就找到工作，不必精打细

算，要我静心养胎。

经过两个多月的搜索、查询、等待与奔走，宣宣没有找到工作，但一天晚上他对我宣布，他和两个从前的同事合伙，注册了一间公司，他们从此要做自己的老板，掌握自己的命运。

宣宣你哪来本钱开公司？我们银行里的存款一天天在缩小，而我的肚子一天天在长大，听宣宣说这样分明是发昏的话，我自然紧张。

宣宣说他们已经找到投资人，办公室都在圣荷西租好了，但公司的项目现在必须绝对保密，连对家里人都不能讲。请你一定相信我，宣宣神情凝重，看着我的眼睛有些充血，令我想到“孤注一掷”这个词，我欲哭无泪，只是心疼。

宣宣从此更是早出晚归，常常我睡着了他才回家，而每天我还没起床他又走了，除了打两个电话关心我的肚子，一天难得有机会和我说几句话。而丹丹又怀上了第二胎，没有多余的时间和精力来山景城陪我了。我独自在家看书、看电视、看天，等待肚子里的小东西快出来。我一天比一天笨重，一天比一天寂寞。有时候想起从前那些柔软的和宣宣一起做梦的日子，觉得它们含糊得像表达不清的物理概念，又想到自己现在的力不从心，想到宣宣那前景不明的秘密公司，从前做的梦都一点点干瘪起来，变成一颗颗腻人的葡萄干。

但我努力控制自己，告诫自己一切的胡思乱想都是孕妇心理，都是荷尔蒙在作怪，宣宣为我们的梦想奋斗，我现在唯一能做的是相信他、理解他、支持他，所以我从不逼问宣宣的秘密，也从不抱怨寂寞。

直到一天下午，电话铃声打断了我的午睡，我抓起电话以为是宣宣，不料电话里是一个清甜但陌生的女声，请问宣宣在吗？我说你是谁呀，她说梦工厂的安娜。我以为自己听错了，梦工厂是我和宣宣的秘密，没有第三人知道。我是梦工厂的安娜，请问宣宣在吗？电话里柔软纯正的英语再次重复，准确无误。

我轻轻挂上电话，眼泪无声流淌。宣宣他终于还是背叛了我，和另一个女人去做梦，我们这对曾经幸存的青梅竹马，到底也还是经不起现实的折腾。

电话铃又接连响起多次，像一个顽童的皮球，不屈不挠地从一面墙砸到另一面墙。我望着窗外的柿子树，数着自己忽快忽慢的呼吸，与那个球较劲，看谁先住手，直到留言机里丹丹大叫，我知道你在家，赶快听电话。

丹丹听我哭诉完毕，好奇心和同情心大发，说你个书呆，怎么不知道去他公司看个明白，他说保密就保密呀，你等着，我就来陪你去。丹丹把自己下午的按摩治疗推掉，儿子留给保姆，一阵风似地向山景城驶来。

我被丹丹一点，觉得自己怀孕以来，从前清明的神智和独立的思维，好像都逐一被肚里的胎儿吃掉，凡事不动脑筋，得过且过，变成了一个十足的傻瓜，不仅与世隔绝，连自己老公在哪里办公都不知道。

我洗掉眼泪，梳好头发，打电话逼宣宣讲出公司地址。宣宣在电话里着急：太太大人，你原地等我回来解释好不好，你在路上生了怎么办？

我不要继续做傻瓜。说完我挂上电话。

四

一小时之后，丹丹和我找到宣宣在圣荷西的公司。是一栋典型的硅谷办公楼，两层高，银绿色的玻璃外表，楼里空荡荡，几家名噪一时的网络公司牌子还挂在门上，但整栋楼里，好像只有宣宣他们的办公室那边还有些人气。宣宣公司门上的牌子，白底蓝字写着：梦工厂。丹丹说这一点不像二奶包房嘛。

我们推门进去，迎面而来的是一团五颜六色的氢气球，这些气球不仅色彩丰富，还有各种形状，椭圆、葫芦、梅花、圆饼和圆球。我一眼看到那个曾经从我手中飞走的紫气球，一个个金色的圆圈里隐隐约约还有我和宣宣从前的梦想。哼，宣宣即使没跟别的女人做梦，把我和他做的梦挂起来示众，也是大罪一桩。啊哟，那都是你们的梦啊，真羡慕死我了，丹丹瞠目结舌。

我能帮你们什么？那个下午电话里清甜柔软的女声问道。我拨开团团气球，看见一张长桌后面，站着一位金发碧眼的玲珑女子，女子一脸稚气，看起来不过十五六岁。她不可能是你的情敌，丹丹用中文说。

女孩倒是机灵，一下猜出我们是谁，连忙说对不起，下午打扰了，说着去敲身后一间办公室的门。宣宣推门出来，慌忙扶我们坐下，说姑奶奶们，腆着肚子开那么老远的车来干吗，也不听手机，真急死人了。

陈东宣，事到如今，你还避重就轻，顾左右而言他！多年来我第一

次直呼宣宣大名。

宣宣“扑哧”一乐，说夫人别拿大词砸我，安娜是刚来的接待员，还没摸清门路，下午有客户来又找不到我就抓瞎，把电话打到家里去，让你受惊了。

其实我刚才一进门，已经知道自己对宣宣多心了，他没有别的女人，但拿我们的梦来做生意还瞒着我，我不能接受。我指着那个紫气球，想开口问罪，眼泪却不争气地流出来。宣宣知道他有一道难闯的关，一边给我递纸巾，一边思索从何说起。

这时一个西装革履的黑人大汉推开我们左边的房门，手里擎着一只绞成麻花状的橘黄气球。大汉约有七尺高，低头弯腰才跨过了房门。大汉与宣宣紧紧握手，嘴里不断说谢谢谢谢，握完手还嫌不够，又弯下腰和宣宣紧紧拥抱。大汉俯身的那一瞬，我分明看到他泪光闪闪，而橘黄的气球里，大汉坐在沙发上温柔地抚摸躺在他怀里的一只大白猫。

宣宣给我们介绍说这是亨利，著名 NBA 球星，梦工厂的第一个客户。亨利听说我是宣宣太太，马上赞不绝口，说宣宣是个伟大的天才。

原来亨利一年前从 NBA 光荣退休，他有数千万身家，还有贤惠的太太和漂亮的女儿，名利双收、家庭和美，但他退休后一直闷闷不乐，却怎么也想不出自己到底还缺什么。梦工厂的一个投资人介绍他来这里，宣宣立刻帮他发掘出自己深藏多年的梦想。亨利八岁时养过一只大白猫，白猫陪伴他成长一直到他进 NBA 的那年。亨利后来一直为练球比赛以及各种广告应酬四处奔波，在近二十年的忙碌和疲惫之后，他完全忘记自己曾经耿耿于怀的梦想是亲手再养一只大白猫，和他失去的那只一模一样。

送走亨利后，丹丹似乎有所领悟，说想不到宣宣还会做心理治疗，现在硅谷人心惶惶，患忧郁症的人一定不少，宣宣你这商机把握得真好！

不，我们不做心理治疗。我们用高科技把人们心底的梦想反映到这些特殊处理过的气球上，一旦人们看清自己的梦想，就可以依照梦想去改进现实、调整生活方向。人一忙起来，很容易忽略自己的内心，久而久之，那些温柔美好的梦想被短期的现实践踏掩埋，生活就失去重心，人就被物质现实左右而失去真正的快乐，梦工厂帮助人们从新认识自我、找回失去的快乐。当然我们这项技术还可以应用到其他很多方面……

见我又盯着那只紫气球出神，宣宣打住了他滔滔而起的销售演讲，换回绝对温柔的口气。你知道硅谷现在工作难找，我只好拿出看家本领——做梦。谁知和投资公司一谈，他们就非常感兴趣，说我的小发明改进改进就可以成为下一个微软，改变人们的生活方式。但他们要我在公司申请到专利前绝对保密，以确保公司知识产权的完整性。

她是和你一起做梦的老婆哦，又不是别人，丹丹忍不住替我出气。宣宣承认他这事做得太死板、钻进了牛角尖，他要同事们对各自的老婆保密，觉得自己更要以身作则。回到家连话都不敢跟你多说，真委屈你了。宣宣眼里的疼爱和内疚轻抚着我的脸，告诉我他一直了解我近来承受的冷落和寂寞。

你可以出售你的技术发明，但你不能出卖我们的梦想，我终于开口。宣宣知道了我的心结，如释重负，说我哪敢，紫气球是样品，无价！本来只想用我自己的梦，但回回做出来，都是我们俩人的。

宣宣，你我的梦早已交织在一起，怎么分得清彼此啊？我对宣宣说了一句很久都没说过的动情的话。

呸呸呸！丹丹在一旁作恶心状。自视清高的两个书呆，如今谁不出卖自己的梦想，硅谷沙山路上那帮风险投资人，买的就是创业者的梦。有人买你的梦是抬举你，来，本小姐示范，做一个梦给宣宣你去卖，卖掉了算我的投资。

宣宣笑答好啊，我们那里边正坐着一位要买梦的客户。他指指右边一道紧闭的房门，说里面的客户曾是一间很火爆的网络公司的首席执行官，青年才俊，出足了风头，但几月前公司倒闭后，他万念俱灰，对什么事都提不起胃口。他被朋友送到梦工厂，在这里好几个小时了，我们为他换过无数个气球，都无法反映出任何梦想。他说他有的是钱，但却不再有梦，如果能买到一个合适的就好了。我们正缺梦的来源，丹丹你可别后悔。

可怜的人，连梦都没有了，多没意思，我叹息。丹丹说是啊，我就做一回善人吧。

宣宣递给丹丹一个玫瑰色的气球，让她对着吹气。看来真是有钱好办事，梦工厂的技术日新月异，不但能够反映任何人的梦想，而且无须再对气球吹泡泡，直接对气球吹气就好了。

丹丹撅起红唇对玫瑰气球猛吹一口气，一吹完她就跳起来要去遮挡气球里的梦，但我和宣宣都看见了，丹丹梦想激情。

我先在心里为丹丹一阵惋惜，但随即怂恿她赶紧把玫瑰色的热梦给里边的青年才俊送去，戏说如果恰巧投其所好，岂不一箭双雕？丹丹一手按着自己隆起的肚子说“现实”，又踮起脚尖、伸长另一只手臂触摸飘忽的气球说“梦想”，这段距离是我早就预测好的，我选择保持距离，这样我至少还是个有梦的人。聪明的丹丹，似乎永远清楚自己要什么。

五

第二天,我顺利地生了一个八磅重的胖小子。生完儿子后,我也想明白了,以梦想谋生,其实是利人利己的事,鱼与熊掌兼得。于是我辞别那家奄奄一息的软件公司,在家专职写小说,用文学形式来销售我和宣宣的美梦。

绝对浪漫

Absolutely Romantic

一

又是情人节，玫瑰和巧克力脱销，西餐馆的烛光套餐预先订满，店铺里可卖的礼品都贴上红心，莹莹闪烁，似乎香水瓶也会眨着眼睛说"我爱你"。街上来往的行人，看上去都是公司里习惯加班加点的职业男女，特意提早下了班，抱着将要送出或者刚刚收到的缤纷花束，欣然奔赴约会。

我拉紧窗帘，想把满街的骚动埋进丝绒的沉寂里，可我很清楚，骚动不安的不仅是窗外的街市。

台灯透过棉纸灯罩散放柔和的光晕，灯下，一个鲜红的卡片信封躺在桌上，里面似乎也有颗红心在"怦怦"搏动。

这是我们分手后，亚当寄给我的第一张卡片。我坐进沙发里，捧起白瓷咖啡杯，眼睛盯着红信封想，开还是不开？

二

一年前，亚当是我约会了九个月的男朋友。我们都在硅谷的大公司上班，收入稳定，假期充裕，典型的雅皮士，拼命工作拼命游玩。那段时间里我们去巴黎看花、瑞士滑雪，每逢长周末便去 Napa 酒乡品酒、Carmel 海边潜水冲浪，日子过得水一样流畅、风一般明快。亚当不仅是甜蜜细腻的情人、体贴风趣的旅行伙伴，还会理家会做早餐，完美得无可挑剔。

情人节那天下午，亚当开着他的银蓝色宝马把我们载到硅谷西面的青峦背后。隐秘的林间小路旁，一片绿茵茵的草地上，丁香和青梨正当花期，风过，有淡紫和雪白的花雨飘落。“绝对浪漫的地方。”亚当说。

他把蓝白方格子野餐布铺在一棵青梨树下，我们坐在上面吃他准备的火鸡三明治和鸡蛋色拉。早春的太阳懒懒地照着，偶尔有鸟鸣在山谷间回响。蓝天白云、飞花落英、阳光一样温暖明亮的亚当，一切都像丁香袭人的气息，让我沉醉微笑。

亚当眼里也含满笑意，阳光落在他闪动的睫毛上，弹起一道细密的虹。他一片一片从我发间摘去树上飘落的花瓣，忽然停手凝视我。

“莉莎，嫁给我！”亚当说。

我和亚当约会的日子里，甜言蜜语无数，但我们都还没对彼此说过那顶重要的三个字。没有明了爱情之前就谈婚论嫁，他在开玩笑吗？

"莉莎,嫁给我,我会让你幸福。"亚当又说,清澈的眸子里充满渴求。

此情此景,绝对浪漫的时间地点,绝对浪漫的目光,还有梦里花落知多少的恍惚,我吃惊而感动,热着眼眶说:"亚当,我爱你。"

亚当眼里充满柔情和爱意,可他的双唇却迟迟没有开启,吐露我等待他回答的那三个字。

我忍不住问他:"你爱我吗?"

亚当说:"莉莎,我非常非常喜欢你。"

"为什么不说你爱我?"

"还不是时候。"

"什么时候? 答应嫁你之后吗?"我逗他。

"不。"

"结婚之后吗?"

"不。"

"那到底什么时候?"我急了。

"临死之前,我会对同我厮守了一辈子的女人说那三个字。"

"可是,你现在不说,我怎么知道你爱我? 你不爱我,我又怎么可以嫁你?"我听见自己气急败坏的声音,像一个小女孩因为嘴边的糖果被莫名其妙地夺走,不依不饶。

亚当默默看着我,俊朗的脸,性感的唇,被阳光照亮的头发。

然而我刚才在他眼里读到的爱意,顷刻间却因为他不肯轻易言爱而化为乌有。亚当再完美,却不肯对我说一个爱字,不说爱字就没有承诺,没有承诺,我又怎么托付终身?

"亚当,我们有原则性的分歧,不能继续约会了,你想清楚到底爱不爱我再说吧!"我从野餐布上站起来。

亚当追在后面喊我的名字,我却觉得不能回头。

三

此后的日子里,亚当给我打过几次电话,我们每次的对话却无一例外落进如下窠臼:

"我想你!"亚当说。

"……"我也想他,但我不想告诉他。

"今天一起吃晚饭?"(或者看电影、喝咖啡……)

"没有前途的约会有什么意义?"

"怎么没有前途?"

"那你说,爱不爱我?"

亚当沉默。

我挂线。

好友苏珊问我:"那三个字真的那么重要吗? 女人通常担心的是男友迟迟不肯求婚,你却为那三个字跟人家较真?"

"打电话不拨号能接通吗? 睡觉前不刷牙你睡得安稳吗?"我说,"那三个字是爱的印章、情的纽带、人类进化到现在心理和生理的双重需要,两个人不说'我爱你'就签写一纸婚书,那是舍本逐末。"

"没那么严重吧?"苏珊笑,"咱爸妈那辈,要都跟你这样,恐怕中国人口到今天都成负增长了。"

"我不是咱爸妈那辈,而且,我们在美国。"我被苏珊逗得有点恼火。

“亚当既然求婚，说明他既不反传统也不怕责任，他不肯言爱，一定另有缘由。”苏珊最后那句话却说到了点子上。

我不见亚当，多半是在赌气，气完了，还是想给他当面解释的机会。但在我放下面子打电话约亚当之前，不巧被老板提拔，派到北京去开发中国市场。

新环境新挑战，没想到北京的节奏比硅谷还要快许多，时间在没日没夜的工作会议和文案报告中“哗哗”流逝。职业女性事业为重，当吃饭和睡觉都成为工作障碍时，对亚当的思念也渐渐化作办公楼外偶尔飘过的银灰色云朵。

忙完中国市场，再回来看到硅谷浩渺的蓝天，我才意识到，很久都没有了亚当的音信。电子邮箱里最后一份来自亚当的邮件是三个月以前的，他言简意赅地通知朋友们，他跳槽到旧金山一家创业公司开辟新天地去了。我只是众多收件人之一，那一长串收件地址中不乏女人姓名——玛丽、南茜、蒂芬妮……时过境迁，也许他已经交了新的女友，我再念念不忘他的绝对浪漫，是否自作多情？

四

分手一年，又当情人节的下午，亚当寄来的卡片让那个问题像一条冬眠初醒的小蛇缓缓爬出洞口：他爱我还是不爱？或者应该问，他是否曾经爱过我？

我端起咖啡杯深啜一口，摩卡咖啡熟悉的味道给了我瞬间的镇定，我拿起台灯下的红信封，拆开。

信封里是一张精美的请帖，银白底子、烫金花字，邀请我参加亚当和莎莉的婚礼，时间是本周六上午十一点整。

无论他是否曾经爱过我，答案的现在时是，他不爱我。我一气喝干了杯中的咖啡，但摩卡的温软香甜也不能抑制我胃里滚滚翻起的酸涩。

情人节的晚上，我和苏珊，两个单身女人，在中餐馆大嚼广东椒盐虾和上海小排骨。

“情人节收到前男友的结婚请帖，新娘不是自己，虽然也在意料中，但是不是有点残忍？”我问苏珊。

“你自己当初拒绝了人家。后悔了？”

“不后悔。”我说，并不完全口是心非。事到如今，我最在意的，是亚当有没有对周六将成为他新娘的女人说过那三个字。

“他如果对别的女人说了那三个字，那么他去年所谓临死才表白爱情，不过是骗我的无稽之谈！”

“那也不一定。不是所有的女人都像你似的，坚决把浪漫进行到底。亚当那样理想的丈夫人选，愿意打折扣做他新娘的大有人在。那个莎莉——”苏珊拿过我手中的请帖左右细看，说，“SALI，唔，不寻常的拼法，不寻常的女人，说不定人家真正洒脱现实，没爱没承诺也照嫁不误。”

“哼，这样不寻常的女人，我也该去见识一回。”我愤然啃一口排骨，为了向苏珊表明我才是真正洒脱现实。

“好，我陪你去。”苏珊剥开一颗椒盐虾，笑眯眯放进嘴里。

五

周六早上，我仔细梳妆，根据苏珊建议，头发绾成法式包髻，再穿一套最新款的米白低领春装——“用你天鹅一样洁白优雅的脖子去让亚当悔之莫及。”苏珊说。

她也打扮一番，明亮的水绿纱裙，清爽飘逸的长发。一对时尚丽人驾车驶向旧金山，带一点挑衅的意味。

结婚礼堂不大，一派维多利亚式的富丽典雅。我推开描金画彩的前门，随即被一片殷红的海洋淹没。礼堂里除了我脚下铺着红地毯的走道，前后左右都堆满一色的红玫瑰——亚当式的绝对浪漫。亚当和他的死党朋友麦克身着黑色礼服，站在走道尽头微笑等候。

亚当看上去还是那样挺拔英俊，他的笑容还是我记得的那样温馨，我一路揣来并且被苏珊鼓舞得旗幡飘扬的好胜之心一时不知去向，而那条冬眠初醒的小蛇猝不及防窜出来，在我喉咙里猛咬一口，疼痛散布整个胸腔。原本是我的亚当，原本是我的玫瑰婚礼……

可是，观礼的客人呢？灿烂的红玫瑰簇拥在礼堂仅有的五排长椅上，触目惊心。“我们来晚了还是来早呢？”我问苏珊，又掏出请帖来看，“明明是十一点嘛。这俩人搞什么鬼？”

“就是，搞什么鬼！”苏珊皱起眉头。

我“噌噌”走到亚当和麦克面前，正要开口，亚当“扑通”一声单腿跪

下，抬起我的左手，一边举出一枚晶亮的钻戒。“莉莎，嫁给我好吗？我是真心真意想和你过一辈子……”

“你疯了！”我甩开亚当的手，眼泪却终于忍不住流出来，“你何必这样捉弄我？”

“不是他的错。”麦克连忙道歉，说结婚请帖是他的主意。“你那么聪明，怎么没看出莎莉(Sali)就是莉莎(Lisa)两个音节的对调？”他还洋洋自得地提示。

我一时啼笑皆非。

苏珊走过来，如浮萍掠过红色海面。“还有我。”她讪讪地说，“亚当终于想清楚如何表白自己，却怕你不肯赏光，或者早把他忘得一干二净，所以请麦克和我帮忙设计了这个激将法。”

“你？我以为你站在我这边。”我对苏珊瞪大眼睛。

“我们都站在你这边。”苏珊麦克异口同声，“我们不能眼睁睁看着一对有情人因为交流误差而……”

这时亚当拨开苏珊麦克，重新拉起我的手，神情显然是要涉及一个凝重的话题：“我父母在一起时，每天爱不离口，可我还不到十岁，母亲就抛下了我和父亲。母亲离开那天，我从我的词典里剪掉了爱字。”

“是真的。”麦克打开一本边角磨损的学生词典给我看，L打头的一页果然缺了一半，词条从“loud”直接跳到“low”。“我们专程开车八小时到圣地亚哥，从亚当父亲积满灰尘的阁楼里为你翻出来的。”麦克说。

“为我？”我不以为然。

亚当对麦克使个眼色，示意他别打岔，然后吸口气继续说：“一生一世的爱是我的梦想，我对那个不到十岁就失去母亲的小男孩发过誓，不到梦想成真那天就不再提爱字。你想听的那三个字或许代表承诺，但没有兑现的承诺与谎言又有什么区别呢？”

“说来说去，你还是连一个爱字也不肯给我。”我打断亚当。

苏珊和麦克面面相觑。

亚当却不灰心，拿起一枝鲜红的玫瑰递过来："莉莎，我愿意给你我的灵魂、我的身体、我的一生，我将每天送你一枝玫瑰来证明我的诚意。你看，这里的朵朵玫瑰都是我们以后要共同度过的日子——要是你愿意的话。"

亚当目光灼灼，四周一片寂静，苏珊和麦克不知何时退出了礼堂，玫瑰淡雅的芬芳轻抚着我微微发烫的脸。亚当这是在邀约我一同去实践他理想的爱情啊，我想。看来每个男人都不可能完美，亚当的缺憾是他固执地不肯轻易言爱，我可不可以和这样的缺憾共度一生呢？

"假如你一定要我违背自己的誓言……"亚当终于沉不住气。

我伸出食指轻轻按在他柔软的唇上。

后　记

英文里，当一个人最终去做她注定要做的事，人们说她是响应了一声“呼唤”(calling)。

我儿时爱听故事、讲故事，后来写作文也比较顺手，还偶有习作发表，大学又进了文学系。所以，当作家的梦想，应该是早就有的，虽然不明确也不坚定。

到了美国，首先面临的问题是谋生，莎士比亚或者爱默生或者杜鲁门·卡波特都不能替人付房租、交学费。很长一段时间，我念着很学术很专业的书、做着很热门很高科技的事，生活似乎不可扭转地朝着某个方向迈进。

写，当然是求学和工作中必不可少的技能。我写过不少论文、设计文件、项目报告和雇员评语，没有情绪、调侃，只有阐述、说明，更没有丝毫虚构的余地。真正动笔表达些什么的愿望，许多年悄无声息，却在那些客观严谨的英文字母间暗自生长，直到有一天，那声呼唤，再不容忽略。

也许是前世未能参透的禅机、平行宇宙间激荡不息的回音，或者仅仅是今生未了的心愿，这一辈子，无论在哪儿做着什么，那一声呼唤都魂牵梦绕。

艺术创作，尤其写小说，弗洛伊德说，无异于白日梦。六年前，我放

弃了大公司的稳定薪水，花大量精力来做白日梦，令家人朋友挂心。现在《罗马·突围》出版问世，也算是对人对己的一点交代。

本书能面对国内广大读者，首先归功于重庆出版集团各位领导和编辑的热心帮助与辛勤劳动。此外，一路写来，身后总有激励、督促的人：

感谢父亲耐心教我写第一篇作文，如今又不厌其烦做我每篇小说的第一位读者。女儿踏上写作这条不归路，成，父亲是头号功臣；败，我无怨无悔。

感谢母亲带我背诵第一首唐诗，后来又时常提醒我并无天才，要先顾及生计，所以至今我仍不至于为写作忍饥挨渴。

感谢我家先生，即使在词句和故事都躲着我的时候，也认定我有爬格子的命、我凭空构想的那些人物情节将在键盘敲打声中转换成一系列畅销小说。他的信心，不管有多少客观成分，却是我不断用文字和想象去搭建空中楼阁的基石。

感谢荒田先生从我在美国发表第一首小诗起就来函鼓舞，此后不时雪中送炭、疏导点拨。荒田先生身先士卒，几十年笔耕不辍、著书累累，是我仰望的海外华文文学的一盏航标灯。

感谢《红岩》《收获》《侨报》《世界日报》等海内外杂志报社多年来不懈的扶持与匡正。

感谢所有支持、容忍我做白日梦的朋友和读者。

序

刘荒田

美国的华文文学，20 世纪从 70 年代，走过以台湾作家作品为主体的“留学生文学”；到 80 年代，中国的国门打开，移民潮与改革开放同步推进，便有了以大陆作者为多数的“新移民文学”。到现在，在美国待了 10 年、20 年、30 年的“新移民”，都相继成了“老金山”。从中餐馆洗碗工起步的传奇、揣着 40 美元来纽约闯天下的神话，如今已不新鲜。我们呼唤这样的华裔作家：一要有深厚的“中国根基”；二要在海外生活足够的年份，拥有深厚的西方人生体验；三要具备东西方交融的学养和思想。

怀宇就是符合这些标准的一位。描绘这一类型写手的文化人格，“之间”是关键词。如果是对峙的堤岸，那么，“之间”是苏东坡的“不系之舟”；如果是纠结的生活之茧，那么，“之间”是灵感之彩蝶；如果是密实的苦难之蚌壳，那么，“之间”是思考之珍珠。具体到怀宇，便是东方与西方之间，传统与现代之间，汉语与英语之间，第一故乡与第二故乡之间，洛杉矶的现实人生和重庆的童年梦幻之间，洋人的妻子与中国人的女儿之间。这“之间”，所放置的，就是她的文学作品；所闪耀的，就是她思想的光芒。

如果说，怀宇前一段的中国经验——出身于书香门第，从小爱读书、写作,毕业于北大英语系——为她的写作铺下坚实的地基;那么,她后来的美国经验——获双硕士学位,在最大的电脑企业“甲骨文”任经理,和丈夫投身风险投资业——就是文学之厦的基础工程。不过,说这一履历表,给她的创作或多或少地加分犹可,但不是至关紧要的。若然,所有拿博士硕士学位的在美中国人不都成了优秀作家?她独特的悟性和敏感,对两种文明的融会贯通;对东西方社会运作的洞察,从众多个案进入的人性宏观观照和微观剖析;对英语语境中的汉语言的把握,这些才是决定性因素。

粗略回答了“怀宇是谁”之后,我要回答“为什么要看《罗马·突围》”。文学艺术和科学发明,虽然都是创造,但有区别,前者是“一个萝卜一个坑”,后者是“水到”则“渠成”。这本小说集,所展开的国际性视野,所刻画的美国主流社会中个性鲜明、命运独特的人物,以及所体现的天分与匠心,确实值得细细体味,忽略了它,就错过一个体察地球上一处奇异风景、优美情调的绝佳入口。

1. 国际性视野

且看本集的第一篇《华丽派对》,我读过多次,次次被它宏大的国际性视野所吸引。从情节上看,它是以 2008 年北京奥运为背景的奇情故事,说是好莱坞大片的格局并不过分,它有三条并行的线:事业有成的中国夫妇家瑾和小弦,进入中年的爱情危机和救赎;因家瑾在北京新置豪宅中的艳遇而引发的、俄罗斯黑帮为主角的商业谍战;家瑾与俄罗斯女郎奥尔加,以浪漫偷情为开端,以互相利用为高潮,以人性升华为结尾的戏剧。三条线从容铺开,互相穿插,互为因果。我读了这一大开大合中充满紧针密线,阴谋、暴力、罪恶和悲悯、超越、反思并行的作品,第一个反应就是惊叹,继而是欢呼,这才是新一代华人作家的风神!尽管它一半以上的场景是在奥运的辉煌映照下的北京,然而它的灵魂,是美国式华丽的冒险,新大陆彪悍的生命力。它以跨越国度的泼墨式的人情扫描,和新移民作家低回的乡愁,与仅及皮毛的游记体、猎奇体拉开了很大的距离。

再看《带你去看粉牡丹》,叙述策略的新奇教人眼睛一亮,两条主线:一是女主人公以向俄罗斯籍画家、从前的情人、后来的丈夫(最后差点变为“前夫”)倾诉的方式展现的感情曲线;一是女主人公从国内读幼儿园时起就成为亲姐妹的留美文学博士冰,以日记形式记载的心理探险。它的主题,乃是超越爱情、婚姻纠葛、世俗成功与感情归宿等现实层面的形而上学——灵魂该怎么安顿?《哭泣的墙》的场景,在耶路撒冷的“哭墙”前,它要表现的是人类在种族隔阂、仇恨、残杀之外的出路。至于《空白》,焦点在美国电脑业的职场,中国来的工程师,他的全方位人生,归结于电脑屏幕上的空白,这是侵入公司机密数据库以后的实景,但更是面对家庭纠纷、夫妻矛盾、人事误会之后,思维的间歇,好在笔下有情,以黑色幽默留下生之希望。

怀宇作品所使用的舞台,超越国家、种族、语言和宗教的樊篱,她的妙笔在“地球村”的角角落落自在漫游,这不是赶时髦,不是炫耀。国际元素并非外加的作料,而是作品的血肉。而这个舞台的支柱,永远是中国情怀与中国记忆。只要看各篇的主人公,几无例外是中国来的、受过两国高等教育而后进入美国主流社会的华裔就明白。

2.美国主流社会的人物

怀宇小说中,“新移民文学”中的唐人街,社会底层的洗碗阿伯、车衣阿婶不复见到,集子中次第呈现的是以中国人为主角的美国主流社会的某一部分;所反映的,不但是中国人内部的关系,而且是中国人与非中国人的关系。她对那个以英语为交际工具、以西方价值观和生活方式主宰的社会的洞察力,对诸般人物个性刻画的笔力,对异国情调的表现力，在《罗马·突围》中，到了叹为观止的境地。

《罗马·突围》的主题是“突围”，以罗马为主舞台的美国故事，嫁给富有但年龄相差悬殊的画廊老板杰克的中国丽人冰，本来满足于富裕安逸的生活，但自从在罗马旅馆认识了一位意大利和中国混血的俊美男孩子以后，“突围”的欲望蠢动，但被压抑下去，待到发现荒淫的丈夫设圈套，要把她引进“换妻”游戏以后，她的防线才渐渐崩塌。如果故事从这里跃入“双人床”，写冰和混血男孩的性爱，那仅仅是浪漫有余而哲学意蕴欠缺的出色肥皂剧。好在春云再展，从罗马的古格斗场，进入惊心动魄的“灵魂突围”篇章，突世俗束缚的围，突物质利害的围，突情欲的围，突肉体生命的围，一场血腥的地下格斗，紧张得教你喘不过气来。人类永恒的困境在此，无望而顽强的抗争在此。回肠荡气的故事中，冰的慧黠、自爱、对纯洁爱情的憧憬，在现实人生中的老练应对和面对诱惑时种种极细微的反应，丝丝入扣地铺开，一步一个惊奇。连那些次要人物：从混血男孩的血性到他的重庆籍妈妈的沧桑，从富豪杰克的洋式做派到墨西哥女佣的世故，描写无不到位。

作者对生命“终极意义”的叩问，对诗性人生的追求，投射到她塑造的人物身上，哪怕是一个着墨不多的巴勒斯坦女子葛丽娅，也以为种族和解而牺牲的精神（《哭泣的墙》），震撼我们的心。

3. 作者的才气和匠心

我读怀宇这本集子，不止一次想到张爱玲。一方面，因为张爱玲去世前，住在怀宇如今住的洛杉矶；另一方面，是天才才有的功架（当然，怀宇并非现世的张爱玲，截然不同的时代，两位女性的可比性有限）。且看这样的文字：在《罗马·突围》的开头，写女主人公冰在豪华旅馆门口，第一次看到“俊美得像一尊罗马雕塑”的服务生，“冰缓慢地，转身、回眸、浅笑，轻盈之至，风韵十足，刻意给对面的男孩留点值得回味的东西”，她在有分寸地卖弄少妇的风情，但男孩子并没领会，“冰追着男孩的眼睛看，他转身，鲜红的后背像一堵宫墙”。红色的制服成了不可逾越的“墙”，是比喻，更是冰为自身的“心猿意马”下的“停止令”。点到即止，聪明女人的城府，你且细细领悟。

“她试穿一件新上市的水绿风衣，又把配套的丝巾对折成三角，圈起头发与半张脸，扭头问我：‘像不像肯尼迪夫人？’冰善于一种索求加摄取的凝视，无论男女，在她的凝视中都有点手足无措。”这暗示，这动感，让我想起张爱玲无人可企及的绝妙散文《更衣记》。

诗性的描写叙述，具有诗的内核，这是怀宇小说的另一个特点。《情人的眼泪》《绝对浪漫》，是出奇制胜的抒情诗；《带你去看粉牡丹》《公园里的陌生人》《哭泣的墙》，是具有交响特性的抒情诗；至于《罗马·突围》则是既跨越国界更凌越灵肉两界的宏大史诗。这些小说的诗质，不是黏合在情节的表层，而是构成主题的元素。

末尾，我要回答读者的问题：“《罗马·突围》好看吗？”举一处的阅读体验就够了。《绝对浪漫》是这样的故事：女主人公和十分理想的男子亚当谈恋爱谈得如火如荼之时，亚当向她求婚。由于亚当死也不肯说“我爱你”三个字，只愿意说“我喜欢你”。女主人公认定不说就是不爱，至少是爱得不够。从此刻意疏远亚当，渐渐地，双方失去了联系。分手一年后，女方收到亚当的婚礼请柬。尽管新娘不是自己，女方还是和女友苏珊一起前去，为的是满足这样的好奇心——不愿说“我爱你”的亚当是怎样俘虏新娘子的？读到这里，哪怕夜深，你能带着巨大的悬念睡觉去吗？往下，出乎所有人的意料，新娘就是女方自己。到这里，包袱解开，奇峰突起，却合情合理，教你又是惊讶又是心服：

“我父母在一起时，每天爱不离口，可我还不到十岁，母亲就抛下了我和父亲。母亲离开那天，我从我的词典里剪掉了爱字。”

“是真的。”麦克打开一本边角磨损的学生词典给我看，“L”打头的一页果然缺了一半，词条从“loud”直接跳到“low”。“我们专程开车八小时到圣地亚哥，从亚当父亲积满灰尘的阁楼里为你翻出来的。”麦克说。

“为我？”我不以为然。

亚当对麦克使个眼色，示意他别打岔，然后吸口气继续说：“一生一世的爱是我的梦想，我对那个不到十岁就失去母亲的小男孩发过誓，不到梦想成真那天就不再提爱字。你想听的那三个字或许代表承诺，但没有兑现的承诺与谎言又有什么区别呢？”

所以，我热烈地推荐怀宇这本以心血熬炼的书。

2011年9月

目　录

华丽派对

A Splendid Party